周大新文集

摸进人性之洞

MO JIN REN XING ZHI DONG

人民文学出版社

图书在版编目(CIP)数据

摸进人性之洞/周大新著. —北京：人民文学出版社，2016
（周大新文集）
ISBN 978-7-02-011503-7

Ⅰ.①摸… Ⅱ.①周… Ⅲ.①散文集—中国—当代 Ⅳ.①I267

中国版本图书馆 CIP 数据核字(2016)第 058292 号

选题统筹　付如初
责任编辑　于　敏
装帧设计　陶　雷
责任校对　罗翠华
责任印制　苏文强

出版发行　人民文学出版社
社　　址　北京市朝内大街 166 号
邮政编码　100705
网　　址　http://www.rw-cn.com

印　　刷　三河市鑫金马印装有限公司
经　　销　全国新华书店等

字　　数　309 千字
开　　本　640 毫米×960 毫米　1/16
印　　张　27.75　插页 2
印　　数　3001—5000
版　　次　2016 年 10 月北京第 1 版
印　　次　2018 年 4 月第 2 次印刷

书　　号　978-7-02-011503-7
定　　价　39.00 元

如有印装质量问题，请与本社图书销售中心调换。电话：010-65233595

自 序

自 1979 年 3 月在《济南日报》发表第一篇小说《前方来信》至今,转眼已经 36 年了。

如今回眸看去,才知道 1979 年的自己是多么地不知天高地厚,以为自己的生活和创作会一帆风顺,以为自己可支配的时间多得无限,以为有无数的幸福就在前边不远处等着自己去取。嗨,到了 2015 年才知道,上天根本没准备给我发放幸福,他老人家送给我的礼物,除了连串的坎坷和成群的灾难之外,就是允许我写了一堆文字。

现在我把这堆文字中的大部分整理出来,放在这套文集里。

小说,在文集里占了一大部分。她是我的最爱。还在我很小的时候,就对她产生了爱意。上高小的时候,就开始读小说了;上初中时,读起小说来已经如痴如醉;上高中时,已试着把作文写出小说味;当兵之后,更对她爱得如胶似漆。到了我可以不必再为吃饭、穿衣发愁时,就开始正式学着写小说了。只可惜,几十年忙碌下来,由于雕功一直欠佳,我没能将自己的小说打扮得更美,没能使她在小说之林里显得娇艳动人。我因此对她充满歉意。

散文,是文集的重要组成部分。如果把小说比作我的情人的话,散文就是我的密友。每当我有话想说却又无法在小说里说出来时,我就将其写成散文。我写散文时,就像对着密友聊天,海阔天空,话无边际,自由自在,特别痛快。小说的内容是虚构的,里边的人和事很少是真的。而我的散文,其中所涉的人和事包括抒发的感情都是真的。因其真,就有了一份保存的价值。散文,是比小说还要古老的文体,在这种文体里创新很不容易,我该继续努力。

电影剧本,也在文集里保留了位置。如果再做一个比喻的话,电影剧本是我最喜欢的表弟。我很小就被电影所迷,在乡下有时为看一场电影,我会不辞辛苦地跑上十几里地。学写电影剧本,其实比我学写小说还早,1976年"文革"结束之后,我就开始疯狂地阅读电影剧本和学写电影剧本,只可惜,那年头电影剧本的成活率仅有五千分之一。我失败了。可我一向认为电影剧本的文学性并不低,我们可以把电影剧本当作正式的文学作品来读,我们从中可以收获东西。

我不知道上天允许我再活多长时间。对时间流逝的恐惧,是每个活到我这个年纪的人都可能在心里生出来的。好在美国麻省理工学院的布拉德福德·斯科博士最近提出了一种新理论:时间并不会像水一样流走,时间中的一切都是始终存在的;如果我们俯瞰宇宙,我们看到时间是向着所有方向延伸的,正如我们此刻看到的天空。这给了我安慰。但我真切感受到我的肉体正在日渐枯萎,我能动笔写东西的时间已经十分有限,我得抓紧,争取能再写出些像样的作品,以献给长久以来一直关爱我的众多读者朋友。

感谢人民文学出版社给了我出版这套文集的机会!

感谢为这套文集的编辑出版付出大量心血的付如初女士!

2015年春于北京

目 录

上卷·静思

摸进人性之洞	3
世纪遗产清单	7
奖赏欺骗	10
去看战场	18
回眸"罗马和平"	25
将帅们	31
凝视"恐惧"	39
闲说神秘	43
有关"韧性"的记忆	47
关注个人的精神财富	50
人的内心世界	60
瞩目我们所处的时代	65
道教文化对中国文学的影响	69
全球化背景下的作家写作	73
中国乡村的环保现状与挑战	76
乡村世界	83

中国军队的新变化和军队作家的新机遇	89
公开的"情人"	94
英雄歌	103
母亲颂	108
中国传统文化读札	111
"文学与人生"论纲	121
但愿和平能长久	130
三言两语	134
平抑爱的激情	147
十二属相说	150
"民族"与人类	153
失去	155
预言	158
亲爱的电视	161
二度青春	164
车的遐想	167
辉煌	170
"忘"谈	173
平衡	176
人生能得几回笑	179
幸运	182
中年男人	185
明天	188
闲话照片	191
喝茶	194
说"吃"	197
也说"后裔"	200

奋斗与享受 …………………………………… 203
没落与昌盛 …………………………………… 205
关于磨难 ……………………………………… 208
人——真实处境的洞察者 …………………… 210
小说与苦难 …………………………………… 214
说秋收 ………………………………………… 221
文学欣赏浅说 ………………………………… 224
《安魂》文外 ………………………………… 248
不断寻找新的写作资源 ……………………… 251
中国农村的发展和困惑 ……………………… 256
最好的安慰 …………………………………… 260
南阳之美 ……………………………………… 263
小说与欲望 …………………………………… 269
小说家的知识之塔 …………………………… 275
值得探索的新领域 …………………………… 278
向孙子兵法学运筹 …………………………… 281
军事文学创作的新情况与老问题 …………… 284
争取军事文学下一季的好收成 ……………… 287

下卷·游走

在苏格拉底被囚处 …………………………… 293
在拿破仑退却的道路上 ……………………… 298
走进耶路撒冷老城 …………………………… 302
享受生活 ……………………………………… 306
喜欢雅西 ……………………………………… 310
又见"美丽" ………………………………… 313
天下湖多性不同 ……………………………… 316

我爱烟台	321
英雄山	325
南阳乡间行	327
中原看长城	333
当年野营在山东	337
记住往日的战争	341
"水底墓"猜想	345
冯先生读书处	348
走进广场	351
西峡的水	354
暮登鸣沙山	357
我带儿子看熊猫	360
住过山东	363
边塞传说	366
留影泰安	369
凝望雕像	371
摇曳的橄榄树	374
格拉丹冬的雪光	377
体验缺氧	380
七彩路	383
滇南战地见闻	386
话说知府衙门	394
陪照	401
肥桃园	403
墓坑与苦坑	406
凉州城漫步	408
探访荆紫关	411

戈壁上的海市 …………………………………… 414
唐僧墓前 ……………………………………… 416
桐柏行散记 …………………………………… 418
砖 ……………………………………………… 424
大众桥 ………………………………………… 426
又见青瓷 ……………………………………… 428

上卷・静思

摸进人性之洞

最初吸引我向它走近的,是那些五彩斑斓的花,那些娇美的花蕾、花萼、花蕊和它们散发出的香味,使我一步步向它走过去。

走近之后我才看见,那些花是长在一个洞口的,洞的上方镌有四个字:人性之洞。一侧写着一句:欢迎入内。

进不进去?我有些犹豫,怕误了正在干着的事。

咯咯咯……就在我犹豫的时候,一阵清脆、欢乐、诱人的笑声从洞里传了出来。这使我身子一震:也许内中真有美景,就摸进去看看!

我于是迈步向洞里走去。

洞口不大,洞里竟是一个世界。

果然是满眼美好景致:白发老人坐在树下含饴弄孙,年轻母亲敞怀甜笑着给婴儿喂奶,夫妻们携手漫步林中,兄弟姊妹们围着桌子劝酒嬉戏,一群姑娘在河边欢闹,一群男人在草地上笑着比腕力,一群老人在屋角闲说着过去……到处弥漫着一股浓浓的爱意,空气中流溢着轻松和安逸。人间如此美丽,我心里立刻升起做一个人真好的感叹。也就在这时,我瞥见背后的墙上写着三个字:第一厅。我一怔,难道这洞中还有第二厅不成?仔细一看,可不,有处地方画着一个箭头,箭头前写着:第二厅。我来了精神,既是进来了,何不去第二厅看看?

走过一条无灯的通道,果然来到了又一个世界。

这儿没有笑声。我看见一个丈夫正手拿木棍追打着妻子。我看见一个妻子正趁着丈夫熟睡和情人幽会。我看见几个兄弟姊妹正在分家,为一间房子和一张存折的归属吵得不可开交。我看见一个男人潜进一家商场正在行窃。我看见一个女人正高举着一条三角裤朝身边的男人高叫:快拿钱来,否则我就告你强奸!我看见一个母亲正在痛打女儿。我看见一个儿子大口吃饭而他那饿着肚子的父亲只能吞着口水站在一边。我看见西装笔挺、一脸正经的男人走进了妓女的房间。我看见一个女人解下妓女的衣饰换上白领的制服,满脸神气地在对几个下属训话。我看见一个高官收下他人送来的重礼和一信封的钞票后,一脸肃穆地走上讲台说:我们一定要为政清廉!……到处充斥着欺骗、敲诈、贪婪、盗窃和寡情,我的心一点一点地向下沉。我正想退回到第一厅去,倏然看见了又一个箭头,箭头上写着:此去第三厅。

也许第三厅有些好看的风景?

我于是又向洞的深处走去,通道里的光线更暗,而且有一股浓浓的血腥味涌进了鼻孔。进了大厅,我立刻被眼前的情景惊住:一个男人正把尖刀刺进妻子的腹中;一个妻子正把毒药倒进丈夫的碗里;一个持枪的男人正在射杀一群老人、孩子;一颗炸弹在人群中炸响,肉的碎片在空中乱飞;一个儿子正用铁锤砸碎父亲的脑袋,白色的脑浆在四处流淌;两个敌对的军人正同时把刺刀刺进对方的身子;一个姑娘用煤气杀死了她的同伴,然后去搜她的箱子;一个小伙用绳索狠勒同伴的脖子,直到他咽气伸腿;一个母亲正把邻居的女儿推进井里……血,满地都是血,我被那股浓浓的血腥味噎得喘不过气来。我不忍再看下去,正想扭身回返,空中传来一个喑哑的声音:请进第四厅!

去不去?恐惧使我的脚步有些迟疑。也许第四厅会好看些?

我磨磨蹭蹭地向前走,直到听见那些反常的笑声。

第四厅里的笑声令我浑身的汗毛都竖了起来。我看见一个疯癫的母亲在笑,边笑边把一个木刻的娃娃放在怀里,掏出奶头去蹭它的嘴;我看见两个男人在笑,边笑边热烈地亲吻着对方并脱着对方的衣服;我看见两个女人在笑,边笑边搂抱在一起翻滚在床上;我看见一个父亲在笑,边笑边把已成年的女儿拉进了怀里;我看见一个男人在笑,边笑边把一个女人滴血的心脏捧在手里欣赏……我打了一个寒噤,一种想呕吐的感觉使我急忙跑进了一个出口。没料到头顶上这时响起一个冷厉的声音:欢迎来到第五厅!

我睁眼看去,这个厅里灯光依旧很暗。一群人从地下挖出了一具骸骨,急忙焚香、烧纸、叩头;一群军人攻上一个山头,将最后一个顽抗者击毙,可随后又朝他的尸体敬礼;一个男人从容地把刀插进自己的腹部,自杀倒在一个坟头;一个女人丢下怀中的婴儿,平静地将悬挂着的用于自杀的白绫套上自己的脖颈;一个杀人的罪犯双膝跪地和他养的一只小狗含泪告别……

我边走边看，不知不觉间来到了第六厅的进口处。

继续向前？可两脚有点不听使唤，我知道自己是害怕看见更加意外的场面。

既然进了洞，就应该有勇气看完。黑暗中，好像有一个声音在劝。

我决定迈步向前……

世纪遗产清单

像一个人临终前要对自己的财产有个清点以便留给后人一样,一个世纪行将结束时也该给自己留下的东西列一份清单,好让下个世纪的人们心里明白这个世纪的功劳。20世纪的黄昏已经来临,这个世纪给我们人类究竟留下了什么,似乎也到检数一下的时候了。

八千多万具死于战争的尸骨,是20世纪留给人类的最大一笔财富。两次世界大战和三十余次国际、国内战争,造成了全世界约八千万名军人和平民的死亡,这些死去的人如今都已化为白骨,被掩埋在了土层深处。这些尸骨静静地仰望着尚在活着的人们,他们将用自己对战争的不绝吟唱,使得下个世纪的人们不再感到孤独和寂寞。

一万多个核弹头是20世纪留给人类的又一笔财产。世界上有核国家制造的核弹头加在一起已需要用万来数了,这些核弹头可以把地球毁灭许多次。人类终于为自己制造出了集体死亡的工具,这是一件值得"引为骄傲"的事情。也许下个世纪的某一天,我们人类会欣赏到核弹在人群聚集地爆炸时那炫目的美丽的闪光。那时,人们一定会为遇上千载难逢的开眼界机会而欢呼不已。

十多亿公顷的森林变成了平地和沙漠,是20世纪的一大功劳,也是它留给下个世纪人类的一笔可观的不动产。没有了这些森林,人类也就少了许多的麻烦,也就会少遇上多云、多雾以及细雨绵绵的天气,就可以让阳光直射地面以便使地上多几条好看的裂缝。沙漠面积大了,人们就会更方便地欣赏到沙漠上的海市蜃楼,会不停地听到驼铃的叮当响声。平地面积多了,人们的视野会更加开阔,会看到大地尽头的美妙风景。

几千条污染了的河流和几百个污染了的湖泊,是20世纪留下的又一笔遗产。有了这笔遗产,下个世纪的人们也就不必再到那些河湖里捕鱼,从而也就少了制造渔船和编织渔网的麻烦。有了这笔遗产,许多人就不必再学游泳,从而少了被水淹死的危险。有了这笔遗产,许多人就可以因得一种莫名其妙的小病而住进美丽的疗养院,从而把繁重恼人的工作摆脱掉。

三百五十万块宇宙垃圾是20世纪留下的一笔十分新颖的财产。这些东西目前正围绕着地球运转。仅在近地轨道上登记在册的十厘米以上的太空垃圾就有一万九千块,其中七千块直径在四英寸以上的碎片能被跟踪。有了这笔财产,我们日后就可以少发射或不发射人造卫星了,就可以在晴朗的夜空看到一些奇异的光斑,就可以慢慢停止对其他星球的观测了。

一个多么慷慨的世纪！仅粗略一数就知道它给人类留下了如此多的东西。下个世纪的人们当然应该对它充满感激。

上帝呢？上帝也会因此而满脸笑意？

奖赏欺骗

我此生的第一次欺骗行为发生在一个后晌,现在已记不清当时自己是几岁,只记得我在围着摆在院中的小饭桌转圈玩时,撞掉了放在桌上的一个碗,那碗在地上摔得粉碎。母亲闻声跑过来后,我因为害怕挨打,本能地把责任推到了站在我身边的一只山羊身上。但很快,旁边的一个小伙伴就戳穿了我的谎话,母亲接下来便打了我一巴掌。母亲打后申明:打你不是因为你把碗撞掉摔碎,而是因为你说了谎话!

那是我第一次知道,人说谎是要受惩罚的。

长大后我才知道,不单是我的母亲不允许我说谎,全世界每一个正直的父亲和母亲,都会教育自己的孩子不要说谎,不能欺骗别人。而且每一个称职的教师,都会教导自己的学生做人要诚实,不欺骗他人。世界上没有一个国家会在自己的国民中倡导欺骗。

对欺骗的厌恶,是不分国家和民族的。不仅亚洲人厌恶,欧洲人、非洲人、美洲人也厌恶,世界上找不出不厌恶欺骗的地方。欺骗行为,是被法律所不容、道德所不许、到处受谴责的行为。

在政治领域,有谁说假话欺骗了世人,其欺骗行为一经曝光,便会被斥为无聊政客而受到谴责,他本人也很可能会因此失去从政的资格。

在经济领域,有人若说了假话骗了别人,一经发现,他就可能被告上法庭,受到法律的制裁,并在经济上给予被骗者赔偿。

在文化领域,有哪位说了假话骗了别人,他的人格就会受到怀疑,声誉就会降低,和他合作交往的人就会变少。

但奇怪的是,在有一个领域,欺骗不仅是被允许的,而且谁欺骗得好,还会受到特别的奖赏,给欺骗者立功、提职、晋级、加薪,甚至著书以使其名字在后人中流传。

它,便是军事领域。

在军事领域因欺骗而受奖赏的例子举不胜举。

公元前12世纪,希腊联军渡海远征小亚细亚半岛上的特洛伊城,战争打了近十年之久,特洛伊城固若金汤,久攻不下。后来希军中有个叫奥德赛的人出了一个主意:命人用木料制成一个巨大的木马,他带领五十名士兵藏在木马的空腹中。而后命令其余的希腊部队佯装撤退,乘船躲在附近的海湾里。部队临行前烧了军帐和杂物,只留下木马和一个名叫西农的青年。坚守城池的特洛伊人见希腊军队已经撤退,便欢喜地拥出城去。他们看见了那个造型生动传神的木马,一边欣赏一边议论着对它的处置,有人主张拉进城里放在城头作为胜利纪念品,有人主张把它推进大海或用火烧毁。这时躲在木马下的西农出来说,这巨大的木马是希腊人献给雅典娜女神的礼品,如果你们把它拖入城中保护起来,你们就会代替希腊人得到雅典娜女神的保护和庇佑。特洛伊人相信了他的话,就把木马拖进了城里。天黑后,自以为胜利了的特洛伊人摆下了酒宴,个个喝得酩酊大醉。半夜时分,藏在木马中的勇士悄悄爬了出来,到城头向自己的联军船队发出信号。联军很快赶来,冲进了毫无戒备的特洛伊城内。就这样,持续十年的特洛伊战争,以奥德赛的木马欺骗成功而告结束。人们对这次欺骗给予了很高的评价,把奥德赛和木马写进各种书中向世人传颂。

公元1812年,拿破仑亲率法国军队远征俄罗斯,打算和俄军决战,一举征服俄国。法、俄两军在马洛雅罗拉维茨城郊对垒,白天,两军鼓角之声不绝于耳;夜晚,俄、法两军营地都点起篝火,用来防止对方偷袭。俄军总司令库图佐夫深知此役成败非同一般,如果战败,俄国就可能成为法国的隶属国,自己则会成为历史的罪人。他站在山坡上凝视双方的营地和满山遍野的篝火,苦想着退敌的良策。那在黑暗中伸着通红舌头的篝火,使他灵机一动,他叫来传令兵道:速令部队大量增添篝火!令下不久,俄军营地内就出现了双倍的篝火。拿破仑出来巡查看见这个情景,立时一惊,心中暗道:俄军阵地猛添这么多篝火,一定是援兵到了。要不是今夜巡查,我还被蒙在鼓里,好险哪!撤,快撤!他立即下令。放弃决战的法军,踏着凌乱的篝火匆匆撤走。库图佐夫见撤退的法军队形混乱,趁机组织军队反攻,最后反败为胜。这次欺骗的成功,作为库图佐夫的一桩功绩长久地被世人传扬。

这是外国的例子。

中国的例子更多了。公元前340年,孙膑和田忌率齐国军队与庞涓所率的魏国军队对阵,两军刚一相遇,孙膑就令齐军撤退。庞涓率部在后追赶。孙膑在第一天的宿营地,令兵士们挖出可供十万人煮饭用的灶头;在第二天的宿营地,使挖出的灶头减半;到第三天的宿营地,使挖出的灶头再次减半。庞涓每追至一处营地,就令手下去数齐军留下的灶头,数的结果使他以为,齐军胆小怕死,兵士已逃走大半,胜利已握在了自己手中。他随即抛下步兵辎重,只带轻装骑兵,昼夜兼程,紧追不舍。孙膑见自己的骗术已经生效,便在马陵道上设下伏兵,待庞涓带兵赶到,万箭齐发,大获全胜。孙膑因此次的欺骗成功获得了齐威王的犒赏,各种书上也把其作为智慧的化身进行褒扬。

隋朝末年,由于民怨沸腾,爆发了大规模的农民起义,高士达和窦建德的队伍是其中的一支。公元616年,涿郡通守郭绚率隋军一万多人来镇压高士达和窦建德的队伍。窦建德生出一计,先是领七千精兵隐进山林,而后派一使者去郭绚军营里说:高士达嫉贤妒能,处处欺负窦建德,窦将军受不了这口窝囊气,想投奔大人。郭绚因不明底细,没有表态。窦建德随即又暗中让高士达将一女俘绑了,对外说是窦建德的妻子,而且当众斩了那女人。这之后,窦建德再派使者送信给郭绚,信中写道:郭大人,不报高士达杀妻之仇我誓不为人,若大人肯收降我,我愿当先锋回击高士达,取他的狗头来献给大人!郭绚这次相信了窦建德的话,收他和他的部队加入隋军。进入隋军内部的窦建德和他的部队在一个夜晚突然对隋军发起攻击,隋军大败,猝不及防的郭绚也被杀死。窦建德因这次的欺骗成功声名大震,其行为也被不断传扬到了今天……

为什么单单在军事领域,欺骗是被允许而且是受到鼓励的?

人类为何要在此领域给欺骗留下存身之地?

我反复琢磨,原因可能有三个:其一,军事上的胜负,牵扯的是团体、民族、国家的利益,为了这类非私人的利益,任何手段都允许采取,当然也包括欺骗手段的运用。人们在这个领域对欺骗的放纵,来源于对团体、民族、国家利益的看重。其二,战争中打斗双方付出的主要东西是生命,生命是人世间最宝贵的东西,为了保护己方人的生命,任何手段包括欺骗,都应该允许使用。在生命面前,任何既定的标准都变得无足轻重,正是因此,欺骗单单在军事领域得到纵容。其三,战争说到底是人类玩的一种游戏,只是这游戏过于残酷而已。这游戏在玩的过程中,不断地制定出一些规则,比如不杀儿童、不杀俘虏,允许欺骗也是这类规则中的一条。双方都预先知道,对方会欺骗自己,因此上了当只怨自己太笨,而不去追究对方。谁欺骗对方成功,会被认为有本领,是懂得战争艺术的表现,自然要受到褒扬和奖赏。

人类是地球上最精明的动物,他们在做任何事情时都给自己留有退路,包括制定人世上的各种规则。

欺骗被允许在军事领域运用,在给施骗一方带来胜利的同时,给被骗一方带来的伤害也常常很惊人。当年,法西斯德国准备进攻苏联前,使出了各种欺骗手腕,先是在西边的英吉利海峡佯装进攻英国,在海峡东岸许多港湾的建筑物上,张贴着"打到英国去,活捉丘吉尔"的标语,把一张张英国地图发到德军官兵手中,把成批的英语翻译配到了部队;接着,通过多种形式向苏联表示"友好",积极同苏联签订贸易协定,甚至同意卖给苏联最新式的战斗机。这些骗术使得苏联信以为真，以为德国短期内不会对苏联发动进攻，以致当德国对苏联的袭击开始时，苏联有的部队还在进行野营训练，许多火炮摆放在射击场上，空军的飞机也集中在少数机场上；有的军官还在家乡休假或远离营地；一些部队旧装备交了，新装备还没有发下来；不少部队连行动地区的地图都没有。结果，苏联在德军的突然袭击下损失惨重，战争开始后的头九个星期里，就损失了七千五百门重炮、五千辆坦克、四千五百架飞机，伤亡的军人和平民数不胜数，真可谓血流成河。

如果真有一个上帝，他看见这情景肯定会发出深长的叹息。

可怎么办？彻底禁止在军事领域施行欺骗吗？那战场角逐就将完全变成力量比赛，以劣胜强就会成为完全不可能的事情，也就不会再有什么战争艺术可言。

欺骗已和战争血肉相连，融为一体，要把二者分离开来绝无可能，除非让战争完全消失。而谁都知道，战争与人类的亲密关系远没有结束，现在想让战争退出人类社会是不可能的。

既然必须容许欺骗在军事领域继续存在，身为军人，要想称职，就还得去学会实施欺骗的本领。

在科学技术高度发达的今天，在获取信息手段十分高超的现在，要在军事领域实施欺骗并不容易。卫星拍照、电子侦察、雷达跟踪，一方的任何行动要想骗过另一方都很难。但道高一尺，魔高一丈，随着识破骗术本领的提高，人们的骗术也在提高。当代的军队指挥官，有两种欺骗本领应该学会。一种是伪装欺骗，这种欺骗的目的是隐身，把自己部队的所在位置隐藏起来。伪装的办法多种多样，最基本的一条是造假，造假人、假飞机、假导弹、假火炮、假坦克、假房屋、假工厂、假雷达、假道路,使敌方把假当真。南联盟在科索沃战争中,利用折叠的波纹铁做成角反射器,放在山坡上,让北约的雷达误以为那就是南联盟的坦克、火炮和飞机,误导敌人的导弹和飞机前来轰炸。他们还广泛设置了假雷达阵地,他们利用合成材料及用金属制成的假天线,安装一些能够发射电磁波的老旧设备,故意泄露电波,引诱北约的电子战飞机和反辐射攻击导弹。

另一种该学的本领是佯动欺骗,这种欺骗的目的是隐瞒企图,把自己部队的真实企图隐藏起来。佯动的办法也多种多样,电子佯动、实兵佯动、故意泄露地图上的佯动计划,等等。这方面,1991年以美国为首的多国部队向伊拉克发动地面进攻前的佯动,可作为我们学习的榜样。他们先是通过新闻媒体,故意抛出多个地面作战的假方案,什么"夜间骆驼行动"方案、"四面出击"方案等等,这些信息不断传到伊拉克最高指挥部。伊拉克因为情报保障不灵,对美军的真实意图无法做出准确判断。跟着,他们组织了海上佯动,把伊军的注意力吸引到科威特沿海。他们在海上组织了五次以夺取科威特为背景的两栖登陆作战演习,在科沿海摆出登陆的架势,使伊拉克以为美军的地面进攻将从两栖登陆作战开始。接下来,美军又组织了陆上佯动,使伊军确信美军将在科威特南部实施主要的地面进攻。他们频频在该地域组织进攻作战演习,造成将在此发动主攻的态势。其实,美军将其主要突击部队秘密放在了沙伊边境,在伊军防守最薄弱的地段建立了进攻出发阵地。地面战开始后,美军主攻部队兵分多路发起猛烈突击,仅用一天时间,就推进至纵深一百六十公里的幼发拉底河地区和纳西里耶南侧……

一个军队的指挥官只要掌握了这两种基本的欺骗本领,

他的部队在战争中就可以少吃许多亏,他也可能因此而受到上级的奖赏。

欺骗在军事领域的被纵容和因欺骗而得奖赏的现象,不可能永久地在人类社会存在下去。这就像战争不可能永远赖在人类社会一样。人类以自己的聪明早就看透了战争对人类自身的祸害作用,人类一天也没有放弃把它们彻底赶走的希望和努力。人类现在所以允许它们留下,只是因为驱逐它们的条件在目前尚不具备。

它们最后被赶走的那一天,正一点一点地向我们走近。

我们对那一天的到来满怀希冀。

去看战场

抵达潼关时,天已黄昏了。

站在关头望去,山、林、路、屋,都已变得迷迷蒙蒙。

看,那就是历史上兵丁们常走的道。朋友很热情地指着介绍。有些心不在焉的我这才记起,这潼关过去是兵家必争之地,是多次做过战场的地方。

当年,长安的唐军和安禄山的叛军在这儿往来打了不少回合。朋友说。

我记起了历史上那场著名的安史之乱。当年为权为利为帝位争得不可开交的人如今都去了哪里?安禄山、史思明、安庆绪、哥舒翰、郭子仪,还有唐玄宗,你们现在在哪里?你们当年得到的和失去的那些东西,如今都存放在什么地方?

也是在那一刻,我才霍然觉得心头轻松了——我那些天一直在为关乎个人利益的一件事满怀不快,我是怀着气闷启程来这里的，我没想到那些一直折磨我的不快会在这古战场上飘然飞走。

三百年后，还会有哪些东西属于你？

大约就是因此，以后有了出门旅游的机会，在看风景名胜的同时，我很愿意去看看那些旧日的战场。

我对旧战场产生了兴趣。

我去过洛阳，看过唐朝李渊、刘弘基当年率兵和王世充作战的地方；我去过离开封四十五里的朱仙镇，看过当年岳家军和金兀术率领的十万金兵搏斗之处；去过镇江郊外，看过鸦片战争中清军顽强抗击英国军队的战地；去过卢沟桥，看过当年中国军队抗击日军的位置；去过山东沂蒙山里的孟良崮，那是人民解放军和国民党军当年激战过的地区；去过老山，那是当年南部边境战争的主要战场之一；去过戈兰高地，那是以色列和阿拉伯国家当年激烈争夺的地域。

站在这些旧战场上，我仿佛又看见了当年两军对垒的情景，看见了那些军人们肃穆、沾满泥土的面孔，看见了那些闪着寒光的刀剑枪炮，看见了堑壕和碉堡，看见了那些冲杀的士兵和将领，看见了翻滚着的浓烟和大火，看见了伤兵和无数战死者的遗体。

站在这些旧战场上，我仿佛又听到了撼动山野的喊杀声，听到了惊天动地的枪炮响，听到了负伤者的痛楚呻吟，听到了战马的悲鸣和飞机的呼啸，听到了败方的呜咽和胜方的欢叫。

站在这些旧战场上，我仿佛又闻到了浓浓的血腥味，闻到了刺鼻的硝烟味，闻到了物体被焚的焦煳味。

过去的一切仿佛都还在这战场上保存着。看着这些战场，你会在心里感叹，人类发展到今天，曾经经历过多少惊天动地的事件，人类可真是活得不容易呀！这每一个战场，其实都是人类发展史这本厚书中的一页。常翻翻这些书页,对我们后人会有好处,这会使我们更全面地认识人类自身。

每到一处旧战场,我常会去想同一个问题:这世界上曾经做过战场的地方有多少?

有没有人能说得清楚?

就国内来说,北京、上海、广州、南京、天津、太原、济南、长沙、武汉、石家庄、成都、重庆、宁波、合肥、沈阳、长春、西安、兰州这些城市,哪一个没做过战场?太行山、燕山、中条山、泰山、伏牛山、桐柏山、井冈山、十万大山,这些山里不都响起过两军对垒的杀声?长江两岸、黄河滩上、渤海湾里、洞庭湖面,不都曾躺过和漂过战死者的尸体?山海关、雁门关、荆紫关,这些关口,不是频频见识过两军肉搏的场面?

从世界范围看,像罗马、巴黎、纽约、莫斯科这些知名的大城市,有几个没有做过战场?像英吉利海峡、地中海、黑海这些海域,有几处没见过两军舰船的打斗?像阿尔卑斯山、喀尔巴阡山、邦克山这些地方,有几处没有飘起过硝烟?

从古到今,人类已经打过了多少仗啊,每一仗都有一个战场。地球上自然条件较好的地方,差不多每一块土地都充当过战场。

要是一个人去每一个战场看一眼,他一生都不可能看完。

看过一些旧战场后我发现,若把它们作一比较,其间有不少不同处,也有很多相同处。第一个不同处是大小不同。由于作战双方投入兵力的规模不同,战场的范围有大有小。有的不过方圆几百米,打的双方仅是为了争夺一个村子或一个小镇而已。也有的方圆几公里或几十公里,打的双方是为了争夺一个要地或一座城池。还有的方圆几百公里甚至上千公里,打的双方都投入了大量兵力,带有一决雌雄的性质。第二个不同处是地形相异。由于作战目的不同,对战场的选择也有各种情形,有的在山区关隘,有的在河畔江岸,有的在海岛滩涂,有的在平原村镇,有的在城区闹市。第三个不同处是使用的时间长短不一。由于战斗或战争持续的时间不一样,战场被打斗双方使用的日子也有长有短,有的不过一个小时,有的则有几天,也有的长达几个月甚至几年。

世上的战场不管有多少不一样的地方,但只要仔细查看它们作为战场的史料,都会发现它们全经历过三个阶段。

开始是惊人的热闹。从作战双方开始向这个地域或附近运送兵员和物资起,此地原有的那份安宁便被打破了。战争一旦打响,热闹就开始了。冷兵器时代是人喊马嘶,剑戟相碰,哭叫连天;今天是枪声盈耳,炮声隆隆,战车轰鸣,飞机呼啸。战事结束,战胜的一方自然高兴,或蹦跳欢呼后准备远撤,或锣鼓喧天立时开会祝捷,或就地大摆酒宴论功行赏。笑声、欢呼声和伤员们的呻吟声交混着在战场上空飘动。

接下来是死一样的沉寂。战胜的一方在庆贺一番之后,终于撤走了。这时硝烟渐渐飘散净尽,阵亡者的尸体开始在地下腐烂,作战中被炸毁、烧毁、捣毁的工事、桥梁、房屋也这一块那一坨地塌落完毕。鸟兽家禽是早已被吓跑了,原住民们养的牲畜也或跑或死或被杀掉吃了,百姓们更是早被杀声、枪声惊逃到了远处。战场于是像散戏了的戏院一样开始沉寂,只是静静地仰卧在那里等待着风雨。

也许是几个小时,也许是几天,也许是几个月,也许是几年之后,先是鸟们飞来探听一下情况,见无人惊扰它们之后,它们发出了愉快的鸣叫。它们的鸣叫先是引来了野兽,后是引来了人,于是沉寂的战场又有了声音。春天来了之后,若这战场原先就无人居住,青草就开始疯长;若原来有人居住,人们会整理那些废墟,开始重建新屋。几年、十几年、几十年下来,原先无人居住的战场,繁盛的草木会把战争的遗迹完全遮住,使其恢复早先的模样;原先有人居住的战场,会重新变得人丁兴旺,新起的建筑会把战争的遗迹彻底压在下边。至此,此地复苏,一个轮回完成。

我在踏访旧战场时发现,很多战场并不是只被使用一次。有的战场刚刚复苏,就要去迎接下一场战争的开始了。

不论是中国还是世界其他国家,都有一些城市和地域,会连续多次地燃起战火。比如中国的襄阳,三国时关羽率兵于建安二十四年七月攻打襄阳,使襄阳成为了杀声震天的战场;到南宋时,岳飞又率军与齐国大将李成之兵在此大战,战事最后以李成弃城逃走结束;明朝成化年间,河南刘通等人率起义的流民频频出击襄阳,战鼓声不断地在襄阳城外响起;解放战争时期,人民解放军和国民党军也在此打了一场恶仗,人民解放军还在此活捉了对方的将领。又比如耶路撒冷这个地方,做战场的次数真是数也数不清了。

一个地方一旦被选作了战场,是这个地方的不幸,这和一个人选择了一场灾难一样。一个人频遭灾难,会衰老得很快;一个地方如果连续被作为战场,其生机和活力也会受到损坏,破落的速度也会加快。在中东地区,一些城市比如贝鲁特,要不是因为战火频仍,肯定会是另一番崭新的模样。

每次站在旧战场上,我都在想,脚下的土层里肯定埋藏着很多故事。那些惨烈的战斗场面和战斗中发生的各种意外会很吸引人;那些上阵者和战死者中,每个人都有父母、兄弟、朋友,很多人会有姐妹、妻儿、情人,他们每个人的经历也可能异常感人。只可惜,随着战场的沉寂,所有的故事也被埋进了土里。

在河南邙山当年东魏和西魏发生大战的战场,我听说,东魏右翼军彭乐率数千骑攻入西魏军一侧后,造成西魏军奔溃。东魏军乘胜追击,大破西魏军,俘西魏军将佐四十八人,斩首级三万余。据说东魏军为了泄愤也为了震慑对方,把那三万多颗人头在邙山坡上一排一排地摆开,离远一看,三万多颗人头上的六万多只眼睛死瞪住天空,情景十分骇人……

在威海当年北洋海军的炮台旁,听一个渔民说,当年日本陆军中将黑木为桢率兵攻打南帮炮台时,炮台上的三个中国士兵打完最后一发炮弹,又取下腰刀和敌人搏斗,因寡不敌众,相继倒下。攻下炮台的日军后来竟将三个尚活着的中国士兵的身体用刀剁成碎块,全喂了他们带来的狼狗……

在台儿庄那个中日军队血战的地方,我听说了这样一个故事:中国军队里的一个团长,忽然在增援的部队里发现一个穿了新军装的小伙,原来是他的外甥,他很高兴,就跑过去把外甥叫到了一边,想问问老家的情况。未料他还没来得及把第一句问话说完,日军的排炮就突然响了。那位舅舅能做的只是扑到外甥的身上,但他并没能救得了他的外甥,两个人是紧紧抱在一起死的。后来打扫战场的人不忍心再把他们分开,便将他俩埋在了一座坟里……

在南部边境的一处战场上,有人指着一个山坡告诉我:战时的一个早晨,我军的一支文工队奉命去慰问部队,出发时队长就警告他的队员说,这一带到处都有敌人埋设的地雷,我在前边领路,后边的人一定要踏着我的脚印走。文工队走到那个山坡上时，队长让原地停下休息三分钟，需要小解的就地小解。有一个女兵，刚满十八岁，人长得秀气，歌儿也唱得特好，她那会儿也想小解，可她就是不敢像其他女兵那样脱下裤子当众小解。她看见小路旁边有一丛灌木，离她就有三步远的样子，就自作主张地走了过去。她刚刚走到那丛灌木旁边，只听轰隆一声，一串连环雷爆炸了，响声过后，那女兵已面目全非地躺在了血泊里……

旧战场上除了埋有故事之外，还埋有许多刀枪剑戟。

在山东益都的一处旧战场上，出土了商朝的兵器——青铜钺；在湖北江陵的旧战场上，出土了春秋时越王勾践的青铜剑；在河北易县的燕下都——那也是发生过战事的地方——出土了战国时期的铁胄；一门明朝洪武年间的铁炮也是在一处旧战场上被发现的。如果你运气好，去看那些旧战场时说不定真可能捡到一两件文物。我的一个朋友告诉我，"文革"期间他曾在咸阳城外的田野里捡过一把锈蚀得很厉害的剑，那年头因怕惹祸就又把它扔到了大路上，被拖拉机压得粉碎。他满怀遗憾地说，那恐怕是古代军人用过的兵器。我有点相信。历史上，咸阳城外曾发生过多少场战争？那些战死者的兵器不就散落在土地里？

去看看吧，你只要去看了那些旧战场，不是在精神上就是在物质上，或多或少都会有些收获，说不定还能发大财——要是你捡到珍贵文物的话。

祝你有好运气。

回眸"罗马和平"

战争这个怪物,早在旧石器时代就爬进了人类社会。早期的战争是由于部落之间为争夺食物、女人或土地而引发的,人们使用经过粗糙加工的劈刺式兵器——棍棒,和投掷式兵器——石块,与对方打斗。胜方通常要把敌人打死,那时作战的双方很少要俘虏,力量强的一方会用手中的石质武器把敌人的脑袋和身子彻底砸碎。经过对耶利哥在公元前6000年的工事和对安纳托利亚在公元前7000年的工事进行考古鉴定,发现人在发明文字之前,就已经发动过有组织的战争。

从那时到现在,战争一直纠缠着人类。

战争造成人的死伤,战争消耗大量的物资,战争造成土地荒芜、百业不兴,战争毁坏人们辛苦建起的城市……人类在饱受了战争折磨之后,千方百计地想要摆脱它,但谈何容易。这个怪物的遁身本领很强,每当你想要动手驱赶它时,它就隐起了身子；而当你稍一放松，它就又出现在了你的面前。

于是人类走过的道路便呈一种奇异状态：一段是和平，一段是战争，战争过后是和平，和平过后是战争。人类所能做的，只是把和平的路段尽量延长，把战争的路段尽量缩短。

也是因此，使国家较长时间在和平路段上前行，使国民较长时间地生活在和平日子里，就成为所有国家的领导人去全力争取的目标。那些有幸为自己的国家和人民争取到较长时间和平日子的人物，便总是被人们所铭记；那些相比之下和平日子最长的时期，也总会留在世人的记忆里。

"罗马和平"便是这样一个时期。

从公元前29年屋大维战胜安东尼回到罗马之时，到公元162年东方战争爆发，罗马帝国在这一百九十一年间维持了比较稳定的统治，在广大的疆域里没有大的战事发生，这就是世界史上著名的"罗马和平"时期。

一百九十一年的相对和平日子，的确是一段不短的时间。在这段时期里，社会相对稳定，城市地位提高，技术传播速度加快。农业领域出现了带轮的犁和割谷器，水磨广泛运用；建筑领域应用复滑车起重装置；矿山中应用排水机；制陶、冶金、制呢等行业都分为不同的工序。帝国的经济出现了繁荣景象。其中意大利的青铜制造、陶制技术、毛织技术、玻璃吹制等都有发展，还能制造较复杂的外科医疗器械。埃及和北非一带改善了灌溉系统，扩大了耕地面积，每年出产大量的小麦，成为帝国的谷仓。高卢和西班牙都培植了葡萄和橄榄。爱琴海诸岛的葡萄、橄榄和其他农作物的栽培也恢复了起来。高卢南部和莱茵河沿岸兴起了金属、纺织等行业，产品远销中欧、不列颠和西班牙。东地中海沿岸享有盛名的传统手工业再度繁荣。腓尼基的染料和玻璃、埃及的麻纱、小亚细亚的纺织品均畅销于罗马上层社会。西欧各地的采矿业开始发达，铅、锡、银、铁、黄金被开采了出来。随着经济的繁荣，社会各阶层人的生活水平都有不同程度的提高。

人活着其实就是为了追求和平美好的生活，当社会在某一时期能部分地满足人们的这种追求和愿望，人们就会长久地怀念它。时至今日，人们在回首历史时还会不时提起"罗马和平"时期，原因也在这里。

一个庞大的帝国能在长达一百九十一年的时间里争取到相对和平的日子，并不容易。今天回头去看，他们确有几条宝贵的经验：

始终保有一支训练有素、纪律严明、组织严密的常备军，是他们的经验之一。公元前13年，奥古斯都把罗马帝国的陆军精简整编为二十五个军团，约三十万人；后来到马可·奥里略时期，略有增长，有三十五万至四十万人。这支军队坚持经常性的严格的体能、单兵基础技能和战术训练，具有很强的战斗力。帝国一旦有事，他们可做到召之即来。这支军队对外部起到了很大的威慑力，所有想要侵略帝国的国家，都要想一想和这支常备军开打的后果。

建立一套优抚退伍战士的制度，是他们极富远见的一项治国方略。奥古斯都以他的睿智于公元6年创立了一项永久基金，用来保障退伍者的利益，称之为"军库"。退伍军人一旦在生活上有了困难，都可以用这项基金给予帮助。他还鼓励退役士兵在边塞省份定居，这样，一旦有外敌入侵和边境冲突，这些定居在边塞省份的退役士兵就会作为一支训练有素的力量投入战斗；这些退伍士兵的定居点，还会和常备军营地、要塞、碉堡一起沿整个边境线构成一道防御屏障；这些定居者的后代由于实际上生活在军人们之间,不断接受着忠于祖国思想的熏陶,自然成为帝国最理想的兵源;同时,这些安居边塞的退役士兵还把内地先进的耕作技术带到了边地,促进了落后民族聚集地农业经济的发展,稳定的边塞使想侵扰之敌不敢轻举妄动。

对外采取比较灵活的政策,也是他们的高明之处。在东方,与强大的帕提亚妥协,不再凭感情冲动行事去激怒对方,不以牙还牙惹出大的冲突,部分地满足他们的一些不很过分的要求,使其下不了发动大战的决心。在西方,则加紧用不多的部队侵略分散的落后部落。西班牙和高卢各部落被彻底征服,阿尔卑斯山南坡的萨拉西人又被消灭。莱茵河上游建立了里西亚省和文德里茨省,多瑙河中下游则建立了潘诺尼亚省和米西亚省。后又侵入日耳曼地区,建立了日耳曼行省。不事声张地扩大着版图,也等于在增加着威慑敌人的力量。

积极开展内外贸易以积累财富,壮大帝国国力,是他们最重要的经验。全国各地的城市成为内外贸易的大小中心。地中海、北海、波罗的海、黑海、红海、印度洋,联系内陆的莱茵河、多瑙河等河流,贯通各地的大道,通向阿拉伯、伊朗和中亚的商路,都成为对内、对外贸易的动脉。北欧的琥珀,非洲的象牙,东方的香料、宝石、纺织品和中国的丝绸,都能行销到各个城市,特别是罗马和亚历山大里亚。陶灯、瓦、酒、粮食、铅、锡等物品很方便地流向各地。内外贸易的发展,造就了城市中的豪富和富裕阶层,同时也增加了帝国国库的库存,强大的国力使周围的国家更加不敢轻易对帝国发动战争。

于是和平的日子便得以长久地延续着。

"罗马和平"那段日子离我们今天已经十分遥远,但回首去看看他们保有那段和平日子的经验,对我们今人不会没有意义。

我们的新中国建立五十多年来,虽然也经历了一些战争,但大规模的需要全民族都投入的战争并没有发生,我们可以说已经过了五十来年的和平生活,这不容易。这是多少人做了巨大的努力后才出现的结果。今天,我们老百姓的日子虽然还说不上十分理想,我们的国力虽然还说不上十分强大,但和20世纪前半段和19世纪后半段相比,应该说都已有很大的提高。如果能再有五十年的和平建设时间,那我们的国家面貌和老百姓的日子肯定会有新的变化,国家必会更加强大,百姓必会更加富裕。可五十年的和平日子绝不会顺利到来,使和平日子终止的因素有很多很多。我们必须用清醒的头脑去做好许多事情。

笔者不是政治家,对究竟做好哪些事情才能保证和平生活的延续说不清楚,但罗马和平时期的经验告诉我们,有几个基本问题是必须重视的。

必须勒紧腰带花点钱去建设一支真正有威慑力的常备军。常备军的数量可以不多,但它的成员必须素质很高,武器装备必须很先进,人和武器装备在一起形成的战斗力必须很强,能够做到不打则罢,打则必胜。对于一些小规模的冲突,要能做到一拳下去就能让对方认输,这样它对外才会有威慑力,才会吓掉和打消一些人想要入侵的念头。同时,要埋头发展经济,使我们的国力更加雄厚。只要国库里有很多很多的钱,事情就好办,一个富人同邻居搞好关系比一个穷人容易,一个富人受欺负的可能性远比一个穷人少。再就是处理好我们内部的事情,不要窝里先乱起来,自家窝里一乱,外边的人就可能趁机对你动手。国家国家,国和家一样,要想让一个家不乱,上下要处理好爷爷、父亲、儿子几代人间的关系,左右要处理好兄弟姐妹之间的关系,家里吃喝拉撒穿行住玩诸样事情都要想周全,这样才不会出乱子。

但愿长达一百九十一年的"罗马和平"能在我们中国的历史上也出现一次,如果是那样,扣掉已经过去的五十一年和平日子,我们也还有一百四十年的和平建设时间,一百四十年啊,我们可以做多少事情!一百四十年后我们的国家肯定会变得非常美好,我们的日子一定会过得非常滋润。别墅和豪车这些今天看来只属于上流社会的东西,一般家庭都会拥有;家家的钱袋,都会鼓鼓胀胀,想吃什么想喝什么张口就有。想一想那种情景都使人高兴。

一百四十年的和平日子,能来吗?

来吧,我们在盼着!

将帅们

（一）

这一生无缘做将帅,却十分关注将帅们的生活。

总觉得指挥大军到战场上去驱驰搏斗,那是男人一生中最威风的事情。

查史料方发现,"将帅"一词产生的时间远远落后于"军队"。在中国,最早见于春秋中期的典籍。《左传》载:晋文公在一个叫被庐的地方"作三军,谋元帅","乃使郁縠将中军","狐偃将上军","滦枝将下军"。但此时仍以卿为将,文武尚未分离。到春秋末期,随着军事活动的发展变化,将相才开始分开,将帅作为专职的军事事务的领导和指挥者才正式出现。差不多在同一时期,世界的其他地方也开始出现专司军务的将帅们。从此以后,在无数次不同性质和规模的战争中,涌现出许许多多著名的将帅。

将帅们既然是最危险、最激烈的战事的指挥者,他们就一定有异于常人的地方。

第二次世界大战时法西斯德国著名的将领隆美尔,曾在1944年4月16日的日记中写道:

> 对于我,
> 历史将做出怎样的裁决?
> 如果我在这里胜利了,
> 谁都会说
> 一切全是光荣……
> 倘若我失败,
> 那么,任何人又都会
> 因此而责备我。

以隆美尔的聪明,他在1944年的4月,不可能看不出等在他前边的是什么,他这时内心一定充满了紧张和痛苦,这首带有辩解意味的诗,是他内心紧张和痛苦的反映。

从这首诗里我们也能够看出,和我们常人不同的是,胜利和失败、荣誉和耻辱、历史裁决和世人的评说,永远是在将帅们内心翻滚的东西。

(二)

将帅们的童年生活,和我们一般人并没有太大的区别。他们中的许多过的都是普通的底层生活。"二战"时苏军的著名将领朱可夫,出生于莫斯科西南卡卢加省的斯特列尔科夫卡村。他的父亲康斯坦丁是一个孤儿,被人抚养长大后做了一辈子的穷鞋匠;母亲乌斯金妮亚在一家农场干活,劳动强度很大,但工资少得可怜,每年春夏和早秋季节,她在地里拼命干活,到了晚秋和冬天,她就到县城替人运杂货,每次挣回一卢布。朱可夫出生在这样的家庭,童年的生活情景可想而知。他读了七年书后,家里就再无力继续供他上学了,十一岁那年,他便被送到在莫斯科当皮货商的舅舅那里当了学徒。"二战"时期美军的名将艾森豪威尔1890年呱呱落地时,他的父母除了日常穿的衣服和一些简单的日常用品外,一无所有。他的父亲最穷时,口袋里只剩下二十四美元。他有两个哥哥、三个弟弟,兄弟六人都长得结实、健壮,胃口好得出奇,也是因此,全家的温饱常成为问题。"二战"时期英军的名将蒙哥马利,两岁时随全家迁往远离伦敦的偏僻荒凉的塔斯马尼亚,一家人的生活跌入艰难的境地,致使他后来在回忆录中说:我的童年是不幸的。笔者认为,人的童年若是过于幸福,会磨蚀掉人性中的那股锐气,会减少其生命中的那股张力,会泄去其向前奋斗的部分动力。如果人生的幸福是十的话,它的恰当分配比例应该是:1∶1∶1∶3∶4。就是说,童年、少年、青年都只能分得一份,中年分得三份,老年分得四份。朱可夫、艾森豪威尔和蒙哥马利在童年时只分得了他们一生中幸福的很少一点,这和我的主张很相近,这也是我特别关注他们的原因。

  将帅中也有优劣之分。优秀的将帅们都有一个共同点,那就是在挫折面前从不丧失向前奋斗的信心。我们还以朱可夫、艾森豪威尔和蒙哥马利为例,他们三人中,受挫折最大的是艾森豪威尔。他从1911年报考西点军校立志从军,到1939年第二次世界大战开始,已有二十八年的军旅生涯,其间,他在少校军衔位置上就保持了十六年之久,到五十岁时仍为中校。要是在今天有谁五十岁时还是一个中校,他肯定是牢骚满腹了,就是我,恐怕也早已愤愤提出退役,不在军中干了。但艾森豪威尔满不在乎,他随遇而安,矢志军旅,痴心不改,照旧全力去完成上级交付的各种任务,直到第二次世界大战开始。战争使他的才能得以展现,五年间,他连续飞跃式地由中校、上校、准将、少将、中将、上将、三星上将、四星上将,直到五星上将,登上了美军军界的巅峰。蒙哥马利遇到的挫折是疾病。1939年5月,在英国即将对德国宣战的前夕,正在国外军中的他被怀疑得了肺结核并且活不长了,他的身体当时虚弱不堪。他被人抬上一艘沿苏伊士运河开往英国的客轮。一般人这时会以身体为重,自动中止自己的军旅生涯。可他不,仅仅三个月后,他就战胜了病魔,坚决要求返回军中。三年之后,整个世界便都知道了他的名字。朱可夫遇到的挫折是在战争期间,1941年他提出,为避免西南方面军被包围,需撤到第聂伯河对岸,放弃基辅,在叶利尼亚地区组织反攻。这与斯大林的意见相左,并激怒了斯大林,他被解除了总参谋长的职务。一般人遭遇了这种挫折,会满腹委屈地放下挑子。可他不,他在职务降低的情况下仍精心指挥了叶利尼亚的战斗并取得了胜利,重新赢得了最高统帅的信任。人的生命强度是通过挫折来验证的,他们三个人在挫折面前的态度,使我相信他们的生命强度非一般人可比,我也因此对他们充满了敬意。优秀的将帅们也都敢于改除军中的旧弊。朱可夫、艾森豪威尔和蒙哥马利在这方面也都堪称榜样。1940年7月,蒙哥马利被任命为第五军军长之后,他立即在这个军里进行了一系列大刀阔斧的改革,免去了一批他认为年龄偏大和懒惰、缺乏才干、没有献身精神、不被士兵敬重而可以看作是

"朽木"的中下级军官的职务;举行师以上规模的军事演习,培养士兵的吃苦耐劳精神和实战本领,迅速提高了这个军的战斗力。艾森豪威尔在担任欧洲战区司令之后,立刻发起一场整顿纪律的运动,对士兵进行责任感、使命感和驻地风俗的教育;对军官队伍中那些沽名钓誉、油腔滑调、花言巧语、作风不正的人,一经发现,就立即清除出去。朱可夫在战争中打破旧的指挥体制,对司令部工作提出了许多全新的要求。在作战指挥上,优秀的将帅们还都敢于做前人没做过的事情,把自己的指挥才能发挥到极致。艾森豪威尔指挥的盟军诺曼底登陆,是世界登陆作战史上规模最大的一次。参加这次登陆的陆、海、空三军人员多达二百八十七万人,三十九个师的兵力,参战飞机一万一千二百余架,参战军舰二百八十四艘,另有四千多艘登陆艇和其他舰只,还有一条名为"冥王星"的海底输油管道,从英国输来汽油给予保障。组织如此规模的登陆战役,其复杂性可想而知,可艾森豪威尔顺利完成了任务且取得了胜利。蒙哥马利在指挥哈勒法山之战时,用四百辆战车设置陷阱,开了用装甲兵打伏击的先河。在这之前,没人这样做过,但他胸有成竹,布置完后照常进入梦乡,早晨起床后从容梳洗,悠然进餐。关于战役进展,他一句都没有过问,可他知道,胜利会是他的。朱可夫在指挥攻打柏林的战役中,采取了一个前人从未用过的办法:在距各突破口二百米远处设置了一百四十三台探照灯。当凌晨三点炮火准备开始之后,这些探照灯突然亮了起来,照耀着步兵和坦克在延伸了的炮火中冲锋。这大片强烈的灯光使德军一片惊慌,以为苏联人有了能照瞎人眼睛的新式武器,使其中的不少人放弃了抵抗。

将帅们和我们常人一样,也有七情六欲,其中不少人也演绎过荡气回肠的爱情故事。蒙哥马利是四十岁上结婚的,对象是贝蒂·卡弗。贝蒂是一位阵亡军官的遗孀,有两个孩子。她嫁给蒙哥马利之后再没生育。这娘儿三个,就成了蒙哥马利后半生亲情的全部寄托。贝蒂是一位艺术家,性情温和而执拗,她反对蒙哥马利所崇拜的大部分事物,包括他的军事、政治观点。但他们在一起非常和谐,原因就是互相关爱但互不干涉。贝蒂原谅蒙哥马利的怪癖,蒙哥马利则处处保护贝蒂,不让她做家务,不跟她谈论琐事,而让她专心致志搞艺术。在这种婚姻的温情中,蒙哥马利变了,变得更加宽厚、大度、和蔼而富有人情味。没想到十年之后,贝蒂竟突然被毒虫咬了中毒而死。当这幸福的婚姻骤然终结时,蒙哥马利的精神几乎崩溃,他跌入的是一个心灵的黑夜。他后来说:"我回到朴茨茅斯的住宅,这儿原来要作为我们的家,我独自待在那儿许多天,谁也不见,我全垮了……我好像坠入一片黑暗之中,心灰意冷。"他此后再没有结婚。艾森豪威尔和他的妻子玛丽是一见钟情后结婚的。他到欧洲战场后,结识了美貌动人的英国姑娘萨默斯比。1942年5月,艾森豪威尔以美国陆军代表的身份到英国考察时,萨默斯比奉命给他开车。后来,当艾森豪威尔在伦敦出任欧洲远征军司令时,他要求萨默斯比给他开车,同时当他的私人秘书,后来萨默斯比被授予少尉军衔,成为他的副官。在欧战期间,他们朝夕相处,患难与共,建立了亲密真挚的感情。当战争结束,英雄凯旋,新的仕途在艾森豪威尔面前展现时,他只得与这位多情女子一刀两断。萨默斯比也没有披露两人的亲密关系,直到1975年她去世前,才在《难以忘怀——我和德怀特·D.艾森豪威尔的恋爱故事》一书中,公开了她和艾森豪威尔的罗曼蒂克史。

　　一场大的战争结束之后,将帅们的表现、心态和处境常常很不一样。第二次世界大战结束后,艾森豪威尔载誉回国,在纽约市政厅外有过一次演说,那次演说的主题是:我不过是一个完成职责的堪萨斯农家孩子。他的不居功自傲使两百多万来自四面八方的听众欣喜若狂,长时间地热烈欢呼。七年之后,他成了美利坚合众国的总统。走出战争的蒙哥马利,否定了一些人要给贡献卓著的将领们一笔巨额奖金的动议,认为"除国王的荣誉勋章外,金钱的奖赏是过了时的东西"。他需要的是与轰轰烈烈的戎马生涯相称的最广泛的理解和拥戴,是英雄般引人注目的荣誉。但这种心态在和平年代不可能得到满足,他因而度过了一个痛苦的时期。朱可夫在战后担任了一系列重要职务,但 1955 年 10 月,突然被撤销了一切职务。他当时的震惊和痛苦可想而知。直到 1964 年,他才得以恢复名誉。

(三)

随着战争的远去,将帅们中的大多数会走进安逸的生活里或安静的史册里歇息,也有一些人开始了对战争的苦苦思索。《蒙哥马利传记》的作者罗纳德·卢因,在写到德国投降时引用了英国诗人西格弗里德·萨松写于第一次世界大战期间的一首诗:

> 五十年岁月,日换星移,
> 和平之光掩盖了对战事的回忆;
> 满怀豪情回溯峥嵘的往事,
> 喜欢冒险的小伙子会阵阵叹息。
> 夏日清晨,隆冬寒夜,
> 战火在他们心中燃起;
> 唱一曲战士之歌吧,这歌声豪放、刚强、活泼、粗野。

在那愤怒的进行曲中,
尽是无知的悔恨与不羁的狂喜;
他们会羡慕我们令人炫目的经历,
只缘此刻杀戮已在地球上绝迹!

在引用完这首诗之后,作者写道:在亲身经历"二战"胜利的日子里,蒙哥马利心中深深知道,萨松的诗加上下面几句是完全正确的:

一位满头银发的老人,
抬起饱经风霜的脸面,
谆谆告诫他的子孙:
战争是魔鬼,是瘟神。
……

是魔鬼,是瘟神。这是蒙哥马利对战争苦苦思索之后得出的结论。

据说,所有指挥过大的战争的将帅,到最后都会变成特别憎恶战争的人。

凝视"恐惧"

只要是人,差不多都曾恐惧过。

这世上没体验过恐惧的人很少。

恐惧笼罩着我们人生的各个阶段。

人在幼年时,常常恐惧黑暗,不愿在黑暗里单独停留;恐惧一些体型大的动物;恐惧反常的声音;恐惧奶奶和妈妈用来吓唬我们的一切东西:狼、鬼、老水牛……

人在少年时,常常恐惧因做错事而遭受大人们的惩罚,恐惧父母突患重病,恐惧大人们殴斗的血腥场面,恐惧阉牛时阉牛者手上的刀,恐惧狂风,恐惧遮天蔽地的暴雨……

人在青年时,常常恐惧自己深爱的异性弃自己而去,恐惧好名声的丧失,恐惧突然而至的战争,恐惧失去朋友和同学的信任……

人在中年时,常常恐惧得病尤其是癌,恐惧儿女们遭遇不测,恐惧事业失败,恐惧物价暴涨,恐惧社会动荡出现灾荒……

人在老年时常常恐惧死亡,身子有一点不适便有些着慌;恐惧儿女们对自己的嫌弃;恐惧老伴辞世,自己变得更加孤独;恐惧子孙不肖,挥霍掉自己毕生奋斗得来的财产……

不同职业的人,恐惧的对象常常并不一样。

守林人恐惧起火。

经商的恐惧破产。

务农的恐惧下冰雹。

做官的恐惧被罢免。

挖煤的恐惧瓦斯爆炸。

当兵的恐惧把身体暴露给敌方。

下海捕鱼的人恐惧台风。

做贼的恐惧被他人发现……

男人和女人,恐惧的内容也有不同。

女子成年后恐惧遭人强暴,结婚后恐惧生孩子难产,老了恐惧遇见年轻时倾慕自己的男子。

男子恐惧无后代继承家产,恐惧患难言之症——阳痿,恐惧妻子与人私通给自己戴上绿帽子……

人们恐惧的对象和内容尽管各种各样,但若仔细分析,无非两类:一类是对大自然的威力和它所制造的灾难的恐惧,比如人们对冰雹、地震、山火、飓风、瓦斯爆炸、山体滑坡、蝗灾、洪水等的恐惧;一类是对人类自己所制造的苦痛的恐惧,比如人们对监禁、拷打、抢劫、枪毙、战乱、遗弃、破产等的恐惧。人们在未成年之前,对大自然所制造的灾难的恐惧通常要超过对人类自己所制造的苦痛的恐惧;而在成年之后,对人类自己所制造的苦痛的恐惧要超过对大自然所制造的灾难的恐惧。许多因恐惧而自杀的人，他们恐惧的往往是人类所制造的苦痛，而非大自然所制造的灾难。一些人在经历了地震的恐惧之后仍能在废墟里等待救援并最终活了下来，一些人却因恐惧被拉出去游街示众而在温暖舒适的屋里上吊自尽。因此，这两类恐惧在重量上和对人精神的刺激强度上并不一样，大自然所制造的灾难引起的恐惧，属于瞬时恐惧、可忍恐惧；人类自己制造的苦痛引起的恐惧，属于持续恐惧、难忍恐惧。

恐惧对人体的损害显而易见。精神上的恐惧首先会引起人的内分泌失调，继而会引起胃、肠、肝等内脏器官的病变。持续的恐惧会使人的神经由衰弱到失常到崩溃，会使人对自己活着的意义产生怀疑，会使人对人生、对社会绝望，从而毫不怜惜地自己动手去结束掉自己的生命以寻求解脱。一位法医曾经说过：许多因恐惧而自杀的人，他们死后的面容异常安详甚至面带笑容，那是他们为自己终于挣脱了恐惧而在最后一刻所表现出的轻松和高兴。恐惧对人体的损害既是如此之大，减少人的恐惧感当然应该成为人类文明发展的一个目标。

人的恐惧的本质是害怕失去已有的东西。人们恐惧大自然所制造的洪水、地震等灾难，是因为这些灾难会让人失去食物来源、失去健康或失去生命；人们恐惧抢劫、监禁、战乱等人类自己制造的苦痛，是因为这会让人失去财产、自由、平安、声誉。减少人的恐惧似乎应该从两方面着手：一方面是增强人对"失去"的心理承受力；另一方面是提高预报自然界灾难的能力，让人对自然界的灾难的到来有心理准备。应提倡用爱心来对待周围的人，把人类自己制造的苦痛减少到最低限度。

减少恐惧并不是说要消灭恐惧，人的恐惧感作为一种生理现象不仅不会被消灭，也不应该被消灭。一定的恐惧感的存在,对于维护人类社会的安定和自然界的秩序是必需的。试想,如果人对自然界完全失去了恐惧,肆无忌惮地砍伐林木,毫无顾忌地向江河湖海抛掷垃圾,无限制地侵占土地,频繁地大规模地进行核爆炸试验,不顾一切地捕杀各种动物,那自然界最后会变成什么样子?这个地球还会适宜人类居住?同样,如果人间现在就取消监禁、枪毙、处分这类制造苦痛的办法,就很难使一些人控制、压抑住自己身上潜伏着的那部分兽性从而犯罪,安定的社会秩序就很难维持。

恐惧对于人既不全是一块蜜饯,也不全是一剂毒药。

恐惧是上帝考虑到人的特性而为人特制的一种东西。

闲说神秘

世界上有许多神秘的事情。比如,玻利维亚境内的帝华纳科古城废墟,据考古专家研究测定,是一万七千年前建造的,那时的人不可能发明任何起重机械和运载车辆,可他们硬是把重达一百吨到四百四十吨的石头搬去建造一座庞大的、可供数百艘船舶同时装卸货物的码头。那码头是给靠采摘野果为生或只会刀耕火种的人用的?

这样的神秘事情离我们很远,不过,神秘有时离我们也会很近。

近日,有两个朋友向我讲了他们听说和经历的两桩神秘事情。

一桩,是说在某一个很小很小的没有居民只有我军几名海军战士守卫的海岛上,前些年有一天,我守岛战士突然遭到了袭击。待邻近海岛上的我守军发现联络中断前去解救时,看到了一幅悲惨的场景:几名战士全牺牲在了岗位上。我方立刻展开调查,但袭击者极其狡诈,在现场竟没有留下任何可证明他们的来历和身份的证据,仅凭猜测不能采取反击行动,我方只好暂时把此案件悬置起来。岛上随即换了一批新的守兵,但自此,每逢我后方补给船来送给养和淡水时,岛子附近必起一阵狂风并下一阵暴雨,次次如此。人们都说,那狂风暴雨,是牺牲了的战士在提醒我们为他们报仇。人的魂灵还能呼风唤雨?

另一桩,是我的一位在某核试验基地工作过的朋友,护送他的老首长的骨灰回西北的那个基地安葬。老首长在那个基地工作了几十年,这也算是魂归故里。车到基地的当晚,基地里的人招待我那位朋友,在餐桌上摆了酒。不想每当他抬手要去端酒杯时,那酒杯总是自动倒掉,酒液洒满了桌子。他始而惊奇,继而意识到,老首长当年也爱喝酒,莫不是他今天回到了故里心中高兴,也想喝酒?他于是拿过酒瓶,说:老首长,我给你敬酒了!言罢,把瓶中酒洒了一些到地上。这之后,他再端酒杯时,那酒杯一次也没倒过。亡灵也能喝酒?

如果说这是道听途说,不足为信,可我自己也曾经历过两件事:一件是,有一年我突然没来由地想写一篇关于狱中犯人的小说,而且为了对监狱有个了解,很快找熟人联系去了一座监狱参观,还在狱中采访了两个犯人。未想到小说写出不久,我的一位家人也一下子陷入一桩冤案之中,且很快被抓进了监狱,而且就关在我当初参观采访过的那座监狱中。当我以家属的身份去狱中送东西的时候,那真是百感交集。家人被平反昭雪之后,我陷入了深思,这纯粹是一种巧合,抑或是一种神秘力量对我写那篇小说的报复?另一件是,我调入北京后,萌生了写一篇科学幻想小说的念头,在确定小说涉及的科学领域时,我犹豫了许久,最后决定在地震预报这个领域里展开故事。反映地震预报的科幻小说《平安世界》写出来没有多久,我开始把妻子往北京调,当时找了好多单位联系,都没能调成。七拐八绕之后,竟调到了国家地震局这一专管地震预报的单位。事成之后我一惊:天呀,怎么写什么就要和什么发生关系?

这两件事一出,再拿起笔时,就有点敬畏了:莫不是这笔亦神秘?

仿佛是为了证实自己的这种猜测,写过长篇小说《人啊人》的上海女作家戴厚英忽然间出事了——被一个罪犯杀死。听说她被害前曾写过一篇作品,作品中说到了脑裂,奇怪的是,罪犯对她行凶时,也是袭击她的头部。我读完关于戴厚英遇害事件的报道后,久久说不出话来。

还有一个国外的例子——巴尔扎克在他的《人间喜剧》系列作品里,写过人在孤独中凄凉死去的情景,结果他也是在孤独中凄惨地与这个世界告别的。他死时,除了医生,没有一个亲人守在他的床头。就在他死亡的那一刻,他的妻子还在隔壁与别的男人同床共枕。最近披露的巴尔扎克这一惨死的情景,让我的心受到了强烈的震动,也使我越发有点惊奇:真的笔亦神秘?!

难道造物主真的在作家的笔和他的命运之间画有一道神秘的连线?

也许,作家想写什么东西,并不是无缘无故的,他的创作冲动来自他对自己命运的一种直觉,是这种直觉迫使他去写那种东西的。

也许,作家还没有经历但正要经历的事对他本人有一种神秘的吸引力,是那种吸引力引诱着作家去关注某一件事情并决定对它加以表现。

不知道这些猜测究竟有无道理,反正我现在写东西时变得异常谨慎了。对一些莫名其妙突然想写的东西我总是进行反复权衡,不敢轻易动笔。我知道这和创作规律有点违背,创作规律要求我们听从灵感的召唤和指引,脑子里想写什么就立刻动笔。可我没有办法,我对笔和笔的变种——电脑都产生了点敬畏。

我有时也对自己进行谴责:你这是疑神疑鬼!

也许,将来的科学发展会对这些作出令我们信服的解释。我们的祖先当年感到神秘的事,如坟上为什么会有"鬼火",今天我们已经可以说清:那是尸骨里的磷在放光。我们今天感到神秘的事,后人可能也会不费力气就作出了答复。

随着科学的发展,神秘的地盘在一点一点缩小。

科学尚未抵达的那一片疆域,就是神秘驰骋的地方。

有关"韧性"的记忆

小时候,我家门前有许多树,榆树、杨树、桐树、刺槐、构树都有。那个时候多风,大风一来,我们这些孩子便开始躲在窗后去看风的厉害:先是吼声越来越刺耳骇人,接着便见它去折磨那些树木——将它们的躯干压弯,将它们的枝条扯上扯下,将它们的叶子一片片捋掉,经常还要把一些杨树和桐树的枝干刮断。有一次,风走之后,我看着地上断掉的又净是杨树和桐树的枝干,便去问父亲:为啥断掉的都是杨树和桐树?父亲慢腾腾地答道:桐树和杨树木质脆,没有榆树、槐树、构树那样有韧性,所以总是被刮断。大约从这时起,我记住了"韧性"这两个字。

十来岁时,我爱和同村的伙伴们一起做一种名叫"打翘"的游戏。伙伴中有一位身材稍小的,技艺极差,玩这游戏时总输,久之,便不愿与他再玩。他常常苦苦哀求我们允许他参加游戏,我们总是坚决拒绝。有很长一段日子,逢我们再玩时,便不见了他的身影。忽一日,他提出要和我们比试,而且主动说,如果他输了,他不仅接受游戏中规定的惩罚,还另外给我们每人一个烧熟的红薯吃。我们讥笑着答应了他的挑战,并断定每人会赢得一个红薯。可比试结果大出我们的意料:他竟赢了。我们不得不悻悻地接受了游戏中规定的惩罚。这时,常在一旁看我们做游戏的一位老爷爷说:他能赢你们,是因为他有韧性,我看见他总是一个人在那儿练。这件事给了我挺大的刺激。

上了中学后,有一次一位小麦育种专家到学校给我们作报告。我看不出他有多大岁数,不过他脸上的皱纹给我留下了极其深刻的印象,它们真像秋天收获季节农人在田间随意踩出的小道,纷乱而密集。他那天讲了他从一个普通农业技术员到小麦专家所走过的艰难道路。他二十几岁迷上育种,其间曾因此挨过多次批斗,且遭受过一次又一次实验失败的打击。他有无数个躺倒不干的理由,更有无数个逃离育种实验的机会,但他最终坚持下来了,育出了优良的小麦品种,成了闻名四方的专家。他在报告的最后说了一句:是韧性帮助了我。这句话让我心头一震。

我有一个战友,他相貌一般,却看上了一个极漂亮的姑娘,一心想娶其为妻。他极痴心地追人家。我料定他不会成功,劝他罢手;朋友们也都笑他不自量力,讥他"癞蛤蟆想吃天鹅肉"。可出乎我们所有人的预料,他最后成功了,真的和那位姑娘结婚并过起了幸福生活。我们后来笑着追问他的妻子:他何以会成功?他的妻子笑答:因为他那股死不承认失败的韧性让我感动。我为这回答一愣。

我在西安政治学院上学时开始系统地读史书,在关于

1840年之后的史书上,我看到了失败、低头、反抗和又一次的失败、低头、反抗,六个字不停地循环。字里行间塞满了耻辱、愤怒和不甘。我在那些书页里发现,每当我们这个民族被迫弯腰低头去签字同意割让或租出土地时,反抗的力量便开始迅速积聚。那些被打倒在地的中国人,并没有彻底认输准备永远俯首,总是很快擦干嘴角的血沫,又摇摇晃晃站起了身。我分析造成这种现象的内在原因,最后明白是韧性在起作用,在我们民族精神的内核里,有韧性这种成分。就是这种韧性使那些想把中国彻底打倒打垮的人没能如愿。

这些有关韧性的记忆一直堆积在心里,慢慢就使我生出了一个愿望:日后有机会,我该去写一篇有关韧性的东西。写写韧性的生发机制,写写它的形状和力量,写写保存它的办法和意义。

1988年,当我决定写长篇小说《第二十幕》时,"韧性"这两个字悄然走进了我的构思里。于是,我选择了一种很难扯断、韧性颇大的物品——绸缎作为我叙述的道具;我把韧性这种东西,作为我虚构的人物展开活动的酵母;我让韧性在一场旷日持久的奔跑中,充分发挥它的兴奋药力。韧性或多或少地帮助我完成了此书,我因此对它怀着一份感激。

以后,我想我对韧性的记忆,不会轻易消失。

关注个人的精神财富

——在九江大学的演讲

如今国人相聚,不讲财富的时候很少,只是讲的多为物质上的财富。这当然无可厚非。在经历了漫长的穷困日子之后,人们希望有钞票、有固定资产,从而使自己的生活建立在坚实的物质基础之上,是很自然的。不过我以为,人要想生活幸福,在拥有物质财富的同时,还必须拥有一定量的精神财富,精神财富也是人的幸福感的一个重要来源。

人活在世上,需要的其实就是两个方面:一为物质需要;一为精神需要。物质财富满足的是人的物质需要,保证人能活下去,活得肉体舒泰;精神财富满足的是人的精神需要,保证人能活得快乐,活得精神舒畅。一个人只有同时拥有了物质和精神两种财富,才算一个真正的富翁,才能保证自己生活在幸福之中。

与物质财富具有很多种类相同,精神财富也有丰富的内容。笔者认为,精神财富可以归结为这么几个部分:

其一,信仰和信念。信仰,就是人们的宗教信仰和非宗教信仰,前者如佛教、道教、伊斯兰教、基督教、天主教、东正教种种,后者如马克思主义,等等。信念,就是总认为有一份幸福在前边等待着自己,它在固定性上和信仰有点近似。有信仰、有信念的人因为坚信有幸福在未来或来生等着自己,故精神上就有了支柱。这个支柱就是一种财富。当人遇到灾难的时候,他就可以依靠这个东西来支撑,可以用它来支付灾难造成的精神亏空,从而不使自己垮掉。比如遇到了车祸,有信念的人会告诉自己,祸福相连,这一祸让自己对更大的车祸有了警惕,也许福就在前头,从而寻找到内心的平衡。信教的人会告诉自己,这可能是自己前世作孽所应得的报应,现在遭难受到惩罚,来世则会顺利升入天堂,如此能马上让自己的精神获得平衡。灾难让你内心失衡,精神财富的支出则会让你迅速获得平衡,这就像把钞票支付出去买来东西一样。

其二,意志力。就是我们常说的坚强还是软弱,坚韧还是脆弱。一个人的生活遇到很大阻力的时候,就要靠意志力来支撑,靠意志力推动自己去克服。人的意志力是通过做事情的耐力和毅力来表现的。人有没有意志力,是不是脆弱,遇到波折时会很快检验出来。如果他没有,一旦遇见大的挫折,他就会垮掉。如今,几乎每年都有富人因遇到挫折而自杀,究其深层原因,就是因为他们没有坚强的意志力这笔财富来支付精神亏空。

其三,道德信条。道德观念是一个历史的范畴,随着历史的发展而不断变化,每个时代都有每个时代的道德信条。一个人所信奉的他那个时代的道德信条,也是一笔精神财富。有了这笔财富,他在世界上的各种邪恶诱惑自己时,就能换来一份坚定,坚守自己做人的底线;他在做各种人生选择时就会从容,会准确地抓住人生机会,从而使自己处于有利的人生位置。人生的重要机会,有时就是一个人的道德信条换取的。

其四,各种知识。我们从书本上,从父母和学校老师那里,从各种实践中获取的知与识,也是一种宝贵的精神财富。这些知识保证我们进行日常精神支出,使我们不至于陷入人生旅途中一些陷阱。这些知识包括自然科学知识,如物理的、化学的、天文学的知识,等等;包括社会科学知识,如历史的、政治的、法律的、文学艺术的知识,等等;也包括关于人类自身的知识,如人类学、心理学知识,等等。一个人的知识越丰富,他的精神财富的量就越大,他应付人生就越自如。

与物质财富相比,人的精神财富的最大特点是无形。它是一种看不见的存在。它不供人去触摸,不能摆在人们眼前展览。也因此,它不容易被量化。一个人所拥有精神财富的多寡,别人只能凭感觉知道。精神财富的另一个特点就是不能像物质财富那样经遗嘱自然传承。父亲精神财富富裕,是富翁,儿女照样可能精神贫困,是穷人。一些名人的后代,虽然可以继承前辈的房产和金钱,但在精神上却远没有父辈那般富有。精神财富的再一个特点是,它并不一定随着个人物质财富的增加而增加,二者之间不是成正比的关系发展。物质财富富有的人可以把孩子送到外国去留学,可以给他买很多书,可以让他去看很高雅的艺术表演或展览,但这些并不能保证他们的后代在精神财富上就一定能增加。相反,一些穷人,没有时间和金钱去欣赏高雅艺术,甚至上不起学,却并不一定就会精神贫穷,他们中的一些人信仰坚定、意志坚强,不会被任何灾难打垮。精神财富还有一个特点,就是它乃一个变量,可以像物质财富那样逐渐积累。今天你拥有的精神财富不多,但不要紧,明天随着阅历、学习、汲取经验教训,你的精神财富会逐渐增多。所谓人的成熟过程,实际上就是人的精神财富不断增加的过程。经常听老人说,那个孩子比较成熟。我们若仔细观察分析会发现,这是因为那个孩子的精神财富增加了,所以感觉他成熟了。此外,我们还要明白,一个人精神财富的多寡,与个人受教育程度固然有很大的关系,但这个关系也不是绝对的。受教育程度高,可能拥有的知识比较丰富,但他同样可能意志力薄弱,同样可能在信仰上存在缺失,从而影响他精神财富的总量。当然,上了大学,当了硕士、博士,对于增加知识,对于意志力的历练,对于道德水平的提高,都会有好处,可这些与拥有精神财富的数量并没有必然的关系。

仔细分析当代人的精神财富状况,我们会发现,与20世纪八九十年代相比,其各个门类都发生了很大的变化。首先是在信仰上日益多元化。在城市的一些青年人中,原来的政治信仰逐渐演变成一种争取幸福生活的信念。在乡村,原来信奉道教、佛教的人中,有一些改信了基督教和天主教。其次是在意志力上呈两极分化状态。20世纪50到80年代,由于社会经济发展缓慢,生存的艰难成为人们意志力的一种历练方式。加上当时未实行计划生育政策,一个家庭几个孩子,孩子们都在非常困难的环境中长大,意志力反得到了锻炼。如今,独生子女一代开始成人,正在成为社会主体的他们,绝大多数从小娇生惯养,什么都靠父母,意志力随着生存环境的优化而脆弱化。近几年自杀的人数开始增加，据说每年有将近两万人自杀成功，有一千万人萌生自杀想法，有相当一部分人自杀未遂。这就是意志力脆弱化的表现。这是一种情况，向脆弱一极发生变化。还有一种情况，是向坚韧、坚强那一极发生变化。一些人，特别是精神财富富裕的人，随着社会转入市场经济，竞争环境形成，竞争的残酷性增加，这些人在竞争中跌倒了爬起来，爬起来再干，意志力不断得到历练。再次是传统道德的约束力在变松变淡。伴随着社会的转型，传统的道德观念受到挑战，新的道德观念尚未完全形成，人们的道德信条也就五花八门。比如在婚姻问题上，有人坚持从一而终；有人主张不合意就立马离婚；还有人主张先试婚，一试不行就分开；还有人主张一辈子不结婚，用情人代替另一半。再有就是在知识的问题上，呈现"知"在增加、"识"在减少的情况。学生们甚至研究生们，为了应付各种各样的考试，会背的东西很多，对前人的发现知道得挺多，但先见之"识"或原创之"识"很少。相当一部分研究生的论文不具原创性，没有价值，只是为了通过答辩而毕业，一千份论文里能抽出十分之一有新东西的就不错了。

　　是财富就要供消费，那我们个人的精神财富是怎样消费的呢？笔者认为，这种消费，主要是通过下述七种方式进行的：一是滋润人的气质。人的气质更多是靠精神财富来滋养的，没有精神财富而想拥有高雅的气质，那根本不可能。气质这东西虽然无形，但其实是很容易被看清楚的，一个人只要往那里一坐或一站，别人立马就可以感觉到他的气质状态，是高雅、平常还是庸俗，都能很快做出判断。所谓"腹有诗书气自华"，说的就是这种情况。二是端正人的生活态度。一个人有没有精神财富,从他的生活态度上就基本可以看出来。有精神财富,就会有正常的人生态度,就会既有对生活的享受,也有对社会的贡献,就不会一味地向社会、向他人索取。前几天,报纸上刊登了一幅漫画:一个二三十岁的年轻人趴在他父亲背上,左手持钓鱼竿,右手拿啤酒。这种生活态度就是一味地索取,是向他的父亲和家庭索取。有这种人生态度的人,肯定不会有多少精神财富。三是调理人的人际关系。如果一个人的人际关系非常糟糕,那他的精神财富肯定不会富有。因为一般精神财富富有的人,为人都豁达、热情、诚恳,这样周围和他相处的人都会自然感受到他的亲和力,与人的关系就比较和谐融洽,就会享有友谊。四是提高人应对事变的能力。人生常常会发生各种各样的意外事变,谁也不知道自己的前边会遇到什么,不管是什么样的人,都不敢说他的人生会一帆风顺。人的精神财富可以提高人应对事变的能力。当一个意外事情出现了,你可以支付你的精神财富,从而做到从容镇静,使各种各样的意外得到化解。五是美化人的语言。语言是人类区别于其他动物的最重要的标志,同时也是人的精神财富的外在表现。语言状态是雅的、美的、幽默的、机智的、礼貌的,还是粗俗的、猥琐的、粗鲁的,一下子就能显示出一个人精神财富的持有状态。六是提高人的生活质量。精神财富多了,对一个人最大、最直接的益处就是生活质量会提高,心境经常是一种愉快状态,能享受到生命中的美好时光。有的人整天紧紧张张,为增加物质财富忙忙碌碌,把自己变成一个赚钱机器;有些人稍有不顺就大发雷霆,整天牢骚满腹,总觉得这个社会欠他的。这都是精神财富缺乏的表现。七是增强人获取物质财富的本领。物质财富富有的人不一定会精神财富增加。反过来却不一样。精神财富富有,会帮助人去赚取更多的物质财富。

人在物质财富上的破产状况我们都知道,其实人的精神财富也同样可能破产。只要是一种财富,若保护不当,它就可能消失,可能丧失,最后使持有者破产。精神破产实际上就是人的精神突然变得没有支柱。人的精神破产后,通常会造成三种后果:第一种是对一切都变得漠然,停止对生活的谋划,开始随波逐流,对一切都不再有兴趣,不再追求生活质量,过一天算一天。他的外在表现就是眼神呆滞,没有生气。第二种是有绝望感,企图自杀,扼断自己的生命,不想再承受人生的烦恼和痛苦。他的外在表现就是绝望,眼神暗淡无光。第三种是对他人构成威胁,不再善待他人。杀人、强奸、恐怖袭击等都属于这种情况。他不再顾及任何东西。有的杀人还要焚尸灭迹,残忍至极,已经变成非人。他的外在表现就是狰狞可怖,令人恐惧。

导致一个人精神财富破产的原因,通常有以下几种:一是遭遇极大的自然灾害,比如地震、洪水等。这会对人的信仰造成动摇。1976年唐山大地震,有的全家人都死了,有的全家只留一个人,有的全家都伤残了,这让人一下子觉得上天是不公平的,他们开始质问他们信仰的对象:我做错了什么事,要受这样大的惩罚?二是遭遇极大的社会灾难。比如说战争,像"二战"时犹太人的被残害,让犹太人觉得天一下子变了,善一下子没了,这也能动摇人的信仰或信念。再比如恐怖袭击,像俄罗斯的"别斯兰事件",那么小的孩子,早上还活生生的,转眼间就被害死了,让人觉得难以接受,觉得人世间是丑恶的,觉得人活在世上没意思。三是遭遇痛心的人际背叛。本来是非常好的朋友,一块儿做生意起家的,转眼间为了一些利益一下子背叛了他，他会感到非常痛心、寒心，从而对人失去信任，把人世视为地狱。四是遭遇巨大的谋生挫折。我们知道，如今要找到一个合适的职业很不容易的。前不久，北师大一个女博士，已经成家，有丈夫，有孩子，因毕业前找了几个工作都是面试后未成，最后自杀了。谋生的挫折有时会让人一下子失去生活的信心，动摇活下去的信念。五是遭遇突然的健康危机。像遇到癌症、艾滋病等，一些人很难接受，精神大厦的支柱就摇摇晃晃地坍塌了。

我们知道，个人物质财富的总量越大越不容易破产。同样，在个人精神财富的积累上，我们也可以提倡"贪婪"一点儿，积攒得越多越好。多了，当你遇见什么大的意外情况，就像刚才提到的人生、社会和自然界的灾难时，能支付的东西就多，破产的可能性便小。要想增加个人的精神财富，首先得把精神财富的来源弄清楚。笔者以为，这种精神财富的来源主要有：

前辈人的言传身教。我们出生以后，爷爷、奶奶和父母每天都在教育我们，告诉我们很多做人做事的道理。前辈人的这种"告诉"，这种口口相传，实际上就是我们精神财富的一个来源。这类"言传"里一般都会有一项内容，即告诉你只要努力，将来肯定会有好日子过。这就是在帮你建立人生的信念。还有就是宗教信仰，很多人的宗教信仰是父母传给他的。母亲如果信佛教，往往儿女也容易跟着信佛。特别在西方，如果父母信基督教，孩子很小就受洗礼，就跟着父母做饭前祷告，自然也会跟着去信仰基督教。所以，前辈人的言传身教是精神财富很重要的一种传承途径。

个人从事各种实践时的体悟和锻炼。个人的体悟，主要是指对人生经验教训的体悟。比如说，一个人做一件事情，做错了。如果是一个有心的人，就会总结一下，变成一种教训，存在自己的心里，这种总结出来的教训就是一种精神财富。个人的锻炼，则主要是指对个人意志力的锻炼。一个人做事失败了，他不怨天尤人，而是找出失败的原因继续干，直至成功，这就是意志力的一种锻炼。坚强的意志力不是凭空产生的，它是在人有意识的锻炼下出现的。

  对古今中外书籍的阅读。书籍是前人和别人实践的总结，是"知"与"识"相结合的一种载体。你在阅读的过程中，经过体味、思考，会增加你个人的"知"和"识"，会让你逐渐认同和接受其中所含的道德观念。所以，读书是我们的精神财富的一个重要来源。图书馆和家里的书是物质上的东西，能不能把书中的东西变成你的精神财富，就看你阅读量的大小和阅读时的分析吸收能力了。

  就像每个人都或多或少拥有物质财富一样，每个人也都或多或少地拥有精神财富。对这份精神财富，我们要经常像盘点物质财富一样，去盘点它的库存情况，看看自己可供支付的东西还有多少。要经常想想，我的信仰是什么？我追求幸福生活的信念是不是坚定？我的意志力可否称得上坚强？我信奉的道德信条有哪些？我的知识是不是在不断地更新？如果现在有一百万现金可以不劳而获，我能抵抗住它的诱惑吗？如果今天突然有场灾难降到身上，我能扛得住吗？如果眼下有人在受难，我看见后能冲上去吗？可以经常用这种办法来问问自己，这样就会知道自己的精神财富的储存状态。人的精神财富支付是很频繁的，其实人每天都在支付，每天都要面临很多需要支付精神财富的情况。

  在对精神财富的保存上，我们要有风险意识，要随时小心它的流失。我们要特别认识到,个人精神财富的流失有一个特点,就是连带效应明显,可能你的精神财富的其他部分还在,还有很多,可意志力垮了,不想活了,那么连带其他的东西也完了。我们要像保管我们的物质财富那样,精心地保管我们所拥有的精神财富。

人的内心世界

　　人的内心世界是相对于人所活动的外部世界及其外部表现来说的。只要一个人活着,有精神活动,他就有内心世界。作家既然把人作为自己的表现对象,他就必须把探索人的内心世界的奥秘作为自己的一个任务,否则,他写出的人物就不可能具有诱人的魅力,其作品也不可能具有恒久的艺术价值。

　　人的内心世界与其外部表现的关系,一般有三种。第一种是内外一致。也就是说,他的内心世界美好善良,他的外部表现温和且富于同情心。比如我们都知道的特蕾莎嬷嬷,她有一颗金子般的心,她的外部表现也是那样美好。第二种是内外相反。一个人的内心世界丑恶歹毒,外部表现却温文尔雅、充满爱心。比如希特勒,他指挥他的手下无缘无故地屠杀几百万犹太人,经常以观看集中营里屠杀犹太人的纪录片来获取快感,内心世界极其歹毒可怕。可当他面对人群的时候,他常要极其亲热地去亲吻儿童,让人们觉得他温和而文雅。第三种是内外近似。一个人的内心世界的真实情况与其外部表现比较近似。比如我们的彭德怀元帅,他的内心世界坦荡而充满对人民的爱意,他的外部表现耿直不苟且,内外很是相似。作家的任务,就是在描述人的外部表现的时候,不忘去探查人的内心世界的真实境况。

人的内心世界有一个重要的特点,就是密闭。它很少对外开放,常常不许第二个人进入,包括他最亲密的人。父母不知道儿女内心世界的真实境况,丈夫也不知道妻子的内心世界究竟是什么样子。这也是人间许多悲剧得以发生的原因之一。有的人已经在内心里作出了某种可怕的决定,其内心世界已是波涛汹涌,可他身边的人,包括同事和兄弟姐妹妻子孩子及父母却一点也不知情。当然,人的内心世界也有开放的时候,这通常是在两种情况下:一种是本人因为内心世界的极度不平静而需要找人倾诉,这时他会自愿短时间地开放;另一种是因为本人犯罪遭到审讯,不得不说出自己内心作出犯罪决定的过程,这属于强制性开放。除去这两种情况,人们很难进入他人的内心世界。

人的内心世界是一个阔大而混沌的世界,它究竟有多少区域,谁也说不清。我们如果要勉强对其作一个划分的话,它大概可分三个区域:其一,是看上去明朗美好的区域。这个区域盛放着诸如"爱""同情""慷慨""怜悯""奋斗"等人性中和人受文明滋养后生出的正面的东西,它所酿造出的,多是美好的果实。这个区域在每个人的内心世界里都有,或大或小而已。这个区域是保证一个人成为人的最基本的东西。我们知道人是从动物进化来的,经过多少万年的进化,才让人的内心世界有一些美好的东西,使人区别于动物。我们部队打仗时经常会遇到缺吃少喝的时候,每逢这时,战友们总是互相礼让,一块饼干,你吃一口我吃一口,总也吃不完;一壶水,你喝一口我喝一口,总也喝不完。这种互相关爱,就是人的内心世界里的这个区域在起作用。如果一个社会的制度健全,一个单位的气氛正常,人们内心世界里的这个区域会逐渐扩大,人们内心里美好的东西会越来越多。当我们观察别人时,即使这个人是你非常讨厌的一个人,你也一定要公正地注意到他有这个区域,尽管有时它非常微小。这样你写他的时候,才会把他写得真实可信,不至于让人觉得写得假。其二,是看上去阴沉有风暴的区域。这个区域盛放着诸如"自私""绝望""孤独""争斗"等人性中和后天生出的不美的东西,它所酿造的,多是不好的果实。我们大家可能都会在本单位发现这样的情况,人们互相倾轧、欺诈,互相制造麻烦,今天你踢我一脚,明天我踢你一脚,今日你打一个小报告害我,明日我打一个小报告害你。这些现象,就是人内心世界里的这个区域制造的。其三,是看上去黑暗可怖的区域。这个区域盛放着诸如"嗜血""憎恨""杀戮""贪婪"等人身上那些兽性的遗存,它所酿造的,多是可怕和丑恶的果实。前不久在俄罗斯别斯兰发生的人质事件中,恐怖分子把冲锋枪对准孩子们射击,杀害天真幼稚的孩子们,这种非常血腥的事情,就是人内心世界的这个区域制造的。前几年我们北京市有个敲头犯罪团伙,他们在过街地道里袭击女性,用包着的铅球突然朝妇女的头砸去,把人砸死或砸成植物人,而后实施抢劫,有时仅仅为了抢走一部手机。把一个同类活活弄死,这是野兽才能做的事情。足见人内心世界里这个区域的可怕。这三个区域,在不同的人的内心世界,大小是不一样的。我们搞文学的人,对此必须有清醒的认识。

人的内心世界并非孤立存在,而是和外部世界紧紧相连,经常受外部世界的影响,从而像大海一样,每天都波翻浪涌。我们每个人都可以想想自己,我们的内心世界哪一天彻底平静过了?外部世界对内心世界的影响,有这样几种情况:一是他人的言行会造成自己内心世界的不平静,比如妻子的抱怨会让自己心生怨气,领导的批评会让自己心生恼怒,邻居的误解会让自己心生烦恼,等等。二是外部发生的事件会造成自己内心世界的震荡,比如亲人中有人遭遇车祸,会让自己的内心世界立刻发生改变,甚至会由此改变对人生的看法;身边有人被提职调薪,会让自己不由得在心里进行攀比并生出不平衡感。三是气候的变化也会引起自己内心世界的变化,比如天总是阴雨绵绵,会让人的心也阴沉起来,内心暗淡而郁闷;比如雪后初晴,艳阳照在白雪上,会让人变得心旷神怡,人的内心世界也跟着澄明起来。

人的内心世界当然也会作用于外部世界的变化。外部世界的很多变化,其实都是由人的内心世界的变化引起的。一个家庭的解体,来源于丈夫或妻子的内心世界的某一场风雨;一个抢劫大案的发生,来源于犯罪分子内心世界的一个决定;一座新工厂的出现,来源于决策者内心世界的一次权衡。前些年,有一个城市不断发生抢银行的事件,最后抓住了犯罪的小伙子。这人被捕后供述说,我见到社会上有那么多有钱的人,我的生活比他们差远了,凭什么我就不能跟富人们一样享受?于是我就想到了抢银行……正是他内心世界里酝酿出了这个抢银行的打算,所以才出现了一连串的事件:银行员工的被袭、大批公安干警的出动、城市交通的瞬时混乱、市民们的惊慌和恐惧,使外部世界发生了意外的一连串变化。

由于人的内心世界广阔无边、变化多端,且每时每刻都对外部世界产生着影响,所以人类一直在试图努力弄清人的内心世界的风景。心理学家们对人的心理活动进行科学的分析,企望找出人内心世界变动的内在规律;各种宗教通过对信徒行为和忏悔内容的分析,企图解释人的言行与心理世界互动的奇妙因由;封建迷信者则要把人的内心世界的变动与神灵和精怪联系起来。我们作家探索和表现人的内心世界的目的,则是为了更全面地认识人自身,更真实地去表现人,为人自身的发展留下艺术的记录,从而使自己的作品更有魅力、更具恒久性。当然,作家要探索人内心世界的奥秘,也并非没有捷径,其基本的方法不外乎三个:一个是仔细观察。由人的神情和举动去分析出其内心世界的图景,人的内心世界的波动,或隐或显地,总要在其神情和举动上有所暴露,若观察细心,便会有收获。另一个是耐心倾听,诉说是一个人主动打开内心之门的时候,作家若遇此机会,万不可放过,当耐心倾听,从而获得进入他人内心世界的短暂机会。再一个是自我审视。把自己作为一个标本,对自己的内心世界进行审视,发现其中的各样景象和变化规律,然后再推而广之,获得关于人的内心世界的一般性认识。

　　人是一种极其复杂的动物,不仅他的肉体构造非常精密,他的内心世界也玄奥无比。我们想把人的内心世界完全弄清楚应该说是不可能的,一个作家穷其一生,也不过是比别人多发现一点东西而已。

瞩目我们所处的时代

——在中国作协文学创作座谈会上的发言

今天来谈创作,不能不谈我们今天所处的这个时代。我个人认为,身为作家,应该努力去把握和表现这个精彩的时代。时代是一个特殊的时间量词。它没有标准的长度规定,既可用于个人生命时段的划分,如少年时代、青年时代;也可用于人类成长时段的划分,如旧时期时代、新石器时代;还可用于社会生活时段划分,如盛唐时代,等等。当我们把它用在社会生活中时,它通常是用社会生活中的大事件来命名的。也是因此,我们当下所处的时代有很多名字:网络时代、改革开放时代、经济全球化时代、信息化时代,等等。我个人认为,就世界范围来说,我们今天所处的是一个政治多极化、经济全球化的时代;就中国来说,我们所处的是一个民族全面复兴的时代。我们这一代作家能赶上中华民族全面复兴这个时代,是我们的幸运。我觉得,我们所处的这个时代,给作家提供了前所未有的机遇。

　　这个时代给作家提供了一个比较安静的写作环境。如今,和平成为世界上大多数人的向往,协商成为世界上多数国家处理争端的政策首选,加上我国进行了卓有成效的外交工作,世界相对安宁,中国因此获得了和平建设的机会。这使作家也有了一个比较安静的写作环境,可以安心地去从事创作活动。有没有一个安静的写作环境,对于作家其实是很重要的。我们当然承认战乱时期也会出好作品、好作家,但谁愿意在枪炮声中、在生命随时会受到威胁的环境下写作呢?战乱时代,多少有才华的作家不得不离开书桌上战场,不得不丢下笔去四处躲避子弹、炮弹,美好的年华没能用到写作上。"文革"时代,多少作家被迫放下笔。相比他们,我们今天的作家难道不幸运吗?

　　这个时代也给作家提供了更加丰富的写作素材。今天,经济发展成为世界上大多数国家的追求,更是我国政府的工作重心。也是因此,人们的物质欲望连带其他各种欲望都开始释放和展示出来,五彩缤纷的人物和千奇百怪的事件不断涌现在我们眼前:一夜暴富的股神、捐赠过亿的慈善家、自己出资办学的民办校长、敢与黑社会较量的警察、走穴赚钱的艺术家、用网络和电话诈骗的"高手"、抢劫银行的大盗、单笔贪污八千万元的贪官、敢造假币的"能人"、会卖假药的药商、拐卖邻人孩子的人贩子、做人血买卖的血头、新建楼房忽然倒塌、在建桥梁轰然垮掉、工人正掘进的煤窑突然爆炸、过量超载乘客的大巴一下子翻倒、用从地沟里淘出的油炸油条、在过期的食品包装袋上再贴新的出售标签,等等等等,没有哪个时代如此热闹过,人生的各种映象和人性的各种闪光成为我们观察人生审视人性的绝好机会。今天，在保障人的幸福和生存权利成为普世价值观念的时候，恐怖主义这个怪物却开始兴风作浪，世界上恐怖事件频发，我们国家也未能幸免：用汽车炸弹和提包炸弹袭击人群、持刀追杀在市场买菜的妇女、用石块砸死背着书包的孩子、用长刀捅死在街头购物的老人，这些反常的现象更值得我们作家去认真审视人性深处的怪异之景。

这个时代还给作家提供了思考人类未来境况和最后归宿的一些条件。如今，自然科学的发展呈现一种超速状态，前所未有的新技术不断出现，人类的未来生活图景已若隐若现：距离已无法限制人们当面交谈，视频可以跟踪人的全部行动，会飞到高楼窗前的汽车已经研制出来，最新一代的机器人已可以和人谈情说爱，动物已可以克隆，人的个别器官已能更换，换脸术已经成功，计算机很快可以读脑。英国《每日电讯报》网站2009年9月22日报道，美国科学家雷·库日韦尔说，二十年后，人的许多关键器官都能够靠纳米技术来替换。他写道："我和许多其他科学家现在都相信，在大约二十年的时间里，我们就能够为我们古老的身体软件重新编程，这样，我们就能阻止甚至逆转衰老。之后纳米技术就会让我们长生不老。最终，纳米机器人将替代血细胞，而且其工作效率会提高上千倍……"纳米技术会使我们的智能大大提高，那时，我们只要几分钟就能写一本书……虚拟性爱将会成为家常便饭……将来的世界，人类会变成有着人造肢体和器官的电子人。这些令人意外的话是科学预言还是故作惊人之语？作家不应该不管不问。历代作家一直在进行追问：人从哪里来？人活着的意义究竟为何？人将向哪里去？人类最后的归宿在哪里？现代科学已把一些隐在远处的可启发我们思考的东西指给了我们,我们能不能抓住那些东西,要看我们作家进行形而上的思索探求的本领了。

  这个时代也对作家的写作提出了更高的要求。首先,是影像对人们眼睛的吸引力从来没有像现在这样强,这就要求作家的文字要更有吸引力,否则你根本不能把读者的目光由影像上拉到你的文字里。其次,是这个时代凡事习惯让市场说了算,对书,也习惯以市场印数来论其好坏,这就要求作家要有更大的定力,要坚持该坚持的。还有就是人们的生活节奏加快,人们用于阅读的时间变得越来越少,这就要求作家在写法上要有崭新的创造,尤其在叙述节奏上要适应现代人的需要。我们如果不关注这个时代的这些新特点,我们写出的作品可能就会脱离这个时代,很难为这个时代的读者所喜爱。我们当然可以声称自己的作品是为下一个时代的读者写的,但回首我们民族文学经典产生的过程会发现,所有的后来成为经典的好作品,其实在作者所处的那个时代,就已经被一部分人接受了。

  一个人所处的时代,不管是好是坏,都是不能自主选择的。它是父母带我们不知不觉走进的,是社会要求我们走进的,是时间迫使我们走进的。但个人对自己所处的时代又有能动性,我们可以给时代添加新的内容,给时代留下自己的印痕。作为一个作家,遇上今天这个好时代,应该向其献上自己最富创造性的好作品,使时代生活在自己的作品中长留下去,为后世人了解我们所处的这个时代存一份好的标本。

道教文化对中国文学的影响

——在"2002年渥太华国际作家节"上的演讲

宗教文化对文学的影响,在世界的各个角落里都可以感受到。

基督教文化对西方文学产生的重要影响,在西方许多作家的作品里均可以发现。同样,中国的宗教文化也曾经对中国的文学产生过重要影响。

中国人如今信奉的宗教主要有三种,即佛教、道教和伊斯兰教。在此基础上形成的宗教文化,也主要有三个部分:一是佛教文化,二是道教文化,三是伊斯兰教文化。在三种宗教文化中,只有道教文化的根是深扎在中国的土地上的。道教不同于佛教和伊斯兰教,它不是由外国传来,它是从中国本土生长出来的。它源于先秦的道家,奉老子为教祖和最高天神,同时承袭了中国古代社会的巫术和求仙方术,是土生土长的本民族宗教。它在东汉晚期逐渐形成,长久作用于民族文化心理、风俗习惯、科学技术以及社会政治经济生活的广泛领域。道教文化是中国传统文化的一个重要组成部分,对中国文学的影响是非常大的。

　　道教追求在现实世界上建立"人人无贵贱,皆天之所生也""高者抑之,下者举之""有余者损之,不足者补之"的平等社会。这种对理想境界的追求影响了许多文学家,从而使一批类似《桃花源记》和《水浒传》的文学作品出现,《桃花源记》期望建立一个宁静、平等、安乐的世外世界,《水浒传》期望凡到梁山泊聚义的人都能成为兄弟。今天的中国当代文学中,有一批写反对司法界腐败的作品,这批作品中反映出的对平等的渴望,其思想的源头里,有一支是连着道教文化的那条河道的。

　　道教认为"道法自然",认为自然界的美妙山水间存在着三十六洞天、七十二福地,因此崇尚清静无为,主张与自然和谐相处。这种主张也对后世的文学家产生了影响,使类似于"明月松间照,清泉石上流""大漠孤烟直,长河落日圆""霜落熊升树,林空鹿饮溪""春江潮水连海平,海上明月共潮生",这种赞美、咏叹山水的诗词不断涌现,使类似于《游褒禅山记》的散文不断被创作出来。今天的中国当代文学中,有一批作品对现代科技的负面作用表示出担心,对美丽的自然环境的被毁坏表示出忧虑,期望回归日出而作、日落而息的田园社会。这批作品的精神渊源,也可追溯到道教文化里。

　　道教认为生活是乐事,活着是好事,死亡最痛苦,乐生、重生、贵术,热衷于"人如何不死""如何长生"的问题,世界上其他的宗教几乎全都关心"人死之后如何"的问题,认为人生充满罪恶与痛苦,把希望寄托在天国,企望死后灵魂得到安宁。

只有道教独树一帜,讲究养生之功,希望长生不老。道教的这种希望也对历代的文学家产生了影响,使孙悟空这种烧不死砍不死的艺术形象和吃了唐僧肉可以长生不老的故事得以在小说《西游记》里出现。在今天的中国当代文学里,有一批小说专写人对死亡的恐惧,写人为延年益寿作出的各种努力,这批作品的精神之源,也有一部分在道教文化那里。

道教向往超俗脱凡、不为物累的"仙境"世界,对战争表示出特别的厌恶,这对文学家们也有影响。中国的许多诗词、散文和小说在写到扩张性、侵略性的战争时,多采取批判、反对和谴责的态度。从杜甫的诗句"边庭流血成海水,武皇开边意未已",到中国文学中反对穷兵黩武的传统精神,和道教文化都或多或少地有着联系。

宗教作为一种成熟的意识形态,是文化发展到一定阶段的产物,是观念、情绪和活动的相当严整的体系,是人类的一种伟大的创造。它可以被认为是人类活动的一种方式,具有极宽广的文化涵盖功能。道教作为一种成熟的宗教,包含着哲理思辨、人生理想、伦理观念、道德意识等内容,必然会给予中国的社会文化以巨大的影响。中国文学是社会文化的一种样式,自然要受到它的影响。我们看到了这种影响,就会加深对中国文学发展中一些现象的理解,就会摸到中国文学作品的一些思想之脉。

要想准确地理解中国的一些文学作品,需要对中国的道教文化有一点了解。

欢迎朋友们去我们中国的道观里看看。我的家乡就在著名的道教圣地武当山附近。朋友们到了武当山金顶,可以看到道徒们在特设的法坛上进行"斋醮"的仪式;看到设坛、摆供、焚香、画符、念咒、上章、诵经、赞颂的过程;看到美丽的烛灯;看到美妙的道乐吹奏程式;看到道徒们修炼内功的情形;看到道士们为死者进行施食、追荐和超度的情景。那会使你觉得乐趣无穷。

我在中国等待着朋友们的到来。

全球化背景下的作家写作

——在土耳其海峡大学的演讲

全球化是目前我们从事写作的人不能避开的一个时代问题。全球化这个概念的内涵,指的是物质和精神产品的流动冲破区域和国界的束缚,影响到地球上每个角落的生活。它也指人员的跨国界流动,人的流动是物质和精神流动的最高程度的结合。全球化这个概念的提出,将当代世界的一种发展态势,即人的一切生产品包括人自身都处于一种跨国界流动的状态,清楚地呈现在人类面前。

不管你喜欢全球化还是反对全球化,全球化作为人类成长发展进程中的一个阶段,已经出现在了我们的生活中。这是随着飞机、高铁等现代交通工具的普及和互联网信息时代的到来而发生的必然现象。地球上各区域、各国家之间的距离,从来没有像现在这样小,地球正在缩变为一个村落和一座城市,人的劳动成果和人自身,不可能不出现频繁流动的局面。

我们现在能选择的,只是如何面对全球化,对它采取何种态度。

身为一个作家,我首先觉得全球化是一种事实,正视这种事实是尊重社会发展规律,是顺应历史潮流。我们只要睁眼就可以看到,今天,一片区域、一个国家的经济很难离开其他区域和其他国家而单独发展;一片区域、一个国家的经济发展兴盛,可以带动其他区域和国家的经济随之兴盛;一片区域、一个国家的经济出现了危机,也可能使其他区域和国家的经济连带发生危机。各国的精神产品互相产生影响的程度,也从来没有像现在这样大。人员在全球的流动量,更是从来没有像现在这样多。

同时,作为一个作家,我感到全球化也是一种机遇。全球化可以使我们作家更方便地在全球走动,可以开阔我们的眼界,可以使我们拥有更多的写作资源,可以使我们的创作有更多的参照系。此外,全球化可以使我们的作品更方便地走出国界,给世界上更多的读者送去爱和精神慰藉,送去美的享受,去影响更多的心灵。这当然是一件好事。

但作为一个作家,也要对全球化进程中的负面影响保持警惕。随着物质和精神产品包括人自身的流动,生活在各国的人们对人生之幸福、对美、对人与自然之关系、对人类社会之发展的认识,会逐渐形成共同的看法和标准,但这绝不是说各民族的文化会逐渐失去自己的特点而完全趋同。我们知道,任何一种民族文化,都是那个民族在长期发展过程中形成的精神根据地,是其赖以生存的精神家园。在民族文化的相互关系上,应该强调的是相互尊重和借鉴,是彼此宽容和学习,而不是要求融合和趋同。融合和趋同的结果,只会使人们在心灵和精神上产生无所依托和无所凭借的痛苦和不安。也是因此,作家应该通过自己创作的作品,去展现本民族文化的美好和魅力,从而使其他民族对其产生敬意和学习、借鉴之心。

我个人,是在灿烂的中华文化的熏陶和滋养下成为一个作家的,没有中华民族文化乳汁的喂养,我不可能写出那么多作品。因此,我对我们中华民族文化怀着很深的爱意和感激之情。我会用我的文字,去向世界上更多的读者描述这个有几千年历史的文化形态;我会用我的作品,去向世界上更多的读者介绍在这种文化传统中长大的各种人物;当然,我也会用我的笔,去向世界上更多的读者指出这一文化传统中的糟粕。

我希望在全球化的背景下,会有更多的人从我的作品中,了解和理解我们中华民族的文化传统。

中国乡村的环保现状与挑战

——对日本磐城明星大学学生的远程演讲

在我的小说和散文作品里,我一次又一次地提到我的故乡——中国河南省西南部的南阳盆地,提到那里的农人、村落、田畴、庄稼、田埂、河流和湖泊。1952年,我就诞生在南阳盆地南沿的一个小村子里。乡村,是我生命开始的地方,乡村的自然环境对我的生命产生了深刻影响,也因此,我对乡村充满了深切的热爱和依恋之情。

(一)

在我的童年和少年时代,我故乡的自然环境是非常美的。那个时候,我家乡的地下水的水位很高,用铁锹向地下挖一锹,就可以挖出清凌凌的水。村子周围的沟渠里,到处都有清水在流动。农人们在地里干农活渴了,随时可以去田头的沟渠里捧起清水来喝。村前、村后、村中间,到处都有大大小小的水塘,水塘里种着荷花、养着鱼。夏天,我们这些孩子就在这些水塘里戏水作乐,不时扎进水中去把雪白的莲藕挖出来,或者去摸藏在水草和淤泥里的鲫鱼和鲤鱼。

那个时候,村子里和村子四周的树木很多,村边的树已经形成了很密的林子,很多树又粗又高。一到夏天,树冠遮天蔽地,千百种鸟就栖息在那些高高低低的树上,叫出各种好听的声音,垒出大大小小奇奇怪怪的鸟窝,惹得我们这些孩子,经常爬上树,想去看看鸟窝里的小鸟,结果惊得那些做父母亲的老鸟飞来飞去地叫个不停。

那个时候,我们那里的荒地很多,大片的土地没有开垦,上边长满了灌木和深草,也因此,动物很多,有野猪、狐狸、獾、狼、野兔、蛇、刺猬、黄鼠狼、等等。有些夜晚,我们能听到狼发出的和小孩哭声近似的叫声。我们那时最高兴的是看大人们追赶野兔的场景。有时,正干农活的大人在草丛里发现了野兔,就丢下农具去追,还常常几个人一起去追,都企图把它当作自己餐桌上的美味。可野兔跑得非常快,三跳两跳就隐进沟渠或田垄里不见了,使得追它的人累得上气不接下气且丧气无比。

那个时候,农村里除了菜园里种的青菜可吃之外,还有很多野菜可吃。树林里、沟渠中、田埂上、村路旁,到处都可以采到各种各样的野菜吃。我记得我母亲那时经常采来野蒜苗、野韭菜、野小葱、地皮菜、荠荠菜,来给我炒了吃或包饺子吃。逢了雨后,母亲会递给我一个小竹篮和一把小镰刀,让我随她去田野里采挖野菜。

那个时候,只要是晴天,天就湛蓝无比,空气里永远是一股清新的味道；即使刮风下雨，人闻到的也是大自然本该有的那种土腥味和水腥味，没有任何怪味。

那个时候，故乡的人们基本上过的是日出而作、日落而息的农耕生活，这种生活比较简单，质量说不上高，但和大自然是和谐相容的，是符合中国传统的天人合一哲学观的。在我的故乡，人们一向认为，天之道，在于"始万物"；地之道，在于"生万物"；人之道，在于"成万物"，天、地、人相互对应和联系。老子所主张的：人法地，地法天，天法道，道法自然，为我故乡的大多数人所接受，人们大都认为人与自然是一致和相通的。

和我的故乡一样，那时中国乡村的自然环境都很美好。有的乡村因山而美，有的乡村因水而美，有的乡村因田畴果园而美，有的乡村因树大林密而美，有的乡村因草地而美，有的乡村因云雾而美。上天给了中国乡村一个美丽的自然环境，使得中国的农民历经各种灾难而顽强地生存了下来。

（二）

随着人口的不断增加，随着现代工业尤其是一些污染严重的企业向乡村的迁移扩展，随着人们对现代生活方式的盲目追求，随着人们物质欲望的快速膨胀，我的故乡乡村的自然环境开始遭到一些破坏。

首先是水资源遭到了一定程度的破坏。由于大工业和城市居民用水量的快速增加，地下水开采过量，导致我们那里的地下水位迅速下降，到后来，沟渠里和水塘里的水大都已经干涸，村里的吃水井得挖得很深很深才能见到水。由于乡镇造纸厂和其他化工厂的建立，它们排出的污水污染了地表水，故一些尚有水流的河段,水质污染严重,水发黑变臭,造成夏季蚊蝇丛生。

其次是动物种类减少。如今在我的故乡,能见的动物除了家畜之外,就剩鸟和野兔了。鸟的种类和野兔的数量也都不多。再也听不到狼的叫声了,更看不到野猪的影子。蛇也很少,因为蛇少,糟踏粮食的老鼠空前地多了。

再次是少部分农田的土壤遭到了污染和破坏。由于种棉花和其他一些庄稼需要灭虫,故一些农民经常向田里喷洒农药,时间久了,这些农药会沉入土里,污染土壤。农民如今种粮特别喜欢使用化学肥料,化肥使用得多了,会使土壤板结,会破坏土壤自然拥有的那些成分。

还有就是空气的污染。一些乡镇工厂排出的烟雾,还有城市制造的废气,最终都会飘到乡村的上空。加上高速公路的修成,原来在乡村几乎闻不到的汽车尾气,后来也能天天闻到了。当然,目前乡村空气的污染与城市相比,还是较轻微的。

最后一点是地表植被在一些村子遭到了破坏。有一段时间,人们伐树成风,主要是为了解决吃饭烧柴的问题。个别地方的农民为了在冬季找到烧锅的柴草,甚至在沟渠埂上和山坡上挖草根用来烧锅做饭。这就使草和树大量减少,一刮大风,就容易出现黄尘天气。

上述这些情况不仅在我的家乡存在,也在中国的其他一些乡村存在。乡村的水、土壤、植被和空气,与过去相比,都或多或少地遭到了破坏,在个别乡村,因为水体遭重金属污染严重,甚至导致妇女生出了畸形儿,导致了癌症病人的增加。

(三)

乡村自然环境状况的恶化,不仅引起了民间百姓的关注,也引起了地方政府的重视。乡镇政府逐渐意识到,如果不加治理,不仅会影响到农民的身体健康,造成恶性疾病多发,影响到人们的生活质量和幸福感指数,而且会破坏外地商人对本地的好印象,影响他们的投资热情,影响当地的经济发展。所以近些年政府采取了多种治理措施来纠正环保不力的问题。在我的故乡,政府提出了环境保护的新目标,即村子有绿树遮荫,人畜有清水可饮,山体有绿色作被,田里产长寿之品。

第一个措施,是关闭一些污染严重的乡镇企业,尽可能阻断污染源。对一些小型造纸企业,若治污设备不达标,就坚决予以关闭,以停止排污。对一些小型排污的采矿企业,如小型银矿和铜矿,坚决关停。特别是在水源地,采取的保护措施更坚决。比如在南水北调的水源地——丹江口水库沿岸,不允许开办任何可能排污的大小企业。我在我的长篇小说《湖光山色》里,曾描述过丹湖的美景,我笔下的丹湖其实就是丹江口水库。那里的水一直获得最好的保护,非常纯净,可以直接饮用,质量和商场里卖的纯净水一样。

第二个措施,是限制一些毒性大的农药的使用。在粮田、菜地和果园里,提倡灭虫时不用农药,尽可能使用乡村传统的灭虫方法。禁止喷洒毒性大的农药,不允许农药生产企业再生产剧毒农药。大力宣传在农田使用有机肥料的好处,提倡尽可能少地使用化学肥料。凡是用有机肥料生产的蔬菜、粮食和水果,会准许在包装上写明,能卖出更好的价钱。

第三个措施,是鼓励种树和保护草地。如今,鼓励农民在自己的房前屋后种树、种有药用价值的草,实行谁出力谁受益的政策。还鼓励村民承包村子四周的空地种树种草,田间沟渠两岸和村道两旁也都分段承包给各家种树,对这些地方长出的青草,不再像过去那样要求一律拔掉,而是尽可能保留下来以覆盖裸露的土层。在山区,采取封山育林的办法,使树林和荒草随意生长。这样既美化了环境,也有利于涵养水源,避免平地扬尘、山区塌方。

第四个措施,是提倡生活垃圾无害化处理。对乡村中人和牲畜及其他动物的粪、尿排泄物,提倡下埋发酵后作有机肥料,不准直接抛放到农田里。对生活污水,不允许乱倒,而是要求倒在人畜粪便里一起发酵,好当作有机肥料。由于采取了以上保护措施,故乡乡村的自然环境,正在向好的方向转变:水在逐渐变清,植被在逐渐变密,土质在逐渐变好,空气在逐渐变洁。故乡在环保上的这种变化,其实是整个中国乡村的缩影。今天,中国的绝大部分乡村,人们环境保护的意识都增强了,都知道环保牵涉到自己的身体健康和生活质量,是大事。对造成环境污染的人和事,都能给予抵制和举报,有的还直接去法院上告,并知道要求污染方给予赔偿。

我告诉大家一个例子:在我家所住的那个村子的村头,有一家通信公司想建一个手机传输机站,准备工作都作好了,可村民们担心会造成辐射污染,坚决不允许对方建,不管给多少补偿也不干。没办法,那家公司只好另选地址。

(四)

尽管故乡乡村的环境保护已经作出了一些成绩,环境污染的势头得到了有效遏制,但展望未来,乡村的环境保护仍任

重道远,还面临着严峻的挑战。这种挑战主要来自三个方面:

一是随着城市资本向乡村的流动,更多的工业制造企业和加工企业会在乡村中出现。这些企业中很可能会有排污的企业,而它们的治污设备很可能不会即时配齐,它们继续排污的可能性是很大的。

二是农民想富裕起来的愿望非常迫切,在环保问题上难免会急功近利,有时会为了眼前利益而对污染问题睁一只眼闭一只眼。据我了解,目前中国乡村农民对财富的追求愿望非常迫切,都希望自己能更快地像城市人那样过上富裕的生活,这当然是正常的现象。但是,这就有可能使不顾长远利益只顾眼前利益的事情发生。比如,为了快速扑灭农作物病虫害,愿意用毒性大的农药而不用无毒或毒性小的农药;为了快速获得金钱回报,愿意为一些企业的污染行为进行遮掩,等等。

三是随着城市化进程的加快,生活在农村里的人数尤其是青壮年人数会大量减少,这样,和环保有切身利害关系的监督者也会变得少起来。现在有的村子,大部分青壮年都去城市打工了,留下的都是老人和孩子,这样,就少有人去监督污染环境的人和事了。

四是随着农村富裕程度的增加,农民拥有的轿车和卡车数量也会飞快增多,这样,汽车尾气对乡村空气的污染也会变得严重起来。

挑战虽在,但我相信,随着人们环保意识的日益增强,随着乡、镇政府治理污染的决心日益坚决,中国乡村环保的明天是不必忧虑的。

乡村世界

——在北京东城区图书馆的演讲

（一）

什么是乡村世界？如果下个定义的话，应该是：拥有土地，有种植和养殖责任，在自然村落里居住，不享有国家财政支付的工资，自己管理自己的人们所组成的社会。城镇边缘以外的地方，都属于乡村世界。它和行政区划无关。乡村是和城市有很多不同特点的另一个世界。它和城市的不同点是：

在政治制度上，它采用的是直接选举制，领导者由直接选举而成——城市里的领导者更多是由上级指定的——领导者的权力受到村民委员会的制约。

在生产上,它是以家庭为单位来组织的;而城市里的工业生产则是由工厂和公司来组织的。其生产收入受天气影响巨大。收入水平就总体上说,明显低于城市,而且差距很大。

在人际关系的维系上,乡村世界中人与人更多的是靠血缘、亲情关系联系起来,家族、宗族在乡村生活中起着重要的作用;而城市里的人则是靠单位、靠所从事的事业联系起来,家族、宗族对人际关系的维系几乎不起任何作用。

在人与土地的关系上,乡村世界中人与土地的关系非常密切,土地归属上的任何一点变化都会引起轩然大波;而在城市里,人们对土地的归属权几乎毫不关心,只有在办房产证时才过问一下。

在人的观念上,乡村中因和外界的联系受限,人的平均文化水平偏低,人的观念变化缓慢,传统的、守旧的东西相对多些;而在城市里,资讯发达,时尚潮流涌动,人的观念更新迅速,追新求异成为城市人的生活常态。

总之,乡村和城市差不多是两个不同的世界,住在城市里的人要想真正了解和理解乡村世界并不容易。

(二)

乡村是城市存在和发展的坚强后盾,二者是联系紧密、不可分割的两个世界。从人类居住地的变迁史来看,乡村是人类最早的聚居地,城市是在乡村的基础上出现的新型聚居区,这就决定了这两个世界的联系十分紧密。这种紧密联系表现在:

城市人口的补充和扩大,依赖于乡村。中国目前的城市人口中,有相当一部分是从农村里来的,若是向上追溯三代,会发现有更多的城里居民原来都是农村人。

城市人的食物,主要由乡村来供给。生产的分工,决定了两者的生产品必须互相补充。城市一般负责工业品的生产,粮食和蔬菜及其他食物则都由农村负责供给。

城市发展所需要的许多资源,需要由乡村提供。比如土地资源和水资源,离了乡村去哪里找?尤其在中国工业化的进程中,农民勒紧腰带给予了很大支持。没有乡村世界的贡献,人在城市里的生存就会非常困难。所以,我们今天生活在城市里的人面对乡村,永远不要有优越感,永远不要怀有歧视之意,相反,要对乡村世界怀有一份感恩之心。

(三)

经过改革开放三十多年的建设,尽管有了一批新农村建设的典型,但整个中国农村的现状并不容乐观。主要表现在:

乡村农民的人均收入与城市相差太多。以中原农村为例,一个种有十亩地庄稼的家庭,夏季按每亩七百斤的产量算,总产七千斤,一斤小麦按一块钱算,也才七千块钱;秋季玉米也按七千块的收入,加起来才一万四千元。有十亩地的家庭一般是五口人,平均一个人一年的收入还不到三千元。这还是勤快的农民,还是在风调雨顺的年景,若气候不好,连这点收入也不能保证。

乡村农民的文化素养与城市相差很大。这些年,文化素养好的年轻人都到城市谋生了。伴随着城市化的进程,大批的农村青壮年流向城市,很多乡村只剩下了老人、孩子。留守的孩子既享受不到父母的爱,也很难安心读书。乡村现在不但少有大学生,高中生也很少。高中生要么考上学走了,要么外出打工了。乡村有文化素养的人很少了。

乡村的基本生活条件与城市有很大差距。在乡村,基本上没有管道煤气和水冲厕所,看病艰难,商业网点少。

乡村的交通状况与城市相差太大。镇与自然村之间、自然村与自然村之间的路非常难走。在我的家乡,三公里的平路,在不堵车的情况下,开轿车得走一个小时。而城市里道路纵横交错,公交车、地铁、高铁,什么都有。

乡村的文化娱乐设施与城市相差太远。乡村中娱乐设施稀有,人们的娱乐主要是看电视;而城市里,到处都是影院、剧院、体育场,各种演出很多,人们的娱乐项目很多。

乡村的环境污染也已十分严重。如今,因为乡镇小型企业所造成的水和土地的污染在加剧,加上农村烧煤烧秸秆所造成的空气污染,农民们面对的已不是过去山清水秀田美的环境了。

生活在乡村的大部分年轻人都有逃离乡村的愿望。

(四)

改变乡村世界的现状是一个紧迫任务,因为:

中国不可能没有乡村世界。不管中国社会怎么变化和发展,乡村世界都不可能消失。中国城市化的程度再高,也不可能把所有的乡村人都吸纳到城镇里去。我们的国家和民族也不可能不要农田,不要田园风光。所以,把乡村建设好,使乡村世界变得更适宜人居住,是我们的一个重要任务。

中国乡村的落后状况极可能酿成灾难性事件的发生。在很多乡村,农民很低的生活水平和很差的生活状况会令我们生活在城市里的人感到吃惊。农民在城乡的巨大反差面前,心理会产生严重的不平衡,很可能激发出其破坏的欲望。

没有农村的繁荣和农业的发展,城市的现代化步伐必会被拖慢。单是粮食、食油和蔬菜的短缺,就会在城市里造成巨大的恐慌。

(五)

城市在帮助改变乡村世界现状方面可以有所作为。我们生活在城市里的人完全可以给乡村农民以多种帮助。

不变着法子去侵占农民的土地,尤其是耕地。不能否认,近些年,城市的房地产商人为了赚钱,或是利用权力的力量,或是利用金钱的力量,占了不少农村的土地,有些还是耕地。失地的农民虽然暂时拿到了一些补偿,但不足以长久维持生活。土地是农民的命根子,只要有地,再大的灾荒都可以对付过去。而农民一旦没了土地,就会盲目流动,其破坏性就会显现出来。

不有意压低农产品价格,打击农民种植和养植的积极性。工业品涨价,农民默默忍受,他们很少有话语权;农产品稍一涨价,城里人就大声惊呼起来,国家就赶忙制止。由于历史的原因,农产品的价格和工业品的价格差距本来就大,导致种粮成本升高,又不让农产品涨价,只靠种粮的农民就很难富裕起来,因此乡村土地撂荒的现象经常发生。为改变这种情况,城市可以有所作为。城市里生产农业机械的工厂和其他面向农民的工业品生产者,应尽可能地薄利销售,这会帮助农民降低种粮成本。同时,应允许农产品适当涨价,从而激发他们的种养积极性。

切实提高农村教师的工资待遇,把农村教育质量搞好。

乡村学校因条件差,对优秀教师的吸引力不高,师资力量薄弱,导致教育质量偏低。人的素质不高必会进一步制约农村的发展,我们城市的教育部门,应该想办法给乡村教育以支持,应该定期派出教师和教授到乡村的学校里讲课支教。应该让农村的教师工资略高于城市。

有意扩大镇子的规模,把大量农民吸引到镇子里,而不是让他们都拥到大城市里去。中国的城市化应走出自己的路子,应大力扩展和建设镇子。把镇子的生活基础设施建设好,使大批农民不远离故土就能享受到城里人的生活。

优待已经进城打工的农民,逐渐让他们落户安居,不再受分居之苦,尽快减少留守儿童。让进城打工的农民能把他们的孩子带进城里读书并享受亲情。

从舆论上支持和引导乡村世界正在进行的各种变革。目前,乡村世界正进行广泛的变革,从乡村政治层面到乡村经济发展层面,从乡村文化建设层面到法制执行层面,这种变革的最终目的,是让中国乡村的发展水平赶上城市,从而使乡村世界也变得魅力十足。城市应该利用舆论阵地和自己的远见与智慧,支持、引导这种变革,从而使乡村世界的面貌发生彻底的变化。

中国军队的新变化和军队作家的新机遇

——在解放军艺术学院的演讲

经过改革开放三十余年的努力,由我一个老兵的眼睛看去,军队建设出现了许多新的变化。这些变化使我们这代军人感到特别自豪和高兴。

军队的变化首先是军队组成人员的成分有了很大变化,官兵的文化水准显著提高。过去,我们军队的主要成员是青年农民,初中以下文化水平的人居多;军官由班长提升而成,身上仍有浓厚的农民习气。所以外国人总说中国军队是一支农民军队,说与这样的军队打现代化战争将会很轻松。但是今天,情况有了很大的变化,我们在农村和城市招收的兵员多是没有考上大学的高中生;我们还直接面向大学招生,上了两年大学的学生可以先当兵,服役期满后再接着上学;大学毕业生可以直接入伍当兵,仅2009年,我们就招收了十二万大学生。军官差不多全由军事院校的毕业生和地方名牌大学的国防生担任,连、排军官中本科生居多,营、团、师级军官中,硕士、博士多的是,我们的军级干部和大区级领导中,有博士学位的也不止一个。这就是说,今天的军官队伍基本上是由知识分子组成,士兵队伍基本上是由本科生、大专生和高中生组成。这样一支队伍,要学习掌握任何一种新技术和新战术都是很容易的。

其次,是我们军队的编成更科学、更适合现代战争的要求。经过多次编制体制的改革调整,我们的陆军人数保持在了一个合理的度上,海军、空军和第二炮兵得到了空前加强。我们的各级机关和后方保障部队的人数保持在了一个合理的度上,一线作战部队得到了加强。我们常规部队的人数保持在了一个合理的度上,具有快速反应能力的特种作战部队得到了加强。同时,指挥层次明显减少,官兵比例得到改善;信息系统的建设得到加强,信息化水平明显提高;联合后方勤务建设起步,陆海空部队的作战行动将得到联合保障。同样的兵员数量,编制科学了,战斗力就能发挥到最大的限度。

再次,是我们的武器装备更加现代化,更新速度开始加快。过去,美军是瞧不起我们的,说我们是手握一堆破烂武器的军队,不堪一击。现在,我们陆军除了单兵作战装备有了崭新的变化之外,装甲部队和陆航部队的装备不断更新,战场输送和突击能力有了极大加强。我们的海军有了现代化的驱逐舰和护卫舰,更有先进的核潜艇,我们的潜艇部队任何人都不敢轻视,我们也即将拥有航母战斗群。我们空军有先进的预警机、加油机、无人机,尤其歼-20隐形战机的首飞成功,使美国军方十分震惊,说我们五年内将能够挑战他们的空中霸权。我们第二炮兵拥有的洲际弹道导弹和巡航导弹的数量和射程让美国一直忧心不已。美国国防部说我们大约部署了一百三十枚可以携带核弹头的陆基弹道导弹,射程在七千二百公里到一万三千公里之间。尤其我们的反航母武器更是让他们极度不安。他们不断要求我们军事透明,就是他们开始看重我们装备现代化的一种表现。

还有,就是实兵对抗演习已成为我军常态化的训练方式,训练手段更加先进。我当年在野战军当兵训练时,眼睛是看不到"敌人"的,面前只有虚拟的"敌人"。如今,我军已有经过专业化训练的"蓝军"部队,他们充当敌人,依托与战场相似的训练基地,一次又一次改变"红军"必胜、"蓝军"必败的传统演习套路,让一些作战部队在这里尝到了失败的滋味,从而使指挥员的实战指挥能力得到了提高。加上激光模拟交战器材的使用,使"敌"我双方可以真的朝着对方扣动扳机,从而使士兵的战术动作更加认真规范,练出了真正是实战需要的本领。

军队另一个显著的变化,是走出国门的军人越来越多。据2010年7月的统计,我军已参加了十八项联合国维和行动,累计派出维和官兵一万五千余人次。我海军舰艇几乎每年都要出访和参加与其他国家海军举行的联合演习,更远赴索马里海域护航。我空军的运输机参与了最近的利比亚撤侨行动。在世界上一些著名的军事院校里,都有中国的军人在留学。我国军人从来没有像今天这样,能走到如此多和如此远的地方。

我军建设上的这些新变化,既让我们国人感到扬眉吐气,也给我们军队作家的小说创作提供了新的机遇。

机遇之一是,大批新型军人成为我们小说家观察、表现的对象,这为我们创造新的文学人物形象提供了方便。在现在的军队中,口出粗言、行为鲁莽、不讲卫生、不论礼仪、木讷口拙的传统军人几乎没有了。我们的基层官兵闲暇时看上去文质彬彬,一有情况则动如猛虎。他们中有的精通电脑,有的善吹拉弹唱,有的能说多门外语,有的能跳多种舞蹈,有的在演讲比赛中能拿到极好的名次。我们的将领中儒将增多,懂军事也懂政治、经济、历史,平日谈诗论词,擅书法喜读书爱绘画,看上去温文尔雅,一遇紧急情况,则能计从口出,从容应对。这些新型军人,会为我们创造新的不同于以往的文学人物形象提供帮助。

机遇之二是,新的军旅生活成为我们的小说描述的对象,这为我们虚构新鲜的故事提供了方便。故事是小说人物活动的空间,好故事一向能为小说增色添彩,但好故事就藏在鲜活的生活中间。我们中国军人的生活从来没有像现在这样丰富而新鲜:我们的特战部队的训练,超越极限,惊险刺激,这在过去没有过;我们的军人出国留学,与异国男女军人打交道,这在过去没有过;我们的军舰出国远航,停泊在异国码头,军人们可以和异国异族人谈天,这在过去没有过;军队运输机长途飞行,到他国参与撤侨,这在过去也没有过,多国部队联合演习反恐怖袭击,不同国籍的战友在一起喝酒聊天,这在过去更没有过;战士在室内操作无人机飞行,知道它将飞过自己的故乡,这在过去没有过;军人到他国执行维和任务,亲眼看到他国的武装人员蹂躏妇女,这在过去也没有过。陌生的生活内容、陌生的活动环境,难道就演绎不出让人感到陌生和有趣的故事?

机遇之三是,新装备的威力和新的战争制胜理念成为我们思考的对象,这为我们认识人与武器、个体与人群、战争与和平、生与死、有与无等形而上问题提供了方便。一个人将手指按在武器的发射键上,将决定一批人的生与死、残与废,这会让我们意识到,在某些时候,武器可以改变人们的命运,物可以制约人;电磁炸弹可以摧毁全部电网,让对方重返油灯和蜡烛时代,这是美军在南斯拉夫已经做过的事情,这会让我们意识到现代文明的脆弱和可毁性;无人驾驶飞机可以在袭击对方时不造成己方伤亡,这会让我们意识到人的毁坏力和保护自己的能力可同时发展,人与武器的距离可以空前扩大;大威力钻地智能炸弹,会找到躲在地下的人群,这是美军在伊拉克已经做过的事情,这让我们很难再依赖大地的保护,会使我们意识到人在未来的处境将更加艰难。你只有手握杀手锏武器,对方才不敢对你轻易动手;你能够毁灭对方,对方才不敢对你使用毁灭性武器;和平时期你准备好应战,才能延长和平时间……武器的发展之路没有尽头,和平期只是战争的准备期,战争是人的智力和意志力的不尽较量,作家在其中可思考的问题太多太多。

我们军队作家在这个信息化时代,见识了许多冷兵器时代和热兵器时代的作家没有见识过的东西,也理应写出前人没有写过的好作品。

我们应该努力!

公开的"情人"

情人都是秘密的,但我的情人可以公开。

她的名字叫"小说",常住在图书馆和书店里。

从六七岁懂事起,我一直都在受她的诱惑,以至于我把此生所有的好年华,都献给了她。

她在我的眼里,最早是一位窈窕美丽的少女,她裙裾翻飞,馨香四溢,顾盼生辉,让我一见就着了迷。

初次与她相遇是在豫西南乡间的田野里。一位识字的叔叔在锄草劳动的间歇,坐在田埂上,一边吧嗒着旱烟袋一边给我讲起了《西游记》。孙悟空大闹天宫的故事情节一下子抓住了我的心,孙悟空能七十二变的本领太令我惊叹和向往了。我记得六七岁的我当时就抓住了那位叔叔的手问:能不能让我见见孙悟空?叔叔笑了,叔叔说:孙悟空并不是真有其人,他是一个作家写出来的。你要想见他,你就得去读读吴承恩写的《西游记》那部小说,吴承恩才是孙悟空的爹,是吴承恩生出了孙悟空。他的话令我越发惊奇:一个作家竟能有如此的本领,会无中生有地造出一个孙悟空?!

吴承恩,你真了不起!

小学还没毕业,识字不多的我便找来《西游记》,开始磕磕巴巴地读起来。尽管很多字词的意思我还不明白,可我的心却被震撼了:小说原来如此有意思。

和她频繁相见是在一个名叫构林的小镇上。这时我已上到了初中。我就读的那所初级中学里有一个藏书几万册的图书馆,我在这座图书馆里读到了《红楼梦》《青春之歌》《红旗谱》《暴风骤雨》和《林海雪原》。《红楼梦》我读不太懂,曲波的《林海雪原》读懂了。在大雪纷飞的东北密林里,少剑波对白茹爱得沉醉不已,他们的爱在我眼里像雪花一样美丽,刚刚对女性萌生一点爱意的我看得脸热心跳:嘀,小说也可以写这些呵!

十八岁当兵不久,我从一个班长那里偷偷拿到了一本列夫·托尔斯泰的《复活》,那个年代,这种书是禁书,读时带点有罪的感觉。悄悄读完之后,聂赫留朵夫和玛丝洛娃的情感纠葛让我感叹不已,尤其是玛丝洛娃这个女人的命运,紧紧地揪住了我的心,我第一次开始用疑问的眼光打量社会。

不知不觉地,对小说、对文学的爱已经来到了我的心里。这种爱的发酵过程我如今已说不清楚,反正待我意识到时,小说这个少女已完全占据了我的心。

想离开她已变得不可能了。

于是,我便鲁莽地下定决心:此生非小说这个女子不娶,她将是我的终身伴侣。

我一定要当一个文学家,要争取写出一本人们爱看的小说来。

我心甘情愿地把自己和她拴在了一起。

爱上小说并决心和她生活在一起之后我才知道,小说是一个桀骜不驯、脾气乖戾的女人。你爱她可以,但要想得到她的爱并驾驭她却并非易事。我1976年开始学写小说,直写了两年多还没有得到她的认可,没有在任何报刊上发表出来。几乎所有的报刊编辑都在给我的退稿信上写道:谢谢你的信任,但作品尚未达到发表标准……

我被连续的失败弄得抬不起头来。我那时最怕的事就是从收发室拿到退回的稿子。我害怕朋友和同事们向我投来讪笑的目光。有一段时间,我已经对自己选择与小说这个女子做伴的决心产生了动摇,对自己的文学才能生出了怀疑,我已经打算重返当军官的道路。不想就在这时,小说忽然对我露了一下笑脸,她朝我嫣然一笑——我的一个短篇小说在《济南日报》副刊上发表了。

我欣喜异常。

她大概看出了我想离开她,便用笑容再次诱惑了我。

这个小小的胜利激励了我。我开始更刻苦地写起来。

没有夜晚,没有周末,没有假日,我疯狂地读着、写着。

作品也相继在各种报刊上发表出来。可写了几年之后,我发现我并没有像自己原来设想的那样,得到小说这个女人的热烈拥抱和长久亲吻,并没有巨大的成功在等着自己,她依然对我待理不理,甚至都没让我闻到她身上的香味。

到这个时候,我开始明白,要想得到她的青睐,只靠刻苦不行。

我让自己停下笔,去仔细琢磨前辈作家们成功的缘由。

在对无数的经典文学名著进行比较分析后,我渐渐明白,一部小说成功的关键,是要给读者提供新的东西,提供从来没人关注、没人发现的东西,也就是对文学作出新的别人从没有作过的贡献。否则,便没人在乎你。

能提供哪些新东西呢?

你要么发现别人从没发现过的题材领域。像弗拉基米尔·纳博科夫写《洛丽塔》那样,去写成年男人对女孩子的奇特情感。或像戴维·赫伯特·劳伦斯写《查泰莱夫人的情人》那样,去写人在性爱海洋里游泳的模样。

你要么塑造出一个崭新的人物形象。像曹雪芹那样,塑造出一个多愁善感、文弱多病的林黛玉。或像列夫·托尔斯泰那样,塑造出一个渴求真爱的安娜·卡列尼娜来。

你要么讲述出一个从来无人讲过的精彩故事。像卡夫卡写《变形记》那样,讲出一个人一觉醒来变成甲虫的故事。或像加缪写《鼠疫》那样,讲出一个城市遭遇鼠疫之后发生的狂乱状态。

你要么创造出一种别人从来没有使用过的叙述方式。像豪尔赫·路易斯·博尔赫斯叙述《小径分岔的花园》那样,去安排小说的时空。或像马里奥·巴尔加斯·略萨讲述《潘达雷昂上尉和劳军女郎》那样,去对接人物的谈话。

你要么使用一种只有你可以使用的语言。像沈从文写故乡湘西那样,用语平白质朴。或像鲁迅写浙江绍兴人物那样,用词尖锐刻薄,带着挖苦。

你要么呈现出你独特的思考,在精神上照亮你的读者。像乔治·奥威尔的《1984》那样,洞见人类将要受到的煎熬。或像库切的《耻》那样,告诉天下的男人:你将遭遇中年危机!

说到底,小说是一个特别喜新厌旧的女人,你只有不断端给她新东西,她才会对你露出笑脸,接受你的亲近和亲昵。否则,她便会柳眉一竖,杏眼一瞪,拒你于千里之外,你休想吻一下她的手,更别说将她拥到怀里。

和小说相爱多年,也因此接触了许多读者朋友,在和他们的谈话中我逐渐明白,大家共同喜欢小说这个女人,除了她的美丽之外,还因为她有时很像一位母亲,身上散发着一种温暖的母爱,能给我们这些喜欢她的人带来一种精神上的抚慰。

你只要和她在一起,你就会进入一个想象的世界,你在现实生活中的烦恼便会被稀释。

人差不多每天都要与烦恼打交道,烦恼和食物一样,是我们几乎每天都要咀嚼的东西。我平日只要遇到了令我不快和烦恼的事情,情绪不好时,我就会赶紧找来一本好小说去读。读进去之后,我就会跟着小说中的人物一起去喜怒哀乐,从而暂时地忘却现实生活中的事情,待我放下小说之后,原先的不快和烦恼会明显地被稀释。所以我认为,小说这个女人的怀抱,其实是我们躲避现实世界的一个最好的去处。

你只要和她在一起,你总会得到治疗伤痛的药方,你心中的伤痛会得到疗治和减轻。人世上的苦难太多,人人都可能遇到,遇到了就会陷进伤心和痛楚之中,这时怎么办?去找心理咨询师,去寺庙去教堂当然是一种办法,可去找文学找小说也是可以的。好的小说,会教我们如何看待人生过程,会告诉我们要学会放下,会让鲜活的人物给我们做出奋力跃离伤痛的榜样。就我自己来说,曾遭遇过两次人生大祸,伤痛两次都把我推到了死亡的悬崖上,我能活到今天,没有小说没有文学的帮助,恐怕不太可能。

你只要和她在一起,你常会感受到善的力量,你心中恶的念头就会逐渐消失,从而使自己的心境平和安静。我们每个人心中都有恶的东西,因为我们来自动物界。当我们胸中积累了愤怒和怨毒时,这种动物的遗存会促使我们作出恶的举动。世上那些斗殴、杀人、放火之行为,皆是因此而生。但只要你和小说和文学在一起,你就不会让恶的念头控制你。所有优秀的小说,不管她关注的是哪个题材领域,写的是哪类人物,她最终呼唤的,都是善。善是浸透在优秀小说血脉里的东西,你亲近了文学、亲近了小说,就必能感受到善的力量,必会被善俘虏,从而放弃恶的念头,让自己生活在平和安详之中。

文学时常像一位母亲那样,伸出她满怀爱意的手,来抚触你的身子,让你感受到这世界并不冷漠,并没有弃你而去,会让你生出好好活下去的决心。

如今,社会上有一种说法正在弥漫:小说将要死亡。持这种说法的人认为,今天是一个影像时代,人们喜欢的是看电影、电视剧,看小说的人越来越少,小说正在日益边缘化,正在变成一个魅力全无的老女人,行将就木。他们呼吁人们:该准备为小说送终了。

我反对这种说法。

回视小说的成长史,她的年龄的确已经不小,但我觉得她只是变得更加成熟,身上的魅力一点也没有减少,她今天拥有的是一种成熟美。

小说是一种语言的艺术,任何一种语言的发展,离开了艺术语言的贡献,都是一种极大的缺憾。现代汉语的发展,同样离不开中国小说家的贡献。正是小说家在不断发现和搜集民间语言的精华,并在此基础上进行创造,汉语才表现得如此生机勃勃,汉语的库存才不断丰富。只要人类的语言还需要不断发展,就需要小说家在语言上的创造,从这个意义上说,小说就没有失去存在的价值。

小说是一种讲述故事的艺术，而听故事是人类的天性，只要人类听故事的天性没有改变，小说就有存在的理由。当然电影、电视剧也讲故事，可只有小说讲的故事留有大量空白，能给读者留下广阔的想象空间，需要读者带着自己的人生经验去加以丰富。没有任何艺术门类讲述的故事可与小说媲美。好小说中的故事才是真正值得一听的故事。

小说是一种对人性和人的心灵奥秘进行探究，对社会制度公正与否进行追问，对人与自然界恰当关系进行探索的艺术，只要人性和人的心灵的奥秘没有全部弄清，只要美好的社会制度还没有完全确立，只要人与自然的恰当关系还没有建立，小说就没有失去存在的基础，就不可能消失。

死亡的只是一部分小说家写的小说和一些小说家，而小说还会长久地存在下去。

她依然是一个魅力四射的女人。

但小说发展到今天，的确遇到了严峻的挑战。具体到当今的中国来说，她遇到的最大挑战是出现了一个比她年轻且妖冶的女人——电视剧。过去很多去书店买书的读者，现在受了那年轻女人的蛊惑，不再光顾书店，而是坐在了电视机前，成了那女人的观众。

但我觉得这不值得忧虑重重。

因为时代给我们送来了另一个巨大的帮手——互联网。这个新的联络平台同时也变成了阅读小说的平台。很多上网游荡的人愿意在这儿阅读小说。也因此，年轻的小说家们便直接把这儿当作发表小说的园地，小说不但没有死亡，产量和读者都大大地增多了。如今全国一年的长篇小说产量可达到三千来部，不少网络小说的点击量多达几百万、几千万次。原来依靠报刊、出版社生活的传统作家，也完全可以把自己的小说放到网上去，让更多的网上读者去阅读。

小说遇到的另一大挑战是市场的挑选。在计划经济时代，小说的作者不必关心小说的销路，你只要生产出来，就可以拿到稿费，剩下的事情不用你操心。可在今天的市场经济时代，小说变成了商品，你生产出来的小说如果出版商感到市场上可能不欢迎，卖不出去，就不可能为你出版，你也就拿不到一分钱稿费。

我觉得小说家应该有勇气面对这种挑战。

你可以把你的小说写得更好更精彩。在小说市场上游荡的商人并不全是傻瓜，只要你写得好，肯定是有识货者的，也一定会赢得追求者。不是已经有很多严肃小说在市场上有很不错的销量吗？

你也可以把你的小说写得更通俗，将其变成畅销书。通俗小说在中国有广大的读者群，为这部分读者服务也是应该的。

你还可以借助电影、电视剧那两个靓女的广告效应，把你的小说改编为影视剧，在人们看影视剧时激发起他们读原著的兴趣。

我觉得，目前小说遇到的真正挑战是作家的浮躁。现在不少作家被金钱和名气弄得头脑发昏，急于想靠小说赚大钱，想靠小说出大名，整天和书商在一起琢磨怎样编情节好吸引读者的眼球，根本没时间坐下来认认真真地写小说。要是任这种情况泛滥下去，小说这个女人倒真有可能被世人抛弃，读者很有可能真把她送进坟墓。

小说家们应该为此着急才对。

作为小说的情人，我从心底里希望她一直保有自己的魅力，希望她一直靓丽。我当然会继续探索小说的表现形式，包括寻找最好的结构样式和叙述视角、语言、节奏，在怎样写的问题上努力，也就是去为她买最好的衣服、鞋袜，为她买最好的饰物，为她买最好的化妆品，为她买最好的香水。

但我最想做的，是寻找和发现最恰当的表现内容，也就是在写什么的问题上动脑筋。这就像为她提供最好的吃食，让她的身子健康丰盈，让她的皮肤充满弹性，让她的面色光洁红润，让她的眼睛灵动有神，让她从内里美起来。

我们面对的时代五彩缤纷，能不能为这个时代留下一份最好的人类精神记录，能不能在这个时代为人类留下一点精神财富，就看我们小说家自己了。

我该去努力！

英雄歌

英雄,是人群中最优秀的成员,是人类的精英。自人类诞生之后,尽管在不同的历史时期、不同的地域、不同的民族和不同的国家,对"英雄"这一称呼的解读不同,但只要被称为英雄,都是因为其在某一方面具有超出常人的能力和本领,能解决当时人们需要解决的生活、生存和精神抚慰问题。

英雄在人类的成长和发展中,起着重要的领头的作用。

英雄,在任何时代、任何地域、任何国度,数量都很少。正因为少,才会受到人们的尊重和崇拜,才格外值得人们珍惜。也是因此,世界各地各民族,都有关于英雄的口头传说、文字记载、画像和雕像。

英雄崇拜,是人对同类中优秀者的一种热爱,它是跟随和仿效的情感准备。

人类最早的英雄，是力大无比敢和动物搏斗者，是身体灵巧善于攀爬采摘果实者，是找到了火可以把食物烤熟者，因为人类当时最重要的任务是活下去。燧人氏是这个时期英雄的代表。

后来，英雄是那些智慧出众者，是能找到住处、能制造工具、能发明用物的聪明者，因为人类想活得更好。代表这个时期的英雄是有巢氏。

接下来，人们渴望远离灾难，于是，能治水的大禹和会治病的张仲景被视为了英雄。

再后来，英雄是那些在部落之间、民族之间、国家之间的战争中表现最勇敢者，是对自己的部落、民族、国家最忠诚者，因为人们想活得更安全些。于是，岳飞和文天祥、林则徐和关天培，被称为了英雄。

一个民族里，有英雄追求的人越多，才越不可战胜。

中华民族的发展历史表明，我们这个民族是一个追求卓越、崇尚英雄的民族，繁衍我们民族的中华大地也是一块孕育英雄、造就英雄的热土。古往今来，这里英雄辈出，谱写出豪迈壮丽的英雄乐章，"江山如此多娇，引无数英雄竞折腰"。

人，不论是身为男儿还是身为女儿，谁没有做过当英雄的梦？！

中华民族的男性英雄多，女性英雄也数不胜数。公元前12世纪前半叶武丁重整商王朝时期，女英雄妇好多次带兵出征，是最早的女军事家。汉代开国第一后吕雉、汉元帝时出使匈奴的和亲公主王昭君、唐时的武则天和上官婉儿、宋朝词人李清照、清朝的秋瑾、抗战时期的赵一曼……这一长串闪光的名字，早已刻在了我们心里。清末民初，思想界专门对女性英雄进行阐扬，出现了"英雌""女雄""金闺国士""女中华""女杰""巾帼英豪"等一大批有关女性英雄的概念。"英雄"及其相关观念的生成与传播,是中国妇女生活史及思想史上从未出现过的现象。

没有人生来就是英雄。英雄,都是由常人变化而成。其实,每个人身上都有成为英雄的元素。

2003年春天,一场"非典"突袭中华大地。在与"非典"的斗争中,那些普通的医生、护士和医学研究者,就像战争年代的英雄挥舞大刀冲在最前面一样,明知危险却蔑视危险,同病魔进行殊死的搏斗。

钟南山,中国工程院院士,广州呼吸病研究所所长。当广州的医务人员大量被"非典"病人感染的时候,他第一个提出来,"把最重的病人送到呼吸所来"。当他由于过度劳累病倒时,这位六十七岁的院士隐瞒了自己的病情,坚持工作。钟南山有两段堪称经典的话:

"既然是肺炎,就是我们搞呼吸的、搞胸肺科医生的首要责任。"

"这次是非典型肺炎,说不定下一次是传染性心肌炎,我相信搞心脏的那帮人也会像我们一样站在最前线的,他不会因为怕传染就不来了不做了。"

解放军三〇二医院已经退休的姜素椿教授,因抢救"非典"病人不幸染上"非典"。为了找到治疗"非典"的有效途径,他执意要在自己身上做较高风险的注射血清试验。他说:"我年龄大了,能够赶上这次抗击'非典'的斗争,为降伏疫魔作点贡献,是我的幸运。"

在那次抗击"非典"的斗争中,有不少医务工作者牺牲了,他们没有留下多少闪光的语言,却用最宝贵的生命诠释了英雄主义的真谛。

英雄死了,是如今在西方国家流行的说法。

在我们的身边,也存在着诋毁崇高、贬抑英雄的现象。前段时间出现了一个新闻,某市新采用的语文新课本已去掉了《狼牙山五壮士》的内容。该市教材编写组负责同志说,将其删掉是出于与时代接轨的考虑,它所反映的时代与现代社会从时间上来说也有差距,不仅学生们的生活环境发生了很大变化,这些文章也越来越难引起年轻老师们的共鸣。再用这些战争题材的课文教育学生,"教"与"学"的作用都不会很大。

这话有理吗?

多少年来,正是狼牙山五壮士这种舍生取义的精神支撑着我们民族精神的大厦,激励炎黄子孙为国家独立、民族解放而前仆后继,甘洒热血。世界上任何一个国家,价值取向纵有千差万别,爱国主义观念却是相通的,尤其对在抵御外侮中壮烈殉难的英雄们,无不投以最崇高的敬意和最神圣的目光。《狼牙山五壮士》所体现的英雄主义精神,无论是在过去的战争年代,还是现在的和平发展时期,甚至在更远的将来,都是不能丢掉的宝贵的精神财富。

常有人说,忘记历史就意味着背叛。今天,随着活着的英雄一个个在我们的生活中离去,那些为建立新中国、为心中理想而抛头颅洒热血的英烈先贤们的英雄事迹也开始远离我们的视线。当我们的教科书上满眼的流行与"现代"的时候,我们的历史又有谁来继承,谁来传承,谁来续写光荣?!

著名作家郁达夫在《怀鲁迅》一文中说:"一个没有英雄出现的民族,是一个悲哀的民族;一个有英雄而不知崇拜的民族,是一个永远没有希望的奴隶之邦。"英雄主义在历史上曾鼓舞着中华儿女战胜苦难,赢得了民族的独立和解放;在现在和将来,它仍然是祖国兴旺发达的强劲的精神动力。时代仍然需要英雄,人民仍然需要英雄主义精神。

今天,我们正进行着民族复兴的伟大事业,这是一个呼唤英雄也造就英雄的事业。

来吧,英雄们!

母亲颂

  自从人类在地球上诞生以来,自从造物主分派女性担任"母亲"这个角色之后,一代又一代的母亲在为人类的繁衍发展作着贡献。母亲,是我们人类社会当之无愧的功臣。

  母亲,是这个世界上离我们最近的人。我们在她的怀抱里睁眼看天地,在她的膝头上牙牙学语,在她的扶持下摇晃着学步。在我们抵达人世之后,最不愿离开我们的一个人,是母亲。

  母亲,是这个世界上最疼爱我们的人。她宁可自己挨饿,也要让我们吃饱;她宁可自己受冻,也要让我们穿暖;她宁可自己流汗,也不想让我们累着。一旦我们有病有灾,最先流泪的,是母亲。

  母亲,也是这个世界上对我们付出最多的一个人。最初,她把她体内的养料给了我们;之后,她用她的鲜血运载着我们来到世上；后来，她把她吃五谷杂粮所分泌出的宝贵乳汁喂进了我们嘴里；再后来，她用她的健康换来我们的成长。世界上只有一种付出是不需要回报的，那就是母亲的付出。

母亲，是我们人生最早的老师。是母亲教会了我们端碗吃饭，是母亲教会了我们穿衣蔽羞，是母亲教我们认识了树木花草，是母亲教我们辨清了星星月亮。世界上，只有母亲在教我们东西时最不厌其烦。

母亲，是世界上对我们最重要的一个人。有母亲在，我们的心里就有仗恃；有母亲在，我们就不会感到孤单；有母亲在，我们就有团聚的中心；有母亲在，我们就还会感到年轻；有母亲在，我们就会觉得这世界上温暖不会消散。

也因此，世界上几乎所有的儿女，都不愿自己的母亲受辱。一旦自己母亲的人身安全受到威胁，他们都会挺身而出。

生长在中华大地上的中国人更是这样，他们决不允许别人欺负自己的母亲。他们还在成长的过程中逐渐明白，要想保证自己母亲的人身安全，必须保证脚下所赖以生存的土地的安全，那土地是他们的另一个母亲。

于是，为了保卫这两个母亲，无数的男儿女儿，自愿穿上军装，走进军队，拿起了武器。

生长在中华大地上的母亲们，更明白她们同时还是这块土地的女儿，为了保卫这块土地不受他人欺凌，她们甘愿把自己的儿女送进军队，让他们去尽保家卫国的义务。

儿女远离了自己，做母亲的自然就要先尝思念之苦。可她们把这种思念压在心底，默然在家乡生活，只在梦中和儿女相会，只在心中为儿女送去平安的祈祷，只在信中重复自己的叮嘱，只在照片上亲吻儿女的面孔，只在想象里把儿女搂在怀中。

儿女远离了自己,做母亲的自然要承受更重的生活压力。下雨时,儿女不能为她披上雨衣;劳作时,儿女不能为她分挑担子;有病时,儿女不能为她去请医生;伤心时,儿女不能替她抹去眼泪。可她们都顽强地坚持了下来,她们抹去额上的汗水,咬牙把一天又一天的日子打发过去。

儿女远离了自己,做母亲的自然要时时担忧他们的安危。可军人是与枪炮、战争打交道的人,危险时刻存在,伤亡随时可能发生。一旦枪声响起有哪个儿女牺牲,遭受最重打击的还是母亲们。她们顿觉天塌地陷,她们放声痛哭。不过,她们最终会停下哭声,她们会扶着墙壁慢慢站起身来,坚持着去照应家务,让生活重新恢复正常。

我们向她们表示由衷的敬意!

中国传统文化读札

文化这个概念有广义和狭义之分。广义的文化,是指人类所创造的全部东西,包括所有的物质财富和精神财富。狭义的文化,是指一个民族特定的思维和行为方式。在思维上包括信仰、哲学、道德、伦理;而行为主要反映在传统习俗、相互关系、社团法规、生活方式等方面。

中国传统文化,是指中国传统社会的文化。一般把周秦以降至清朝最后一个皇帝退位,也就是1911年辛亥革命之前,称作传统社会。因此,晚清以前的中国文化可称为中国传统社会的文化,也就是传统文化。

中国传统文化是中华民族与其他民族之间表现出差异性的东西,体现着中华民族的自我和特色。

它是一种不必特意传授,经由耳濡目染就会获得的性格特征和精神气质。

它是相对固守的、少变的,表现出一种对外来文化的抗拒。

中国传统文化的保留和存续方式,主要有三种:一是地上保留的建筑、器物和典籍;二是地下遗存的建筑、器物和典籍;三是当下活着的中国人的思维方式、言行举止和习俗。

中国传统文化的特点大概有七个:其一,是历史悠久。中国传统文化自夏朝算起,有四千多年;从周秦算起,有三千多年。世界四大文化圈(古希腊罗马文化、阿拉伯文化、印度文化和中国文化)中,中国文化是世界上最古老的古文明之一。其二,是在较少变化的传统社会形态框架内生存的文化系统。中国从秦汉到晚清,都是封建制度的社会,社会形态较少变化。其三,是一种多元文化形态。既包括黄河文化,也包括长江文化;既以华夏文化为主体,也包括众多民族的文化。就文化思想来说,儒、释、道三家的主要思想学说,呈多元互补之势。其四,是有包容性的文化,它的同化的功能很强。古人所谓"夷狄之入中国,则中国之",说的就是这个意思。其五,中国文化精神的指向是主"和合""中和",而不具有强烈的攻击性和侵略性。其六,就生活形态来说,中国传统社会是农耕社会,所以其文化精神的表现是吃苦耐劳,生生不息。其七,中国传统社会属于宗法社会性质,以家族为本位,家国一体是传统社会形态和文化形态的重要特征。社会以血缘为纽带,而不是靠契约来维系。家,横向是家族,纵向是世系。

中国传统文化思想的主要组成部分与代表人物是:

儒家,即孔孟之道。主要著作是《论语》和《孟子》。代表人物是孔子、孟子。儒家注重的是积极治世，要修身、齐家、治国、平天下，因此对人的心性作了充分的讨论。它是讲人的问题，儒家思想是一种建立在修德、敬业基础上的人本主义，它提供的是一个人本主义传统。

道家。主要著作是《道德经》。代表人物是老子和庄子。道家注重的是消极的应世，要求人应该以顺应自然、少私寡欲的超世理想来应世。道家思想是一种建立在减损欲望基础上的自然主义，它提供的是一个自然主义传统。

释家，即佛教。主要著作有《大藏经》《心经》《六祖坛经》等。西汉末东汉初印度的佛教传到了中国内地，并很快融入到了中国传统文化里。在儒、道那里，对人生的烦恼、痛苦、死亡探讨很少，佛教恰恰弥补了这种缺陷，让人们学会解脱烦恼、痛苦和生死问题。它提供了一个解脱主义的传统。

中国传统文化的内容极其丰富，可有一个核心。这个核心就是人生价值观。

人生价值观，是人在处理人生一些基本矛盾的基础上形成的。每个人一生中都要处理四个矛盾：一是人和自己的矛盾，即既定状况与理想追求的矛盾。二是人与他人的矛盾。三是人与民族、国家的关系。四是人与自然的矛盾。

所谓价值观念，就是一个人如何处理这些矛盾才有价值的问题。

处理人与自我的关系是一个塑造人格的问题，古代叫人品。什么样的人叫作具有崇高人格的人？孔子认为，"三军可夺帅也，匹夫不可夺志也"，是讲男子汉要有独立意志。他还说，要杀身成仁。意思是若为仁要牺牲自己的时候，要敢于付出自己的生命，以此来保持自己的人格价值。孟子认为，

"富贵不能淫,贫贱不能移,威武不能屈,此之为大丈夫",是讲要坚持自己的原则,保持自己的人格。他还说,要舍生取义。也是讲为了义,要敢于舍弃生命。庄子认为,"圣人神矣!草泽焚而不能热,河汉冻而不能寒,疾雷破出,飘风振海而不能惊",是讲做人要争取做圣人,圣人就是道德境界很高的人。大的草泽都焚烧了,他仍不受影响;黄河汉水冻了,他也不受影响。圣人具有不受任何环境影响的独立的精神。

处理人与他人的关系,就是处理人际关系、人伦关系与群体关系。

人是有义的,所以人能够组织起来成为一种群体社会。

人与人的关系,孟子曰:父子、君臣、夫妇、长幼、朋友。五种关系由十个角色组成,所以人又提供十义:父慈、子孝、兄良、弟悌、夫义、妇听、长惠、幼顺、君仁、臣忠。

传统文化认为,在处理人与人的关系中要按五个字的规矩办。第一个字是"仁"。仁就是爱人,泛爱众,爱他人。人与人之间要相爱。孔子说:"己所不欲,勿施于人。"意思是你自己不喜欢的,不要给别人。他还说:"己欲立而立人,己欲达而达人。"意思是,你想立的、要实现的东西,也要帮助别人达到。墨家主张兼爱:"视人之国若视己国,视人之家若视其家,视人之身若视其身。"

第二个字是"礼"。就是古代的社会规范和道德规范。通常包含三方面的内容:社会政治制度、法律准则、道德规范。孔子说:如果一个人"不知礼"就"无以立"。起码的礼都不懂,这个人就不可能自立。荀子在《礼论》里说:"治之经,礼与刑",认为治理国家靠两个方面:一是礼,一是法。

第三个字是"和"。"和"就是和谐。古人认为"和"能够产生不同的东西,不相同的东西的平衡、和谐,能产生新的事物。同,相同的东西,就是重复,它不能产生新的事物。所以古代主张"和而不同"。孔子曰:"君子和而不同,小人同而不和。""均无贫,和无寡,安无倾。"追求和谐了,跟着你的人就多了,就有凝聚力了。孔子的学生有若曰:"礼之用,和为贵。"礼的作用是以和为贵。孟子曰:"天时不如地利,地利不如人和。"这里的"人和"就是齐心协力的意思。

第四个字是"义"。"义"本来是适宜的意思,适合情况,引申为公正。我们老百姓希望做官的人能公正。

第五个字是"信"。"信"就是诚实、守信用。古人认为这是朋友之间应当遵守的一个基本的道德规范。

处理人与民族和国家的关系,就是不忘血脉与根的问题。中国人有个爱国主义传统。其内容就是关心社稷民生、维护民族独立和保卫中国文化。古人很多都是以爱国主义为人生的最高价值。范仲淹说:"先天下之忧而忧,后天下之乐而乐。"顾炎武说:"天下兴亡,匹夫有责。"

处理人与自然的关系,就是遵从自然规律的问题。

人处在自然之中,人是自然的一部分;人跟自然的关系就叫作"天人之际"。在这个问题上,古代主要有三个学说:一为天人合一。强调天道跟人道,自然与人息息相通,和谐统一。孟子说,尽心知性知天。知道人的本性,知道自然。天跟人是一个统一体。人心、人性跟天道是一样的。庄子说,万物与我为一。二为与天地参。就是人要参与自然的变化。认为人不是消极的,不是被动的,人可以参与自然界的变化。《周易·大传》里说:"裁成天地之道,辅相天地之宜,范围天地之化而不过,曲成万物而不遗。""裁成""范围"是调节的意思;"辅相""曲成"是辅助的意思。一方面要承认自然的变化和它的规律,一方面要通过发挥能动性来调节自然的变化。三为天人之分。认为天和人不一样,是有根本性的区别的,要加以区分,各有其规律。

中国传统文化的主要载体有:

1.汉字。现在只有汉字还保存着最初象形文字的基本格局。埃及的象形文字已经消失。象形,如"月";会意,如"牢"(牛关在圈里);形声,如"轰"。表现了中国人喜欢比喻、象征的特殊习惯。

2.中医:把人看作一个整体,强调阴阳平衡。

3.中餐:讲究色、香、味、形。一家几代人同桌同盘用餐,产生一种和合的气氛。

4.建筑:表现中国人的审美特点——对称。前中后三院,左右厢房,要看风水。

5.国画:写意与工笔。

6.书法:龙飞凤舞有美感。

7.篆刻:如北京奥运印。私章、皇玺。在木、石、玉上刻字、刻图,讲究方正之美。

8.中国古典文学和戏剧:把中国人的道德观念、价值标准都写了出来,诗词曲赋,京剧、豫剧、楚剧、越剧、黄梅戏等。

9.中国古典音乐:二胡独奏——《良宵》;琵琶独奏——《十面埋伏》;唢呐曲——《百鸟朝凤》。

10.节日、礼仪,等等。

中国传统文化对当今人类社会的贡献:

目前人类社会面临着五个冲突,即人与自然的冲突、人与社会的冲突、人与人的冲突、人与心灵的冲突、文明与文明之间的冲突,中国传统文化对化解这五大冲突都能发挥作用。

1. 儒家的仁学和道家的自然无为思想可以帮助化解人与人之间的冲突、人与社会的冲突和文明与文明之间的冲突。

儒家的仁学为协调人与人之间,当然包括民族与民族、国家与国家、地域与地域之间的关系提供了有积极意义的资源。"道始于情"(楚国竹简《性自命出》),是说人与人的关系是从感情开始建立的。"仁者,人也,亲亲为大",孔子认为,仁是人自身的一种品德,爱你自己的亲人是最根本的出发点。人不应该欺人,不应该欺天,应该和谐相处。

老子的自然无为思想是防止人与人之间产生矛盾冲突的一种智慧的学说。"自然无为"是道的基本特征,是天的道理。就是说,不要做违背老百姓自然之性的事,这样社会才会安宁。自然无为的基本内容是少私寡欲,少一点自私自利之心,少一点欲望。在一个国家中,对老百姓干涉得越多,社会越难安定;在国与国之间,对别国干涉得越多,世界必然愈加混乱。

2. 儒家的天人合一思想、道家崇尚自然的思想可以化解人与自然的冲突。

儒家的"天人合一"思想为解决人与自然的关系提供了一个有意义的思路。人类对自然的无量开发和无情掠夺造成了资源的浪费,臭氧层变薄,海洋毒化,环境污染,生态平衡遭破坏。1992年,世界上共一千五百七十五名科学家发表了一个宣言:《世界科学家对人类的警告》。宣言开头说:"人类和自然正走上一条相互抵触的道路。"人是从自然里来的,自然界成就了人,人要对自然界保持一份敬畏。

道家崇尚自然的思想对当今保护自然有着十分重要的积极意义。

老子说,"圣人以辅万物之自然而不敢为"。圣人只能辅助万物的自然之性而不敢做更多的事情。人违背自然,就会受到惩罚。庄子说,"太和万物"。天地万物本来存在着最完满的和谐关系。

3. 佛家的"放下说",可以帮助化解人与心灵的冲突。

佛家要人们学会"放下",要人们明白死亡会收走一切。生前积福行善,以求死后顺利进入西方极乐世界。

心灵的问题,主要是满足和控制欲望的问题。心灵的痛苦和不能正确对待得失有关。

中国传统文化的缺失与不足:

在政治体制领域,儒学带来了一系列问题。它主张伦理与政治的统一,把家族伦理拓展到整个国家的治理。从西汉开始,强调以孝治天下,实行家族宗制,强调严格的等级关系。君君、臣臣、父父、子子,等级森严,不能逾越。而英国1215年就有了《大宪章》,国王加税要得到诸侯的同意,要保障各地自由、自治的权利。在中国,大小事都是天子或尊长说了算。它还要求无条件地服从。孔子说:"君子有三畏:畏天命,畏大人,畏圣人之言。"主张一旦有争议,要以圣人和皇帝的话来决定。

它还造成了中国人思维方法的缺陷。在中国,不主张讲演绎论证;而在西方,早在古希腊,就已有了完整的形式逻辑理论。过去的中国人只读"四书五经",不用数学和逻辑,也不鼓励做试验,就可以考取科举功名和做官。

在道德规范上也有很大的缺陷。重义轻利,小人与君子的划分,就是看你重不重视利,你重视利就成小人了,但是人性本身是追求利的。道德是以三纲为基本架构的,没有人际之间的平等。中国道德观念里,群体的利益是放在第一位的。

但是个人要变成现代公民,社会要现代化,都必须将个人权利、个人利益放在第一位。在经济上没有坚决、彻底地保护私有财产。"普天之下,莫非王土;率土之滨,莫非王臣。"皇帝和官府侵犯民产的现象,屡见不鲜。唐、宋、元、明、清一直执行祖父母、父母在,不准分户口、分财产,不准"别籍",不准"异财",不然要受惩罚。

它还使国人在自给自足的经济条件下满足现状,缺少冒险精神。此外,它允许阉官制度,主张设太监;允许一夫多妻,让男人娶妾;迫使女人裹小脚——这些都是问题。

中国传统文化面临的危机:

中国传统文化正面临着一种危机。说一种文化还存在不存在,主要的指标有四:一是看这个文化是否还有严格意义上的传人;二是看其赖以生存的最基本的社会结构是否还存在;三是看其基本价值取向是否还能影响人们在生活中作出重大选择;四是看其独特语言是否还被人们使用。简言之,看一个文化是不是活着,要看她的基本精神是否还能打动现实的人群,与实际生活和历史进程有无呼应。而中国传统文化目前面临的情况是:虽然有人在学习、研究、继承传统文化的精髓,但这类人不多。儒家文化赖以生存的社会土壤虽然还在,但正在发生重大变化。传统文化的基本价值取向虽仍在影响现代中国人的重大人生选择,但一部分年轻人正在扬弃。一部分人虽能直接进入传统文化的语言世界,但直接阅读传统经典的人数大大减少。

对中国传统文化的正确吸收和文化传统的重建:

当今世界,经济全球化,市场一体化,人间网络化,中国若想在世界舞台上保留住自己的位置,就需要有中国传统文化的根基,否则,你将不知道自己是谁。

　　文化传统的更新与重建,是民族文化血脉的沟通。我们要对我们民族几千年的文化传统保持一份敬意和温情。人应该成为蕴含传统味道的现代人。

　　我们要发扬中国的传统文化,应该注意作好以下四个方面的工作:一是在中小学课程的内容设置上,要突出传统文化的内容;二是每个家庭的主要成员要对后代实行言传身教;三是在全社会鼓励阅读经典文本;四是搞好礼仪文化的训练和熏陶。

"文学与人生"论纲

人的出现,是地球上发生的最伟大的事件。正因为有了人,地球才变得生机勃勃,才有了今天这样美丽的容颜。

人的出现,经历了一个漫长的进化过程。按科学的解释,地球上最初只是一片混沌,后来有了最初的生命现象:细菌,然后又有了单细胞生物,之后又有了动物,后来又有了类人猿,最后才出现了人。

对于人的出现,文学的解释十分浪漫。《圣经》在《创世记》第二节里说:耶和华用地上的尘土造人,将生气吹到他的鼻孔里,他就成了有灵的活人,名叫亚当……耶和华使他沉睡,他就睡了。于是耶和华取下他的一条肋骨,又把肉合起来。耶和华就用从那人身上所取的肋骨造成一个女人……

中国神话集《山海经》里说:女娲是一个人身龙尾的女神,她揉团黄土造成人,吹了一口气,泥人就变成活人了……

不管怎么解释,反正人类出现了。一个又一个的人来到了世界上,开始了他们的生命旅程。

这之后,人类社会又出现了分工,其中一部分从事脑力劳动的人,干起了文学这个行当。

文学把人作为自己的主要表现对象。它写的是人的生老病死、婚丧嫁娶、衣食住行、做官经商、务工种地、征战厮杀和喜怒哀乐;关注的是人的生存境况;追问的是人从哪里来、活着有何意义、最后要到哪里去这些形而上的问题。它用艺术的语言来展示人的生命过程,通过一个个鲜活的人物形象来表达对人生、对人类社会、对人与自然界关系的理解。文学和人生像鱼和水一样密切相连。

千百年来,经过无数的文学家的努力,文学差不多对人生的方方面面都进行了观察、思考和展现。把这些思考大概地归纳一下,主要有以下几个问题:

一、人生具有不可返性,它是一个复杂的前行过程。

1. 人生是一个不卖回程车票的单行过程。

唐朝诗人刘希夷在《代悲白头翁》一诗里写道:

"……古人无复洛城东,今人还对落花风。年年岁岁花相似,岁岁年年人不同……"

2. 人生是一个要受社会环境制约的非独立过程。

社会的政治、经济、文化状况和自然环境都在左右着人的生存过程。

杜甫《兵车行》云:"车辚辚,马萧萧,行人弓箭各在腰。爷娘妻子走相送,尘埃不见咸阳桥。牵衣顿足拦道哭,哭声直上干云霄……君不闻汉家山东二百州,千村万落生荆杞。纵有健妇把锄犁,禾生陇亩无东西……"

如果把一个人和社会完全隔开,那他就是一个生物学意义上的人。

3. 人生是一个必受自然环境制约的非自由过程。

大旱,人为争水而械斗。

大涝,人为争排水口而吵闹。

蝗灾,人不得不吃蚂蚱。

风灾,十三级风可刮倒火车。

海啸,印尼大海啸死伤数万人。

4. 人生是一个痛苦、烦恼和欢乐、幸福交替出现的曲折过程。

人为了享受短暂的欢乐和幸福,创造了很多仪式,以延长这种享受:满月宴、婚礼宴、生日宴……

5. 人生是一个终点状况和起点状况非常近似的奇特过程。

这时人都在床上。

视力都差。

都无运动能力。

都需依赖他人生活。

都伴有哭声。

6. 人生具有不可预测性,是一次充满神秘和变数的旅行。

人们算命,就是想准确预测前边等待自己的是什么,其实,谁能算准?他要算准了,造物主就不高兴了。人只有不知道前边等着自己的是什么,才会活得有兴致。

二、人生中常有偶然和神秘因素在发生作用。

1. 一天每个时辰都有可能遭遇危险、危机和机遇。

早上起床坐起那一刻,心脏就可能出现问题。但也可能闪现新发明的灵感。

穿衣下床,我们可能穿上用经过化学处理的布料制成的衣服,衣服上的苯超标。

中午吃饭,我们很可能吃进有毒食品,农药残留、人工催熟。但也有可能遇到对你的人生至关重要的人。

白天出门,我们将把生命交给不相干的人负责,交给司机、飞行员。

晚上在家,我们将和各种危险物品共处一室:电器、宠物、装修物品。

有人不小心被狗咬了一下,竟得了狂犬病。

2. 生命的每个阶段都可能遇到危险、危机和机遇。

童年阶段,有失去依靠和保护的危险。但也可能拥有一个好妈妈。

少年阶段,有被侵犯和被教唆的危险。但也可能遇到一个好老师。

青年阶段,有失恋的危机和被情欲毁掉的危险。但也可能遇到一个忠贞的情人。

成年阶段,出现婚姻、失业危机。但也可能在贤妻或贤夫的帮助下成就一番大事业。

老年阶段,遭遇健康危机。但也可能无疾而终。

3. 从事每项职业都可能遇到危险、危机和机遇。

军人遇到战争,也许会成就一个名将。

建筑工人遇到脚手架塌了,就会成为一个残疾人。

采矿工人遇到瓦斯爆炸,就会丧失生命。

警察查车遇刺,转瞬成为需要别人帮助的人。

4. 处在每个地方都可能遇到危险、危机和机遇。

在人行道上散步,见车冲过来,你伸手救了一个姑娘,这个姑娘最后爱上了你。

你在家里,盗贼入室,你可能顺手逮了一个大通缉犯,成为功臣。

你在工作单位静心工作,不想突然发生火灾。

你在浴间洗澡,不想热水器漏了电。

你乘坐电梯,不想电梯哐当直落到底。

三、人生具有不可比性,它不是一场评判标准统一的长跑比赛。

一个人的人生和另一个人的人生没法比较,因为:

1. 起点不同,导致人生起跑时的优势、劣势就不一样。你只要努力跑了就行。

所处的家境不同。皇家的孩子,生下来就是亲王。富人的孩子,生下来就坐轿车。穷人的孩子,五岁就得去干活。

所处的地域不同。

各人的长相不同。

每个人的智商不同。

2. 长度不同,导致人生比赛跑到终点的时间不一样。只要顺利抵达终点就行。

有人只活几个月。

有人只活几年。

有人活了几十年。

有人活了一百多年。

3. 轨迹不同,导致人生的辉煌点位置不一样。只要发出了亮光就行。

人生的轨迹都是一条曲线,但起伏程度有很大不同。

有人二十几岁就作出了很大的贡献,如莫扎特。

美国作家莫里森五六十岁才开始写作。

4. 终点奖励不同,导致人生收获不一样。只要有收获就行。

从政的,得到了一定的官位。

搞科研的,有了一定的成果。

干演艺的,有了一定的知名度。

从事写作的,写出了一定量的著作。

经商的,有了一定量的金钱……

四、人生有一定的规律性,把握这些规律可获相对的自由。

1. 人生的得与失差不多呈平衡状态。

俗话说,得了这头,丢了那头。

得到了官位,自由就相对失去了。

前半生享了福,后半生可能就要吃苦。

总得小病,勤检查勤治疗,就可能免去大病。为得到金钱没日没夜加班,反失去了健康。

事业有成,就很少享受悠闲。

2. 人内心的安宁程度和人的正直程度基本上成正比。
不做亏心事,不怕鬼叫门。
贪污的,担惊受怕。
抢劫的,听不得警笛声。
坑人的,内心常要自责。

3. 人的绝境通常是和绝望连在一起的。
哀莫大于心死。

五、人生具有趋利性,但趋利的程度不同会导致不同的人生风景。

人生趋利是由人的欲望引起的。欲望是人生的基本动力。一个人如果没了欲望,他就不会再活下去。人生趋利是一种正常行为,但程度不同会有不同的结果。

1. 趋利的程度很弱,且乐于奉献。这些人通常是因为接受了宗教教义,对自己的欲望采取严格自控。
高僧圣徒。

2. 趋利的程度一般,得一点即足,无忧即可,知足常乐。
大多数普通人是这样的。

3. 趋利的程度强而有度,懂得自控。靠正当本领能多得就多得,用社会允许的手段去占有利益,得多时又不忘回馈社会,做慈善事业。
社会上的精英人物,如比尔·盖茨。

这是引导社会前进的人。

4.趋利的程度超强,极度贪婪。见利就上,分毫不让,用一切手段占有,没有任何顾忌。

这会导致走向人生深渊,如杀人放火,如贪污受贿。

要设法控制自己的欲望,使其处于一个社会和公众容许的范围内。

要在心里给自己划定做人的底线。

要不违人伦私德。

要不违社会公德。

要不触犯法律。

六、人生具有寂灭性,要尽可能地利用活着的时间去造福他人、社会和人类。

人的肉体会寂灭,死后肉体要被烧掉和埋掉,人最后要完全归于尘土。

两百年后,我们今天活着的人都已经归于尘土,谁也不知道谁在哪里。知道我们活过的人已经很少。

1.每个人的人生都会在人类发展史册上留下印痕。不同的只是深和浅、留存得长和短的区别。

2.要靠自己奋斗,去干一点于他人、于社会、于人类有益的事情。

3.一个人一生能做成的有意义的事情不多。

超人除外。

选择一件至两件事去做好就行了,不要什么事都想去做,结果一事无成。

七、人生具有可悟性,每个人都会得出自己的人生箴言。

1. 生活在别处。

在《生活在别处》一书中,米兰·昆德拉实际悟出的是:幸福不在别处。

2. 一切都会过去。

这是一个西方国家皇室成员的感悟。

3. 最难的是放下。

这是一个佛教徒的感悟。

4. 痛苦是比出来的。

这是一个房地产商人的感悟。

5. 人生最忌是得意。

这是一个政治家的感悟。

但愿和平能长久

——写在世纪和千年之交

  感谢先人们发明了纪年方法,使无始无终的时间得以计量。

  感谢我们的父母给了我们生命,并使我们恰好在世纪之交和千年之交还活在世上。

  我们是幸运的,在我们不长的生命历程中,我们经历了这重大的世纪和千年交替的时刻。

  我们不可能不激动:经历过世纪和千年之交的人,毕竟只是曾经活过的人中的很少一部分。

  当我们怀着激动和欣喜迈过新世纪新千年的门槛时,我们忍不住要做的一件事是:扭过头去,再看一眼我们走过的路。

  这一百年间,我们走过了怎样一条凹凸不平的路。

这一千年间,我们走过的路竟是那样的险峻崎岖。

这条百年之路上固然有花香鸟鸣,但却布满了弹坑。

这条千年之路上虽然有欢声笑语,可也不断有哭声响起。

这一百年一千年间,战争一直在纠缠着我们人类。

20世纪的两次世界大战,就使八千万人长眠不起,八千万人被剥夺了生存的权利。

从1066年的诺曼战争,到1999年的科索沃战争,这一千年间大规模的战争就达一百多起,不少战争长达几年甚至几十年,伤亡的人数没有人去作详细统计,估计至少也要达两亿。

这一百年间,全世界真正没有枪声和战争的时间能有几天?

这一千年间,地球上真正和平的日子能有多少?

生命,是大自然最伟大的一种创造物,为什么不去珍惜?

生存,是人天生就拥有的权利,为什么要被剥夺?

当然,战争有正义的和非正义的两种,正义的战争在历史上能起进步作用。我们不能笼统地反对一切战争,我们要对战争的性质进行区分。

可我们面对战争的破坏性后果,依然感到心疼。

在新的千年到来的时候,我们不能不生出新的希望:但愿和平能够长久。

遗憾的是,当我们向新世纪和新的千年眺望时,总能在遥远的天边发现几缕战争的阴云在飘动——延长限制战略核武器的协议在有的国家未被批准;军备竞赛在一些地区又重新展开;民族之间的武装冲突四处蔓延……我们的心里不能不生出几分担忧:战争离我们还有多远?

19世纪即将结束的时候,欧洲一些国家的皇室成员和上流社会的人士中弥漫着一种乐观情绪,他们认为20世纪会是一个安宁美好的世纪,他们在向新世纪迈进时,没有忧虑,只有欣喜。结果呢?两次世界大战的到来令他们目瞪口呆、震惊不已。

人类还是要对战争保持一份警惕,防止它在下一个百年和下一个千年间突然向我们扑来。

战争这个怪物一旦扑来就要伤人。

说不定它现在就藏在我们身边不远处。

但愿这只是杞人忧天。

我们向往和平,我们期望在未来的一百年和一千年间,我们和我们的后人能在和平的日子里劳作:在田间播种,在车间忙碌,在商海遨游。

我们向往和平,我们期望在未来的一百年和一千年间,我们和我们的后人能在和平的日子里建设自己的家园:起房盖屋,竖立栅栏,修剪草坪。

我们向往和平,我们期望在未来的一百年和一千年间,我们和我们的后人能在和平的日子里和自己的恋人一起在月下漫步,在林间接吻,在花前倾诉。

我们向往和平,我们期望在未来的一百年和一千年间,我们和我们的后人能在和平的日子里生儿育女、繁衍后代,能在宁静的屋子里指导孩子读书,能在温暖的阳光下和孩子一起嬉戏。

我们向往和平,我们期望在未来的一百年和一千年间,我们和我们的后人在老了的时候,能在和平的日子里慢慢摇着轮椅,去公园散心,去河畔乘凉,去剧场里看戏。

没有和平,这一切期望都会变成泡影。和平,是人类幸福的保障。

也因此,所有有责任心的人,都应该为维护世界的和平去尽力。

为了维护和平,我们要唤起每个人对他人、对社会、对他民族、对大自然的爱心。

爱,是抵抗一切破坏性行为也包括战争的最好屏障。

过去,是爱,使我们人类团结在一起,平息了历史上的一场又一场战争,熬过了一种又一种灾难,走过了一个又一个世纪和一个又一个千年。

今后,要使和平长在,要使人类顺利度过下一个世纪和下一个千年,仍然需要爱。

愿爱心长存。

愿和平长久。

愿战争远遁。

愿人类幸福。

愿21世纪成为人类历史上最安宁的一个世纪。

愿下一个千年成为人类历史上最平安的一个千年。

时间在宇宙间多得不可计数,长得没有尽头,一个世纪、一个千年,在时间老人眼里,不过是一瞬而已,但愿这一瞬在我们这些生灵的祈愿下,变成一个能给人类带来福祉的美丽仙女。

三言两语

（一）提升人的心灵美度

不管别人怎么说，作为一个作家，他要做的最重要的事情，就是要写出具有恒久艺术魅力，对人的心灵产生长久影响，于人类发展进步有益的文学作品。

文学作品以人为描写对象，以为人们提供精神享受、影响人的心灵为目的。一个创作者，不管他创作时的目的是什么，不管他宣称要干什么，只要他的作品出版发行了，就会或多或少、或大或小地对其读者的心灵产生影响。这种影响不外乎三种：一种是向美的，使读者的心灵更趋美好；一种是中性的，使读者的心灵保持在原有的美度上；一种是负面的，使读者心灵的美度下滑，让卑下、低俗、残忍的成分增加。

毫无疑问,我们应该争取使自己的作品,在对读者心灵的影响方面,呈现出第一种情况。

而要做到这一点,我们首先要善于发现人世上那些美好的心灵,并用文字将它们固定下来,使其成为一种样本和标本,让其他的心灵向其靠近。在我们生活的这个世界上,由于后天的修养和信仰的作用,美好的心灵其实到处都有,我们要善于发现并给予艺术的表现。其次,我们还要注意发现一般人心灵中美好的成分,用文字对这些美好的成分给予肯定和褒扬,从而鼓励一般人具有变成"天使"的信心。我们一般人的心灵中,常常是美好的东西与龌龊的东西并存,发现并张扬那些美好的东西,就会缩小龌龊的东西在心灵中所占的地盘。再者,当我们在对那些丑陋的心灵进行表现时,要不满足于只是进行展览,要注意审视其裂变的过程,分析其演变的深层原因,从而给其他正欲下滑的心灵一个震撼和警告。

中国文学是中华民族文化的一个重要组成部分,高质量的文学作品对于我们民族文化的建设具有基石性的作用,我们作家应该努力去写出对提升人的心灵美度有益的优质作品。俄罗斯有了普希金和列夫·托尔斯泰而扩大了俄罗斯文化在世界上的影响,我们应该记住这一点,去创作、出版更多的优秀文学作品。

(二)缠绵悱恻七月七

在我们中国,最美丽、最让人浮想联翩的日子是七月七。

牛郎和织女这则广为人知的神话故事,使这一天变得温暖无比,使在世俗生活中忙碌奔波的人们,记起这世上还有拥抱、亲吻、倾诉和眼泪,还有喁喁情话和二人私语。

把七月七定为中国的情人节,还真有点道理。

这个日子与西方的2月14日相比,多了一个东方神话的背景。中国人办事情讲究背景,弄清了背景办起事来心里才踏实。七月七是个有背景的日子,到了这一天,会有一些意象不知不觉浮上人们的脑际:夜空、繁星、天河、鹊桥;会有一些模模糊糊的人物形象出现在人们的眼前:牛郎、织女和一对儿女。这些,会使人更觉这个日子充满了浪漫和美丽。

中国人讲究诗情画意,七月七正好是一个充满诗情画意的日子。在中国的大部分地区,七月七刚好树绿草碧花盛,正适合人们谈情说爱。不论是刚入爱河的姑娘小伙,还是已进婚姻殿堂的夫妻,漫步在碧绿如茵的草地上,走在枝繁叶茂的绿树下,闻着或浓或淡的花香,若再加上明月、晚风、河水,心中肯定会有诗情画意的感觉升起来,会不由得想起诸如"月移花影动,疑是玉人来"一类美好的诗句。

七月七也是适宜女人展示美丽、男人展示强健的日子。中国人平日讲究衣不露体,唯到了盛夏七月,因为天气的关系,开始放松这方面的管制:女的可以单衫短裙,将自己的酥胸细腰美臀玉腿暴露在男人眼中;男的可以短裤背心,将自己的虎背熊腰胸大肌展示到女人眼前。视觉上的美感会造成肉体上的吸引,这个日子才是谈情说爱的日子。

但愿七月七会真的取代2月14日而成为中国人的情人节,但愿更多的有情人在七夕扑入爱河一浴。

(三)世纪留言

把人类的聪明才智用到正经地方,别用到互相杀戮上。

谁杀人的本领再高强,上帝都不会给他褒奖。

我们渴望阳光灿烂,但对那些阴云低垂的日子不应该忘记。

也许还会有坏天气。

(四)新年贺辞

2007年的日历翻开,人生旅途新的一段岁月开始,军队建设新的一册记录打开,国家发展新的一段历史就要掀开。愿读者朋友们用自己的努力,使人生的这段新岁月更加美好和难忘,使军队这期间的建设成就更加惊人和辉煌,使国家的这段新历史更加多彩和耀眼。愿朋友们在新的一年里只添年龄,不添皱纹;只添欢乐,不添烦恼;只添成熟,不添世故;只添知识,不添灾难。岁月易逝,人生易老,珍惜时日,就是珍惜世界上最宝贵的财产,就是珍惜我们在生命银行里的有限储蓄。

(五)败仗的价值

人所共知,在战争史上,胜仗和败仗,向来都是相依为伴的。研究打胜仗的经验,意义不言自明。而研究打败仗的教训,也有其不可低估的价值。战史上,无论哪一次败仗,都有其深刻的军事、政治和其他原因。公元前342年,魏将庞涓兵败马陵,是因为他骄傲轻敌,中了孙膑的"减灶计";公元219年,蜀将关羽失荆州,是因为他麻痹大意,对东吴军失去了警惕;公元1360年,元将陈友谅折兵建安,是因为他判断错误,轻信康茂才的诈降。弄清这些原因,给自己敲响警钟,当可避免重蹈前人覆辙。科学家爱迪生说过,"失败也是我需要的,它和成功对我一样有价值",大概也就是在这种意义上说的。

在学习军事理论中,研究中外历史上一些失败的战例,可以帮助我们加深对战争理论的理解。比如,通过研究第二次世界大战中,美国海军参谋长史塔所指挥的太平洋舰队在珍珠港遭日军重创这一败仗战例,可以使我们加深对"要准备对付突然袭击"这一道理的理解;通过研究第二次世界大战中,德国将领隆美尔所率非洲军在阿拉曼惨败的教训,可以使我们加深对"要认真地进行战争,就必须有巩固的、有组织的后方"这一道理的理解;通过研究第二次世界大战中,日本海军惨败中途岛的经过,可以使我们加深对"保守机密、慎之又慎"这一道理的理解。

研究中外历史上一些军事将领所打的败仗,最大的好处是会让我们自己少打败仗。不要对败仗战例不屑一顾,不要对打了败仗的将军嗤之以鼻,也许就是他们,会给你带来胜利!

(六)自尊心

每个人都有自尊心。一般地说,人的自尊心在日常生活中主要表现在三个方面:一是希望自己的人格得到别人的尊重;二是希求自己的言行得到周围人的认可;三是希盼自己在事业上的成绩比周围的人突出。

人的自尊心,是人们追求进步、渴望成才的潜在动力。一个人要想使自己的人格得到别人的尊重,就必然会处处注意不做有损于自己人格的事情;要想使自己的言行得到周围人的认可,就必然会注意使自己的言行符合现行的政治、纪律、法律、道德等原则;要想使自己在事业上做出比别人更好的成绩,就必然会要求自己付出更大的努力。总之,人的自尊心,是人们思想"能源"中最基本的成分,非常宝贵。不过,它又是一种十分娇嫩的东西,极容易受到伤害。一般地说,下列四种行为都会程度不同地刺伤一个人的自尊心:其一,当众揭短;其二,连续指责;其三,用轻慢、讽刺、挖苦的语调同人说话;其四,当面表示对一个人的不信任。有人把人的自尊心比作"很薄的玻璃器皿",告诫我们在触摸它时要特别小心。

人的自尊心一旦受到刺伤,容易造成不良后果,甚至酿成不幸。有时可能使其彻底丧失自尊心,变成一个不思进取、对一切都无所谓的颓废的人。由此可见,我们每个人在同他人交往时,都要注意戒绝上述四种可以刺伤他人自尊心的行为,注意尊重和保护他人的自尊心。

自尊心人皆有之。每个人,每天都要同他人的自尊心打交道,学一点触摸人的自尊心的本领十分必要。生活中,一个人的自尊心一旦被别人刺了一下,也要注意保持君子风度,不要立刻跳起来反刺对方的自尊心。最好用幽默或自我解嘲的办法提醒对方,让他意识到他的失误或不恭,从而达到和解。当然,倘若对方存心刺人且无道歉之意,必要的回击也属应该。

(七)治学之忌

前不久,与一位同学巧遇相聚,因知他当初曾有一番自学成才的雄心,便于闲谈中探问起他的自学成果,不料听到的却是饱含着愧悔、伴和着泪水的教训。原来,他当初选攻理论物理,后听说学这一门极难出成果,便改学哲学;哲学学了两年,见周围几个同事都在文学创作上有了成就,便又改为创作电影剧本;连写两个剧本失败后,见社会上又特别提倡学习经济管理，随即又改学经济管理。就这样，十年时间四改目标，结果哪门也没学出成果来。

他的教训就是：见异思迁。

见异思迁，是治学的最大禁忌。古人说："志于彼又志于此，则不可各为志，而直谓之无志。"一个人的精力和生命是有限的，不可能在各个领域都取得成就。只有把全部精力集中在一个确定的目标上，一往直前，毫不动摇，才能获得成功。

一个人选准学习目标后要想做到不见异思迁，有三个问题是必须注意的：其一是不为他人的成功所吸引，弃己从人。他可以在他那个领域里成功，你也可以在你这个领域里成功。其二是不为遇到的障碍所动摇，遭难即退。要相信世界上没有轻易做成的学问，无数个困难之后跟着而来的必然是胜利。其三是不为周围的舆论所左右，轻改初衷。张三说学纯数学出成果最快，李四说学法律十分吃香，王五说学天文学用处最广，他们说他们的，你学你的，万不可让这些话干扰自己的学习方向。

所有做学问的人都该记住：见异思迁，是治学上的失败之道。

（八）谈气质

在维也纳，有一座为19世纪奥地利资产阶级军事家卡尔大公树的纪念像。他骑在一匹奔驰的马上，手里拿着一面残缺不全的旗帜，头向后环顾着。这个造型的含义是说，卡尔大公是一个谨慎小心的统帅，他怕冒险，善于稳扎稳打。从这座塑像上就可以看出这位统帅的气质特点。

关于气质问题，北宋《张子全书·语录钞》中有这样的记载:"为学大益,在自求变化气质。"作为一个军事指挥员,为掌握指导战争的"大益",应具备何种气质,古今中外的军事家有许多精辟论述。总体来看,无非是临危不惧、遇激不动、处变不惊、坚定沉着,以及刚柔适度等。

大凡有成就的军事将领,都重视自己的气质修炼。毛泽东能在恶战间隙吟诗赋词;陈毅可在大战前夕轻松对弈;贺龙耳闻枪声能自在地垂钓于河边湖畔;斯大林在隆隆炮声中仍口衔烟斗,悠闲地品尝烟香。这是战略战役指挥员坚定沉着、韬略在胸的生动表现。

当然,作为战术指挥员,不可能在敌我交锋的战场上有工夫去下棋、钓鱼和品烟,但气质修炼却是不可忽视的。特别在以劣抗优的情况下,战局发展肯定会出现许多不利于我的因素,如被敌分割包围、遭敌火力袭击、造成较大伤亡等。这时,能否坚定沉着、临危不惧,很大程度上要看平时的气质修炼程度了。

(九)指挥员的记忆

记忆,是人们对以往的经验、获得的知识及其他信息的贮存过程。任何人,不管他的记忆内容多么丰富,但就其记忆内容的基本类别来说,不外乎三类:第一类是个人和家庭日常生活方面的知识和事务。第二类是个人所从事的职业或所学的专业方面的知识和事务。第三类是社会生活方面的知识和事务。这三类内容在各人"记忆簿"上所占的比例是不尽相同的。但一般地说,一个人"记忆簿"上记载的第二类内容越多,则他在本职工作或本专业上有所作为和成就的可能性就越大。军事指挥员的"记忆簿"上,无疑地也会有第一和第三类内容,但与一般人相比所不同的是,他记忆中的第二类内容即军事指挥方面的知识和事务,应当是极丰富的。

指挥员在向自己的"记忆簿"上记载军事指挥方面的知识和事务时,要注意分清轻重缓急,有一个先后次序。我们都明白,与军事指挥有关的知识和事务非常多。从政治、哲学、历史、经济学知识,到天文、气象、地形、敌情、心理学、运筹学知识;从警报信号的发出、部队的隐蔽疏散,到行军的组织、粮秣和弹药的携带等,无不与军事指挥有关。如果把这些知识和事务不分先后秩序,一股脑儿地向脑子里塞,其结果必然是什么都记不清楚。因此,应该有侧重地记忆。通常,首先要记住作战时最急用的东西。比如,和平年代,要先记住作战预案;战争年代,要先记住当前敌情、上级作战意图、本部作战任务。其次,要尽量记住作战时最常用的东西,比如地形知识、天文气象知识等。再次,要力争记住作战时可能用到的东西,比如历史和心理学知识等。

指挥员在向自己的"记忆簿"上记载作战最急用的东西时,要注意清晰、准确、牢固。因为这些东西一旦要用,指挥员倘不能立时清楚、准确地拿出来,而是去垂首苦想,或询问他人,或查阅文件,都可能会延误战机,导致自己向失败的路上迈出一步。而要想做到记忆清晰、准确,指挥员就要在自己头脑最清醒的时候去记这些内容,并在此后反复复习,加深记忆。说得形象一点,就是要把这些最急用的东西用浓墨大字写在自己"记忆簿"的"扉页"上,保证用时一"翻"就见。

(十)说"拼"

"拼"这个字有两重含义:一曰连合;二曰豁出去,不顾一切地干。本文言及的,是第二种含义的"拼"。

翻一翻世界上各种各样胜利者的历史,可以发现,他们在精神上都有一个共同的特质,即敢拼。

著名画家李苦禅,初涉艺海时,白天学画,晚上要拉洋车挣钱糊口。最苦时,每天熬一锅粥,冷后一划三份,每餐一份。在这苦境面前,他没有退而回头,而是咬牙拼命也要学成,终于,他成了画坛高手。

美国作家约翰·克里,一心一意搞文学,可是笔不应手,收到的退稿信多达七百四十三封。在这可怕的打击面前他没有拨转船头,而是拼命写下去,终于,他成了文坛巨擘。

当年,日本在它自己发动的侵略战争失败后,国内一片瓦砾,满目战争疮痍,乞丐遍及全国,成为世界上最穷的国家之一。但由于日本国民有一种拼命复兴民族的精神,咬牙发展经济,终于又使自己成为世界经济强国,重新赢得了世人对这个民族的尊敬。

不管是一个人、一个集体、一个地区,还是一个民族、一个国家,只要具有了拼的意识,就等于为自己日后的胜利打下了最重要的基础。拼这种非智力因素之所以会帮助求胜者成功,是因为有了它,人就可以调动自己的全部力量来与困难搏斗,就会使自己肌体内部的所有制胜潜力得到充分发挥。

当然,要拼,就要准备失去一些东西。要准备失去汗水,失去快乐,失去享受,甚至准备失去健康。有所失才有所得,世界上没有只得无失的事情。

所有企望胜利、成功的人或单位或地区,都该和拼结点缘分。

(十一)职业

人要活在世上,要吃饭、穿衣、住房,就得想法从事一门职业。

世上的职业太多了!有的职业比较舒服,有的职业比较辛苦;有的职业安全,有的职业危险;有的职业受人尊敬,有的职业遭人鄙夷。

人的本性总是要求趋向舒服的、安全的、受人尊敬的职业,于是就把职业划成三六九等,分成高低贵贱。

于是有些职业门前人头攒动、喊声震天,人人想挤进门去,竞争者各使高招,仍不免有人头破血流。

于是有些职业却庭前罗雀,人避之唯恐不及,即使门内敲锣打鼓地欢迎,也少有人前去。

寻职如愿如意者,欢乐高兴。

寻职失愿不如意者,伤心悲愤。

高兴者常想去一个能抒发心中快乐的地方,譬如舞厅、影院。

伤心者便想去找一个安慰处,譬如教堂、卦摊。

我常想,世上的职业都是因人的需要而设,人却又要将其中的一部分加以贬低,这叫什么道理?

我还想,不论从事多么高贵的职业还是多么卑贱的职业,人们最后的归宿不都是一样的?

我也想,人背后让人念叨的,不是他曾经从事过什么职业,而是他从事一种职业时所留下的东西。

有人做了宰相,却遭人唾骂;有人不过领人修了一座河堰,倒让人百世传唱。

有人当了大酒楼的老板,却遭人诅咒;有人在火葬场给死者整容,却赢来了人们的尊敬。

职业不能把一个人的价值提升,职业也不能把一个人的价值降低。

(十二)人文地理

"知天知地,胜乃不穷。"这一兵家名言,已为军人们所谨记。在"知地"中,就包含有人文地理学这一内容。

人文地理学是地理学的重要分支。它包括经济地理、人口地理、交通运输地理等学科。学习人文地理学知识,对军队的指挥员来说,有着十分重要的意义。一个战略指挥员只有通晓经济地理知识,了解交战国或交战区域的经济发展水平、战略资源、能源开发与自给程度,才能正确判断一个国家或地区经济力量支持战争的程度,从而作出正确的战略决策。一个战役指挥员只有懂得人口地理知识,熟悉作战区域的人口数量、构成及其分布情况,才能对未来战争中军队后备兵员的补充、支前民工的组织、伤病员的安置等问题做到心中有数。一个战术指挥员只有熟知作战区域的铁路、公路、水路、航空、管道等的分布、长度里程、质量、客货运输能力,才能保证在战时各种复杂的情况下顺利完成上级交给的战斗任务。

战争史上,因通晓人文地理学知识从而夺得战争胜利、因不懂人文地理学知识从而导致战争失败的例子并不少见。1968年8月,苏军之所以能在短短六个小时内控制捷克斯洛伐克全境,原因固然是多方面的,但苏军将领对捷克斯洛伐克国内的交通运输地理状况了如指掌不能不说是一个重要原因。

学习人文地理学知识的方法和途径很多。可以读一点经济地理学专著、人口研究刊物、兵要地志介绍等；可以结合平常的工作进行研究；还可以实地进行调查。

（十三）站过去想一想

公元 679 年,唐将裴行俭率军三十万反击突厥。分析敌情时,裴行俭预计敌人可能欺我远师征战,后方供应线长,施行夺粮之计。于是,他预先把兵车装扮成粮车三百乘,每车藏精壮士兵五人,又派老弱士兵随车护送,诱敌上钩,另派精锐兵马埋伏于送粮要道。果然突厥军前来劫粮,唐兵四出掩杀,突厥军大败。

可见,两军对垒,大家都在预测对方的作战意图。要知敌怎样算我,就该"站过去"想一想。把自己摆在对手的位置上,来设想一下敌人可能采取的行动,以便预见到我有哪些漏洞,及早采取措施,因敌而变,先变于敌,举措不紊。

"站过去"设想敌人可能采取的措施,必须对敌军将领的思想特点和一贯的作战特点有详细的了解,对战场地形、兵力等有准确的把握,方可实施正确的分析判断,得出正确的结论。三国时,魏将邓艾与蜀将姜维战于白水。姜维令廖化带少数兵马进至白水南岸扎寨。邓艾看到后,细想敌众我寡,按姜维以往的作战规律,不等架好桥就会来攻,现在反而按兵不动,估计姜维必定袭取洮城去了。于是邓艾当机立断,撇开廖化,偷回洮城。果然,姜维正在挥兵渡河,进取洮城。但邓艾已先走一步,破了姜维的声东击西之计。

平抑爱的激情

激情,是一种强烈的、具有爆发性的情感。两情相悦之后,它是最容易出现的一种情感形态。有过恋爱经历的男女,大约都体验过它带来的那种滋味——狂喜、坐立不安、一刻也不愿分离、如胶似漆……

很多人赞美这种激情,认为两性间有激情才叫有真爱,认为体验过激情的人才叫真正活过。我基本上同意这种意见,但我同时觉得,对激情这种东西要有全面的认识,一旦发现它在我们的生活中出现,最好是有意识地去平抑它,不使它无节制地喷发,因为激情容易使人盲目,容易让人不知不觉间去做傻事。我们知道,爱的激情爆发之后,狂喜是重要的表现之一。狂喜的人的视距会自然变短,通常是看不远的。看不远的人自然就只做眼前的打算,于是有的男人敢于挪用公款去为自己爱的女人购买房产,有的女人敢于违犯法律去谋害亲夫。待他们从激情中清醒过来，他们会为自己的作为充满悔恨，但此时后悔也已经晚了。多少社会上和家庭里的悲剧，都是在人的激情爆发时出现的。如果我们在它爆发时注意平抑一下它，使它不至于过度释放，不至于缩短我们的目光，不至于使我们丧失正常的判断力，那就会减少一些生活悲剧的发生。

我之所以提倡平抑激情，还因为激情和漠然二者紧密相连，激情的过度释放会导致漠然的提前到来。从生理上讲，激情的存在是以大量的体能消耗为前提的。一个人爆发了爱的激情之后，通常是坐卧不安、心神不定、茶饭不思，人的体能是有限度的，故这种坐卧不安、心神不定、茶饭不思的状态也不可能持久。人的体能消耗殆尽，疲劳自然就来了；疲劳一到，激情就会慢慢消失；激情退去之后，漠然便悄然而至。爱过的人都怕漠然的到来，它一到，两性生活就会变得十分乏味了。而要想避免或推迟漠然的到来，办法之一就是注意对爱的激情进行平抑，使它不至于过度释放，变成熊熊大火，飞快燃烧完毕。

我提倡平抑激情，也因为从心理上讲，激情的过度释放会导致对爱的对象的新鲜感过快丧失。爱的激情的产生，其心理基础之一，就是对爱的对象所拥有的那种新鲜感。如果我们不对激情进行平抑，双方在狂喜状态中一刻也不分离，如胶似漆地在一起，那视觉疲劳很快就会产生。我们都有这样的生活经验，对我们再新鲜的东西，如果我们的目光总是触及它，对它的新鲜感就会很快丧失。新鲜感没有了，相互间的吸引力也就会很快减弱，乏味感也就滋生出来了。

看来，要想让爱保持长久且不变质，平抑爱的激情应该是办法之一。

什么事都是说起来容易做起来难，平抑爱的激情也不是一件容易事。我们不是经常可以看见，很多很聪明的人在爱的激情爆发之后，都束手无策，乖乖做了俘虏？做这样的事需要理智，而理智和激情恰恰是互不相容的东西。不过，对一件事只要认识到做它的重要性，就总会想出做它的方法。平抑爱的激情，有三个方法可以一试：其一是在意识到激情爆发之后，有意识地让自己的注意力向别的事情上转移一部分，譬如转移到事业、工作上去一部分；其二，有意识地减少和所爱的人在一起的时间，把一些时间留给与父母、朋友相聚；其三，有意识地扩大空间，就是离开所爱的人到外地去，制造点短期的分离。

我们的人生与无始无终的宇宙相比，是短暂的一瞬，但和世上其他一些存活时间短的生物相比，还是相当漫长的，差不多都有近百年的生存时间。在这样长的时间里，谁不想有一个爱侣相伴着生活？谁不想让爱情始终伴随着自己？而要想让爱侣长伴爱情长随，就要看到激情在人的感情生活中的短暂性，就要对它保持清醒的认识，不要让它对我们的爱情生活造成破坏性的影响。

愿爱的激情给我们每个人都带来美好的记忆，而不是感情的创伤。

愿天下人都能终生受到爱情的滋润。

愿天下所有男女的感情生活都不留下遗憾。

上天给了我们爱的权利，同时也给了我们理智，让我们恰当地去运用这两个东西，既爱得热烈，享受到爱的全部美妙之处，又让理智参与其中，不让爱的火焰灼伤我们的身体。

十二属相说

在中国,差不多每个人都能说出自己的属相,属猪,属鼠,抑或是鸡?这种把自己的出生年份和一种动物联系起来的现象,在别的国家是见不到的。

先辈们发明十二属相的最初动机今天已无法知道,但这项发明有一个显见的用处,就是让人们很容易记住自己出生的年份并推算出自己的年龄。

不管科学界和官方怎么评价这一发明,反正在民间,它一直在流行着并影响着人们的生活。也因此,我们应该给予注意。

我自己觉得,任何的民间发明都不会是无缘无故的。十二属相的发明,很可能是我们祖先的图腾崇拜在生活中的一种延续。龙、虎、马、牛等想象的和实有的动物,在相当长的一段时间里,曾被我们先祖中的一些部落作为图腾来崇拜。随着社会的发展,随着农耕文明的勃兴,动物在人们生活中的重要地位也随之发生改变,不再是被尊崇的对象,而成了被驱使的对象。但人们对它们的尊敬之心还在,所以就渐渐用十二属相来表达这种尊敬。

这一发明的科学含量虽然不大,但它把人与动物紧密地联系在了一起,不断地提醒人们,你终生都要和你所属的动物在一起,你不能伤害动物,更不能伤害你所属的那种动物,否则你就会遇到厄运。这种对人与动物生死共存关系的强调,其实是符合科学精神的。

按照进化论的解释,我们人是从动物界进化来的,从某种意义上说,人是一种高级动物。既然我们是从动物界来的,既然我们的身上直到今天还或多或少地存在着动物性的东西,那十二属相把动物和我们人联系在一起,其实也是对二者真实关系的一种暗指。

不管我们怎么对十二属相的积极意义进行分析,我们都必须同时指出,伴随着这一发明而在国人心中形成的一些认识,是不具科学意义的。我们知道,随着这一发明,在人生问题上,国人又逐渐形成了三种认识:其一,认为人生的发展是有周期的,一个周期是十二年;其二,认为人有本命年,当一个周期结束,新的周期要到来时,一个人很容易遇到灾祸;其三,认为人的心性和人出生的年份是有联系的,一个兔年出生属兔的人,天生胆小;一个猴年出生属猴的人,天生机灵精明。

几乎不用举例证明,我们就可以发现这些认识的不科学之处。真要对人生分期,以十年为一个周期可能比十二年更有道理一些:人常是十岁就开始懂世事,二十岁开始成家,三十岁立业,四十岁对世事不惑。再者,人要不注意预防,灾祸任何时候都可能找上头来,还能等到本命年?还有,任何人来到这个世界上都带有很大的偶然性,来的年份更偶然。如果父母在择偶上临时有了改变,如果父母推迟了婚期,如果父母身体有病,都会使一个人的出生成为问题,使其出生的年份发生改变。也因此,用人的属相来推断人的心性和祸福应属无稽之谈。

民间的所有现象其实都值得我们搞文学和文化工作的人给予关注,十二属相当然也是这样,天水人陈冠英多年研究这一问题并治印对十二属相进行表现,很有意义,我对他表示敬意。

"民族"与人类

笔一触到"民族"二字,就有些心惊,只怕惹了什么禁忌,把无尽的麻烦带来。不是已有些文人,因为"民族"问题而招来不快乃至危险?

可还是想说说"民族"。

回首人类往昔的战争,我们会发现,大部分的战争发生在民族之间,这些战争把无数的白骨留到了一层又一层土里。

放眼当今世上正在冒烟的战场,我们会看到,战争依然常在民族之间进行,无论是波黑地区、苏联地区,还是中东地区,都是此一民族在和彼一民族打。这些现代化的战争又把数不清的尸体横放在了大地上。

过去的历史和今天的现实不能不让人忧虑到将来。

民族和战争难道就永远相连相缠?

民族是什么?

民族不过是具有共同语言、共同地域、共同经济生活，以及表现于共同文化上的共同心理素质的人的共同体。如果我们站得高一些，站在"上帝"的座前来看民族，它不过是人间类似于家庭的组织罢了，是放大了的家庭。

这种放大了的家庭为什么一定要成为进行战争的单位？各民族之间为什么就不能和平相处？

是因为矛盾？可什么样的矛盾不能和平解决呢？

如果我们每个民族的人都把他民族的人看成同类，把杀戮同类看作做人的耻辱，那么战争还会发生吗？

如果我们每个民族的人都把他民族的人看成一母同胞生的兄弟姊妹，彼此因为土地、天空、大海、石油等东西有了矛盾，就大的让小的，强的让弱的，不动手只动嘴来分析是非，那么战争还会发生吗？

如果我们每一个民族的人，都把他民族的人看成邻居，互谅互让互相关心，你今日做了饺子送我一碗，我明日捉了鲜鱼送你一条，不断加深感情，战争还会发生吗？

今天，因为交通工具的发达，地球正在逐渐变成一个村庄，各个民族之间的来往就如过去一个村庄的村民们交往一样方便。如果我们每个民族的人都能做到上述诸点，那我们这个地球村就会草青花香、鸡鸣鸟唱，变得更安宁、更宜于人类居住。

我常常在想，每当我们地球上各民族之间你死我活地打仗时，那些可以俯瞰地球的外星球生物们一定在鄙夷地撇嘴：瞧瞧地球上这些理智不全、易于冲动的家伙，他们什么时候才能变得聪明些？

各民族的兄弟姐妹们呀，我们同属于人类，该结束我们的愚蠢行为了！

失 去

这世界上,没有体验过"失去"滋味的人很少。

不管是男人还是女人,不管是儿童还是成人,差不多都要和"失去"这个东西打交道。你是男人,失去强壮,是你早晚要尝的苦果;你是女人,失去美丽,是你逃避不了的人生结局;你是儿童,失去玩具,是你随时都会遇到的问题;你是成人,失去父母,是你迟早要面对的事情。

人失去的东西大致可分两类:一类是看得见的东西,如金钱、房屋、儿女;一类是看不见的东西,如机会、安全感和良心。

"失去"有必然失去与偶然失去之分。随着年龄的增长,人们失去青春、失去工作的能力、失去健康、失去老伴,以致最后失去生命,这属于必然失去,任何人都无法抗拒。一些人失去上学、就业、挣钱的机会,一些人失去母爱、家产、官位,这些则属于偶然失去。不管失去什么,不管是哪种失去,给人带来的都是痛苦和烦恼。世人所有的痛苦和烦恼,你只要追根溯源,就会发现全都是"失去"这个家伙在作怪。一个女人双眼红肿,站在那儿不停抹泪,不用询问你就可以断定她是因为"失去",不是失去了情侣就是失去了爱子,再不就是失去了别的东西。一个男人面孔阴郁总发脾气,你追问之下,保险也是因为"失去",不是因为失去了晋升的机会,就是失去了妻子的爱情,反正是由于失去了东西。失去造成的后果就是让人心理失衡,让人觉着亏了,很少有人因失去而高兴。失去和获得带来的心理效应截然相反。

因此,如何面对失去就成了我们应该研究的问题。

应该把"失去"看作人生的一个内容。你只要活着,你就要随时准备失去。当你为某一次小的失去痛苦、烦恼的时候,最好去想想人生的最后结局——失去生命。眼下一次小小的失去,也许是为那个最大失去作铺垫、准备,这样想也许就能想通。

也该把"失去"看作"获得"的前奏。失去和获得总是紧紧相连,一个人在这一方面失去,在另一方面就可能有所获得。我们不是听说过,一个人因为车祸失去了双腿,行动的不便让他转而发奋研究、著书,最后竟成了全国闻名的学者?

还该把"失去"看作是一种解脱。我们已经见过这样的事例:一个明星因为名声太盛招致记者和崇拜者蜂拥而来,结果使得他几乎不敢公开露面;一个人因为金钱太多,招致了很多的所谓亲友来府上拜访,使得他几乎无法工作。在这种情况下,失去一点名声和金钱,对他们难道不是一种解脱?

历史上,劝人正确对待"失去"的名言已经不少,"淡泊得失"是其中之一。这句话要求人们把"获得"和"失去"都看淡一些,不斤斤计较。失去了就失去了,不如鲠在喉,不大发雷霆，不心悸失眠，依旧保持心平气和、心境宁静。当然，做到这点不是一件容易的事，这世上真能笑对"失去"的人实在不多，包括我自己。

也因此，世上的烦恼和痛苦便从未断绝过。

也因此，自杀的事情不断发生。

也因此，不断有人杀人行凶。

也因此，人间满是叹息、哭声……

预 言

　　预言是人们对未来的一种猜测。人们都希望对未来可能发生的事情心里有数,所以差不多人人都愿听一点预言。

　　预言又是人们对未来的一种判断,而判断力人人都有,故人人都可以根据自己对人生、对社会、对大自然的认识,对未来做出预言。也就是说,人人都可以做预言者。

　　这就是预言和预言者得以长存不绝的缘由。

　　自古以来,中国就有各种各样的预言者和各种各样的预言,只是到了文化大革命中,预言者和预言尤其是民间的预言者和预言才被严格限制甚至取缔。那阵儿,如果谁要去预言什么,都可能被斥为反动宣传;如果谁听信了一种预言,必将被批判为听信谣言。

　　国门再度打开后,人们才发现,就在我们限制甚至取缔预言的时候,世界上竟有了那么多的预言家和那么多的预言。

有预言人类灾难的:1999年,人类大劫难;有预言人类福音的:不久的将来,癌症会被攻克;有预言人类大迁徙的:人类将移民外层空间……而这些预言者中,各种身份的人都有:总统、科学家,还有平民。

随着改革开放的深入和人们在精神上的解放,我们中国的预言者和预言也渐渐多了起来。有自然科学家预言某一学科发展动向的,有经济学家预言市场经济前景的,有计划生育工作者预言人口发展后果的。只是,与世界上其他国家相比,我们这儿预言的内容,关于个人命运的多些,比如:你会不会遇到什么灾难?你的运气如何?你的财路怎样?对社会、人类、大自然的未来的预言还比较少。而且预言者中,哲学家、军事家、政治家、《易经》爱好者、气功热爱者较多。

但不管怎么说,预言者和预言多起来是一桩好事。如果他预言我们的未来有灾难,不论他预言得是否准确,起码可以引起我们对灾难的警惕;如果他预言我们的未来有幸运,不论他预言得是否准确,起码可以鼓起我们对未来生活的希冀和勇气;如果他预言我们的未来既无忧也无喜,不论他预言得是否准确,起码可以使我们心情轻松、心境宁静。何况预言者所发出的预言中,都多少包含着他们对未来的希求和恐惧。听到这些预言,聪明的领导者差不多就可以明白人们在想些什么问题。

允许预言者的存在,容许各种预言的发表,是我们社会言路开放、人们思想解放的一份佐证。

一个没有预言者和预言的社会是可悲的。

21世纪就要到了,在这世纪之交,世界各国的预言家们都在预言未来的世纪会给人类带来什么,我们中国人也理应有一番自己的预言。既然是人人都有预言权,那笔者就在此也冒昧地把自己的两点预言说出来：

下个世纪,世界上因民族主义的抬头而爆发的战争将连绵不断,并最终会导致一场大灾难！

因空气、水、土地的污染而出现的一种可怕疾病会袭击人类！

很抱歉,我预言的都是灾难。

但愿我这是杞人忧天！

但愿它们都不会应验！

亲爱的电视

　　亲爱的电视，我不知你最初从哪儿迁来，不知谁是你的父亲、母亲，也不知你的确切年龄，可我爱你，这是真的！
　　我爱你，是因为你不嫌贫爱富不攀高蹬低，你愿意走进每一个平常人的家里。只要哪家人买了一个接收器，不管它的屏幕大小、家境如何，你都愿意走进他的家门和他们见面，在这个物欲横流的时代，能做到这一点很难得。
　　我爱你，是因为你待人诚心实意，能让我及时而又逼真地了解远在千里万里之外发生的事情，不管是战争爆发，还是选举开始，都给我一种亲临现场的感觉。这使我省去了许多阅读报纸的时间，让我对世界的变化能更快地作出判断。
　　我爱你，是因为你感情细腻，特会体贴人，能让我不去剧院就看到各种各样的艺术表演，把舞剧、歌剧、话剧、京剧、豫剧等众多剧种的演出舞台缩小后搬进我的家里，让我获得惬意的艺术享受。

我爱你,是因为你能力无限魔力无边。你能让一个人转瞬间声名远播,红遍世界,你也能让一个人很快就名誉尽失,遭人唾弃。

我爱你,是因为你拉近了我和大自然的距离,你把大海、高山、江河、湖泊、森林、草地都放置在我的眼前,你把千奇百怪的动物朝我身边赶来,你把千姿百态的花朵朝我身边搬来,让我大饱眼福,身心畅快。

我爱你,是因为你特别慷慨,让我不买票就可以进到各地的音乐厅包括维也纳的音乐厅,去欣赏各种各样的音乐会包括维也纳的新年音乐会,那美妙的乐曲听得我如痴如醉。

可说实话,我也烦你。我烦你常用拙劣的画面诱惑我和我的家人,使我们不得不长时间地和你面对,致使我们的视力迅速地减退,体重也不断增加,有时还升高了血压。

我烦你常用一些低档次的剧情来扯住我和家人的手脚,使我们丢掉了不少宝贵的时间,忘记了阅读和与他人的交流。

我烦你常用强迫的手段来让我认同你的见解,你一次又一次地播放可以证明你的观点的画面,使我不知不觉间放弃了自己的思考结果,转而去支持你的说法。

我烦你把很多的时间都用到官人和名人的身上,普通百姓很少进入你的视野,这当然是一种势利!

我烦你不停地播放各种广告,常常弄得我们兴致全无,不就是为了那点钱?就不能清高一点?

我也烦你的无处不在,有时想彻底地安静一阵,可就是逃到偏远的乡村,也仍会和你相遇,听到你的响动。

我想告诉你,对我烦你的地方,你得注意改正,不然,你可能会遇到麻烦!别以为我爱你你就可以为所欲为,须知,爱是可以变淡可以收回的。你忘了你在那些发达国家的遭遇？在那儿,让你现形的接收器是很少放在屋子中的重要位置的,人们和你面对的时间也很短暂,也没有谁觉得你了不起!

如果有一天,你让我觉得你可有可无你就惨了！我会像那些小伙甩姑娘一样甩了你!

亲爱的,我现在对你是有爱有烦,可别让我的烦上升为恨。我知道你一向聪明机灵,你明白事情的轻重!

二度青春

若把故乡南阳比喻为一个女性,那她的确有过一段光彩四射、令人目眩神迷的时期。大约从秦昭襄王三十五年设郡起,她开始步入了繁华期。那时,郡城里商贾云集,工商业迅速发达。至西汉时,她已成为"富冠海内"的全国五大美女——五大城市——之一,其时的郡城周长已达十八公里。光武帝刘秀登上皇位在洛阳建都之后,南阳更被称为"帝乡"和"南都",开始走进了她的鼎盛期。当时,跟随刘秀的"云台二十八将"和三百六十五功臣大多是南阳人,南阳成了皇亲贵戚聚集之地,城内的"王侯将相第宅相望",工商业者由四面八方拥来,使得南阳成了和京都洛阳并立的全国最大的两个中心城市之一。

但什么事情都是盛极而衰,从三国开始,南阳走起了下坡路。起因自然是战乱,不过那时走下坡路的速度并不快,衰败之象也并不明显,毕竟瘦死的骆驼比马大。到了唐宋时期,南阳虽然停止了下滑的脚步,但中心城市的地位也并未恢复。自明朝中期以后,南阳走下坡路的速度加快了。由此开始,她差不多已成了个弃妇,国人眼中已很少再留意到她的存在,她已沦落到了无足轻重的中原小城的地位,很多人甚至已不知道她的存在。

南阳城的繁华将从此不再?南阳城的辉煌将永成追忆?

她就这样被贬冷宫没有了出头之日?

南阳郡人的后裔们心有不甘!他们一直在期盼和寻找重建辉煌的机会。经过一千多年的等待,机会终于来了。

随着振兴中华大潮的涌起,南阳人也开始描画重建新南阳的蓝图。那蓝图的第一页是2002年至2010年,看完后令人兴奋不已:新南阳将分行政文化商贸区、科教文化高新区、工业仓储区、轻纺化工区和休闲观光区;将构筑四通八达的交通网络;将有无数幢式样新颖别致的建筑出现;中心城区的人口将达百万以上;会有大片的生态保护区护围着城市……

曾经令无数人倾倒的她,又要以一副雍容华贵之态亮相了!

新蓝图实现的时候,南阳人的生存环境和生存质量会有极大的提高。那时的早晨,人们既可以在碧波荡漾的白河岸边散步,也可以到城边的大片树林里去呼吸新鲜空气。白天上班,会有方便的公交车送你到办公和劳动的地方;晚饭后,你可以到现代化的歌舞厅里去娱乐,也可以到装饰得金碧辉煌的南阳大剧院里去看戏,还可以到茶艺馆、酒吧、咖啡屋里去散心。假日休闲,你可以坐飞机飞到上海、广州、北京去看街景,也可以坐火车到西安、南京去看古城,还可以自己开上私家车沿高速公路南下北上去寻找玩的地方。那时,人们可以吃到更多的绿色食品,喝到更纯净的水,住到更宽敞的房子。那时,人们在城区会看到更多的艺术水平很高的城雕,也许有召信臣治水的场景,有岑参吟咏的模样,有冯友兰伏案著书的身影。那时,城区里可能会有收藏和展览美术、书法、雕塑作品的南阳艺术馆,南阳大学里也许会设专门培养文学人才的文学院,汉画馆附近大约还会建雄伟壮观的展览南阳历代文物的博物馆。那时来南阳的游客,得拿三天时间到伏牛山、桐柏山旅游区去看大自然的美景;得用三天时间来看南阳府衙、内乡县衙、邓州百花洲、武侯祠、医圣祠、张衡墓以及汉画馆、博物馆、文学院等人文景观;得拿一天时间去看人间大工程——南水北调大渠的渠首;还得用一个晚上去剧院看南阳的地方戏:豫剧、曲剧、越调和宛梆;得用一个晚上去市内广场上看汉代皇后阴丽华行宫中上演的"南都舞";得用一个晚上去街头的茶馆里听坠子书、鼓儿词、三弦谣和民间小曲;得用一个晚上去小吃一条街上尝胡辣汤、蒸榆钱、炸南瓜花、豌豆糕、全羊汤等诸样民间小吃;得用一个晚上去工艺大街上看玉雕艺人雕玉器、烙画艺人在纸上烙画、角雕艺人做角雕、石雕艺人做雕活;还需要一个晚上到白河和梅溪河上泛舟看夜景。如此七天六夜下来,游客们定会尽兴而归。

我想,到了那时,倘若皇后阴丽华一梦醒来,看见新南阳高楼林立、大街纵横、商铺毗连、草青树绿、水碧舟移、人群熙攘,一定会惊叹道:嗬,这比我们当年的南都还要繁华还要美呀!

南阳城的二度青春开始了!

车的遐想

这半辈子车坐了不少种,小时候坐地板车、三轮车、牛车、马车、自行车,当兵时坐摩托车、大卡车、吉普车、火车、装甲车,当了军官坐过捷达、桑塔纳、皇冠、丰田、标致、奥迪、奔驰轿车。不管啥车,坐上就觉得舒服省力气,心里就对那些发明了车的人生些敬意。车的发明加长了人的腿,使人去的地方又多又快,其实是延长了人的生命。

过去坐的车除了地板车和自行车之外,基本上都是公家的和别人的。坐轿车时心里偶然也会生出一个念头,啥时候自己要有一辆轿车该多好。不过很快自己就主动把这念头赶走了:你怎么可能拥有买一辆轿年的钱?

随着新世纪的到来,随着生活水平的提高,随着京城私家车的增多,随着中国加入世界贸易组织时间的临近,自家买一辆车的念头又悄悄从心底爬了出来。也许,就在不久的将来,我真的要买一辆轿车了。

如果我买车,我不会买高档车。买高档车花钱多,稍一遭磕碰,又太令人心疼。如今的偷车贼又这样多,万一被偷走了,太可惜;我也不会买低档车,低档车买时便宜,可坏着也容易,经常修车,费时又费力,何必?要买就买一辆中档车,用着省事,开着内心感觉也不错,万一丢了,也不会太心疼。

如果我买了车,我会把我的车内铺设装饰得舒适可人。作为车的主人,车厢其实也相当于他家的客厅,他的品位和喜好都能显示出来。雅致、清爽,将是我车内装饰的标准。

如果我开上自己的车上路,我的车速一定不会快,十次事故九次快,何必开快车去找死?人买车是为了方便,不是为了去送死。谁都可以超我的车,我绝不会为开车的事和别人赌气,拿自己的性命去开玩笑。从最初发明汽车到现在,因事故已经死了多少人?我们不能花钱去事故死亡登记簿上买位置。

如果我的车在什么地方停下,我希望能享受到在西方电影上看到的那种服务:有人为你泊车,有人为你擦车,有人为你看车。一切都很顺利。

我现在有点担心的是,我有两个毛病对我开车不很有利:一是平时常走神,别看我眼在看一个地方,其实心不知早飞到了哪里,万一当车在奔驰时我去想小说中的某个情节怎么办?二是一见堵车就心烦,平日坐的士一遇堵车我总埋怨司机,常常弄得不欢而散,日后自己开车,遇到堵车心里烦了会不会惹出事情?

科学在发展,家庭轿车的设计和所用材料也在变化。我希望今后的家用轿车能实现完全的自动驾驶,人一上车,把自己要去的地方名字一输入计算机,车就会自己决定走哪条路,用什么样的速度行驶,一直把人安全地送往目的地。这样,会为每个人省去学开车的麻烦,会让人们节约很多时间和金钱。我还希望家用轿车能彻底完全地保证使用它的人的安全。将来的轿车应该能够保证,不管发生什么等级的事故,车内的人都能安然无恙。最好能在车内安装一种设备,一旦车发生碰撞燃烧事故,车内的人会自动迅速升空,即使车炸成碎片,人也会毫发无损。我更希望将来的家用轿车能摆脱对道路的依赖,有路时它可以跑,无路时它可以贴地飞,离地高度在十米左右,随时可以落地。一旦不需要修路就可以开车走,那这个世界会变得多么美丽。当然,这些希望还都只是希望,离实现的日子还有十万八千里,轿车设计专家们可能会笑我是异想天开,可世界上所有已经办成的事情,最初不都只是一个"狂妄"的想法?我不会设计轿车,我想想总是可以的。

　　我现在还是看着别人的车在说车,这样去说不可能很深刻,啥时候我真的开上了自己的车,那时再细说。

辉 煌

辉煌与黯淡相应对。

辉煌就是光彩耀眼,就是光辉灿烂,辉煌的东西才能引起世人的注意。

有事业追求的人,大都希望自己的事业能够辉煌。人们希冀辉煌就是希求自己的人生过得引人注目,这无可非议。这世界上的人太多了,多少人将默默无闻地活过一生,多少人的名字走不出三千公里的范围,在这种情况下,人们都求自己的名字和事业被人留意、记住,希求自己的一生被人关注、羡慕,难道不应该吗?

如果把辉煌比作一个女人,一个男人要把辉煌娶到身边并不容易,这通常要付出很大的代价。辉煌是一个贪婪的女人,她要的聘礼高得吓人,而且这些聘礼还非寻常物品,必须是汗水、心血、健康、安宁,甚至是家庭幸福。有多少个事业辉煌的自然科学家，不是在获得辉煌的同时，也开始做告别人世的准备？当然，也有的人什么都付出了，可辉煌就是不来与他相见，这也是没有办法的事。世界上能够获得辉煌的人毕竟不多，他们也许和辉煌原本就没有缘分，没有缘分的东西不可强求。

辉煌还是一个特别挑剔的"姑娘"，她对出嫁的日子也选择得分外仔细，她总是要寻找她认为恰当的机会。你是一个歌手，你民歌唱得特棒，但当全社会都崇尚西洋唱法、喜欢港台通俗歌曲的时候，你就休想辉煌，你必须等待时机，等待社会关注民歌的时候。你是一个社会科学研究者，当社会不允许独立思考，到处都是思考禁区的时候，你就休想辉煌，你必须等待，等待言路广开、思想解放这个时辰的到来。

辉煌并不是一个安分的娘们，她有点水性杨花。她总是只跟你过上一段日子有时甚至仅几天几夜，她就又开始去寻觅新家，又睁大那双妩媚的眼睛去俘获新的爱人，在这一点上，她很像一个荡妇。所以，你一旦得到辉煌，切不可麻痹大意，一定要小心她不告而辞迅疾离去。要好好地看守住她，让她尽可能与你厮守更多的时日。这一点，运动员们最有体会，当他们获得冠军、获得金牌从而让生命辉煌的时候，他们知道黯淡就在不远处站立着，也许下一次站在领奖台上的就不再是他们，也许从此他们将永远失去再捧奖杯的机会。

当辉煌果真离你而去时，你不必伤心，更不要绝望。你要明白，这世界上没有终生辉煌的人。再高明的政治家，也不可能一辈子坐在高位上，也不可能年年都有惊人的政绩。演技再好的演员，也不可能一辈子演的戏都是叫座儿的戏，不可能演的每个角色都会造成轰动。总是留恋、想念离去了的辉煌，总是为失去辉煌而痛苦、不满、耿耿于怀，不是一种好心态，它会使人生病、短寿、早衰。世界上有许多因郁闷而死的过时名人,其死因大约与不能正确看待辉煌的离去有点关系。其实一切都是一个过程,辉煌更是一个转瞬即逝的过程。面对走远了的辉煌,你应该含笑同她挥手告别。你该在心里叫:你这个漂亮而诱人的东西,我曾经得到过你,占有过你!我知道你的体形是什么样的,我闻过你身上醉人的香味,我亲吻过你那美丽的樱唇,我此生已经无憾了,我曾经辉煌过!

辉煌这"女人"要说也讲一点情义。她在离开一个人时,并不是不给他留下任何东西。她通常要给获得过她的人留下一圈光晕,以便让四周的人能够从人群中辨出:这是一个曾经辉煌过的人。这个小小的馈赠,可让受赠者用来抵御孤独、寂寞、冷漠这三个东西的进逼和压迫。这是一笔要小心使用的资本。

世界上也有从不追求辉煌的人。他们在辉煌的诱惑面前无动于衷,心如止水。他们只求心境宁静,凡事随其自然,根本不刻意去追求什么事业和人生的辉煌,甘愿过平平常常不让他人关注的生活。对这样的人我们不能简单地用"平庸"二字回赠,世界上有许多东西我们尚未认识,也许正是他们参透了"辉煌"的又一种含蕴。

我们尊重所有获取了辉煌的人,我们还尊重所有付出极大努力但终未获得辉煌的人,我们更尊重所有能平静地与辉煌作别的人,我们也尊重所有不刻意追求辉煌的人!

"忘"谈

"忘"这东西,世上很少有人没经验过。

忘了所学的知识,忘了要办的公事,忘了对朋友的承诺,忘了和情人约会的时间,这当然都是坏事。

许多人常常用手指敲着自己的脑袋对"忘"的捣蛋进行诅咒。

但切莫一味地仇恨"忘",我们在生活中有许多事还极需要"忘"来帮忙。

小两口为了柴米油盐的小事发生了口角,你挖苦我一顿,我讥讽你一通,甚至哭,甚至骂,红脸竖眉地折腾了一番。这样的事倘没有"忘"来帮忙,两个人还不要记一辈子?还怎样去打发剩下的日子?

出门不小心丢了三百元钱,太让人后悔、气恼了。这时如果没有"忘"来帮助,人就一直这样后悔、气恼下去,那今后的生活还过不过了?

　　旅行时碰见了一场车祸,那鲜血淋漓的场面让人惊恐不已,这时要没有"忘"来相帮,那场面总在你的眼前晃来晃去,你还干不干别的事了?

　　亲人中有谁突然去世,你非常难受痛苦,这时若没有"忘"来照顾,你长年累月地伤心流泪,还想不想活了?由此可明白,把"忘"的本领赐给人类,其实也是上帝对人类的一种关照。

　　一些人之所以会得精神病,常常与他们不会忘记烦恼、不快、苦痛有点关系。试想,一个人如果把每天的不快都收集起来记在心里,那份沉重他的心理能承受得了?

　　该忘的东西,一定要尽快忘掉。

　　对那些令你不快的面孔,要在握手分别后就忘掉。

　　对那些令你烦恼的事情,要尽力做到事一过就忘掉。

　　对那些令你伤心的场景,要能够转身即忘。

　　其实人要真忘起来并不容易,该忘的东西常常并不能忘记。

　　世界上许多民族间的战争,是因为彼此没有忘掉历史上的旧账而酿成的。

　　社会上许多家族间的争斗,是因为彼此没有忘掉先辈人结下的恩恩怨怨所致。

　　单位里许多人与人之间的不睦,是因为彼此没有忘记往昔的纠纷造成的。

　　会不会忘掉该忘的东西,其实也是上帝对人的一种考验。

　　当然,要想忘也不是没有办法。

　　不想。凡是要忆起、记起那些该忘的事时,马上把头一摇,转移开思路。

不说。凡是要说到该忘的事时,话头一扭,转移到别的话题上。

不写。凡是想要写下该忘的事时,马上掷笔,干点别的。

忘,也是上帝给人的义务之一。

平 衡

  百姓们常说的一些话很值得回味:

  好女无好婿。是说相貌漂亮的女人,反而常常会找不到英俊的夫婿。这现象每个人的身边都不乏例子,解释这种现象的理由似乎应该是:你既然长得漂亮,在女人中大出了风头,那么好吧,就让你得到一个并不称心的丈夫!

  病恹恹活过翘颠颠。是说一些平日看上去体弱多病的人,倒常会活过平日看上去体壮如牛的汉子。这也是一种并不少见的现象,解释它的理由似乎也应该是:既然你平日身体很棒,享够了健康带来的舒服,那么对不起,就来点意外缩短你的阳寿!

  官高诗好能几人?是说既在仕途上顺利又在学术上有造诣的人不多。既然你在仕途上青云直上享足得意,那么对不起,你在学术上就休想名垂青史!

磨难出伟男。是说磨难常会激励造就一个人才。你既然在生活上受足了磨难,那么好吧,作为补偿,就让你在事业上有所成就。

这些话似乎都在说明:人世上有一条平衡规律在起作用,一个人的失与得,差不多都呈平衡状态。

你在这方面失去了,便会在那方面获得;你这段时间得到了,另一段时间又可能失去。一生诸方面都得到顺利、幸福的人没有;一生全是苦难、挫折、痛苦的人也没有。

你到街上随便去找一个乞丐,详细问询之后定会发现,他也曾有过美好的生活,或是有过幸福的童年,或是享受过浓浓的家庭之爱,他照样有过值得骄傲的时刻。

你去访问一个大权在握的高官,倾心交谈之后你会明白,他虽然过着前呼后拥的生活,但他的心中也有不尽的烦恼和苦闷,或是夫妻不睦儿女不才,或是身有隐疾不便公开,或是政敌发难担心官位被篡,等等。

平衡规律无处不在!

于是人生中便悲喜相掺,喜中有悲,悲中有喜。

于是人生便有喜剧、悲剧交替上演。

看到了平衡规律,人就会镇静、冷静地看待纷繁世事。自己身处繁华场景,不激动、不喜出望外、不忘乎所以、不手舞足蹈;自己身陷苦难环境中,不沮丧、不悲观绝望、不寻死觅活、不投河上吊。一切都是人生发展过程中应有之景。繁华场景会变化,苦难处境也会变化,一切都在变化之中。

看到了平衡规律,人便会对他人心怀善良、宽容。何必呢?每个人都有一份痛苦要嚼,或迟或早而已,大家活得都很艰难,为什么要再给别人增添烦恼、痛苦?帮一帮、拉一拉别人有什么不好?

看到了平衡规律,动笔写作时就心中有底。一个人富贵到了极处便是潦倒,一个人坎坷到了极处便有顺利,人间没有完全称心的生活,世上没有百事能成的伟人。手中的笔应该给正高兴的人一点提醒,也应该给苦难中的人一点慰藉。

自然,平衡规律也很狡黠,在身上涂了五颜六色的迷彩。让人人看见岂不要失去了对它的敬畏?于是,没有一定阅历的人便不会看到,看到了也不会承认。

不过,它是存在的,而且在时时窥测、衡量你的生活!

不信?三十年后,回头看看生活中的你自己!

人生能得几回笑

这问题问得可能有些突兀。

谁去算这个账呢?

依我看,这个账倒是值得一算。笑——当然指的是欢笑,表明了人心里欢快,算清了这个账,也就弄明白了人一生有多少时间是在欢快中度过的,同时也就清楚了还有多少不那么欢快的时日要我们去打发。

对一生中笑的次数作个估算其实并不难,首先要明白一条笑的规律:人笑的次数随年龄的增加而递减。

三岁之前是我们笑得最多的时候。父母、爷奶、姑姑、阿姨的有意逗引常使我们咯咯咯地笑出声来,但大人们自有大人们的事情要忙,他们能平均一天逗我们笑十次就已经不错了。若一天按十次数,三年也才一万来次。

四至六岁是我们人生的又一阶段。这时依然会笑得天真,从大人手中得到一份礼物,吃到一种好东西,穿上一件新衣服,都可以让笑容在脸上绽开。但这时我们已经懂得观察和分辨,家人脸上的不快可以影响我们的心绪,从而让我们笑不出来;人间的诸样不公正已为我们感觉到,没有别人吃得好穿得好住得好,会使我们因羡慕、委屈而笑不出来。这时每天能平均笑八次就已经不坏,照此计算,这三年间笑的总数该是八千多次。

七至十二岁我们已经在学校里生活。这期间,得到教师的表扬、受到同学的赞美、获得一项奖励甚至课间的嬉戏,都会使我们笑容满面。不过学业的沉重、同学们在各方面的竞争、教师和学校的管理,已不知不觉间让我们把笑的次数减下来了,能平均每天笑六次已属难得,这样一年两千次,六年是一万二。

十三至二十二岁是我们读中学、上大学的阶段。这时,升学、考试的好成绩和同学们的相聚都会引发我们的笑声。但愈来愈繁重的学习任务、身体逐渐成熟而带来的烦恼、对就业迫近的焦虑,会使我们不知不觉间学会了皱眉头。这期间,平均每天能笑五次就是挺高的纪录了,照此计算,这十年是将近两万次。

二十三岁到五十岁是我们在社会上立足、做事,显示我们的生命能量的阶段。这时,恋爱、结婚、得子、晋升、发财都会让我们面露笑容。但烦琐的家务劳动,孩子的入托、升学,自己晋升机会的失去以及经济的拮据则会越来越多地影响到我们的心绪,脸上的皱纹越来越多而笑声越见减少,每天能平均笑四次就表明活得还行。照此计算,这二十八年间能笑四万来次。

五十岁之后,能让我们笑的事情自然还有,譬如儿女的美满婚姻、孙儿孙女的淘气顽皮、财产的增加、更多的外出旅游的机会、老友故旧的重聚。但随着肌体衰老各种疾病的显现，对死亡的恐惧和可怕的孤独感使得我们一天平均笑两次都已经很困难。照一天笑两次计算，活到八十岁算是两万次。

如此算来，以八十岁为生命终点，人一生笑上十一万次左右。自然，这只是个大概数字。

每一次笑的时间按持续一分钟记，该是一千八百来个小时。也就是说，我们一生中，大约只有一百五十个白天是在欢笑中度过的。

多么可怜的一点时间！

上帝允许我们欢笑的时间原来竟如此少！

至此，我们明白，要加倍珍惜这点笑的时间。该笑的时候就开颜大笑，别再让烦恼和不快把这点时间挤走，别再让吝啬的上帝把他应允的这点东西再收了回去。

我们该想办法去寻找欢乐以延长笑的时间。上帝的口袋里一定还装有不少笑的时间，我们该想法子去赚。多看点喜剧影视片，多听点风趣幽默话，多找好友聊聊天，尽量争取多笑一次。

也该少给他人制造烦恼，少给别人增添不快，尤其在别人笑得开怀时，别去添乱。要把打断人的笑声看作是一种残忍的剥夺。

记住，我们一生中笑的时候并不多！

幸 运

在这个世界上,谁都希望幸运降临到自己头上。

想发财的,希望幸运送来赚钱的机会。

想做官的,希望幸运送来提升的机遇。

想出名的,希望幸运送来扬名的契机。

想成家的,希望幸运送来如意的伴侣。

幸运是一个分送幸福的邮差,人们渴盼它上门当属自然。

但我们对幸运该有一个清醒的认识。

幸运是一个特别喜欢捉弄人的东西。你越是对它望眼欲穿,它越是在远处盘旋,就是不到你的面前;直到你觉得盼来无望,掉头去全心全意干自己的事时,它才会倏然而至,飞到你的身边——不是有一个农民,在穷苦的生活中已经失去了任何发财的希望,却忽然有一天在挖地时一下子挖出了一颗巨大的钻石!

幸运在飞行时并不独往独来，通常是用苦痛开路，用灾难收尾，和这二者结伴。谁要想接近它，就必须先去尝受一番苦痛。即使你侥幸躲过了位于其前侧的苦痛，得到了幸运，但你随后也需要再历经一番灾难。很多和幸运有过接触的人都有这种感受。那些得到了诺贝尔奖的科学家们是多么幸运，可他们在得到这个幸运之前，差不多都在实验室、在书斋、在社会、在家中尝受过许多苦痛。有些一下子青云直上做了高官的人，幸运过后，竟然是监禁和杀头在等着他们。还记得王洪文吗？三四十岁就有了那样显赫的官位，真是幸运！可是没过几年，长久的监禁便姗姗来临了。

幸运还是一个比较讲究公平的家伙。它通常并不接受贿赂，它从不连续降临到一个人的面前。它像一个俯视人间的天神一样，总是把它那温暖的手伸向那些最需要它的人面前。世界上没有一生都与幸运打交道的人，世界上也没有一生都不与幸运打交道的人。不要对那些最可怜的倒霉的人投以冷眼，说不定就是他以后还能给你帮助。老百姓不是有一句俗言"三十年河东三十年河西"吗？一位捡破烂的年轻人，当初进学校捡拾破纸烂瓶时都遭到呵斥，没想到十几年后幸运落到了这个年轻人头上，他成了一个亿万富翁，正是他掏钱为这个学校修了一座大楼，并为每个教师上浮了一级工资。

知道了幸运的这些特点之后，我们该对幸运抱一种旷达的态度。我们只平平静静地按自己的信念、自己的追求去做事，并不时时刻刻忧心如焚地去期盼着幸运的到来。保持一种平静的心境于健康长寿会有好处。看见幸运落到了别人的头上，最好投去一个祝贺的笑意，并不忌妒、不诅咒、不咬牙切齿，要把那视为他人该得的东西。倘若幸运真的翩然而至落到了自己的面前，也不要得意忘形，把尾巴翘到了天上，反而该警惕灾难会紧随着到来。

幸运和灾难是人生长过程中的特殊状态,持续的时间都不会太长。人生中最多的还是平常和平淡。打发掉平常和平淡的日子是我们每个人一生中的主要任务。让我们平下心静下气来,慢慢去打发那不到百年的生的时间。

我们面对幸运,最好既能平静地说"欢迎",也能平静地说"再见"。

中年男人

我把四十至五十岁的男人,称作中年男人。

到了中年的男人,脸上尤其是眼角处的皱纹开始一天一个模样地变密加深,灰的或白的发丝会悄无声息地从双鬓、从头顶爬些出来,嗓子里开始经常有痰,肚子有些腆起,新长出的胡碴变硬变粗,干点重活或做点运动已开始喘息。

到了中年的男人,开始成为各种工作岗位上的中坚人物,他们开始学会指导、指挥青年人,他们不愿再做老年人的徒弟,他们在各个行当里开始扬眉吐气。

到了中年的男人,住房,一般都或大或小的有了;钱财,都已多少有了些积蓄;儿女,也都已到了不再缠人的年龄。他们的心情已有些轻松,他们中有人开始想到了享受。馋酒的,会在吃饭时抿上几口;爱听戏的,会在晚饭后仰在椅子上听一阵收音机或录音机里的戏文;爱嗑瓜子聊天的,会悠悠晃晃地去敲朋友的家门。

到了中年的男人,不少对自己妻子的身体因为太熟悉兴趣已经不大,他们开始或明或暗地把眼睛盯住别的女人,盯住别的中年妇女、少妇甚至姑娘,盯人家的胸脯和臀部。不过他们通常不敢拿自己的名誉、地位和家庭去冒险,他们中的大多数只是饱饱眼福;只有极少数胆大的,会利用自己的权势、地位、才能,利用自己成熟男性的天然吸引力,去引诱、勾引、迷惑住一位两位女人,偷偷去尝个新鲜。当然,倘对方正值妙龄欲望特强真要频频要求他们上床,他们又会暗暗叫苦难于应付,时时有力不从心之感。

到了中年的男人,他们聚在一起,开始回忆、谈论过去。他们开始笑说自己当年的那些幼稚之处,开始描述自己过去曾经历过的艰难,他们开始品尝走过荆棘路的快感,他们也学会了动不动就对自己的孩子说:我们当年……

到了中年的男人,对未来当然仍充满了希望。从政的,希望再官升几级;经商的,希望银行的存折上再添几笔;写作的,希望再出几本书;搞科研的,希望再完成几个课题;普通工人,希望工资能再涨些;种庄稼的农民,希望再盖几间新屋给儿子顺顺当当娶个媳妇。他们都会抓紧时间做事,但他们一般不敢再夸口:十年二十年之后,你等着看老子的!他们对未来的希冀已变得很有分寸。

到了中年的男人,参加聚会时,宁愿和乏味啰唆的老人们在一起,也很少愿意和毛头小伙子们坐一块,他们害怕对比。他们愿意让别人说自己年轻。他们中有条件的,常把胡子刮得很干净,皮鞋擦得很亮,衣服穿得很板正,他们想挽留住年轻和英俊。

到了中年的男人,内心开始向往安定。他们对国家、对世界上的大事比较关心,他们不希望世界有剧烈的变动,他们中很少人希望发生战争,平安是他们大多数人的心愿。

到了中年的男人,说不准哪一天会忽然收到父母或岳父母病重的通知,他们于是慌慌地赶去探望,紧忙给老人办理入院治疗的手续,开始在病床前伺候,喂水喂饭、端屎端尿、擦脸擦身,直弄得精疲力竭。他们亲眼目睹老人们与疾病搏斗的惨状,不由得想到了自己的晚年,于是就不免要打个寒噤,开始对衰老生出真正的恐惧。

到了中年的男人,也会在某一天突然听到自己某一个同龄人的死亡讯息,于是他们吃了一惊,互相询问:他怎么会得了癌症?而且开始惊叹:死这么快就来了?!他们中有人会蓦然意识到:自己的头平时也有些晕,有时吞咽食物也有些困难……于是上医院检查的次数开始变多。他们中的一些人参加完同龄人的追悼会后,会怏怏而回,开始对人生的短暂生出真正的慨叹。个别的甚至对自己的奋斗目标也作了修改——原本一心想再提升一级的人,这时会摇摇头说:罢,罢,罢,一死百了,求它作啥?

中年男人已站到了人生的山顶,回首来路,虽是上坡,却一路美景;展望前路,是一溜下坡,是生病是衰老是无聊。新鲜刺激的东西没有了,于是他们激动、狂喜的情态也少见了。他们脸上常是对一切都看开的平静,即使笑,也是微笑,淡淡的,很少开怀大笑了。

中年男人,我羡慕你、可怜你、同情你!

明 天

世上很少有人不想"明天"。

"明天"既是一个漂亮的姑娘,又是一个英俊的小伙,不论对男人还是对女人,都有极大的吸引力。

对"明天"的企盼,是差不多所有人活下去的动力、源泉。

但"明天"却像出嫁的新娘用红盖头蒙住脸一样,总用厚厚的未知外衣包裹住自己,在她未变成"今天"之前一直不让人窥见她的面孔。

我近日听说了这样几件事:

一位中年干部从熟人那里得到了最可靠的消息:上级已决定升他为厅长,领导明天就要找他谈话说明。他在前一天晚上高兴得睡意全消而强迫自己读了几乎一夜的书。第二天上午他满脸喜色地去见领导,但他得到的最新消息却是:就在今天早上接上级通知,厅长改由国家一个部委下来的人担任,他仍任原职。那一刹,他绝望得双颊发白,差一点在领导面前失态。

一位老太太在一家商场买了一床电褥子,那家商场是有奖销售,她得到了一张有奖销售卡并被告知:明天开奖。头一天晚上她给小孙子说,奶奶要是明天能得个五等奖——一盒巧克力——就好了,就可以让你吃个痛快了。但第二天摇奖的结果出来后却令她一惊:她得的是特等奖——一辆桑塔纳轿车。当她拉着小孙子站在那辆轿车前时,她不敢相信这车会是自己的。

一位正在热恋中的姑娘,那天拿到了未婚夫明天要来本城出差的电报,快活得像一只小鸟,后晌专门去买了一盒最新最高级的化妆品。第二天早上,她提前起床化了妆,而后便急着吃饭去车站接他,不料跑到厨房端饭时不小心碰倒了酱油瓶子,摔碎的瓶子上刚好有一块玻璃碴飞进了她的左眼里。她立即被父母送进了医院,眼科医生看后叹口气说:玻璃体已经流出,这只眼可能要瞎。

这些事都让我觉出了"明天"的多变和古怪!

它有时并不像我们企盼的那样美好。

有时也并不像我们估计的那样糟糕。

"明天"通常是用幸运和厄运这两张牌来和世人开玩笑的:当你预备笑时,他让你哭;当你正在愁时,他要你笑。

每个人都有明天,我们该怎样来迎接这个有时是美女有时是巫婆的东西?

别对它抱太多希望!

别把它想得太好!

如果来的是一个巫婆,我们可以平心静气地请她坐下来喝茶。

如果来的是一位美女,那你当然可以扑上去揽住她。

如果来的是灾难、苦痛,我们已有承受的心理准备,就不会绝望、自杀。

如果来的是幸福、欢乐,那尽管去笑就是了,只是小心别把气笑岔。

闲话照片

我个人以为,照相技术的发明是世界上最伟大的发明。由于照相技术的发明和照片的出现,使人类在与时间的争斗中取得了一次胜利。在漫长的过去,时间常常对人类进行公开的嘲笑:你们在我面前只有老老实实听任折磨,根本别想抓住我!但是照相技术出现后,人类面对时间也可以微笑了:我们虽然抓不住你的全身,但我们已可以抓住你的一瞬,把你一瞬间的足迹牢牢地固定下来!

由于照片的出现,我们在白发满头时可以回望自己尚为婴儿时的模样,我们瘫痪在床时可以回看当初爬山时的英姿,我们满腹痛苦时可以面对过去的灿烂笑脸。我们让一瞬一瞬的时间在我们面前停留了下来。

我第一次拍照片是在小学毕业时,毕业证上要用照片,我于是走进了家乡构林镇上那家唯一的小照相馆。我在用于拍照的椅子上坐定,看见摄影师头上蒙着黑布在照相机前摆弄,心中十分紧张——因为有人告诉我,照相机是一个吸血的东西,人拍一次照,身上的血就会少一点;拍得多了,人脸就会变得十分苍白。我那时对照相既好奇又充满了恐惧。

当兵以后,照相的机会多了。当新兵、当班长、当排长、当副指导员、当师政治部干事、当济南军区宣传部干事,结婚,到西安求学,得儿子,到北京进修,每一个时期都有照片留下来,我有了厚厚一摞相册。

我用自己的相机拍照片是1985年。我先后买了两个傻瓜相机,尽管它们的档次都很低,但我带着它们去了珠江三角洲,去了广西友谊关,去了黑龙江畔,去了大兴安岭,去了河西走廊,去了青藏高原,去了渤海之滨,我用它们对自己的足迹和经历作了记录。

很长一段时间,我把照相和摄影艺术混为一谈,直到有一次我由山东泰安到北京参观了一次摄影艺术展览。那时,我在师宣传科当干事,上级让我们科派一名同志到北京中国美术馆参观摄影展览。恰巧负责新闻工作的干事不在家,科长听说我还没去过北京,就让我去了。在中国美术馆的展览大厅里,我第一次看见了艺术照片,并且深深地被它们所表现出的美所震撼。其中有一幅题名《退烧了》的照片,至今还清晰地留在我的脑海里。照片上,一个穿着白大褂、戴着白帽子和白口罩,只露一双美丽眼睛的女护士,站在一张病床前,望着手上的体温表,体温表显然刚从病人腋下取出来的,"退烧了"三个字分明是带着她内心的欢喜说出口的。这幅照片把一个白衣天使对病人充满关切的内心很精妙地表现了出来,让我深切地感受到了一个心灵的善良和美好。也就是这次参观,让我知道了艺术照片同绘画作品一样,有强大的感染力和诱人的魅力。

　　这之后,我开始喜欢看摄影艺术展览,喜欢看书刊上发表的艺术照片。我记住了巴利·莱特根的《草地》,熟悉了汉斯·肖维斯特的作品,知道了艺术照片中分人像艺术照、风景艺术照、场面艺术照等好多种类和流派。我开始和一些摄影家交上了朋友。

　　我也曾经萌发过拍艺术照片的愿望,而且也去试过,可惜都没有成功。各种门类的艺术虽然是相通的,但小说艺术与摄影艺术之间的距离毕竟是有的。从小说艺术的大门里走出来,还要经过专门的训练和磨炼才能走进摄影艺术的大门,而我已经没有多少时间和勇气去从事这种训练和磨炼了,我只能对摄影艺术保持一种热烈的向往。此生,自己大约只能拍一些普通的照片,用以充实自己的相册,用以记录自己的生活经历和容貌的变化,好供自己在老得不能动时去作回忆的触发剂,去对流走的岁月的数量表示惊异。照片,我喜欢你!

　　照片,我会珍藏着你!

喝 茶

我喝茶的历史已经很悠久。

大约在生下来不久,我就开始喝茶了。

这需要作一点解释:我们豫西南邓州地面上的百姓,把喝开水也叫作喝茶,只有喝未煮过的凉水才叫喝水,所以我喝茶的历史就有些长了。

长到五六岁之后,我家门前的菜园子里种了薄荷,母亲开始用薄荷叶子为我泡茶。这种茶喝进口有股清凉味,喝下去可以败火。喝法是先烧开一碗水,而后把洗净的鲜薄荷叶子往碗里一放,待水变温之后,便端起碗牛饮一气。喝完这种茶后,薄荷香味长留嘴里。

再后来农村里收了自留地,不准在宅前屋后种东西,薄荷没有了。母亲为了让我们的茶喝得有味,开始用柳叶泡茶。每年的清明节前后,母亲总要从河边的柳树上采下一抱细柳枝,回来晒干,而后绑成捆,挂在屋檐下,在我们喝开水时扯下几片柳叶扔进碗里,这就是柳叶茶了。柳叶茶喝起来稍苦,但也有一股清凉味。夏天割麦时节,母亲总是烧一大瓦盆开水,扯一把干柳叶放进去,这时开水便变成绿莹莹的茶了,放凉后端到树荫下,让我们这些执镰割麦出了大汗的人饱饮一顿。

我第一次喝到用正经茶叶冲泡出的茶,是在家乡构林镇上的一个茶馆里。我记得那天茶馆里有人在说大鼓书,我因极喜欢听书便也凑了过去。听得口渴时见有个茶客起身走了,他喝剩下的茶盅里还有茶水,我便端过那剩茶喝了,当时喝罢觉得那茶水极香。

当兵之后,逢年过节部队里要开茶话会,这时喝正经茶水的机会多了。我开始知道茶叶有好坏之分,知道龙井茶是世上最好的茶叶。也知道了不少茶叶的名字:信阳毛尖、碧螺春、茉莉花茶,等等,自以为对茶已有些懂了。

结婚之后,听说岳父爱喝茶,我便买了二斤茉莉花茶寄给了他。谁知他收到后来信说:茶叶不错,只是他一向只喝绿茶。我这才打听明白,原来茶分三类:红茶、绿茶和花茶。红茶性温,暖胃;绿茶性凉,败火;花茶属中性,不凉不热。每个人要根据自己的身体情况选择茶类,然后再在这一类茶中选择一个品种。我对茶叶的了解因此又进了一步。

今冬去武夷山,到一家茶馆里喝茶之后,方知喝茶还有茶艺。当时,那年轻老板端上乌龙茶中的上品——武夷岩茶招待我们。献茶前,他洗净手、焚香;泡茶时用地道的宜兴紫砂壶;每个茶客面前摆两只杯,一曰闻香杯,一曰品茶杯,每个杯只有酒盅那么大;而且先表示歉意,说今天的茶是用自来水烧开泡的,没有用泉水,用煮开的泉水泡茶最好。他还告诉我们,泡出的第一遍茶水不能喝,要倒掉,这叫"重洗仙颜",三泡、四泡的茶才最好。他冲茶时讲究悬壶高冲；斟茶时讲究快速巡斟——"关公巡城"和点滴入盅——"韩信点兵"；要我们喝每盅茶时都要分三口下咽，慢慢品出茶的香味和甘味。这是我第一次知道喝茶还有这么多讲究，可以成为一种艺术来供人品赏，我的眼界又一次大开。

近日读书，方知喝茶还与战争有关。19世纪中叶，中国的茶叶向欧洲大量输出，茶叶在欧洲尤其是英国迅速普及，很快就成了人们日常生活的必需品。这时，茶叶的贸易由英国的东印度公司垄断，"从中国来的茶叶，提供了英国国库总收入的十分之一和东印度公司的全部利润"（〔英〕格林堡《鸦片战争前中英通商史》）。购买茶叶需要大量的货币，东印度公司为了挽回巨大的贸易逆差，开始大量生产鸦片，非法运进中国倾销，以输入毒品的方式，攫取茶叶，"不费银元而可大量取得中国茶，以毒换利，成为鸦片战争的导火线"（庄晚芳《茶与鸦片战争》），最后导致"英国在茶叶上获得了香港"（〔日〕陈东达《饮茶纵横谈》）。这让我大大吃了一惊，小小的充满香味的茶叶竟与枪炮和血腥的战争拉上了关系。这使我再喝茶时，往昔那种悠闲的心境跑掉了不少。

随着我喝茶历史的延长和关于茶叶的知识增多，我如今喝茶也十分挑剔。我根据自己身体的状况，决定只喝红茶；在这类茶中，最好是喝武夷山星村镇的小种红茶，这种茶不仅性温，而且味极醇。

我也变得讲究了！

说"吃"

关于吃的议论已经很多。已经有不少营养学家说过人吃什么最好,已经有不少美食家说过怎样吃才妙,我在这里,便只能以一个吃过几十年饭的普通人,说说自己吃的经历和体会了。

我在吃上大约经历了六个阶段:第一阶段是一至三岁,吃的是母亲的奶水。可能是长子娇惯的缘故,母亲给我断奶很晚,让我很占了一些便宜。当然,吃奶阶段的中后期,我已经同时开始吃红薯、鸡蛋这些东西了。第二阶段是四至七岁,吃的是母亲和奶奶精心做出的农家最好的食品:煎饼、油馍、胡辣汤一类。第三阶段是八九岁上,每天只吃很少一点粮食或全吃野菜,有许多天只是吃一点榆树皮糊糊,还有从棉籽里剥出的那种十分难吃的棉籽仁。此时我全身浮肿,这是1960和1961年。第四阶段是十至十七岁,主要是吃红薯干和红薯,大致能吃饱,一年只能吃一次白馍和一次水饺。第五阶段是十八至二十二岁,这时我当兵到了部队,顿顿能吃饱,还有白米、白馍、白面条,我觉得进入了共产主义。第六阶段是二十三岁至今,我提升为军官,随着职务的提升和进入城市生活,我开始喝上了牛奶,开始品尝到山珍海味。

我在吃上有几条所谓的经验:其一是吃自己愿意吃的。一种食品不管它声誉多高,只要你不愿吃,就别吃它。我认为不想吃的东西大约就是自己身体不需要的,犯不着咬着牙皱着眉硬去吃一样有营养的东西,用难受去换营养划不来。其二是吃到舒服的程度为止。别过量,别暴饮暴食,别一顿吃完两顿的饭,别跟别人比赛饭量。其三是吃饭时全心全意。别在吃饭时思考问题,别在吃饭时谈论棘手的工作,别在吃饭时想伤心的事情,吃饭就是吃饭,吃得一心一意。

我在吃上教训很多,可以归纳为三个:一是年轻时仗着胃好生冷东西吃得太多,使肠胃功能迅速下降。我少时在家曾经半天吃过两个生萝卜,当兵到泰安后一天吃过七个苹果,外出搞测地作业时一周吃过三天冷饭,如此吃法不可能不使胃生出不满从而开始怠工,把肠胃的工作积极性一点一点磨蚀掉。二是不注意改变少时形成的不好的饮食习惯,喜欢吃过热、过烫的东西。这种吃法对口腔、食道都不会有好处,有时会把口腔和食道弄伤。三是吃得过快,食物进嘴后没有经过充分的咀嚼就吞咽下去,不给唾液搅拌食物的时间。这自然会增大胃的工作强度,影响身体对食物养分的吸收。这种吃得太快的毛病形成于1960年饥饿时期,那时看见一点东西,总想一口就把它吞进肚里,迅速把肚里的饥饿驱赶出去。当兵以后,因为常有紧急集合,只怕自己饭没吃完,集合号或者哨音就会响起来,所以拿到饭就不顾一切地往口中扒,全不去想这种吃法的后果是什么。

　　人每天都在吃东西,吃是人每天的重要任务和目的之一,但世上真正吃得正确、得法的人并不多,也因此,一些疾病才得以在人间横行。我自己就因为吃得不得法而得了胃病,每每受胃炎折磨。按说我是无资格在这里谈吃的,不过作为一个吃的失败者,我的话对于年轻人可能会起点提醒作用。

　　世上可供人吃的东西很多,世人创造的吃法很多,世间修建的吃的场所也很多,我祝愿每个人都能吃得如意、吃得快活、吃得舒心、吃得艺术,吃出一个健康的好身体。

也说"后裔"

关注名人后裔的生活和命运,是许多人的一大兴趣。我,也在这部分人之列。我认为,研究名人后裔的命运,会使我们对人生、对社会、对历史有一些新的认识和感喟,不仅于我们个人更清醒地活着有益,而且会使我们对自己的后裔抱一种更为明智的态度。

不管是政界名人、军界名人、商界名人、学界名人还是其他类名人的后裔,就他们的生活景况来说,一般总是呈向下层社会跌落的状态,其命运曲线通常是呈持续下降的趋势。而且多数最终会下降到平民的行列,回复到无名的状态。这就是百姓们说的:没有千年的旺族,只有百年的大户。这也符合事情发展的规律,有高就有低,有上就有下,有出名就有无名。

在诸类名人的后裔中,政界名人的后裔,尤其中国政界名人的后裔,其命运的悲剧色彩往往更浓一些。或是因为政权的更迭其家族的地位受到了动摇,或是因为名人当初为官时得罪了他人使其后裔遭到报复性的迫害,或是因为后裔们不争气成了纨绔子弟。总之,像百姓们总结的,很少有三代为官的。当然,过去皇位的世袭是一种例外。通常是名人做官成了名人,其子其女在父亲的帮助下继续留在政界做官,但到了孙辈,一般便与政界无缘了。这些孙辈的人有的是看厌了政界的浮浮沉沉,不愿再做官,有的是失去了做官的能力和机会。他们于是开始去过与过去反差很大的平民生活,精神上往往郁郁不快。

差不多已经尝了做皇帝滋味的李自成,当属政界名人,那他的后裔的命运,自然容易引起人们的关注。李保铨、张克英两位先生把他们的笔对准李自成的后裔,写成了《伏牛雄杰》一书,是一个很有意思也很有意义的题材选择。两位作者在书中用纪实的手法,把李自成后裔发展延续的情况生动地记叙了下来:李自成进京以后,如何选中宫中的一位美貌妃子——张淑娴为妾,让她给自己生儿育女;李自成退出北京,撤至湖北房县以后,为保存后代,如何送已怀孕四个月的张淑娴离开房县;拖着笨重身躯的张淑娴如何在湖北谷城一个小山村里生下儿子李保龙,又如何带幼子经老河口,过邓州,到镇平县姜营落户;李自成第四代孙又如何逃难至南召曲沟,养育后人,繁衍至第八代……曲曲折折的家族发展史,让我们对名人后裔的艰难境况有了深切的了解。李自成当初率大军威风凛凛直捣北京时,做梦也没有想到自己的后裔将会有如此一番经历。关于李自成最后的去向,一说是被杀,一说是自杀,一说是出家做了和尚。不管是这三种结局中的哪一种,他在告别世俗社会的那一刹,肯定已经估计到了,他的后裔将因为他而走过一段异常崎岖的命运之道。上一代的作为可以如此巨大地影响到后裔的命运,这是中国封建社会一种特有的现象。

这本书着重写了李自成第八代孙姜峻岳由立志保境安民,誓做一方豪杰,到带领全家投奔革命的过程,把闯王后裔决心重振先祖雄风的心劲写了出来。一般地说,不管哪一类以业名世的名人,他们的精神都或多或少通过血液、通过家族的口口相传留到了后裔身上。倘若有了一定的环境条件,后裔中的有些人会再次奋起,以先辈为榜样,再做一番伟业出来。姜峻岳的所作所为提醒世人,名人后裔里也有可能再出名人。

我们每个人不管是不是名人,只要不是不育者就都有后裔。让后裔们生活得幸福是我们每个有后裔的人的共同愿望。要实现这个愿望,有一个问题值得研究,这就是如何让后裔们的生活不受前人的升降浮沉、功过是非的影响,如何让法律和习惯把前人的作为和后裔们的生活区分开来,像西方那样,前人就是前人,后裔就是后裔。这样做当然不容易,因为我们有过两千来年的"父父子子"社会,不过,我们应该努力!

奋斗与享受

人应该奋斗,应该为自己选定的人生目标奋斗到底。没有奋斗的人生乏味而无趣。

人也应该享受,应该享受人间一切可以享受的东西。没有享受的人生无趣而乏味。

人生值得奋斗的东西很多:事业、官位、金钱、名誉……

人生可以享受的东西也很多:事业成功而来的喜悦、爱情美满所带来的幸福、游览山川引来的快乐、欣赏艺术作品而起的陶醉……

奋斗为享受打下基础。不奋斗,有些东西你就享受不到,比如游览名山大川的快乐;你不奋斗,挣不来钱,就休想享受。

享受为奋斗加注动力。经过一番享受的人会精神焕发地重新投入奋斗。比如,和爱侣相聚后,人会更加精神抖擞;吃过一顿美味后,人会越发精力充沛。

只知道奋斗不知道享受的人,是苦行僧。

只知道享受不知道奋斗的人,是寄生虫。

苦行僧让人敬而远之,易被斥为"呆子"。

寄生虫让人讨而厌之,常被称为"渣滓"。

正常的人应该既懂得奋斗也懂得享受。

健全的人应该一边奋斗一边享受。

奋斗是手段,要奋斗就要准备吃苦。

享受是目的,供享受的东西都很甜。

人不是为奋斗才活在这个世界上的。

人只享受也活不到这个世界上。

当然,我们尊敬那些为了他人的享受而只知奋斗的人。

当然,我们敬重那些为了下一代人的享受而不停奋斗的人。

可是,我们所有受了他们恩惠的人,我们人所组成的社会,也应该为他们创造享受的环境和条件,催促他们去享受。

奋斗是一辆汽车,享受是加油站,没有加油站,汽车跑不远。

奋斗和享受,是人生之车的两个轮子……

没落与昌盛

（一）

没落与昌盛是事物发展中的两种状态,这两种状态不能分开。

（二）

有昌盛就有没落。

一个国家的发展如此——当年的英国,殖民地和势力范围遍及全世界,说一句话地球就会摇晃。但终于有一天,它不得不把世界的霸主地位拱手交给美国,眼看着"日不落帝国"的日头熄灭了。

一个家族的发展也如此——当年的袁世凯家族,在京城里是怎样的不可一世、叱咤风云,家中的任何一件事都可能成为新闻。但忽然有一天,袁氏家族的人或匿居外邦,或蜗居乡里,变得默默无闻了。

　　一个地方的发展还如此——比如汲滩镇,当年是邓州地面的四大名镇之一,声名远播四方,曾有过一个非常繁荣昌盛的时期。那时,白河和湍河交汇后的水流奔腾浩荡,河面上舟船往返,滨河街上灯火一片;街面上南来北往的小贩巨商摩肩接踵;饭馆、酒肆、茶楼里人声喧嚷;山陕会馆里戏楼上的弦乐与烟花巷里的丝竹声竞相向夜空里钻。那时,每天有大批的土特产品装船运走;不久,又有大包的金银由船载来,好一派热闹景象。但后来河里的船少了,镇上的人稀了,山陕会馆戏楼上的朱漆开始剥落,酒肆的布幌上有了蛛网,码头上那一长溜青石台阶很少再迎来客商。汲滩这个地名被外省、外县、外乡的人渐渐忘记,汲滩没落了。

（三）

　　有没落就有昌盛。

　　没落常常是昌盛的前奏。

　　历史上有很多地方都曾经没落过。柏林的没落,是因为战争;长安的没落,是因为不再成为都城;汴京的没落,是因为大水。可今天的柏林、西安、开封,不又都走向了繁荣?

　　一个地方没落之后,要紧的是弄清它没落的原因并拟出相应的对策。

　　汲滩人明白,汲滩的没落在于白河水少不便行船,人进人出艰难;在于盗匪出没没有一个平安交易的市场,没有适宜商业发展的条件;在于土特产品生产的萎缩、人文景观的破坏,没有吸引客商的东西……于是今天的汲滩人就修了大桥和公路,使汲滩重新成了一个交通便利之地;就整修扩宽街道,建起了蔬菜、粮食、肉、蛋、药材等市场,创造了适宜市场发展的条件;就抓紧了烟叶、山药、花生等土特产品的生产,把宜昌、襄樊、西安的商客又吸引了来……当我在汲滩那双井形街上漫步时,我想要不了多久,这儿就会重新繁荣昌盛起来。

(四)

昌盛—没落—昌盛……事物的发展总是循着这个规律,周期性地向前发展。因此,不论是一个国家的首脑、一个地方的长官,还是一个家庭的家长,在国家、地方、家庭昌盛时,要时时看到没落的危险;而在没落时,又当时时想着昌盛的可能,怀着昌盛的希望,作着昌盛的准备。

关于磨难

——致一位姑娘

4月30日信悉。您愿意向素不相识的我讲述您的经历，给我这个写作的人提供创作素材，我很感谢。但您信中流露出的因对生活失望，将要以自杀了却生命的念头，却很让我吃惊。您信中说您才二十三岁，这样年轻就想到死是不该的。您说您遇到了磨难。不管您遇到的磨难是什么性质，不管它有多大，不管它会把人折磨到什么程度，它都有过去的时候。我唯一能为您做的就是告诉您：一切磨难都会过去，都有过去的一天。许多自杀者都死在磨难刚刚来临或者磨难正在逞威的日子，其实他们只要再坚持一下，磨难就会过去，天就要晴了。世界上没有一桩磨难会折磨人的一生，没有！学过二次世界大战的历史吧？希特勒和东条英机逞威的日子，使多少人认为世界末日到了，但后来怎么样？和平还是来临了。记得文化大革命的历史吗？多少人在那个年代认为中国完了，天会永远暗下去，不少人因绝望自杀，但后来怎么样？新的时代开始了。这是大事，就一个人来说，也是这样。知道胡风吗？那个人被关押的时间几乎和您的年龄相同，但他一直没有选择死亡，他到底坚持下来了，他活着见到了胜利。

我还想告诉您的是，人世间有一条规律，这就是人们得到的快乐和痛苦差不多都呈平等状态。有的人年轻时得到的快乐多些，中年以后的痛苦就多了；有的人年轻时经历的磨难很多，中年以后快乐就多了。没有一生快乐的人，也没有一生都是痛苦的人。您现在经历了磨难，也许快乐就在今后的岁月里等着您。往远处看吧，要对未来怀抱希望，对磨难在忍耐的同时要想法早日挣脱，要有勇气生活下去，要相信人世上美好的东西总是很多，要相信天不会一直阴着。

我也想告诉您，父母把生命赐给您，上帝让您健康地活下来，大自然允许您长到二十三岁，社会给了您二十三年的生活空间，他们是应该要求您有所回报的！可您为他们回报了什么？如果您自杀身亡，将给您母亲带来怎样的精神打击？将给上帝带来怎样的不安？将给大自然和社会带来怎样的遗憾？我们每个人来到世上都不应该只是来索要幸福，还应该献出，还应该为这世界进行创造。我们生活着的地球所以有今天的文明，是无数个人在他们活着的年代里不断作出贡献的结果。您是高校毕业，为什么不想法创办一个小公司，或开一个小商店，轰轰烈烈地干一番事业？

希望您坚强地生活下去！

相信您有能力把磨难顶过去！

人——真实处境的洞察者

——在希腊"尼可斯·卡赞扎基斯纪念研讨会"上的演讲

来到希腊,参加尼可斯·卡赞扎基斯的纪念研讨会非常高兴。借这个机会,我首先要向希腊文学表达我的敬意。希腊文学不仅是欧洲文化的源头,深刻影响了欧洲文化的发展,而且对世界文学的发展作出过重要推动,为人类文学宝库贡献了许多珍品。我虽然生长在遥远的东方,但年轻时就读过出自古代希腊作家之手的《伊利亚特》《奥德赛》《被缚的普罗米修斯》和《俄狄浦斯王》,这些优秀作品对我的精神世界产生过很大的影响。

尼可斯·卡赞扎基斯作为希腊现代文学的开创者,作为20世纪国际文坛上的重要作家,在中国拥有不少读者,我,就是他的粉丝之一。尽管上帝没有安排我和他见面相识,他去世时,我才出生不久,但通过读他写的书,我认识了他,熟悉了他,并且喜欢上了他。

我喜欢他首先是因为他和我有相似的生活经历,他书中所写的那些人物让我感到特别亲近。他出生于克里特岛一个农业经营者的家庭,十四岁之前一直生活在这个岛上的农村里,他在这里熟悉了农民、牧羊人、小酒店老板、小商小贩和渔民,然后把他们写进自己的作品里。我出生在中国河南省邓州一个世代务农的家庭里,我在农村里长到十八岁之后才外出闯荡,对农民、小商小贩、小酒店老板也很熟悉,我也把这些人物写进了我的小说里。我们关注的人物和生活层面很相近,我们都对自己家乡的农民和土地、对那些生活在乡村的普通人有着特殊的眷恋之情,所以我读他的小说毫无理解上的障碍,他笔下那些人物的喜怒哀乐我都能真切地感受到。也因此,他的笔特别能触动我的内心,他的文字能让我感动。

我喜欢他还因为他对人的处境具有敏锐的洞察力。几年前,他的长篇小说《基督最后的诱惑》被翻译成汉语在中国出版,我刚开始读这本书时很是吃惊:他怎么会把众所周知的基督作为自己的描写和表现对象?读完全书之后才明白,他是想通过对基督这个知名度最高、最为人敬仰的人物人生经历的重构和再阐释,把人的一种处境真切地展现出来——每一个人的肉体和精神其实都在从事着一场没有止境的搏斗,肉体渴望自身每一种欲望的满足,愿意接受现世的各种诱惑,企求感官的享受,想过世俗的生活,不由自主地沉向毁灭;而精神不甘沉沦和腐朽,渴望飞升,希望保持自由和独立,企望获得他者的尊敬和仰慕。这是一种新的发现,在他这部书写出之前,还没有人告诉我们人有这种处境。这是他在对人类生活长期持续地观察中得出的结论,也是他长期审视自己并深刻思考的结果。其实我们每个人只要真诚坦率地对照一下自己的生活,探察一下自己的内心世界,就会知道他的这个发现是多么正确。我们每个人每天不是都面对着各种诱惑吗?美食的诱惑、美色的诱惑、金钱的诱惑、官位的诱惑、名声的诱惑、华服的诱惑、美丽饰物的诱惑、华屋的诱惑、华贵家具的诱惑,等等。这些诱惑让我们心神摇动,常常生出想去拿来的冲动。可我们的精神又在不断提醒我们:不要轻易伸手,只拿自己该拿的,不属于自己的不要去拿,不要让自己越过做人的底线,不要让自己变成社会藐视和不齿的人……这种斗争每天都在我们身上无声地进行着,只是我们很少意识到。在这种无声的斗争中,如果肉体完全胜利了,人就有可能被感官左右,成为一具行尸走肉;而精神胜利了,人就可能变得美好和伟大,成为超越人性弱点和缺陷的圣者,变成世人尊敬和崇拜的对象。尼可斯·卡赞扎基斯用他的这部书向我们指明:每个人身上都有神性,保护这种神性的办法就是像基督那样,对外界的各种诱惑保持警惕,让自己的精神得到提升。

我喜欢他也因为他一生都在寻找自己以及人类存在的意义。人的生命长度只有一百来年时间,活这一百来年究竟有什么意义?一般人可以不去考虑,但作为一个思想者的作家,却不能不去追问。尼可斯·卡赞扎基斯为了找到自己的答案,进行了不懈的追寻。他接触过尼采的理论;师从过柏格森;进过阿索斯山的修道院;去过苏联,观察过暴力革命;到过中国,接近过佛教;亲近过奥德修斯,最后回归了基督。他四处漂泊游走,观察、阅读、思考,最终通过作品把自己追寻的结果表现了出来:爱。爱基督,爱他人,爱土地。在这一点上,我和他很相近,我也在四处寻找人活着的目的和意义。我也阅读过各种哲学书籍,接触过僧人、道士、儒学专家和民间智者,在亲历过各种苦难后进行思考。我最后虽然没有成为一个基督徒,但我也找到了自己的答案,那就是学会爱,爱家庭、爱民族、爱人类、爱自然界。我也通过我的作品去告知读者,为这个世界留下一份爱的证据,才是人和人类活着、存在的目的和意义。

尼可斯·卡赞扎基斯两次到过中国,对中国人和中国社会进行了近距离的观察,曾一针见血地指出,中国真正的神只有一个:祖先;他曾敏锐地发现:绘画、雕刻、诗歌、公德、激情、爱水、爱花、爱女人,是中国文化的特点;他曾反复强调,中国人安详、有忍耐力、乐于助人,并把所有的谩骂、侮辱和痛苦收集起来,储存在心中;他曾断言:中国是不朽的。用如此充满理解、智慧、宽容和爱意的语言来向世界介绍中国,在他之前,还没有其他国家的作家做过。他还和中国的作家见了面,评说过中国文学作品,把自己的几部作品的版权赠送给了中国。作为一个后辈中国作家,我为他对中国和中国文学的关注和亲近而感动,我在心中早把他视为自己的老师和朋友。我会向他学习,时刻不忘脚下的土地和人民,对人的处境充满关切之心,永远勤奋地用笔去书写对人类的深切爱意。

在我的发言即将结束的时候,我特别要向希腊的当代作家们表示我的问候和祝福。去年,在北京举办的国际图书博览会上,我和一批当代的希腊作家面对面地探讨过文学创作问题,那次见面让我知道他们都对文学创作怀着极大的热情。祝愿希腊的当代作家们在尼可斯·卡赞扎基斯精神的引导下,像他那样,为希腊人民、为全人类创造出伟大的作品,为世界文学作出新的贡献。

小说与苦难

——在清华大学的演讲

我们回视一下小说发展史会发现,世界上很多好小说,都涉及苦难,都把表现苦难作为自己的一个任务。中国的《红楼梦》,曹雪芹把黛玉与宝玉所经历的爱的苦难写得淋漓尽致;俄罗斯的《战争与和平》,列夫·托尔斯泰把安德烈·保尔康斯基所经历的战争苦难写得揪人心肺;法国的《红与黑》,作家司汤达把木匠的儿子于连人生奋斗中所经历的苦难写得惊心动魄;英国的《德伯家的苔丝》,作家托马斯·哈代把农村姑娘苔丝的苦难写得精确触目;美国的《红字》,作家霍桑把社会残酷典法所加予海丝特·白兰太太的苦难写得凄切生动;德国的《少年维特之烦恼》,歌德把维特经历苦难后自杀写得荡气回肠。

正是因为这些小说写了苦难,才长久地吸引着人们去阅读。

中外的经典作家们为什么会在小说中写苦难？

因为小说是要写人的,而苦难是每个人都必须面对的问题,是人生的基本内容。

我们可以回视一下历史上的大人物,你只要仔细了解和观察,会发现所有的大人物都经历过苦难。孔子,文化界的大人物,当年周游列国十四年中,到处吃闭门羹,尤其是到了陈蔡之间被人围困时,饭都吃不上。曹操,这是政界的大人物,可他身为宦官的养子,处处被人歧视,且终生受头疼折磨,生前多次险遭谋杀,死了还被割头侮辱。胡雪岩,这是商界的大人物,资金链断裂后生意垮掉,又被朝廷治罪,家财散尽,连妻妾都要遣散,死前呼子孙于床前道:"勿近白虎。"语毕而逝。其痛苦之状可以想见。

我们可以回想一下现当代的作家,没有经历过苦难的几乎没有。鲁迅,很小就看见家庭衰败,经常要去药铺为大人抓药。后来娶了一个他不爱的妻子朱安,感情生活上充满痛苦。郭沫若,"文革"中亲生儿子被整死,连问都不敢问,只能在纸上不停地写儿子的名字。老舍,含着冤屈跳进太平湖自尽,死时心中肯定充满悲苦。

我们可以四顾一下身边的普通人,看看有哪个人与苦难一点也不沾边。恐怕你很难找到。我们的爷爷、奶奶那一辈人,当年在日寇入侵时遭遇追杀,四处逃难;我们的父亲、母亲那一辈,大都经历过大饥馑;我们的哥哥、妹妹,不是尝受过上山下乡之苦,就是遭遇过找工作之难。

就我自己来说,我的人生里也有很多苦难。童年时,经常被饥饿折磨。青年时,经历了一场历时八年的官司的煎熬。

老年时，又尝到了丧子之痛。我属于活得最不好的那部分人，用老百姓的话说，是命最不好的那类人。

我自己认为，上帝给每个人都准备了一份苦难，苦难的种类和重量可能不同，但每人都有一份，谁都别想推开不要。你现在没有经历，以后会经历；你年轻时幸运，不要得意，年老时会给你补上的。

很多人我们从远处看，觉得他活得很好，很令人羡慕。其实你只要走近他，真正了解他的生活，走进他的内心世界，你就会发现他经历的苦难一点也不比你少，不过种类不同罢了，你根本不想和他对换人生角色。

这世界上，每个人都因为苦难而活得不易。所以，写苦难是小说的一个基本任务。作家写人不写苦难，甚至有意避开苦难，那就对不起自己的良心。

世上的苦难究竟有哪些？从我们的现实生活和文学作品的表现内容来看，如果从大的方面给苦难分类，大概可分三类：

一是个人的苦难。涉及的是单个人，其他人感觉不到，容易被他人漠视。如穷困，个人生活很难正常持续的；如个人生命受到疾病和他人威胁，生命安全无法保障的；如家庭遭受车祸、爆炸事故破坏，失去亲人的。个人的苦难既有肉体上的、生理上的，也有精神上的、心理上的。

二是民族的苦难。涉及的是部分人群，容易被重视。但有另一人群会幸灾乐祸，拍手称快。如民族间战争的发生、遭受他族欺凌，等等。像鸦片战争、甲午战争、抗日战争的发生，给中华民族带来了深重的苦难。

今天的民族苦难表现最明显的，是巴勒斯坦人和犹太人。

三是人类的苦难。如地震的发生、飓风的出现、海啸和洪水的袭击、酷寒酷热和冰雪的折磨,等等。像印尼海啸、日本海啸、汶川地震、日本地震,等等。对这类苦难,所有的人都会给予关注并表示同情。

后两类苦难同样也要摊到个人头上,由我们每个人来承受。

苦难是从哪里来的?

我们追究一下,会发现苦难的制造者有三个:

第一个制造者,是自然界。地震、飓风、洪水、山火、泥石流,这些苦难都是大自然制造的。

第二个制造者,是人自己。比如战争、动乱、饥馑、谋杀、车祸、工伤、斗殴,等等。

第三个制造者,是生命之神。这主要是指人遭受疾病折磨这类苦难。有些疾病,是我们不小心得上的,比如性病、艾滋病、肝炎等。但大部分疾病,是生命之神的馈赠,不是我们能抵抗得了的。因为按照生命之神的设计,人只能活一百来岁,再聪明、再有能耐的人也不能一直活下去。那么到了你生命的后半段,他就必须让你的肉体出问题,不是得这病就是得那病,反正要让你得一种病,然后才有理由收走你的生命。

明白了苦难的制造者是谁,我们就可以为减少苦难而有所作为。

首先,我们要对自然界保持一份敬畏,一般不要去招惹他,尽量保持他的原状。

其次,我们人自己要努力保持理智,尽可能在生活中不互相制造苦难。

再者,在锻炼肌体抗病能力的同时,坦然面对生命之神的安排。

苦难是作家的重要写作资源,但写好苦难并不容易。

我觉得作家写苦难应该在以下三个方面努力:

其一,预测可能要来的苦难。小说家作为人类中的思考者,作为人群中最敏感的分子,他们应该能预感到人间可能出现的一些苦难,然后用小说发出预测。这方面,已有很多小说家为我们做出了榜样。

小说《1984》,是英国作家乔治·奥威尔在1948年写的、1949年出版的政治寓言小说,也是一部幻想小说。作品刻画了人类在极权主义社会的生存状态,警醒世人提防这种预想中的黑暗成为现实。在我自己看来,这也是一部预测无隐私生活苦难可能到来的书。小说中预想的场面,在"9·11"之后的美国,为了对付恐怖袭击,曾经出现过。到处都是监视摄像头,随时可以监听你的声音。有些私人公司,为了了解员工的劳动、生活情况,在工作区和生活区安了许多摄像头,员工们做什么说什么,监控室都一清二楚。现在,有的电脑黑客可以远程打开你电脑上的摄像头,将你卧室里的情况录得一清二楚。在日本,有些变态的男人买了手机监听软件,专门监听年轻男女在手机上谈恋爱的对话。

小说《五号屠场》,是库尔特·冯内古特写的一部反战小说,一方面谴责德国法西斯的残暴,法西斯在德累斯顿的一个屠宰场里,像杀猪、牛、羊一样地杀害美国战俘,把战俘放在滚水里烫死;一方面又抨击了盟军轰炸德累斯顿的野蛮行为,一次大轰炸造成了十三万五千人的死亡。在我看来,这还是对今天战争强大破坏力的一部预测小说,不说核武器,单是美国一个钻地智能炸弹,就可以造成伊拉克藏在地道里的几百人丧生。今天大国间的战争一旦打起来，人间就真的会变成一个大屠场。

美国的科幻小说和电影也正在完成这个任务。《后天》，写温室效应正在引发大灾难，让地球回到了冰河世纪。《2012》，写世界末日到来时，主人公及世界各国人民挣扎求生的经历，人类重新坐进了诺亚方舟。

英国《星期日泰晤士报》网站2012年11月25日报道，剑桥大学准备设立人机对抗研究中心，将研究超级智能机器人及计算机可能对人类构成的威胁。目前，机器在很多方面都比人做得好，如国际象棋、飞行、金融交易等。人类可能会把地球的控制权拱手交给人工智能机器。这些情况，小说家都应该用自己的作品给予表现。

其二，发现已存在的别人还没注意到的苦难。

世界上的苦难是多种多样的，有很多种苦难作家还没有发现和进行表现。

《洛丽塔》，是弗拉基米尔·纳博科夫的代表作，写一个成年男人爱上一个十二岁少女的故事。这部书不管别人怎么评价，我自己认为也是一部写苦难的书，不过作者写的不是正常人所遇到的苦难，而是一个心理变态和性变态者的苦难。一个成年男人，不喜欢成年女性，却喜欢一个女孩，这显然不合社会规矩、法律和人的生理规律。主人公知道这是犯法的，但他却无法控制自己，以致不得不走上被审判席。这不是苦难？这种苦难只有有这种心理缺陷的人才能知道，纳博科夫用他的小说，让我们知道了。所以几乎所有的读者读后都极为震惊。其实，在人群中，这样的人绝不是只有这一个，不是不断地有恋童犯出现吗？

《旷野无人》，是女作家李兰妮写的一部纪实文学作品。

我把它看作一部纪实小说。这部书把一个人遭受抑郁症折磨的情景极其生动地展示了出来，这种苦难在这本书出版之前，还很少有人知道。而我们国家抑郁症的发病率约为百分之三到百分之五，目前已有两千六百万人患有此病。人受这种苦难折磨是很痛苦的。这部书对我们了解这部分人的精神痛苦大有帮助。

其三，展示人与苦难搏斗和在苦难中挣扎的情景。

《春琴抄》，是日本作家谷崎润一郎的代表作之一，写的是美丽的盲人琴师春琴与佐助相亲相爱，但在春琴三十七岁时的一个晚上，有人往她面部浇了开水。佐助察觉出春琴唯恐自己看到她那丑陋面容的不安心情，便用针把自己的眼扎瞎，以安抚春琴那颗悲哀的心。这部书把社会等级差异和残疾所造成的心理苦难惊心动魄地展示了出来，作家对人面对残疾这种苦难的描述让我们经久不忘。

《罪与罚》，是俄国著名作家陀思妥耶夫斯基的长篇小说代表作之一。小说写了穷大学生拉斯柯尔尼科夫在被贫穷反复折磨后，杀死了房东，抢劫了房东的钱。他杀人后，无法摆脱内心的恐惧，精神上极度痛苦。小说把这个穷大学生在穷苦的深坑里扑腾挣扎的情景写得震撼人心。

苦难是人生的正常组成部分，是所有写作者不该忽视的表现对象。祝愿所有的同学都能勇敢面对命运留给自己的那份苦难，祝愿所有想从事写作的同学，都能从个人、民族和人类的苦难中找到自己想写的素材，进而创作出具有恒久艺术魅力的好作品。

说秋收

（一）

秋天,是自然界最慷慨的季节;秋粮,是田野回馈给农民最美好的礼物;秋收,是大地母亲向儿女们发放奖品的时刻。秋收开始时,人们对丰收满怀希冀;秋收结束后,人们对土地充满感激。秋收充实的,是我们的粮囤;秋收强化的,是我们劳动的信心;秋收巩固的,是我们共和国大厦的根基。

（二）

小时候挎个竹筐随母亲去田里掰玉米棒子,是最高兴的时候。看见一个又一个长长的玉米棒子被自己掰进筐里,装到板车上拉回村,心里很有成就感。玉米熟了的时候,有些鸟会飞来寻食,在湛蓝的天上盘旋且发出响亮的叫声,好像在为我们的劳动作着伴奏。有时掰着掰着,会突然把原本藏在玉米地里的野兔子惊起。在野兔逃跑的时候,我会立刻扔下装玉米的筐子,撒腿去追,尽管每一次都追不上,但在气喘吁吁中还是觉得欢喜无比。地里有个别发育晚的玉米秆,是青的且很甜,只要看见这种玉米秆,母亲总会把它掰断给我,让我当甘蔗吃。啃着玉米秆,会觉得心里好甜好快乐……

(三)

秋粮的丰收,从来都不是无条件的。种子、土地、气候的关系里充满奥秘,劳动工具与方法的改进永无止境,没有对农业科技知识的把握,丰收就只能是一种希冀。农民和农业科技专家才是最亲密的兄弟。当我们品尝秋粮的芳香时,别忘了向农民鞠躬;当我们庆贺丰收时,别忘了向农业科技专家致敬。

(四)

年轻时我家乡的红薯种植面积很大,秋收时我干得最多的活儿是用钉耙去刨红薯。一亩地能刨出几千斤红薯,一堆一堆的,太让人自豪了。红薯的丰收和农业科技人员的劳动也紧紧相连。我记得当时农业专家们培育出了一种新的红薯品种,叫553号。553号红薯的芯是红色的,不仅高产,而且脆甜,可以生吃。我当时特别爱去刨这种红薯,因为可以边刨边吃,随时填饱肚子。有一年秋收刨553号红薯时,我生吃得太多了,结果把肚子撑得很疼,疼得我不断地呻吟。母亲见状哭笑不得,只好拉着我在地里不停地走,好让我赶紧把吃下去的553号红薯消化掉……

(五)

秋收,也是劳动强度最大的农活之一。埋在地下的果实、长在地上的庄稼,哪一样秋粮人不动手都不会自动归仓。弓腰、屈腿、伸颈,农人的每一个秋收动作都不轻松;大风、阴雨、浓雾,每一种恶劣天气农民都得承受。在急喘中抹去成串的汗珠,是秋收农民的常见动作。大自然就是要以此教会人类懂得珍惜粮食。

(六)

当年在家乡参加秋收时,我最不愿干的活儿是摘绿豆。要说这个活儿也不是很重,双手不停地把绿豆秧上已经变黑成熟了的豆角摘下来,放进竹筐里就行。可干这个活儿的弯腰动作特别令人难受。当然,你也可以不弯腰,蹲在地上摘,但那样摘的速度就太慢,半天摘下的绿豆就很少。绿豆一旦熟了,你晚摘半天,就会有不少豆角因成熟过度而裂开,使豆粒掉进土里。这就要求你最好是弯腰摘。可弯一个小时腰还能勉强忍受,要是一连弯几个小时,那简直是太痛苦了。我记得摘半天绿豆下来,我的腰弯得都不会直起来了。干完活儿为了治这种腰疼,我常常在田里仰躺下来,把腰放在田埂上,把臀部和头放在田埂下,使下弯的腰再反弹回来……

文学欣赏浅说

——在部队机关的演讲

文学没有实用功能,不能充饥,不供解渴,不会为你遮风挡雨。一个人不读、不懂文学是完全可以正常生活的。

但,即使你不读文学、不懂文学,文学也在滋养着你,只是你没意识到而已。我们小时候听爷爷、奶奶、父亲、母亲讲故事,那就是在接受民间文学的滋养;我们上幼儿园时唱儿歌,看童话书,那是在接受儿童文学的滋养;我们长大后看戏剧,是在接受戏剧文学的滋养;我们平时看电影、电视剧,那是在接受影视文学的滋养。文学其实无处不在。

在社会分工不细的过去,官员和搞文学创作的,常常合二为一,官员就是文学家,文学家就是官员。像杜甫,就当过左拾遗。过去,很多官员的奏章,是可以当散文读的。所以,我们在机关工作的同志,业余时间有意识地读点文学书,得闲时欣赏一些文学作品,对于个人,是没有坏处的。

我前段时间参加一场婚礼,听到了关于这对新人的恋爱经过:

小伙子和姑娘相识相恋之后,有人告诉姑娘,小伙子的大学文凭是自考得来的,不过硬,而且他家境一般且家还在外省的小镇上,扔了再找好的吧。姑娘想想也有道理,就提出绝交。小伙子在绝望中写了一首诗通过电子信箱发给了姑娘。那姑娘接到他的信后本想不看的,后勉强打开了,见是一首诗,颇好奇,就读了下去:

> 你不是天仙,
> 但在我眼里,
> 你比织女还要美丽。
> 你不是圣母,
> 可我相信,
> 你也会给我带来奇迹。
> 我原想,
> 当你累时,
> 扶你坐进沙发里;
> 在你渴时,
> 递给你一杯蜂蜜水;
> 遇你伤心时,
> 为你拭去眼角的泪。
> 可如今,
> 我不得不撤退,
> 愿我的接替者,
> 比我更珍惜你!

那姑娘读完这首诗,挺感动,想,我今后还会遇见如此在乎自己的人吗?何必非要他有正规大学的文凭不可?于是就最终答应了婚事。当然,这只是一桩巧事。

在我看来,读点文学书的好处大概有六:

其一,可以使你获得审美愉悦和精神享受,暂时忘却现实生活中的烦恼。

我们每个人都有烦恼,烦恼时读读文学书,会使你的心境得到改变。因为文学是向人展示生活中的美的,不管写的是生活中的喜剧、正剧还是悲剧,都会有一种美展示出来,会让你读后心境好起来。

其二,可以使你的气质发生变化,更易获得他人的好感。

人的气质就是你举手投足所表现出来的涵养。有人长得并不英俊、漂亮,但就是看上去舒服,这个就是气质的体现了。所谓腹有诗书气自华,说的也是这个道理。文学是教人向高雅处注目的,一个人文学书读多了,不由自主地会使自己的气质向儒雅处转变,得到一种精神财富,从而更容易获得他人的好感和尊重。

其三,可以使你的人生阅历更丰富,让你活得更从容。

别人只活了一生,你已经因读文学作品阅览了很多人的人生,等于比别人多活了很多岁月。如此,你对人生的起起伏伏就能看开,就会平静面对你自己的各种人生际遇。得到什么了,不会得意;失去什么了,不会活不下去。

人生,其实就是一个得与失的过程。前半生,主要是得,得到了行走的能力、说话的能力、学习的能力、思考的能力、工作的能力、赚钱的能力,得到了房子、车子、妻子、孩子,得的过程极其艰难;后半生,开始逐渐失去,失去了工作的机会,失去了学习的兴趣，失去了赚钱的能力，失去了远行的能力，失去了视力，失去了说话的能力，失去了思考能力，最后归于尘土，失去的过程充满痛苦。

其四，可以使你对人性的认识更全面，让你活得更清醒。

文学有一个任务，是探索人性的奥秘。人性是极其玄妙深奥的，它的内容和表现千变万化。文学作品读多了，就会对人性中正面和负面的东西及其变化心中有数。性爱、同情、悲悯、择善、感恩等是人性中正面的内容，歧视、妒忌、仇恨、贪婪、嗜血等是人性中负面的内容，正面的和负面的东西随时可能转化，我们文学书读多了，就会特别警惕人性中黑暗的一面来伤害自己。

其五，可以使你对社会上美的和丑的东西感同身受，会唤起你参与社会改造的激情。

社会是人类依据自己的本能组成的，社交是人的本能。文学一直喜欢评判社会的公平正义程度，差不多经常在抨击社会上假、恶、丑的东西，而且是用形象生动的东西直接诉诸你的感官。经常读文学书，会使你的心灵更敏感，会唤起你投身社会改造的激情。

其六，可以使你感受到人与自然界的关系是多么紧密，让你对大自然保持一份敬畏。

文学一直在用生动的故事展示地震、洪水、飓风、海啸、泥石流等自然灾害对人类的伤害，展示人生命的脆弱和渺小。读点文学书，会让我们知道自然界并不好惹，会对大自然生出一点敬畏来。

总之，读点文学书会增加我们的精神财富，对我们个人不无好处。也因此，我们应该知道点欣赏文学作品的技巧。

文学作品,主要的类别有三:诗歌、散文和小说。对它们的欣赏,也各有技巧和方法。

一、诗歌欣赏

语言出现之后、文字出现之前,就开始有了诗歌。

我们的祖先为把生产中的经验传给他人和下一代,将其编成了顺口溜式的韵文,以便记忆和传播,这就是诗。人们在劳动中发出的感叹:啊、兮、哦、唉,其实就是最早的歌。后来,诗配上音乐,叫作歌。

诗歌发展到今天,可分成两类:一类叫古体诗,一类叫自由体诗。

古体诗是按古曲词牌的要求写出的诗。

自由体诗是不受任何限制的韵体诗。

我们今天讲诗歌欣赏,既包括欣赏古体诗,也包括欣赏新的韵体诗。

1. 读诗歌,要反复吟诵,以品味到诗句的音韵美和节奏美。

诗歌拿到手里,要先吟诵,有声无声都行。在古代,诗词是要吟和唱的。我们虽然每天都在使用汉字,但通常只是在使用汉字的意义,在达意,尤其是写机关公文,很难体会到汉字还有另外一种美:音韵美。只有读诗,我们才能感受到这种音韵美。

元朝马致远的《天净沙·秋思》:

　　枯藤、老树、昏鸦,
　　　小桥、流水、人家,

古道、西风、瘦马。
　　夕阳西下,
　　断肠人在天涯。

每一句最后一个字都押着韵,读起来有一种唱歌样的韵律感,很美。

诗歌还有一种节奏美。
苏东坡的《念奴娇·赤壁怀古》:

　　大江东去,浪淘尽,千古风流人物。故垒西边,人道是:三国周郎赤壁。乱石穿空,惊涛拍岸,卷起千堆雪。江山如画,一时多少豪杰。

节奏急促、气势磅礴。

宋代柳永的《雨霖铃》:

　　寒蝉凄切,对长亭晚,骤雨初歇。……今宵酒醒何处,杨柳岸,晓风残月。

节奏舒缓,柔肠百转。
我们看北大学生写的一首失恋诗——
北大男生写道:

　　怒
　　何故
　　昨日暮
　　偶遇见她
　　把纤纤玉手
　　交那衰人牵住

盈盈笑语左右顾
神采飞扬凌波微步
美眸中一片深情倾注
似前年与我同在湖畔路
也这般附耳交顾低语倾诉
如今见我头也不点形同陌路
我发现自己旧情难忘六神无主
两眼痴呆双脚生根心内如被汤煮
像我这么优秀的男子她总嫌我老土
……

女生回赠了这样一首诗:

……
像他这么优秀的青年怎么能说他土
自然是徒具外表的女人有眼无珠
天涯何处无芳草佳丽不问出处
好马不吃回头草旧情勿枉顾
兔子不吃窝边草以为三窟
百步之内必有芳草无数
也许有天她变成弃妇
才会想起你的好处
再回来找你倾诉
一切已经太晚
你也有今天
一屑不顾
不理她
扮帅

酷

这首充满讽刺幽默的自由诗,节奏奇特。

2.读诗歌,可微闭双目,用想象去再现诗人描绘的美妙画面,去感受那种间接的视觉美。

诗歌是纯粹的语言艺术,它用语言形成一个个意象,配以读者的想象,可组成一幅幅美妙的画面。

柳宗元的《江雪》:

千山鸟飞绝,万径人踪灭。
孤舟蓑笠翁,独钓寒江雪。

这幅冬景,如在我们眼前。

范仲淹的《苏幕遮》:

碧云天,黄叶地,秋色连波,波上寒烟翠。

这幅秋景,多么美。

辛弃疾的《清平乐·村居》:

茅檐低小,溪上青青草。醉里吴音相媚好,白发谁家翁媪?大儿锄豆溪东,中儿正织鸡笼,最喜小儿无赖,溪头卧剥莲蓬。

这幅乡村美景如现眼前。

诗人借想象把自然美转化为艺术美,我们再借想象,将艺术美还原为自然美,从而获得一种美的享受。

3.读诗歌,要用心去体会诗人抒发的那份情感,去品尝感情的玉液琼浆。汶川地震发生后,苏善生写过一首诗《孩子,快抓紧妈妈的手——》:

孩子,快

抓住妈妈的手

去天堂的路

太黑了

妈妈怕你

碰了头

快

抓住妈妈的手

让妈妈陪你走

妈妈

怕

天堂的路

太黑,我看不见你的手

……

唐朝秦韬玉的《贫女》:

蓬门未识绮罗香,拟托良媒益自伤。

谁爱风流高格调,共怜时世俭梳妆。

敢将十指夸纤巧,不把双眉斗画长。

苦恨年年压金线,为他人作嫁衣裳。

宋朝朱淑真的《生查子》:

去年元夜时,花市灯如昼;月上柳梢头,人约黄昏后。

今年元夜时,月与灯依旧;不见去年人,泪湿春衫袖。

4.读诗歌,要去理解诗人在诗句里蕴含的哲思,去获得对生命、对人生的新认识。

唐朝刘希夷不到三十岁就被人杀害。《红楼梦》第二回提到他。有研究者认为,二十七回的黛玉葬花词就受此诗的影响。

他的《代悲白头翁》：

> ……古人无复洛城东，今人还对落花风。年年岁岁花相似，岁岁年年人不同。寄言全盛红颜子，应怜半死白头翁。此翁白头真可怜，伊昔红颜美少年。……宛转蛾眉能几时，须臾鹤发乱如丝……

对人生的一次性发出深长的叹息。

一切都是变化的。

宋朝苏轼的《琴诗》：

> 若言琴上有琴声，
> 放在匣中何不鸣？
> 若言声在指头上，
> 何不于君指上听？

把人与物的关系说得精妙。

鲁黎的《泥土》：

> 老是把自己当作珍珠
> 就时时有被埋没的痛苦
> 把自己当作泥土吧
> 让众人把你踩成一条道路

指出了人的痛苦的一个来源。

林希的《土》：

> 附着在大地上
> 你是土壤
> 沉浮在空间里
> 你是尘埃

强调人要找准自己的位置。

食指的《相信未来》:

> 当蜘蛛网无情地查封了我的炉台
> 当灰烬的余烟叹息着贫困的悲哀
> 我依然固执地铺平失望的灰烬
> 用美丽的雪花写下:相信未来
> ……

强调了向前看对人的重要性。

二、散文欣赏

散文是在文字发明以后产生的,比诗歌晚,但比小说早。最早的散文出现在龟甲和骨头上,很短。它是无韵文体的总称。

现代散文,是指与小说、诗歌并列的文学体裁,对它又有广义和狭义两种理解。

广义的是指所有的具有文学性的散行文章,如报告文学、随笔杂文、政治评论、回忆录、传记、书信等。

狭义的是指文艺性散文,笔法灵活,取材广泛,篇幅短小。

我们今天要讲的,就是狭义散文,也就是文艺性散文。它的种类,主要有二:感性散文和智性散文。

感性散文主要是指记叙抒情类的散文。

智性散文主要是指议论哲理类的散文。

1.读感性散文,要从真实的人生故事里去感受作家内心的真诚,去识人知事懂物,去体验人间美好的情感。

感性散文,是以记叙抒情为主要表达方式,以人、物、景、事为主要表述对象。

这类作品的数量最大,作者最多。

我们在欣赏这一类散文时,标准是真实、真诚、真情。

真实是说,作者记载的是真实的人、物、景和事,不是编造的。这里说的真实,是指大处真实,不反对细处虚构。

真诚是说,作者确实是在诚恳地向我们倾诉,不是在蓄意掩盖什么。

真情是说,作者在文中抒发的是人间真正的喜怒哀乐,不是心中无愁强说愁。

司马迁的《史记·陈涉世家》这样开头——真实:

> 陈胜者,阳城人也,字涉。吴广者,阳夏人也,字叔。陈涉少时,尝与人佣耕,辍耕之垄上,怅恨久之,曰:"苟富贵,无相忘!"佣者笑而应曰:"若为佣耕,何富贵也?"陈涉太息曰:"嗟乎!燕雀安知鸿鹄之志哉!"

梁实秋的《赛珍珠与徐志摩》——真实:

> ……男女相悦,发展到一定程度,双方约定珍藏秘密不使人知,这是很可能的事……赛珍珠比徐志摩大四岁……她担任的课是一年级英文。她和我们点点头,打个招呼,就在一边坐下,并不和我们谈话,而我们热闹的闲谈也因为她的进来而中断……她于一八九二年生,当时她大概是三十六岁的样子。我的印象,她是典型的美国中年妇人,肥壮结实,露在外面的一段胳臂相当粗圆,面团团而庄重……徐志摩是一个风流潇洒的人物,他比我大七八岁……此后我在上海和志摩经常有见面的机会,说不上有深交,并非到了无事不谈的程度,当然他是否对赛珍珠有过一段情不会对我讲,可是我也没有从别

人口里听说过有这样一回事。男女之私,保密不是一件容易事……

欧阳修的《醉翁亭记》——真诚:

……山行六七里,渐闻水声潺潺,而泻出于两峰之间者,酿泉也。峰回路转,有亭翼然临于泉上者,醉翁亭也。作亭者谁?山之僧智仙也。名之者谁?太守自谓也。太守与客来饮于此,饮少辄醉,而年又最高,故自号醉翁也。醉翁之意不在酒,在乎山水之间也。山水之乐,得之心而寓之酒也。

司马迁的《报任安书》——真诚:

……盖文王拘而演《周易》;仲尼厄而作《春秋》;屈原放逐,乃赋《离骚》;左丘失明,厥有《国语》;孙子膑脚,兵法修列;不韦迁蜀,世传《吕览》;韩非囚秦,《说难》《孤愤》;《诗》三百篇,大底圣贤发愤之所为作也……仆窃不逊,近自托于无能之辞,网罗天下放失旧闻,略考其行事……凡百三十篇。亦欲以究天人之际,通古今之变,成一家之言。草创未就,会遭此祸,惜其不成,是以就极刑而无愠色。……

巴金的《繁星》——真情:

……如今在海上,每晚和繁星相对,我把它们认得很熟了。我躺在舱面上,仰望天空。深蓝色的天空里悬着无数半明半暗的星。船在动,星也在动,它们是这样低,真是摇摇欲坠呢!渐渐地我的眼睛模糊了,我好像看见无数萤火虫在我的周围飞舞。海上的夜是柔和的,是静寂的,是梦幻的。我望着那许多认识的星,我仿佛看见它们在对我眨眼,我仿佛听到它们在小声说话。这时我忘记了一切。在星的怀抱中我微笑着,我沉睡着,我觉得自己是一个小孩子,现在睡在母亲的怀抱里了……

孙犁的《黄鹂》——真情:

有一次,在东海岸的长堤上,一位穿皮大衣戴皮帽的中年人,只是为了讨身边女朋友的一笑,就开枪射死了一只回翔在天空的海鸥。一群海鸥受惊远飞,被射死的海鸥落在海面上,被怒涛拍击漂卷。胜利品无法取到,那位女人请在海面上操作的海带培养工人帮助打捞,工人们愤怒地掉头划船而去……

贾平凹的《笑口常开》——真情:

大学毕业,年届三十,婚姻难就,累得三朋四友八方搭线,但一次一次介绍终未能成就。忽一日,又有人送来游园票,郑重讲明已物色着一位姑娘,同意明日去公园××桥第三根栏杆下见面。黎明早起,赶去约会,等候的姑娘竟是两年前曾经别人介绍见过面的。姑娘说:"怎么又是你?!"掉身而去。木木地在桥上立了半晌,不禁乐而开笑……

2. 读智性散文,要从生动的论述里去理解作者的哲思。

智性散文,是以发表议论、展示哲理为主的散文。它既有生动的形象,又有严密的逻辑;既以情动人,又以理服人,熔形、情、理于一炉。

我们欣赏这类散文的标准是,它必须有真见,也就是真正的见解。重复自己已有的见解、搬来别人的见解都不行。

苏轼的《前赤壁赋》是一篇智性散文:

……夫天地之间，物各有主；苟非吾之所有，虽一毫而莫取。惟江上之清风，与山间之明月，耳得之而为声，目遇之而成色，取之无尽，用之不竭，是造物主之无尽藏也，而吾与子之所共适……

这篇文章告诉我们，世上可以随便取的东西，只有清风与月光。

梁启超的《少年中国说》也是一篇典型的智性散文：

　　日本人之称我中国也，一则曰老大帝国，再则曰老大帝国。是语也，盖袭译欧西人之言也。呜呼，我中国其果老大矣乎？任公曰：恶，是何言！是何言！吾心目中有一少年中国在。欲言国之老少，请先言人之老少。老年人常思既往，少年人常思将来。惟思既往也，故生留恋心；惟思将来也，故生希望心。惟留恋也故保守，惟希望也故进取……

这篇文章告诉我们，中国是一个充满活力的少年中国。

钱锺书的《论快乐》：

　　……快乐在人生里，好比引诱小孩子吃药的方糖，更像跑场里引诱狗赛跑的电兔子，几分钟或几天的快乐赚我们活了一世，忍受着许多痛苦，我们希望它来，希望它留，希望它再来——这三句话概括了整个人类努力的历史。在我们追求和等候的时候，生命又不知不觉地偷渡过去……

这篇文章说清了人的生命过程的本质。

张中行的《顺生论·生命》：

　　从生命的性质方面看，人与羊显然相距不远：也是糊里糊涂地落地,之后,也是执着于"我",从我出发,为了饮食男女,劳其筋骨,饿其体肤,甚至口蜜腹剑,杀亲卖友,总之,奔走呼号一辈子,终于因为病或老,被抬上板床,糊里糊涂地了结了生命。羊是"人杀",人是"天杀",同是不得不死亡……

这篇文章把人生的结局说得非常准确生动。

周国平的散文《等的滋味》:

> 人生有许多时光是在等中度过的。有千百种等,等有千百种滋味。等的滋味,最是一言难尽。……人生惟一有把握不会落空的等是等那必然到来的死。但是,人人都似乎忘了这一点而在等着别的什么,甚至死到临头仍执迷不悟。我对这种情况感到悲哀又感到满意。

这篇文章揭示了"等"的本质。

三、小说欣赏

相较于诗歌和散文,小说出现得最晚。

最早的小说出现在战国时代,如《琐语》。

汉代刘向的《列仙传》。

魏晋南北朝时期,出现了许多神仙鬼怪小说。如干宝的《搜神记》、刘义庆的《世说新语》。到了隋唐五代,小说有了发展,出现了短篇小说的形式,内容也扩展到人情社会。这时的小说,还是用文言写的。如李朝威的《柳毅传》、元稹的《莺莺传》。

宋代开始出现白话小说。如《李师师外传》。

元、明两代,我国的白话小说进入了成熟阶段。如《三国演义》《水浒传》《西游记》《金瓶梅》。

清朝的《儒林外史》，尤其是《红楼梦》的出现，表明中国的古典小说创作达到了巅峰。

　　当代的小说分类很多，大的可分通俗小说和严肃小说两大类。

　　通俗小说的最大特点是可读性强，它面向大众，不追求语言的个性化和思想深度，只追求故事的险与奇，能满足人们的窥视欲、探险欲和听故事的欲望，越是刺激性强的通俗小说，读者越多。

　　比如盗墓小说《鬼吹灯》里写道："……胡国华伸手就去撸女尸手上的祖母绿宝石戒指，刚把手伸出去，那棺中的女尸突然手臂一翻，抓住了他的手腕……"

　　比如玄幻小说《风流邪君》中写道："……冰若长剑一挥，寒冰真气在身前形成三道罡气，自己快速向远处掠去……"

　　比如穿越小说《梦回大清》里写道："……走着走着，前面尽头是一个小门。哎，我明明记得是个拐角，怎么就走到尽头了呢？……凑上前依着门缝向里看。谁知这门年久失修，经不住我的依靠，竟开了，我踉跄着就跌了进去，只觉得里面空气污浊，头一晕，就什么都不知道了……醒来已是清朝的秀女了。"

　　对这类小说的欣赏，我们今天不谈。

　　我们今天要讲的主要是对严肃小说也就是纯文学小说的欣赏。

　　严肃小说主要面向社会中的精英阶层，把小说当作认识内宇宙和外宇宙的一种工具，其所讲的故事里含蕴了很多对人性、对人生、对社会、对大自然的认识，能给读者带去思想的启迪和精神的愉悦。

当然，通俗小说和严肃小说二者并没有严格的区分界限，好的通俗小说最后也能转化为经典作品，所谓大俗也就是大雅，像《水浒传》，说的就是这个意思；好的严肃小说也能变成大众读物，像小仲马的《茶花女》。

1. 读小说，可从作者所表现的生活里去了解自己陌生的内容，以丰富自己的生活库存。

作家写小说，首先要选题材。所谓题材，也就是指作者表现的生活内容，是写护士的生活，还是写胸外手术医生的生活；是写银行高管们的生活，还是写超市收银员的生活；是写官场的生活，还是写间谍的生活。生活的领域太多，我们每个人的生活都有局限，通常一个人一生都固定地生活在一个领域里，对其他生活领域里的事情是不知道的。但人们又都渴望知道更多的其他生活领域里的东西，都有窥视欲。读小说可以给我们解决这个问题。窥视欲是小说存在的心理基础。

我们人类的生活五彩缤纷，小说家可以表现的生活无比丰富。在小说题材方面，最强调新鲜。如果一部小说表现的是别的作家从来没有发现的生活，这就为成功奠定了第一块基石。

弗拉基米尔·纳博科夫的《洛丽塔》，是他流传最广的作品，其中绝大部分篇幅是死囚亨伯特的自白，叙述了一个中年男子与一个未成年少女的恋爱故事。1955年在巴黎奥林匹亚出版社出版，1958年在美国出版。该书写的是恋童癖者的生活，是在此之前从未有作家涉足的领域，它满足了人们窥探他人隐私的心理。

《洛丽塔》是这样开头的:

　　洛丽塔,我生命之光,我欲念之火。我的罪恶,我的灵魂。

　　洛——丽——塔:舌尖向上,分三步,从上腭往下轻轻落在牙齿上。洛、丽、塔。

　　在早晨,她就是洛,普普通通的洛,穿一只袜子,身高四英尺十英寸。穿上宽松裤时,她是洛拉。在学校里她是多丽。

　　正式签名时她是洛雷斯。可在我的怀里,她永远是洛丽塔。

　　在她之前还有过别人吗?有的,确实有的。事实上,可能从来也没有什么洛丽塔,要不是我在一个夏天曾爱上了一个女童,在海边一片王子的领地。在什么时候?就是那一年,洛丽塔还有多少年才降临世间,我的岁数就有多少。你放心,杀人犯总能写出一手妙文。

　　陪审团的女士们、先生们,第一件物证正是被六翼天使,那个误传的、简单的、羽翼高贵的六翼天使所嫉妒的。且看这段纠缠不清的痛苦心史吧。

　　……

了解这种恋童癖者的生活,既让我们知道了人性中有这样一个隐秘的角落,也对我们在生活中照看好自己的孩子有帮助。不能让自己的孩子随便接触其他不知根底的成人。

　　2.读小说,可从作家讲述的精彩故事中,去获得一份会令自己暂时忘掉现实烦恼和苦痛的精神愉悦。

　　故事是小说区别于散文和诗歌的最重要的东西。故事是小说家思情的负载者,故事新鲜,就为小说家的成功奠下了又一块基石。

一般人在生活中都免不了感到寂寞。寻找精神刺激是我们每个人常做的事情。我们每个人都有听故事的欲望。即使是孩子,你只要一说给他讲故事,他就会充满期待地看着你。这其实就是在寻找精神刺激。

小仲马的《茶花女》,故事非常精彩:

玛格丽特原来是个贫苦的乡下姑娘,来到巴黎后,开始了卖笑生涯。由于生得花容月貌,巴黎的贵族公子争相追逐。因她随身的装扮都少不了一束茶花,人称"茶花女"。

税务局长的儿子阿尔芒也疯狂地爱上了茶花女。阿尔芒的爱打动了茶花女的心,她送给阿尔芒一朵茶花,把心交给了他。她决心摆脱当下的生活,和阿尔芒在巴黎郊外租了一间房子住下,并典当了自己的金银首饰和车马来支付生活费用。

税务局长反对儿子和玛格丽特来往,背着儿子亲自找到玛格丽特,说他的女儿爱上了一个体面少年,因玛格丽特和他儿子的关系,对方要退婚。要她为了他女儿的将来,和他的儿子断交。玛格丽特为了阿尔芒和他的家庭,只好做出牺牲,发誓和阿尔芒断交。

茶花女写了一封给阿尔芒的绝交信,重回巴黎过起了荒唐生活。不明真相的阿尔芒认为茶花女无情,决心报复。他找到茶花女,处处给她难堪,骂她娼妇。茶花女受了刺激,一病不起。

她临死前,不断地呼喊着阿尔芒的名字。一个好心的邻居为她入殓,并把她的一本日记交给了重回巴黎的阿尔芒。阿尔芒读后才知道她的高尚心灵,怀着无限的悔恨和惆怅为她迁坟安葬,并在坟前摆满了白色的茶花……

3.读小说,要从作家塑造的人物形象身上,去体味作家的寓意,获得思想上的启迪。

所有的读者都想结识自己不认识的人。人为何爱看陌生人?渴望了解他者。小说给我们提供了认识陌生人的机会。

列夫·托尔斯泰的《安娜·卡列尼娜》,塑造了安娜这个人物形象。她是一个上流社会的贵妇人,年轻漂亮,追求个性解放和爱情自由,而她的丈夫却是一个性情冷漠的"官僚机器"。一次在车站上,安娜和年轻军官渥伦斯基相遇,后者为她的美貌所吸引,拼命追求。最终安娜堕入情网,毅然抛夫别子和渥伦斯基同居。但对儿子的思念和周围环境的压力使她陷入痛苦和不安中,而且她逐渐发现渥伦斯基并非一个专情的理想人物。在相继失去儿子和精神上的最后一根支柱——渥伦斯基之后,绝望之中,她选择了卧轨自杀。这个人物让我们感受到了美的毁灭所带来的巨大创痛,她的命运也让我们感受到了19世纪六七十年代俄国上流社会的丑恶和虚伪。

在书的第七部分写安娜决定自杀时,文字是这样写的:

"到那里去!"她自言自语,望着投到布满沙土和煤灰的枕木上的阴影,"到那里去,投到正中间,我要惩罚他,摆脱所有的人和我自己!"

她想倒在和她拉平了的第一辆车厢的车轮中间。但是她因为从胳臂上往下取小红皮包而耽搁了,已经太晚了……她目不转睛地盯着开过来的第二节车厢的车轮……她就抛掉红皮包,缩着脖子,两手扶着地投到车厢下面,她微微地动了一动,好像准备马上又站起来一样,扑通跪下去了……她想站起身来,把身子仰到后面去,但是什么巨大的无情的东西撞在她的头上,从她的背上碾过去了……

4. 读小说,可从作家使用的叙述方式上,去发现人的智力的奇妙和艺术创造的美妙。

每部小说都有自己的叙述方式,它包括叙述角度、语言样式和叙述节奏。《潘达雷昂上尉和劳军女郎》是秘鲁作家略萨完成于1973年的一部长篇小说。克己奉公的陆军上尉潘达雷昂,接受了一个困难的任务——组织军中流动妓院"劳军队",他出色地完成了任务,但又因一时冲动使劳军队真相暴露从而成为替罪羊。

略萨在书的第一章里写道:

……"每天都有不少的通报、控告信,像炸弹一样向我们飞来,"维多利亚将军搔着下巴上的胡子,"连最偏僻的小镇都派了代表团来抗议。"

"您的士兵在奸污我们的妇女,"派瓦·鲁努伊市长手里揉着帽子,声音也变了,"几个月以前,我的一个弟妹被糟蹋了,上星期本人的妻子也险遭侮辱。"

"士兵并非鄙人的,乃属国家。"维多利亚将军做了一个安抚的手势,"冷静,请你冷静点,市长先生。本军对您弟妹的外遇深表遗憾,并当尽力予以赔偿。"

"怎么,现在把强奸称为外遇了?"贝尔特兰神甫感到迷惑不解,"啨,其实就是那么回事。"

……

这一小段话里写了三场在不同场合的对话,节奏极快,没有任何过渡,就像电影。

莫言的小说《狼》,是他这次在斯德哥尔摩获奖演讲时朗诵的小说,其中写道:

……那匹狼偷拍了我家那头肥猪的照片。我知道它会拿到桥头的照相馆去冲印,就提前去了那里,躲在门后等待着。我家的狗也跟着我,蹲在我的身旁。上午十点来钟,狼来了。它变成了一个白脸的中年男子,穿着一套洗得发了白的蓝色咔叽布中山服,衣袖上还沾着一些粉笔末子,像是一个中学里的数学老师。我知道它是狼,它俯身在柜台前,从怀里摸出胶卷,刚要递给营业员,我的狗冲上去,对准它的屁股咬了一口。它大叫一声,声音很凄厉。它的尾巴在裤子里膨胀开来,但随即就平复了。我于是知道它已经道行很深,能够在瞬间稳住心神。我的狗松开口就跑了。我一个箭步冲上去将胶卷夺了过来。柜台后的营业员打抱不平地说:"你这个人,怎么这样霸道?"……

用这种一本正经的、讽刺性很强的语言来叙述故事,很新鲜。

土耳其作家奥尔罕·帕慕克的小说《我的名字叫红》中,用画上的狗、树、马和金币作为叙述者,其叙述视角让我们大开眼界。

其中一节这样写道:

看呀,我是一枚 22K 的奥斯曼苏丹金币,身上有着世界的保护神苏丹陛下的玺印。今天,葬礼之后,在这间充满哀伤的漂亮咖啡馆里,苏丹陛下手下的大师鹳鸟,大半夜里刚完成了一幅我的图画,还没给我抹一层薄金,不过抹上薄金之后的样子你们可以自己去想象了。我的画像在这里,而我的真身则是在你们亲爱的弟兄、知名画家鹳鸟的钱包里……

在美国,2012年的人口统计是3.14亿人,阅读人口大约是2亿。在我们中国,有时间有能力自愿进行纸质书籍阅读的成年人口在8000万和1亿之间。但在我国的5.13亿网民中,文学网民就达2.27亿,其中有2000万人上网写作,经文学网站注册的写手高达200万人。随着物质财富的增加,追求精神财富和精神享受的人会越来越多。我相信,在我们国家,愿意阅读和欣赏文学作品的人也会越来越多,懂文学的人也会越来越多。

作为一个写作者,我对这种局面的出现非常高兴。

《安魂》文外

（一）

送儿子去天寿陵园歇息之后，我没法不回忆过去，回忆时，除了痛楚之外，愧疚一直在折磨着我。就是在那时我决定，我一定要把我这份愧疚写出来，要不然，我可能活不下去。但当时，我还没有体力和精力去写这种沉重的东西，我写了一部轻松些的作品，让自己在写作中逐渐恢复到比较正常的心理状态。这之后，才开始写《安魂》。

（二）

儿子的离开，让我更真切地知道了人生就是一个不长的过程,这个过程的前一段,是你经过努力不断地收获东西,让你感觉到"有";这个过程的后一段,造物主则强制你不断地交出东西,直到你重新成为一个"无"。儿子的走,让我的写作更多地变成了倾诉,让我觉得文学真是可以起到心灵救赎和抚慰的作用,没有文学,我会活得更苦。

（三）

经历的苦难多了——我这一生都没有摆脱苦难的纠缠,让我觉得人活着真是不易,也因此,我对一切都能宽容看待了。不知不觉间,我使用的文字不再凌厉,语调也没了尖峭。

（四）

我就是想把对儿子说的话说出来。我也知道儿子有很多话想对我说,因为他失语而无法说出来,所以,只有用这种对话方式才能实现我们父子的心愿,才能让我们俩都好受些,也才能对他的灵魂起到安慰的作用。

儿子病了以后,我和他朝夕相处,在他失语之前,我们俩经常像朋友一样在一起聊天,谈的话题很多,也很坦率,我知道他在想什么、他想说什么、他想做什么。再加上我们的心是相通的,父子之间有一种天然的相互了解的能力。

（五）

前半部分更多的是想安慰儿子的灵魂,使用的是现实生活中的材料;后半部分是想安慰我自己及所有即将面对人生结局的读者,使用的完全是想象中的东西。

听说全国因病、因意外灾难而失去独生子女的家庭现在已有一百多万个,而且每年都还以上千的数字增加。这些家庭经历了和我一样的苦难,那些父母都长期地活在痛苦之中,我希望我的这本书能给他们带去一些心理安慰。失独家庭的老人最缺少的是儿女的抚慰,孤独是他们要经常面对的问题。文学所能发挥的作用就是抚慰他们的心灵,减轻他们的精神痛苦。

不断寻找新的写作资源

写作资源,就是可供作家产生创作灵感和激情,进而开始艺术生产的素材存在之处。它是作家赖以为生的东西。没有它,作家就会陷入无米之炊的窘境。所以我们应该时时用心去寻找和发现,并进行必要的储备。经过多年的摸索,在创作资源问题上我逐渐明白了以下几点:

个人的军旅生活经历,是一个军队作家最宝贵的写作资源。

经历就是财富,这句话用到作家身上,特别恰当。一个军队作家的军旅生活经历,就是他最宝贵的写作资源。

我十八岁入伍后,在野战军的一个炮兵团指挥连当战士。后来当测地班的副班长、班长,接下来任团警卫排的排长和火箭炮连的副指导员,在团司令部和政治处也工作过一段时间,所以对地面炮兵的日常生活、训练演习的过程、进入野外临战展开的状态比较熟悉。也是因此,我最初开始写作时,这段生活经历就成了我的写作资源。我从这段生活经历里找到了不少让我激动的人物和生活场景,我把他们变成了我小说中的人物形象和人物活动的背景,让一些新兵、老兵、班长、排长和我一起喜怒哀乐。我写了诸如《初入营门》《呼啸的炮弹》《三角架墓碑》等短篇小说,这些小说为我赢来了最初的从事创作的信心。

后来,南部边境战争打响了。战事牵动了所有军人的心,我自然也不例外。前线不断有战报和各种消息传来,一些参战的战友开始来信讲述他们的见闻。随后,最敏感的作家也写出了关于这场战争的好作品。这使我豁然明白,这场战争就是我最好的取材之地,就是自己最好的写作对象,我应该用笔来表现这场战争。我所在的军区所属部队去前线轮战后,有了一个去前线采访的机会,我急切地抓住了。我和几个战友一起,踏上了去战地采访的路。这次战地采访,让我见识了真正的战场,让我结识了战场上各种性格的参战官兵,让我目睹了伤残和死亡,战争的残酷和战友们英勇作战的事迹,让我几乎每天都处在激动之中。战场上的人物和故事在我的脑海里翻腾,我后来写出了短篇小说《汉家女》和《小诊所》,写出了中篇小说《走廊》。小说发表后,获得了不少奖励。这进一步鼓起了我走创作之路的勇气。

再后来,我到师机关和军区宣传部工作,对机关干部的生活熟悉起来,就又写了《军界谋士》等反映军队机关干部生活的小说。我自己的生活经历,成了自己小说最好的取材之地。

中华民族历史上的战争生活,也可以成为一个军队作家

的写作资源。

不管一个作家拥有的军旅生活经历多么丰富,如果他长年累月地总是使用它们,也会有用空的时候。我就遇到了这样的问题,突然有一天,我发现我面对自己的生活经历,再也激动不起来了,再也产生不了创作冲动了。怎么办?我开始把目光转向历史。

我们中华民族有着几千年的文明史,在这漫长的历史中,战争占去了我们民族很多时间。而在战争史里,就隐藏着丰富的写作资源,你只要用心去找,完全可能找到适合自己去写的东西。

我在我们民族的战争历史中寻找时发现,过去的战争在规模、战法和使用的武器方面,和今天的战争是有不同,但战争中参战军人的喜怒哀乐和我们今天的军人很相似,战前、战中、战后军人面临的问题也差不了太多,如果能把一场过去的战争写好,对今天的军人和今天搞好军队建设同样有启示意义。

我的目光最后在明朝中期的北京保卫战上停住了。这场战争是明王朝和瓦剌人之间的战争,引发战争的原因非常复杂,战争的规模巨大,战争的进程极富戏剧性,战争的后果又是那样出人意料。仔细审视这场战争,我的心开始激动起来,重新感到一种创造的激情涨满了胸腔。没有任何犹豫,我就开始写起《战争传说》来。这是一部长篇小说,我写了两年多时间。这次写的不是我直接经历过、亲眼看见过、亲身体验过的生活,是一种从史料和民间传说中得来的间接生活,但间接生活也是生活,它同样能让我激动和感动。两年中,我在现实和历史之间来回穿梭,把我对民族之间战争的看法、对军人使命的理解、对卷入战争的底层人命运的悲悯、对一个王朝走下坡路的预测,都写了出来。小说发表后,引起了不错的反响,很多读者表示喜欢,我还获了军队的奖。

我们军队遇到的一些事件,也可能成为一个军旅作家的写作资源。

《战争传说》成功之后,有朋友劝我:既然你已经写成功了一场历史上的战争,何不再选一场战争继续写下去,写成一个战争历史小说系列?!我听了有点心动,于是就选了宋朝的一场战争,准备继续写下去。

可当我真的准备去写宋朝那场战争时方发现,我虽然可以把战争的经过写出来,但面对那场战争我的心里却是空的,我没有感受到强烈的爱、恨、伤痛、愤懑、同情和怜悯,我没有从要写的那场战争中有新的思想发现。面对历史上的战争,我有了"审美疲劳",我的情感储备用完了,我的思考能力也停在原地不能发力。我没有动笔写下去的激情。到这时我才知道,作家的情感也有倾倒空了的时候,思考力也有需要充电的时候。我当时心里也有些发慌:难道我的才情就只够写一部长篇历史小说?我在随后对一些作家传记的阅读中明白,出现我这种情况是正常的,一个人在写一部长篇小说时,用尽自己的情感储备和思想资源是应该和常有的事。这时,若想继续写下去,要么歇一歇,读读书补充补充生活,待情感储备充足和思考力活跃之后再动笔;要么就先停止使用现有的写作资源,再找一种新资源。

我决定再找新的写作资源。

这时,我们军队接连遇到的一些事件引起了我的关注和兴趣。一个是东突恐怖分子所搞的爆炸破坏活动,他们的袭击有时竟直接针对我们部队;一个是境外情报组织对我们部队的渗透,我们有些军人被他们拉拢收买过去,导致机密被窃,使我们的军队建设蒙受了很大损失。这让我感到,生活在和平年代的我的很多战友可能还没意识到,反恐怖、反间谍已成为他们不得不面对的问题。这些事件提醒我注目我过去没有留意到的题材领域,我抱着试试看的心态踏进了这块草深树密的地方。

随着调查采访和资料阅读的深入,我发现自己的思考力又活跃起来,一些案例使原先藏在头脑某个角落的另外一部分情感也被激活了,我重又开始激动和冲动起来,人物、故事、叙述方法、语言样式不断地涌进脑子里。我又和我虚构的人物如胶似漆地生活在一起了,我随后便动笔写起我的长篇小说《预警》来,写了将近两年,定稿了。书出版后赢得了很多读者,也获了奖。

一个军旅作家寻找写作资源不容易,一旦找到和拥有了新的写作资源,还要学会珍惜。因为与地方作家相比,我们得来这些资源要更不容易些。比如去战地采访,有时是会遇到危险的。而所谓珍惜,就是在使用时,不要草率使用,造成浪费。本来一块写作资源足够写一部长篇小说,结果你粗放使用,没有精心设计,只写了两三个成色一般的短篇小说,这就有点浪费,有点亏了。这就像你拥有的一块布本来够做一套很好的衣服,结果因你胡乱剪裁,最后只做成了一个裤头,当然不划算了。

中国农村的发展和困惑

——演讲稿

很高兴有这样一个机会,向朋友们介绍中国乡村的情况。

我 1952 年出生在中国中原西南部一个叫周庄的村子。我落地号哭时,村南两华里外的荒草地里,还有野狼和狐狸发出悠长的叫声,由此可见我们那个村子的偏僻。我读的初级小学校离家四华里,我读的高级小学离家六华里,我每天需步行往返学校四趟,由此可见我们那个村子在交通上的落后。

我一直在乡村长到十八岁,之后才外出从军。从军之前,也就是在 1970 年之前,我所在的那个地区,农村里吃不饱饭的人很多,村民吃大米白面的机会更少;住的房子多是用土坯垒成的墙壁;穿的衣服有相当一部分是用自家的织机织成的土布缝制成的。1978 年实行改革开放政策之后,局面在迅速变化,到今天,我的家乡和大部分中国乡村一样,发生了巨大的改变。

首先是物质上富裕了。由于家家都承包有土地,各家愿种啥庄稼都可以,而且不用缴税,所以农民在种地问题上获得了完全的自由,各种庄稼和经济作物的亩产量都大幅提升,也是因此,农民都能吃饱吃好了。农民吃不完的粮食和其他经济作物,都可以拿到市场上出售,换回的钱可以随意买自己喜欢的东西,包括时髦的衣服。一些年轻的小伙子和姑娘向往城市生活,进城打工,用挣来的钱在家乡翻修房子,在我的家乡,绝大部分人家都住上了二层楼的新房子。吃穿住的问题解决之后,人们又开始购置新的交通工具和通信工具。目前,乡村大部分家庭都拥有了摩托车、电动车,一部分家庭有了小轿车,几乎每家都有一个人使用手机。

其次,是农业生产的机械化程度大大提高,农民的劳动强度降低。在我从军之前,我家乡的每一种田间劳动,都需要在牛的协助下手工进行。犁地,是人扶犁牛拉犁;下种,是牛拉耧人摇耧进行;除草,是人使用锄头去锄;施肥,是人用平板车把肥料拉到地里,拿铁锨撒;收麦子,人要挥镰收割;脱粒,人要赶着牛拉着石滚在打麦场上反复碾压……由于样样都是手工进行,劳动强度很大,农民干一天活会累得筋疲力尽。如今,差不多的人家都买了手扶拖拉机,犁地、耙地、播种、施肥,都用它来进行;收割、脱粒,人们都是掏钱租用大型收割机和脱粒机;除草,用的是除草剂;一般人家都有抽水机,天旱浇地时用的是抽水机;粮食加工用的是面粉机和面条机。这样,农民的劳动强度大大降低,有了享受生活的空闲时间。现在,人们对牛的尊敬程度大大降低,人们养牛只是为了吃牛肉。

再者,是农民的文化程度普遍提高,乡村里的文化生活开始丰富。由于初中教育的普及,加上人们富裕后都愿意让自己的孩子读书,现在农村的男女青年大都有高中文化水平,相当一部分年轻人能考进大学和专科学校读书,还有一部分人考进职业高中和中等技术学校,能学到一门专业技能。随着农民文化水平的提高,他们对文化生活的要求也跟着提高了。目前,在我的家乡,很多村子里都有一个文化大院,里边有健身器械,有篮球、门球、羽毛球场,有看地方戏的舞台,有跳舞的场地,有下棋、打牌的桌子,有看数字电影的设备,等等。

还有,就是农民在精神上开始追求自主自由。如今,乡村的村委会干部实行直选,每个成年村民都有投票权和被选举权,大家投票选出村委会主任、副主任,对不称职的还可以罢免。农村青年长期追求的婚姻自由如今也基本上得到了实现,男女自由恋爱、自由结婚、自由离婚,父母和他人干涉年轻人恋爱婚姻的情况越来越少。

但伴随着中国乡村发生的巨变,一些新的问题和困惑也开始出现。就我所耳闻目睹的,这些问题主要集中在三个方面:

其一,是一部分村子的空壳化。因种地和在城市工作的收入差距大,加上城市化的推进,乡村里很多年轻人甚至中年人都拥进城市打工,不少村子只剩下了老人、妇女和孩子,农民家庭出现了空心化,部分村子出现了空壳化。这种情况带来了三个问题:一是儿童远离父母,缺少母爱父爱,正常的家庭教育缺失,会对孩子的心理造成不良影响;二是夫妻两地分居,正常的夫妻生活中断,男女双方都出现了性压抑现象;三是因为壮劳力不在家,土地的管理粗放,个别地方还出现了农地撂荒现象。

其二,随着城市资本向乡村的流动,城市里的卖淫嫖娼、吸毒、赌博等现象也在向乡村蔓延。资本在中国自由流动,是一种进步。没有资本在乡村的流动,农村的发展就没有物质前提。但资本带到乡村的,不全是好的东西,跟随在资本后边抵达乡村的,还有卖淫嫖娼、吸毒和赌博。原来淳朴和相对平静的乡村,被这三种东西搅得起了波澜,有一些原本还算稳固的家庭,被这些东西冲击得解了体。我在我的长篇小说《湖光山色》中,就对这种情况作了描述。

其三,随着吃得好和劳动强度的降低,城市人常得的疾病也在农村多了起来。在我年轻的时候,农村人得糖尿病和心脑血管病的人很少,因为那时农民吃的都是粗粮,劳动强度也大,能量消耗快。那时农民得病,多是肠胃病。现在,因为吃的细粮、肉、油多,加上劳动强度不大,胖人多了,人们的血脂、血糖、血压开始变高,得糖尿病和心脑血管病的人开始明显增多。村子里中风偏瘫的人数增加了。

这些问题的出现,的确是随着发展出现的,不发展不行,发展了似乎也让人忧心。这种两难的感觉,很让人困惑。不过,不存在问题的社会是没有的,中国政府正在着手解决这些新的问题,土地流转、户口改革和医疗改革就是正在采取的重要措施,我们正期待着这些问题的解决。

最好的安慰

　　这几年,随着年龄不断增大,我一直在想人的心灵安慰问题。我们都知道,人在现实世界的生活终有一天是要结束的,什么时候结束,以怎样的方式结束,结束以后的诸事安排,一般年龄过了五十岁的人,都或多或少地要去想这些事情。人们在想这些事情的时候,免不了会产生心理焦虑,心灵会陷入一种不安定的状况之中。就是因此,我开始去读这方面的书,去想如何使处于人生后期的人获得心灵安慰的问题。牛津大学历史神学教授阿利斯特·E.麦格拉斯所著的《天堂简史——天堂概念与西方文化之探究》,就是我近期所读的这批书中的一部。

　　麦格拉斯在这部书中,对"天堂"这个概念是如何来的,是怎样变化的,又是怎样塑造西方文化的,进行了认真的研究和梳理。他带领我们将西方文化、文学史游历了一遍,向我们介绍了不同历史时期人们对于天堂概念的不同诠释和表达方式。他告诉我们，人类具有一种独特的能力就是想象，"天堂"这一概念就是来自于人类的想象。天堂也是人类对历史发端一种迷蒙的记忆，是对遥远盼望的一个许诺，它满足了人类想超越今生的渴望。他告诉我们，"想象中的天堂"不是指天堂是一个虚幻的概念，是不顾现实世界的残酷而故意虚构的，它是运用上帝所赐予人类的特定能力对神圣的现实进行塑造，并且是以人类的心灵图景来进行表述的，人类在想象天堂的过程中，有三个形象是至关重要的，即王国、圣城和乐园。天堂是天上之城，是一个没有边境的王国，是一个最令人开心的花园，里面满是令人愉悦和欢欣的东西——树木、苹果、花、流动的水，以及各种鸟的鸣叫声……他告诉我们，天堂并不是随便就可以进入的，"升华的爱"是最终通往天堂的请柬。他还告诉我们，人类想象出来的天堂可以激发人的兴趣，抚慰那些在忧愁和痛苦重压下的心灵，天堂就是我们的故里，天堂里众多亲人都在翘首期盼着我们的到来……

我在读这部书的过程中，方明白人类其实很早就开始关注心灵抚慰这个问题了。天堂这个概念的创造，西方的文学家、神学家、艺术家都有参与，它被创造的目的，就是安慰和抚慰人的心灵。"天堂"这个概念，和我们中国人所说的"西天极乐世界"这个概念有相同的地方，我们只要理解"西天极乐世界"这个概念，就差不多了解了"天堂"这个概念的内涵和外延。

人是自然界最精妙的造物，是肉体和心灵共存的统一体。人们对肉体必将消失所引发的心灵上的焦虑和恐惧，是人类必须解决的重大精神问题。西方人对天堂的想象，东方人对西天极乐世界的想象，都是想解决这个问题，这是对人的终极关怀。我们应该感谢前人在这方面所做的努力,有了这些想象,我们大多数人面对肉体消失可以做到平静对之。今天,不管我们个人离人生终点还有多远,只要一想到有天堂和极乐世界在等着我们,一想到天堂和极乐世界里有衣有食,有花有鸟,有山有水,有田有园;一想到天堂和极乐世界里充满了安宁和稳妥,不再有疾病和债务,不再有不公和欺侮;一想到在天堂和极乐世界里我们和自己所爱的人永远同在而不必分离,我们就会感到极大的安慰,就不会惊慌恐惧,就会在衰老和病重之后,从容和现实世界告别,就会使自己的心灵永远处在安宁平静之中。

今天,对于天堂和极乐世界的想象其实并没有终结,我们依然可以充分张扬自己的想象力,去想象那里的美好和欢乐,给那里增添更多赏心悦目的东西,从而使自己从中获得更大的心理满足。

南阳之美

——美学阅读漫想

关于南阳美的问题,确实值得讨论。

美,是对人、事、物、地域等感受对象的一种评价,是指其人、其事、其物、其地域等感受对象的好,与善和真一起,成为人类主要的精神追求。

美,对于我们南阳人的重要性不言而喻。心理学大师马斯洛曾说过,从最严格的生物学意义上说,人类对于美的需要正像人类需要钙一样,美使得人类更为健康。

美,通常是人在温饱问题得到解决后自然会想到的事情。我们南阳经济在几十年的持续发展之后,人们吃饱穿暖的愿望得到了满足,这时来谈"美"的确顺理成章。

说到南阳的美,我想说的是两个问题,一个是今天的南阳已经很美;另一个是今后的南阳还应该更美。我说今天的南阳已经很美,是有依据的。美学理论认为,美来自于三个方面:一是人,二是自然界,三是社会。人自身的美,是通过形体美、相貌美、心灵美来呈现的。我们南阳人因为气候温润和多民族通婚及与陕西、湖北人的远距离婚配,使得优秀基因得以聚拢传承,体型美、相貌美的比率高于其他很多地方;在精神方面受儒释道多种文化的滋养,善待他人的信念牢固,所以人称"南阳好人多",心灵美的比率也远高于很多地区。自然界也给我们南阳人以格外的恩惠,我们有满身着翠的伏牛山和桐柏山,有几条流量可观的美丽河流,有大片的沃野平畴。这份自然美也是很多地区所没有的。在社会美方面,我们南阳有着很美的民俗风情,比如正月十五月圆夜的观灯踩街之风俗,花灯形状各异五彩缤纷,人们扶老携幼欢声笑语,那份美景让人心醉;再就是南阳的艺术家们创造的艺术之美,比如南阳作家们笔下的皇帝、农民、官吏、市井人物,各呈其美。也是因此,我觉得今天的南阳已经很美。

但人们对美的要求向来都是美了还想更美。

我也希望将来的南阳会比今天更美。

要让南阳更美,需要南阳人去做很多事情,比如让南阳的河水和空气变清,让雾霾不再出现,让土地不遭农药和其他化学品污染;比如让南阳人不说粗话、脏话,见面讲礼貌相互施礼致意,使大家的言行更优雅;比如让南阳人养成讲卫生的习惯,穿着干净不乱扔垃圾;比如让南阳人严守交通规则,不论开车、骑自行车电动车还是步行都按交通规则办;比如利用南阳的历史文化资源打造大型舞台剧和景观剧等等。我今天只谈一个问题,就是让南阳的建筑物美起来。

建筑物,是人们到一个地方后目光首先接触到的东西。建筑物的美与丑,将直接关乎到人们对一个地方的印象好坏和喜欢程度,所以,重视建筑物的美感,是我们每一个地方的主政者都应该特别予以关注的事情。

建筑物,有人说是立体的绘画和凝固的音乐,这很有道理。当我们站在一个美丽的建筑物前观看她时,她的确能给我们带来一种像欣赏绘画和聆听音乐一样的艺术享受,会有一种美感生出来,让我们身心感到愉悦。一个地方的建筑物美了,这个地方带给人的美感也就强了。我们很多人去云南丽江游览,其实就是去看那座古城的建筑物;我们不少人辛辛苦苦坐大巴车去皖南山区看宏村、西递这两个村子,也是因为这两个村子的建筑物特别奇特。我们平时出国游览,除了看外国的自然风景和购物之外,其实就是看他们的建筑物,到德国要看勃兰登堡门,到法国要看埃菲尔铁塔,到英国要看西敏寺。我们要想让南阳美起来,我觉得很重要的一点就是让南阳的建筑物美起来。

多年来尤其是近些年来,我们南阳无论是市区、县城还是小镇、乡村,都出现了许多新的建筑物,这些建筑物中,有不少不论是外形还是内颜,看上去都挺美,使我们南阳这个地方给外地人和外国人的观感大大改变,我就曾在北京听到不少来过南阳的外地人也包括外国人对我们南阳的赞美。不过,毋庸讳言,我们南阳的相当一部分建筑物,当初在建筑它的时候,更多考虑的是它的坚固性和实用性,考虑它的造价高低和业主的承受能力,考虑美的因素相对较少。这就使得我们南阳市区和各县城城区的新建筑物里,给人留下强烈美感,让人一见就流连忘返就想拍照留念的,不是很多;一些建筑都是他处、他地的复制品。包括高层建筑、低层建筑和农贸市场,包括院墙、门楼和桥梁,有原创美学品位的,不是太多。相当一部分建筑物是在京城、省城和别的城市、别的县城都能看到的，给人以似曾相识之感，少有我们在欧美一些小城市建筑物上感受到的那种强烈的创造性的美。当然，百城一面是今天中国城市建设中的通病，不独我们南阳有这个问题。在我们南阳所属村镇的新建筑物里，单一、重复的现象要更严重一些，多是简单的平顶房或二层、三层的平顶楼，房顶没有任何美的装饰，窗、门、墙都无匠心设计，看上去简单、粗陋，根本没有我们在苏、皖两省乡镇看到的那种建筑的地域特点，看完一个村子、一个镇子，就基本上不用再看别的村子和镇子了。

  为了提高南阳建筑物的美感，我想分市区、县城城区和镇、村两个部分谈谈我的看法。在市区和县城城区的建设上，我的建议有三点，第一，是对街区的功用预先作好划分。哪条街是高档商业街，哪条街是小商品购物处，哪条街是农贸市场；哪一片是居民居住地，哪一片是文化区，哪一片是办公处，要预先划分好，不同功能的街区，对建筑物的美的要求是不一样的。对高档商业街里的建筑物，我们要求的是豪华美；对办公区里的建筑物，我们要求的是庄重美；对文化区里的建筑物，我们要求的是典雅美；对小商品购物处的建筑物，我们要求的是简朴美。不能要求一座县城和南阳市的建筑物都呈现出一种美学风格。第二，把好每一座建筑物的设计关。从现在开始，规划部门对每一座新建设的建筑物，不论是大厦还是平房，不论是桥梁还是门楼，不论是纪念碑还是亭、塔、坛，不论是公家投资还是私人投资，即使是很小的花钱不多的建筑物，都要预先审查其设计图纸，凡是没有创新设计，缺乏美学品位的图纸，一律不批准其投入施工。要通过这个关口，把设计平庸与已有建筑物外形雷同的建筑作品抛弃掉，迫使业主和承建方去寻找好的有美学创意的设计师。这样长期坚持下去，几十年上百年之后，我们南阳市区和各县城的城区，就会出现一批各具创意、各有特色、都能呈现出美感的建筑物。第三,对批准投入建设的建筑物,城建部门要严格督察建筑方按图纸施工,保证建筑物涉及美感的地方不偷工减料。我们知道,西方一些有名的美的建筑物,建设的时间都很长,有的甚至多达一百多年历经几代人之手才最后建成,他们对每一扇窗户和每一座大门的外框雕饰,对屋顶每一个雕像的雕刻和安放,对外墙的颜色色调和门槛的形状,都能一丝不苟地按设计图纸完成,决不会因为什么节庆去赶工,决不会因某个官员的话而去降低标准。

在镇子和村子的建设上,我的建议是:首先要根据地势、河道、街路的现状搞好整体设计,要使一个镇子、一个村子在整体布局上呈现一种美感,比如,是菱形的还是蝶形的,是纺锤形的还是正方形的,是环形的还是长方形的,要在整体外形上先给人一种美感。其次,要给每家住宅的占地面积作个统一规定,对每一家屋前的绿地面积也作个统一规定,至于每家用啥材料盖啥式样的房子,则不作统一要求,可让每家根据自己的财力和审美观念创造性地去盖,政府能做的,至多是请设计师设计一批具有不同美学风格的民居供大家建房时参考,或是仿汉复古风格的,或是中原豫西南地域近代风格的,或是中式和欧式相糅合风格的等等。再次,是按照美学要求把人群活动中心和通往镇外、村外的道路建好,设多大的花坛,栽什么样的树木,放置何种雕塑作品,设置什么形状的路灯等。还有就是下水道的建设和垃圾存放与处理场地等。这样,几十年过去后,我们南阳的地面上,就会出现一批吸引游人的镇子和村子,很多外地人就会像去江苏的周庄、浙江的乌镇一样,跑到南阳来看我们的村子和镇子。须知,江苏省的周庄,每年仅旅游业一项的收入,都一亿多了。

我们南阳人有足够的智慧让我们的建筑物美起来。我们南阳人曾建成了很美的武侯祠、医圣祠、汉画馆、解放塔、白河桥和农运会诸场馆,只要我们在建筑物的建设上坚持不美不建的原则,我们南阳的建筑物一定会因其美丽而引起外人的注意。

　　南阳也会因此而更有诱人的魅力!

　　也许要不了一百年,全世界的游人都会争相来看我们南阳的建筑!

小说与欲望

很长时间里,在我们国家,欲望这个词被赋予了贬义。一说到欲望,人们就认为是指狭义的性欲和物欲,使用起来觉得有点心虚。其实,人类的欲望,是由人的本性产生的想达到某种目的的要求,是一种非常正常的东西。欲望这个概念的外延很广,愿望、期望、想望、希望、热望、渴望这些词语,应该都是在这个概念上的延伸。

欲望是人类产生、发展、活动的根本动力。世间一切的人类活动,包括政治、经济、战争、宗教、艺术、教育,都是人类欲望驱动的结果。

印度二十世纪伟大的哲学家克里希那穆提说过:对欲望不理解,人就永远不能从桎梏和恐惧中解脱出来。如果你摧毁了你的欲望,你可能就摧毁了你的生活。如果你扭曲它、压制它,你摧毁的可能是非凡之美。

人类的欲望,按心理学家们的分类,种类很多:其一,是生理欲望,即食欲、性欲、睡眠欲,与穿得漂亮、住得宽敞、行得舒服紧密相连的物欲、金钱欲等;其二,是安全欲望,即希望生活安全、稳定、自由的欲望;其三,是社交与归属的欲望,即获得友情、爱情和温暖的欲望;其四,是尊重的欲望,即自尊、他尊和权力欲望;其五,是自我实现的欲望,即实现个人理想、抱负,使自己成为自己所期望的人物的欲望;其六,是求知和审美的欲望;其七,是变态的欲望,如施虐欲、自虐欲、破坏欲、同性恋欲等。

小说作为表现人的艺术,不能不与人的欲望发生关系。

在二者的关系上,我想讲六个问题:

一、世上所有的小说其实都在写欲望,不同的只是所写欲望的种类。

不论哪一部小说,你只要拿过来仔细分析,都可以发现作者是在写欲望,不是写这种欲望,就是在写那种欲望;不是在写生理欲望,就是在写安全欲望;不是在写社交与归属欲望,就是在写尊重和权力欲望;不是在写自我实现的欲望,就是在写求知和审美的欲望;不是在写正常的欲望,就是在写变态的欲望。

因为你只要写人,你怎么可能不写人的欲望?不写人的欲望,人物怎么可能活起来?怎么可能与我们的日常生活接续从而让读者认同,读者怎么可能接受你的人物?

什么欲望也没有的,只有可能是用石头、木头、塑钢和蜡、铜雕塑出来的人。

写不写欲望不是区分小说品位的标准。

中国最好的古典小说《红楼梦》,写的是什么?写的是人对权力、利益、声名、爱情的欲望的施放及毁坏的过程,其中宝黛欲爱不能的悲剧尤其令人扼腕。曹雪芹把人与人之间欲望的碰撞及人的欲望与社会现实的碰撞过程写出来了。

当代世界上最有影响的小说《霍乱时期的爱情》,马尔克斯写的是一个男人如何满足自己一定要把一个女人娶来为妻的欲望过程,他把人的欲望与时间、与世俗世界的争斗过程写出来了。

莫言的《檀香刑》,把封建统治者利用人的变态欲望来折磨同类的情景生动展现了出来,亮出了专制权力和人性中最黑暗的部分。

莫迪亚诺的《暗店街》,把居依·罗朗这个得了健忘症的人物想要寻回自己真实身份的欲望写得非常精彩。

二、人的所有欲望都可以进入小说,只要经过审美观照和处理,对每一种欲望的表现都可能出现小说精品。

没有经过审美处理,不把人的某一欲望放在特定的情境下进行审视,只是赤裸裸地呈现人的原始欲望,既不能给人带来美感,也不能促人思考、给人带来启迪和希望,带来的只会是短时间的感官满足。

食欲,这是一种最原始的欲望,写好了可以让人看见人在一定时期的生存境况和生命的美好。如张贤亮的《绿化树》。把男人的饥饿和女人的良善放在一起写,让人看到了人性的闪光。

写不好,能让人对人类自身产生失望和绝望感,或让人对自身产生厌恶感。如有一篇作品写人饥饿时吃自己孩子的过程,让人看了痛苦不已。

人的吃相其实是很丑的,与动物类似,在仪式化和被进食规矩美化之后，我们才感觉到了优雅和美。

性欲，这也是人生过程中属于最底层最原始的欲望。法新社 2014 年 10 月 19 日披露，《自然》周刊当天发表一篇论文，一群进化科学家在文中提出，大约在三亿八千五百万亿年前，我们人类的远古祖先——名为盾皮鱼的有甲骨的鱼类，掌握了性交本领。从那以后，性交成为部分生物并渐渐成为人的本能。

对这种原始欲望写好了可以让人窥见性对于人的重要、美好和压迫。如劳伦斯的《查特莱夫人的情人》，让我们看到了人的性压力释放后的那种美好。杜拉斯的《情人》让我们看到了性对于爱的形成所具有的重要作用。写不好，就像在展现兽性。如明代署名情隐先生著的《肉蒲团》，后来考证是李渔所写，属于古典情色小说，赤裸裸地写性交，价值不高。

金钱欲，这更是为保证生存的一种基本欲望，写好了可以让人窥见吝啬和贪婪的边界，或感受到慷慨和慈悲之美。如巴尔扎克的《高老头》，报告文学《李真纪实》。

他尊欲，写好了可以让人窥见社会对人的上升通道的堵塞和对人的压榨，如司汤达的《红与黑》。萨拉·帕坎南的《世上另一个我》，对受他人尊重的姐姐的妒忌。

同性恋欲。这是一种变态（非常态）的欲望。如白先勇的《孽子》，写一群同性恋少年被社会、家庭、亲人抛弃的痛苦曲折的心路历程和不为人知的生活，表达了对人性尊严的呼唤与探索。我写过一部中篇小说《银饰》，也是写这种题材的。

权力欲。美国最火的小说《纸牌屋》。对权力的喜欢会让人变成魔鬼。

为了权力杀别人的人，中国过去有，如宋教仁的被杀；今天仍然有,如平顶山政法委书记的杀人。

三、表现人的欲望之间的外在冲突,是推动小说情节前行的主要动力。

托尔斯泰的《战争与和平》,拿破仑征服俄罗斯的欲望与库图佐夫要保住俄罗斯的欲望之间的冲突,推动着全书的主要故事情节向前发展。

肖霍洛夫的《静静的顿河》,麦列霍夫的家庭追求平安幸福生活的欲望和当时其他社会势力毁坏这种欲望的冲突,推动着小说主要情节的前行。

施耐庵的《水浒传》,梁山好汉们聚义以过好日子的欲望和官府、朝廷想要剿灭这帮人的欲望冲突,推动着故事情节前行。

四、表现人控制自己欲望的努力,写人内心的欲望冲突,会使小说抵达人性洞穴的深处。

在《罪与罚》中,陀思妥耶夫斯基把大学生拉斯柯尔尼科夫与自己欲望搏斗的过程写得很精彩,让我们看到了人控制自己欲望的艰难和痛苦。

《致命的飞翔》,林白把小说女主人公与自己肉欲的搏斗写得惊心动魄。

五、小说家写小说的行为本身,其实也是在表达自己的欲望。

谋生欲,一般的小说家,最初的写作动机,多是把写小说作为挣钱谋生的一种手段。这是一种生理欲望。

成名欲,接下来,很多小说家开始意识到,写小说也是获得他人和社会尊重的一种途径,这属于他尊欲。

倾诉欲,还有一些人,写作小说的目的只是为了把心中的话倾诉出来,让内心舒畅,这属于安全欲望的一种。

度人欲,想通过自己的小说,把沉在人生痛苦和不快的人引渡出来,这是高尚的欲望了,属于自我实现的欲望。

救世欲,想通过自己的小说,使这个世界更美好,这是小说家的最高境界了,这也属于自我实现的欲望。

六、小说读者阅读小说,也是在满足自己的欲望。

人们阅读小说,也是在欲望支配下的一种行为。这些欲望是:

窥视欲。通过小说来窥视和自己不同性别、不同年龄、不同职业、不同空间、不同阶层人的生活,是很多小说读者阅读小说的一个心理动因,这是在满足自己的安全欲望。

求知欲。通过阅读小说,来感悟人生、认识社会、认识人与自然的关系、把握世界、学到写作的本领,这些都是为了满足求知欲。

审美欲(审美享受)。这是层次高的读者的阅读目的,想获得美的享受,想通过阅读短时间地忘却一切烦恼,只让自己沉在美所带来的心理满足中。

小说家的知识之塔

如果把小说家脑中的全部知识比作一座塔的话,那么这座塔应是由哪几层构成的?

弄清这个问题,对一个喜欢写小说和打算以写小说为业的人,应该会有意义。

写小说整天要和语言文字打交道,语言文字既是其基本工具,又是其工作成果,所以语言文字知识是小说家必备的东西。这类知识应该位于小说家知识之塔的最底层,也就是第一层,这是最基础的东西。在这一层里,以汉语为母语的小说家,起码要懂得三方面的知识:一是古汉语知识,这是为日后阅读古典作品和使用古语词写作作准备的;二是现代汉语语法知识,这是保证日后写出的东西能被现代人所看懂和接受;三是当下汉语语言的最新变化,这是保证你写出的语言最鲜活,能让年轻人喜欢。以其他语言为母语的小说家,在语言文字方面,要懂得的母语方面的知识,也差不多是这些内容。

每一个人开始写小说时,都会发现他的面前已经站满了前辈和同辈作家,包括中国的和外国的,他要想把小说写好,没有对他们作品的大量阅读是很难成功的。也就是说,他必须通过阅读拥有一定的文学知识积累,这样才能站在他们的肩头上开笔,才可能写出超越他们的新作品。他既应该阅读古代的中外经典文学作品,也应该阅读近代的中外文学作品,还应该阅读当代的中外文学作品,争取把中国和外国的前辈与同辈作家在艺术上已抵达的位置大略弄清楚,这样才方便自己的出击。这部分文学知识,应该位于小说家知识之塔的第二层。

小说家写小说的目的,是想把自己对世界对事物的看法通过小说这种载体传达给读者,这不能不涉及哲学。没有哲学知识,小说家很难形成自己对世界对事物的独特看法。也因此,在小说家知识之塔的第三层,应该是哲学知识。作为一个中国的小说家,在哲学知识方面,首先应该读一点中国的哲学书和哲学史,懂一点中国哲学;其次应该读一点西方哲学家的著作和哲学史,懂一点西方哲学;再就是融会贯通,结合自己的人生阅历和思考成果,形成自己对人性、对生命和人生的延续过程、对社会组成和运行、对自然界及人与自然的关系的独特看法。

小说家写小说最重要的是写活人物,而要把人物写活,令其栩栩如生,不懂点人的心理恐怕不行。这就要求小说家学点心理学知识,知道人的情绪变化规律,明白人的性格形成过程,晓得人的反应过激是怎么回事,懂得人心生爱意后的面容和躯体表现,清楚人在何种状况下会发生心理变态和扭曲。这方面的知识越丰富,小说家越能够把人物写得鲜活生动富有吸引读者的魅力。心理学知识应该位于小说家知识之塔的第四层。

小说家写当代的生活,常需要拿历史生活作对比,常要回眸过去;小说家写历史小说,更要懂得所写时代的生活。也因此,历史知识是小说家必须学习的。这方面,首先要读点中国史书,懂些中国历史;其次要读点西方大国的史书,懂些世界历史;再就是读点中国方志和民族史,懂些所写地域的地方史和民族发展史。有了这些史学知识储备,写出的东西就会厚实。在小说家的知识之塔上,史学知识应该居于第五层。

小说家笔下所表现的生活空间,如果是政界,那么他就必须懂一点政治学知识;如果是经济界,他还必须懂一点经济学知识;如果是军界,他也要懂一点军事知识;如果是医界,他多少得懂一点医学知识;如果是法律界,他也该懂一点法律知识;如果是气象界,他还必须懂一点气象知识。你写到哪一界,就要拥有那一界的知识,当然不要求精通,只是概略地知道就行,这种随所写生活领域变化而随时学习的非精确知识,应该位于小说家知识之塔的第六层。

六层之塔,不低了。垒起来,不容易!

值得探索的新领域

写什么,尤其是在哪个题材领域里展开叙述和描写,历来是作家开笔之前必须考虑的问题。

当下,值得军旅作家去写的东西很多:军人和平时期的爱情;艰苦地域驻军官兵的奉献精神;军人对新武器新装备的学习和训练;大型实兵演习;去别国军校参训的经历……但我以为,有两个新的题材领域特别应该引起军旅作家的注意,一个是海疆上的风云;另一个是恐怖主义行为的弥漫和我们的反恐斗争。这两个题材领域里都存在着丰富的写作资源,值得我们去发现、挖掘和表现。

我国的海疆上过去起过风雨,但时间都很短,规模也较小,牵扯的精力不大。可近几年,情况发生了极大的变化,海疆上的事情日益增多。特别是在一些国家和一些势力的挑唆下,一些原本没有争议的海区,也开始有了纷争,对峙的局面反复出现，对方军队想要军事介入的愿望也日益增强，战争的阴云开始弥漫，世界上许多人的目光也因此凝聚在了中国的海疆上。在这种情况下，作为一个军队作家，应该敏锐意识到人们关注的这个热点其实是一个新的题材领域，其中必定潜藏着写作资源。比如，回眸过去，可以表现历史上中国人在这些海区的生活情景和状态；比如，述说现状，可以对当下纷争的来龙去脉进行展示；再如，预测未来，可以对海战爆发之后的情景进行想象；还如，旁敲侧击，可以形象地对一些大国的海上算计与阴谋进行描述揭露。海疆上的争斗与陆地边境上的纷争相比，有崭新的特点，海军、海警在海上的行动，与陆军、边民在陆地边境上的行动完全不同，写好了肯定会吸引很多读者。

恐怖主义行为是人类进入21世纪后开始在全世界弥漫的重大社会问题。在中国，恐怖主义是近几年才开始猖獗的。特别是最近，恐怖主义袭击从新疆向全国扩散，因为这种袭击以手无寸铁的平民为对象，常对老人孩子下手，所以它极易在全国和一些地区造成心理上的恐慌。在人类文明的发展进程中，对生命的重视和珍视程度本来是逐渐提高的。比如，在人类的幼年时代，人们是有过抛弃老人使其早死以甩掉累赘的情况，在个别的原始部落里，还有过人食人的现象，但随着人类文明程度的提高，这些现象早绝迹了。又如，两军对打时，早期的军中是会杀死俘虏的，后来，就发展到了不杀而令其劳动的阶段，再后来，又发展到交换俘虏以使其重新回归家庭。可恐怖主义却反人类文明的进程而逆行，重新对老人孩子施以杀虐，这是对人类文明发展的反动。作为军队作家，面对这种情况，不能无动于衷漠然视之，应该拍案而起用自己的笔去分析恐怖主义的起源，为最终制服恐怖主义作准备；去展示恐怖主义的残酷,唤起所有人对恐怖主义的警惕和痛恨;去表现我军官兵反对恐怖主义行为的决心和行动,以鼓起国人战胜恐怖主义的信心。恐怖主义行为和我们的反恐行动,因为涉及人的鲜血甚至生命,特别容易引起人们的关注,这类作品一旦写出来且写得好,必会引来很多人阅读。

每个时代都有每个时代的问题,每个时代的作家都会对自己所处时代出现的问题进行文学上的应对,我们期望更早读到反映海疆风云和反恐斗争的优秀作品。

向孙子兵法学运筹

20世纪70年代初,在某野战军炮兵团当班长的我,因钢笔字写得好些,忽然接到了团司令部交给的一项任务:在一周内用铁笔和蜡纸刻印十二本《孙子兵法》,供团领导学习军事时参考。那年代出版社不敢出这类书,人们学习只好靠抄写和刻印。接受任务那年我才二十岁,正是精力充沛的时候,拿到书后没明没夜地刻写,终于按时完成了任务。那是我第一次接触和学习《孙子兵法》,也是第一次由这部书中模模糊糊领悟到:做事情,运筹很重要。

运筹是一个古老的概念,却是个新兴的学科;运筹起源于战争,却与人们的工作生活息息相关。古人讲,谋事在人,成事在天。其实,古人最看重的不是"成事"这个结果,而是"谋事"那个过程。要知道,谋划运筹得好,老天也定会帮忙的。

时下，人们都在雄心勃勃地干事，上到国家的改革，下至个人的创业，人人都想成事。如何才能确保干成、干好？这需要运筹。从历史上看，大凡那些干成大事的人，无不是运筹的高手或是擅用运筹高手的高手，像刘邦、诸葛亮、毛泽东等。美国成功击毙恐怖大亨本·拉登"艰难一日"的背后，则是长时间、高层次的反复运筹。作为一名作家，我觉得写作一部作品前的构思过程，其实就是一个运筹谋划的过程。因此，看到路秀儒大校《向孙子兵法学运筹》的书稿后，眼前不由一亮，第一感觉是，这是个不错的选题。

《孙子兵法》是世界上公认的最有价值、最有影响的古代兵法，思想的矿藏取之不尽、用之不竭。尽管长期以来对《孙子兵法》的研究与应用持续推进，硕果累累，但开发的空间仍然很大，潜力不可估量。其中很重要，并且亟待挖掘的思想，就是它的运筹思想。应该说，从运筹的角度研究《孙子兵法》，不仅开辟了兵法研究的"新战场"，而且拓展了《孙子兵法》应用的"新阵地"，是一件非常有意义的事情。

《孙子兵法》的运筹思想十分丰富，作者从十个方面作了较为系统的阐述，既为人们把握其内涵提供了可以借鉴的"模本"，又为人们深入开掘提供了基本的"路线图"；既有益于军事运筹的发展与应用，又为各行各业的人们谋事创业提供了有益的方法。有鉴于此，我非常高兴地为《向孙子兵法学运筹》一书作序，并隆重地向人们推荐。

秀儒部长在繁忙的工作之余，致力于军事理论和古代兵法研究，博学广采，高瞻深掘，成果颇丰。《向孙子兵法学运筹》便是其系列研究成果之一，是继《向孙子兵法学思维》后的又一力作。作为一名领导干部，能够静下心来学知识、做学问,十分难得。

愿秀儒今后能取得更多更有影响的研究成果。

甲午仲春于北京

军事文学创作的新情况与老问题

目前,有三个新情况摆在我们军队作家面前:其一,是自1979年的南部边境战争之后,战争与我们军人的距离,从来没有像现在这样近。在南海黄岩岛和仁爱礁,菲律宾军队与我军发生冲突的可能性随时存在。尤其是在东海的钓鱼岛海域,日本军队最近开始用军舰驱赶我渔船,用军机跟踪我海监飞机,擦枪走火的危险空前升高。有外国军事专家认为,日本已经作好了对中国开战的准备,一部分日本政客觉得,现在对中国开战,有美国的支持,胜算在他们一方,也同时可以阻断中华民族的复兴之路,中断中国人的复兴之梦。目前在钓鱼岛海域,只要有一个火星,战争就可能打响。战争这只野兽,已开始缓步离开自己栖息的巢穴,正瞪大眼睛向我们窥视。其二,是世界上关注我们这支军队的人,从来没有像现在这么多。我们一艘舰艇的出航,一架飞机的试飞,一场演习的开始，一种新武器的试验，都会成为他们议论的话题。从我们军费的开支，将领的更换，到军方人物的谈话，他们都要进行评论和琢磨。他们不再用不屑的眼光看待我们，而开始不停地说我们是威胁。其三，是我们国内的军迷群体，从来没有像现在这样大，有人粗略估算，说多达两三千万人。这些军迷不仅关心我军新武器的研制，还关心军队的编制是不是合理，士气如何提升；个别的还能制订详细的战役计划。我就在网上看到过一份战役计划，很精彩，颇有参考价值。

我自己觉得，对于第一个新情况，我们军队写现实题材的作家应该给予注意。每一场战争爆发前，人们都不太相信它会真的爆发。我们军队作家要对此保持高度警觉。目前的局势正在迫使我们去想一些问题，比如，日本这个民族为什么每隔几十年就想对外打一仗，和平意识为什么在这个族群中扎不下根来？比如，为什么人类能在微观世界和宏观世界有那么多科学创造，却至今创造不出和平解决国与国、民族与民族之间争端的有效办法？比如，大国之间的现代战争破坏性极大，我们有没有理由对人类的未来感到绝望？比如，战争一旦爆发，新的抗战开始，我们将怎样来表现这场战争？

对于第二个新情况，我觉得我们军队作家应该感到一点高兴。既然关注我们军队的外国人越来越多，那么，我们就有理由相信，今后关注我们军事题材文学作品的外国人也会逐渐增多。据说有的国家的情报部门，专门有人研读我们中国的当代军事文学作品，想从中发现中国军人的真实心理状态，从而判断出我们的战斗力水平。这样，我们在写作时就还要想到，我们的读者中将会有一些非文学爱好者，而且是外国面孔。

面对第三个情况，我们得小心自己的作品遭到本国军迷的耻笑。军迷中的一部分人，也同时爱读军事文学作品。这部分读者在读我们的作品时，既是艺术鉴赏者，同时也是军事专业上的挑刺者。我们在写作中涉及军事知识时，必须慎之又慎，不然，就可能遭到他们的耻笑。

　　回顾过去的军事文学创作情况，我们当然取得了很辉煌的成绩，但原来存在的老问题依然存在。归结起来，大概有这么几个：一是写历史上的军人和战争时，少有新的思想发现。一些作品的思想含蕴是在重复大家都知道的历史结论，还有一些作品在思想含蕴上是在重复前辈作家已发现的东西。也因此，这些作品不能让读者精神一振从而得到思想启迪，不具有思想魅力。二是在写当代军人和当代军队生活时，因为担心惹麻烦，不愿去触及问题。塑造和叙写的人与故事离真实的生活挺远，甚至很假，很难获得读者认同，没有吸引读者读下去的力量。三是对未来军人和未来军队生活的想象不丰富，军事科幻作品十分稀少。美国因为历史很短，他们的军事文学在题材选择上回头看的也有，但关注未来的更多一些。他们很早就有关于机器人之战、无人机之战、空间之战的小说和电影作品，今天，这些幻想的文学作品中的战斗场景，已经变成了现实，可我们至今还少有类似的作品。

　　我们得努力！

争取军事文学下一季的好收成

近年来,由于军队作家们的努力和军内外评论家们的帮助,军事题材的创作,成绩不错。为了在未来也有一个好的收获,继续在国家的文学创作版图上占一个位置,我觉得我们应该注意三个问题。

首先是加大培养军队年轻作家的力度,使文学生产的劳动力年轻化。文学作品的生产与农产品生产、工业产品的生产在有一点上相似,那就是都要靠一批二十至五十岁这个年龄段的年轻人来干重活儿,来冲锋。文学作品的生产尽管是靠脑力,但说到底,是靠体力,没有体力支撑的脑力怎么可能持续?而军队的文学创作,现在主要还是靠40年代、50年代和60年代初出生的这批作家在干重活儿;60年代中后期和70年代出生的作家有干重活儿的,但数量不多;80年代出生的作家更少,屈指可数;90年代的作家几乎没有。军队文学劳动力的年龄与地方相比,普遍偏大。造成这个现象的原因,很复杂,追究已没有意义,重要的是赶紧纠正,抓紧对年轻作家的培养。作家当然不全是培养起来的,但没有培养,很多人又的确成不了作家。培养的方法,可以是军队自己举办培训班;可以是鲁迅文学院分别为军队各大单位办培训班;可以是军队各大单位自己举办笔会;可以是作协军事文学委员会定期举办创作交流活动和体验生活活动等等。

其次,是要引导作家在表现我们民族过去的战争经历时,要有更深刻的思想发现。从事军事题材文学创作的作家,第一个习惯动作,是扭头回视,去看我们民族过去的战争历史,从中发现可写的东西。这当然可以而且必要,但表现历史上的战争一定要有新的思想发现。一场战争的发生,是不是我们过去已知的那些因素;一场战役的失败,还有没有我们没意识到的原因;人在战场上的表现,究竟由哪些因素促成;一场战争的持续,究竟需要哪些东西来支撑。有太多的问题需要我们去重新思考,我们不能满足于前人已给的答案,既不能再讲似曾相识的故事,更不能让作品含蕴的是前人已说过的道理。写出的东西一定要给人新的思想启迪,要有认识价值。不然,出版了也没有意义。

第三,是提醒作家在表现当下的军营生活时,要注意去寻找新鲜的表现对象。新鲜不新鲜,是决定一部文学作品受不受欢迎的很重要的因素。你写轻武器射击训练,别人写网上搏斗,肯定是后者受欢迎;你写一个地面火炮装填兵,他写一个操控无人机的博士,当然是后者关注的人多;你写一个军官进城以后抛弃了妻子的故事,他写一个到异国军事学院进修的中国男军人被他国女军人爱上又不得不分开的故事,自然是后者吸引读者。总之,今天的部队生活,与过去相比,新鲜的东西太多,关键在于你找不找和能不能找到。

　　文学的收成,起作用的因素很多,不过它与农业收成也有相似的地方,那就是需要气候好和劳动者的辛劳。习主席在前不久的文艺座谈会上要求我们作家以作品为立身之本,鼓励我们努力创作,未来的文学创作气候应该会很好,那剩下的就是:我们作家要努力!

下卷・游走

在苏格拉底被囚处

最初看到那三个铁栅门时我没有在意。我的目光一晃而过,雅典有太多的景致吸引着我这个新到游客的眼睛。待旅居雅典的作家、学者杨少波先生介绍说"这,就是苏格拉底当年被关押的地方"时,我才吃了一惊,才赶紧从近处的橄榄林里收回目光,定睛去看它们。

它们立在一道石壁上,都不是很宽,三扇铁栅门后,是三个石室也就是石洞。

我惊看着那三个石室。原来,我敬佩的古希腊思想家、哲学家和教育家苏格拉底,赴死前就被关押在这里。原来,这道石壁和这些石室,目睹过那个伟大哲人的身影,聆听过他的声音,见识过他的智慧,而且看见过他最后赴死的情景。

这么说,法国著名画家雅克·达维特于 1787 年创作的油画作品《苏格拉底之死》中,关于关押苏格拉底囚室的描画,是不准确的,是过于理想化了。在那幅画中,囚室很大,石块砌成的墙壁很高,向上还有很多阶梯,明显是正规的房间,而囚室是在房子的底层。画面上苏格拉底坐着服毒自杀的那张床很宽大,而这三个石洞中最大的一个也摆不下那样气派的床。看来,雅克·达维特在创作那幅画前没有来过雅典,没有看过真正囚禁苏格拉底的地方。他把事情向好处想了,他不知道真相比他的想象要严酷得多。

我环顾着四周,想,这三个石室当年应该是位于一座监狱的院内的。因为柏拉图曾说过,他和几个朋友每次来看被囚的苏格拉底时,总要在监狱门前等候大门打开。我留意到三个石室前壁上都留有凹孔,这些凹孔表明,石室前过去是有附属建筑的。

我看着石洞囚室里不大的空间,努力去想象苏格拉底当年被囚时的生活情景:他会坐在囚室的小床上去安慰和宽慰妻子桑蒂比及他们的孩子,会在床前狭小的空地上边踱步边默想希腊城邦的未来,会在柏拉图和克利托等学生们来看望他时向他们谈他关于肉体和灵魂的最新思考成果,会席地而坐吃下狱卒们送来的食物,会在去囚室门外放风时远眺雅典城区并伸手抚摸橄榄树上嫩绿的叶子,会在那个较小些的石室里进行最后一次沐浴……

我猜想,当年苏格拉底被关进囚室后,可能会反复回忆,安尼托、梅勒托和吕贡这三个人为何要以不信本邦神灵、企图另立新神和迷惑、毒害青年两个罪名起诉自己?那明明是莫须有的罪名。他可能最终想起来了,那个控告他的主谋安尼托,他其实是得罪过的。有一次他同美诺讨论美德是不是知识的时候,正巧碰见他,于是便拉他过来提问,结果在提问中不仅让安尼托陷入了自相矛盾,还损及了对方崇拜的政治家,致使他失了面子。他拂袖而去时撂下过狠话:我觉得你这个人很容易说别人坏,我奉劝你慎重些!他可能也想起来了,那个梅勒托是诗人和悲剧作家,而他对诗人没有好印象,曾经讽刺过诗人们,对方参与控告很可能是在为诗人们出气。他也许到最后也想不起怎么得罪了无名演说家吕贡,因为吕贡根本就没进入过他的视野。不过他后来可能想明白了,吕贡会因为参与控告他苏格拉底这件事本身,迅速成为雅典的一位名人,这也是人成名的一个法子。

  我猜想,苏格拉底被关进囚室后,可能会反复思考,由五百个公民组成的法庭,为什么会判并未犯罪的自己死罪?他对希腊城邦充满感情,没有做过任何有违城邦法律的举动,他只是喜欢用不断提问和谈话的方式追求真理。他知道把权力交给民众的全部好处,他思考过希腊城邦制度的各个方面,他对人性有过深刻研究,可他就是没有想到,民众在某些时刻对精英人物是存在敌视情绪的——这是人性中极其隐秘的一面。真正的思想者有时会搅乱平庸的日常生活,也因此,真正的思想者不仅可能被执掌权力者视作威胁,也可能被怯懦的民众当作破坏其安宁生活的祸首。苏格拉底的一些思想让民众觉得他太反常、太出格,就是这种反感和敌视情绪促成了错误的判决。这种情况不仅在古时的希腊存在,在现代的中国也存在。文化大革命中,当张志新这个思想者用自己的言论质疑文化大革命的意义时,不仅仅是掌权者不高兴,一部分民众也不高兴,觉得就你聪明,我们都是傻瓜?当张志新被割掉舌头押赴刑场时,相当一部分相信无产阶级继续革命理论的民众,在心里并无对她的同情。这当然是精英人物的悲哀。他们思想的目的是为了让民众生活得更好,却恰恰又让民众对其生了敌意。

人性是一个隐秘的洞穴，所有的精英人物都应该探身这个洞穴以对其有所了解。

我猜想，苏格拉底在拒绝逃跑决心赴死时，并没有估计到自己被处死这件事的全部影响。我从史料上看到，苏格拉底被判死刑后，有朋友和学生曾劝他逃跑，而且当时他也确有充裕的时间和机会逃跑，但他决然地拒绝了，理由是：既然身为雅典公民，就理应遵守雅典的法律，雅典的法庭判我死刑，我就应该甘愿受死，以维护法律的尊严。若越狱逃走，就是以错对错。我估计，他当时只是想用自己赴死的行动，去感动更多的人遵守雅典的法律，他根本没有估计到，他的死，会成就了他的不朽声名。几乎没有留下任何著作的他，能获得西方哲学史上最重要的地位，很重要的原因是他的从容赴死给他带来了广泛关注。在那个没有报纸、电台、电视和网络的时代，人们在口口相传他被不公正地处死这一事件的同时，开始互相传述他的思想，他的思想便随着他屈死的故事流传开来。

苏格拉底死了，他的死让今天还活着的我们意识到了三个问题：其一，不要因为私心和私利去控告他人，不要利用社会公器去伤害他人，即使你的理由很堂皇，即使你当时得到了广泛支持，即使你获得了完全的胜利，历史都有可能跟你算账，都有可能让你像安尼托那样，在史书上留下一个小丑的形象；其二，不要因为自己是平民，就认为所有的人间悲剧都与己无关，很多悲剧是掌权者制造的，这一点没有异议，但我们这些普普通通的民众，有时也会像当年雅典的那五百位公民一样制造出悲剧；其三，不要以为死就是生命和事件的结束，恰恰相反，像苏格拉底这样的死，正是他哲人生命的另一种开始，是他遭控告事件被追询的开始。

苏格拉底死得太冤了。

苏格拉底又死得太有价值了！

苏格拉底，我来向你致敬了！

在拿破仑退却的道路上

在俄罗斯卡鲁加州无边无际的森林里,有一条弯弯曲曲的公路。当我们一行访问者乘坐的面包车驶上这条路时,陪同我们的俄罗斯朋友说:这条路就是当年拿破仑由莫斯科退却回法国的路。我的精神顿时一振,急忙向车窗外看去——

一条普普通通的林中大道,一头通往莫斯科,一头消失在西南方的森林里。路两边除了草就是连绵的树林。有一些鸟站在白桦树枝上鸣叫。正在变冷的风掠过树林梢头时,带来低沉的响声。那些身材挺拔的白桦树不知是否目睹了当年那场悲惨的撤退。我在想,1812年那阵,这条路上还不可能铺有沥青。当时路面上铺的,大约只有沙土和风。

就是这条林间土路,见识了拿破仑军队撤退时的狼狈、惊慌和凄惨:士兵们慌不择路,军官们频频回首后方的追兵,战马不时因为饥饿和劳累发出哀鸣,炮车不时被抛到路的两边,冻饿至极的伤兵不时倒在路面上,枪、剑被随意抛掉,呜咽和抽泣不时响在七零八落的队伍里。长长的队伍走过之后,有尸体开始零乱地躺卧在路上,最后,是飘落的雪花把尸体遮盖了起来。

那场闻名世界的退却开始于1812年的10月19日。当时,占领了莫斯科的拿破仑发现,他占领的是俄军主动放弃的一座被烈火燃烧着的空城,全城到处都在冒烟,却找不到任何消防灭火工具。城内所有的食物也都被转移走了。他本人是冒着周围四溅的火星撤离克里姆林宫的,他这时才意识到,他和他的将近十一万人的部队,是没法在莫斯科过冬的。他不得不作出了痛苦的决定:退却。

我估计,他在作出这个决定时,一定会想起五个多月前的那个清晨。

1812年5月9日清晨,拿破仑偕同皇后路易莎离开巴黎踏上对俄罗斯的征途时,曾经是怎样地踌躇满志。他曾诏令他属下的各个王国和公国的君主们,到他设在德累斯顿的皇家队伍大本营,大摆宴席,炫耀权力和武力,宣称对俄罗斯的战争必将胜利。仅仅五个多月以后,他便无奈地下令从莫斯科撤出,开始了这场撼动他皇位的大撤退。他的近五十万大军损失在了俄罗斯境内,他丧失了所有的骑兵和几乎全部的炮兵,这为他后来对反法联盟作战的失败打下了基础。他人生和事业的败象都是在这儿显露出来的。

望着这条弯弯曲曲的林间大道,我在想,拿破仑完全可以不打这一仗。他当时已是欧洲的霸主,属下有了那么多的王国和公国,从个人的人生来说,他已经十分辉煌了;从为国民牟利的角度讲,法国国民的利益已经差不多可以得到完全的保障。尽管和俄国沙皇有各种各样的争执和矛盾,他不必非要通过战争来解决不可。但惯于征战、百战百胜的拿破仑为了他称霸野心的实现,还是按动了战争按钮,一场导致几十万人死亡和无数财产损失的战争最终还是爆发了。

我为那场战争中的战死者们扼腕叹息。那些战死的法军和俄军士兵,你们原本是可以不死的,是可以在自己的国土上平平安安过自己的日子的,但命运让你们遇到了拿破仑这个特别愿意用战争解决问题的皇帝,那就没有办法了,你们的生命就必须就此结束。我曾听说,就在这次撤退中,饥饿和寒冷已使法军整营整营地瓦解,每当一匹军马倒下,士兵们就一齐扑上去抢夺马肉。有一个幸存者后来回忆说,当时如果碰到谁有一块面包,就会要他给一半,甚至把他杀死,将整块夺过来。人,就这样被战争变成了野兽。

我也为拿破仑扼腕叹息。拿破仑,你是一个有作为的人,是一个英勇善战、有指挥天才的大军统帅,是一个精明过人、精力过人,为自己的国家作出过贡献的皇帝,你原本可以长期在皇位上为你的臣民谋福利,可以在历史上留下更好的记录,但你太爱打仗了,太爱征战了,太爱建立自己的功业了,太爱功名了!你不知节制自己的欲望,不知控制自己的野心,最终把自己原本已获得的一切也抛掉了。你应该知道,一个人,不管他是多么伟大的人,都不可能无所不能,造物主不可能把世上的一切好东西都给他一个人!拿破仑,你一生打的仗太多了,从你上台到你下台的二十几年间,你几乎在连着打仗。你只知道士兵们会为你夺来胜利,你忘记了他们也是人,忘记了他们的生命也很珍贵!也正是因此,你没有取消原本可以取消的侵俄之战。

在我们乘坐的那辆车驶离那条林间大道时,我最后看了一眼它那长长的身躯。当年躺在它身边的战死者的尸体,早已变为尘土飘飞了,但拿破仑留在这儿的教训,后人不应该忘记。军事上的教训诸如战略上轻敌冒进、战线长后勤补给困难、强调正面进攻而缺乏迂回机动的配合、大量有生力量被消耗,等等,还不是最重要的;最重要的是人生上的教训:不懂适可而止。拿破仑在侵俄之前,得到的好东西已经很多很多,皇位、属国、权威、尊敬、金钱、美女甚至还有阿谀和献媚,这些都是他通过战争的胜利获得的,他原本可以满足了,至少可以满足一段时期了,但他却不,还要继续去索要新的战争胜利。结果,命运一怒之下,连他过去获得的也一下子收走了。

　　当那条大道远离了我的视野之后,我还在想,1815 年拿破仑皇帝因最后兵败被俘,被押上"诺森伯伦"号巡洋舰驶离欧洲大陆那刻,他会不会记起侵俄之战?因为那是他走上末路的起点呀!当他在大西洋中的圣赫勒拿岛过长达六年的囚禁日子时,他会不会又想起侵俄之战?因为那是他一生中的重大败绩啊!他 1821 年 5 月 5 日去世时,会不会为侵俄之战作最后的忏悔?

　　但愿他忏悔了。

　　只要他忏悔了,我就还会对他怀着敬意,毕竟,他是一个伟大的军人!

走进耶路撒冷老城

  那是 7 月的一个上午。
  我踏着厚厚的阳光走进了耶路撒冷老城。
  用巨大的石块砌成的城墙,让我立刻感受到了它的威武和悠久,令我想起了早在公元前 1003 年,大卫国王就把耶路撒冷定为王国的首都和犹太人的宗教中心。从那时到今天,已经三千年过去了。
  城墙的石块上残留着一些被敲打过的豁口和火烧的伤痕,我猜,那极可能是战争的遗迹。耶路撒冷自建城至今的三千年间,曾发生过无数的战争。公元前 586 年,巴比伦国王尼布甲尼撒征服了耶路撒冷,摧毁了犹太人的圣殿,并流放了犹太人。五十年后,波斯人又征服了巴比伦人。公元前 332 年,亚历山大大帝打败波斯人占领了耶路撒冷,他死后,耶路撒冷相继由埃及的托勒密王朝和叙利亚的塞琉西王朝统治。公元前164年，犹太人在犹大·马卡皮的领导下打败塞琉西人，并在哈斯蒙王朝统治下重获独立。这之后，就是庞培把罗马的统治用刀剑强加到了耶路撒冷头上。公元634年，穆斯林军队发起进攻，四年后，哈里发奥马尔夺取了耶路撒冷。公元1099年，十字军征服了耶路撒冷，对犹太人和穆斯林居民进行了大屠杀。公元1167年，耶路撒冷又被库尔德人萨拉丁攻占，结束了十字军的统治。公元1517年，奥斯曼帝国的土耳其人征服了耶路撒冷，统治该城四个世纪。1917年，艾伦比将军率领的英国陆军让自己的军旗在耶路撒冷城头竖起。1948—1949年，以色列国进行了自己的独立战争……

军人们手中的刀剑在这个石砌的城中一回又一回扬起，战争在这个古老的城池里一场接一场地进行，人类的鲜血在这个西亚古城中一次又一次地泼洒。城中每一个街巷里，大约都曾发生过战斗；被风雨剥蚀的城墙上的石头，大约都曾被溅上过血滴；这里每一幢古老的建筑，大约都聆听过军人们的杀声；脚下的所有土层里，大约都埋有不少折断的刀枪和箭镞……

我在对历史的回想中移步走向西墙。

西墙是犹太教第二圣殿迄今唯一残存的部分，是犹太人十几个世纪以来崇仰和祈祷的焦点。犹太教徒同耶路撒冷之间的纽带从来没有间断。三千年来，耶路撒冷一直是犹太信仰的中心，世世代代一直保持着它的象征价值。我站在西墙前，见到无数的犹太教徒正在西墙前祈祷，墙缝里塞满了写有祈愿的字条儿，扶墙诵读经文的声音风一样在四周盘绕。我也在字条儿上写了两个祈愿并把字条儿塞进了西墙的墙缝。据说所有的祈愿在这里都会被上帝允准。我写的两条祈愿一是保佑我全家平安，二是让战争从此在世界上消失。不知道上帝看了我的祈愿以后是否予以恩准。临离开西墙前我双眼望向墙体的顶端,我期望在那儿能够看见上帝,期望看清他老人家在得知我的祈愿后是一副什么样的神态。可上帝并没有显现出他的真身,我只能在心中再一次恳求:请允准吧,让平安永远跟随我的家人和我们人类,让战争在这个世界上只成为银幕、屏幕和戏剧舞台上的东西……

我在默默祈祷中走上了当年耶稣受难的苦路。对于基督教徒来说,耶路撒冷是耶稣生活、布道、殉难和复活的地方;对于我这个非基督徒来说,《新约全书》上提到的一些关于耶稣在耶路撒冷的业绩和经受磨难的地方,也有强烈的吸引力。我一边沿着苦路上的十四个基督受难处缓步前行,一边想象着当年耶稣被从十字架上放下来,鲜血淋漓地被人抬着从这条路上走的情景,想着他那句有名的话:"要爱我们的仇敌。"这句要求人超越现实环境和自我局限而达到至善的劝诫,倘真能为世人所遵守,战争大约就可以消除了。

苦路的终点是圣墓,是安葬耶稣的地方。站在圣墓教堂门前,我望着正午的阳光和远处沐浴在阳光下的奥玛清真寺和阿克沙清真寺的巨大圆顶,我在心里为耶路撒冷惊奇:你这座不大的城池,竟同时是三大宗教的圣地?!根据伊斯兰教的说法,先知穆罕默德从麦加奇迹般地被送到耶路撒冷,并在这里升入天堂。在伊斯兰教徒看来,耶路撒冷是仅次于麦加和麦地那的圣地。宗教,是人类安妥自己灵魂的发明。只有走进耶路撒冷老城,你才能更加深切地感受到人类对自己灵魂归宿的看重,方能体会到人类为了自己灵魂的安宁,曾经作出了怎样巨大的努力。

但人们的灵魂直到今天,还时时被战争和仇杀中的枪声、炸弹爆炸声所惊扰。当我们穿行在老城的街巷中时,我们时时见到需要持枪者护送的孩子,听到关于发现提包炸弹的惊呼。耶路撒冷城的居民并没有获得肉体和灵魂上的完全安宁。

有一个愿望在我就要走出耶路撒冷老城时出现在我的心里:假若犹太人信奉的上帝、基督教徒信奉的耶稣和伊斯兰教徒信奉的真主能在天空中相遇那该多好,那这三位神祇面对人间的厮杀斗争一定会商量出一个平息的办法,那时,人间大概就会获得永久的安宁了。

他们会不会真的有相遇的一天?

我仰望头顶上的天空。

我多么希望能听到一声回答,但是没有,瓦蓝色的耶路撒冷的天空一片寂静。

赐给人间安宁吧,上帝、耶稣、真主!

享受生活

在罗马尼亚访问，最大的一个感受是，这里的人们在创造美好生活的同时，很注意善待自己，会享受生活，能够在享受中去积蓄新的创造活力。

餐桌上的享受是罗马尼亚人很看重的一种享受。在罗马尼亚，人们吃饭不像大多数中国人那样，匆匆忙忙吃完了事，而是把吃饭看作一种享受过程，不慌不忙按照程序进行。先上矿泉水和白酒——开开胃；再上面包和汤——在胃里垫一垫底；接着上主菜——烤鸡、烤鱼或猪排、牛排，这是一餐饭中最主要的部分；再后来是葡萄酒和甜食——帮助消化；最后是咖啡或红茶——爽爽口。看着他们用餐，望着他们进餐时脸上的那副自得和满意，你会不由得在心里生出一股羡慕来——他们活得多么自在。他们不是把进餐看作劳作过程中要做的一件事儿，而是看作劳作之后应该得到的一种报偿和享受。罗马尼亚的男士和女士一般都能喝点酒,他们说,酒是我们自己酿造的,为什么不该喝一点?我非常赞成他们的意见,自己的劳动成果,自己应该享受。在罗马尼亚进餐,你常常会在心里感叹,尽管人生有那么多的劳苦和烦恼,但人活着其实是多么美好。

  到大自然中去尽情玩乐,是罗马尼亚人享受生活的一种样式。夏季的黑海岸边,到处都是避暑休息的人们。到了春秋季节,每逢周末,住在城中的那些并不富裕的人家,一般也不在休息日去加班挣钱,也总要开上自己的达契亚轿车,全家人一起到森林边上,到喀尔巴阡山里,到多瑙河畔,去度假玩乐。我们周日驱车在喀尔巴阡山中穿行时,在山溪边、山坡上、树林里,到处都能看见休闲度假的人们,那些男男女女或是悠闲地在河边散步,或是仰躺在那儿晒日光浴,或是在树丛和草丛中采摘着野花,那份自在和舒服太让我们这些经常活在紧张和匆忙中的人生出钦羡之心。罗马尼亚朋友告诉我们,人在城市里、在工作单位里、在人群中,忙碌过一段日子后,应该有放松自己的时候,而大自然是人放松身心,重新积聚精力的最好场所。

  不放过任何一个寻求快乐的机会,是罗马尼亚人享受生活的一个诀窍。我们在雅西访问时住在统一旅馆,晚饭时刚好有一个单位搞集体聚会,请来了乐队和几个歌手。当音乐和歌声响起时,在餐厅就餐的其他客人也都加入到了这欢快的队伍里,有的人跟着歌手吟唱,有的人下到舞池跳舞,其中有一个下肢瘫痪坐在轮椅里的男子没法跳舞,便坐在轮椅上高举双手做着跳舞的动作,口中高声为自己打着拍子,那副自得其乐、快活无比的样子让大厅里的所有人都露出了微笑。给我们开车的维尔吉尔先生,年龄虽已过了五十,但听见我们

在车上哼开歌之后,也笑着主动提出要为我们唱歌。我至今还记得维尔吉尔在那个黄昏为我们一行唱的那首罗马尼亚民歌:

> 这是一个节日的时光,
> 我感觉到确有一点疲惫,
> 但是和一个姑娘出去散散步,
> 太阳就会出来,
> 因为只有姑娘,
> 才可能带给我们欢快……

经常发出响亮的笑声是罗马尼亚人享受生命快乐的标志。在公园里,在街边的大排档里,在咖啡馆和小酒店里,我们经常可以看到老年人聚在一起轻松聊天放声大笑的情景。在一些聚会场所,我们可以不时听到朋友间因幽默的话语和相互打趣而发出的响亮笑声。朋友们相聚时,常常是大家轮流讲笑话以获取乐趣。我至今还记得在比斯特里察访问时,陪同我们访问的罗方朋友格兹格旺在饭桌上为我们讲述的那些妙趣横生的故事,其中之一是:一个做了丈夫的男子晚上回家上床睡觉,刚在妻子身边躺下,门外响起了敲门声,他闻声惊得一跳而起,抓起自己的衣服就推开后窗跳了出去。他的妻子十分惊讶,隔了窗问:那是仆人敲门,你干吗吓成那样?那男的气喘吁吁地说:我以为是你丈夫回来了……这故事引发了一阵长长的笑声。饭后,大家都觉得吃这顿饭是一种享受。

人生不过几十年时间,除去幼年和老年这些需要照料的日子,剩下的时间已经不多,加上又要奋斗——完成学业和劳动技能的训练,以及争取到一个好的工作岗位,如果把这段奋斗的时间再扣去,属于人享受生命和生活快乐的日子已是少得可怜了。所以,我们该向罗马尼亚朋友学习,一边工作奋斗为这个世界创造物质财富和精神财富,一边去享受生命和生活带给我们的那份快乐,以便重新积聚起新的精力去继续奋斗和创造。

一边奋斗一边享受,会使我们觉得人生有苦有乐,不会绝望和颓废,活得有滋有味。

喜欢雅西

世界上有许多宗教朝拜圣地和旅游胜地，我自己觉得，还有一个写作胜地应该为世人注意，它就是罗马尼亚的文化名城：雅西。

雅西是坐落在罗马尼亚国土东北部的一座小城，与摩尔多瓦相邻，人口只有三十五万。这座小城有着悠久的历史，早在一千三百年前已有人居住，建城也有六百年了。走进这座小城，我最大的一个感受是，作为一个从事文学创作的人，住在这里挺幸福。

这里的居民对诗人和作家极其尊重。大街上到处都有诗人和作家的塑像，一些并不太有名的作家也都会被立雕像纪念。那些活着的作家和诗人，也能到处获得人们的一份特别的敬意。已故诗人埃米列斯库和克里昂格的故居保存得十分完好，而且在他们的故居旁还都建有故居博物馆。我们参观过这两个博物馆,里边保存着作家的用物、手迹和所有的著作版本,还设有举行小型学术会议的房间。更有意思的是,当年埃米列斯库给情人写长诗《孤独的白杨林》时所说的那片白杨林,也还保存得很好,当我们在那片白杨林里留影时,我真为诗人身后受到的礼遇感到高兴。当年埃米列斯库和克里昂格常到一家葡萄酒馆吃饭,这家建于1876年的酒馆也还保存着,如今成为文人们经常聚餐的场所。想一想我们国家在文化大革命中对作家批斗、抄家、没收手稿、焚书的情景,我对这座小城居民们的做法更添了几分尊敬。

　　这里还有最热情的读者和占城市人口比例最大的读者群。这座不大的城市里有八所大学,光大学生就达十几万。这里的大学生们对诗和小说依然十分痴情,对几乎所有新出的作品都有兴趣阅读。市里出版发行的十几种报纸和十几种期刊,差不多都刊登文学作品,而且都有购买者。除去这些大学生,城市的其他居民也都有相当高的文化素养:阅读文学作品成为大部分居民生活的一项重要内容。一个文学创作者在这里写出了作品,不用愁没有读者和回音。这种局面,在世界上的其他许多城市已很难见到了。

　　这里的居民很有艺术眼光,满城都弥漫着一种浓浓的艺术氛围。且不说他们把房子建得极有艺术品位——每一栋建筑都有自己独特的风格,不说他们把街道设计得十分美妙——都能通向置有雕像的小型广场,不说他们把鲜花、绿树和草坪布置得恰到好处,只说一件小事:秋天的公园里不准打扫落地的黄叶。当我们走进公园时,满地的黄叶使我们好像置身于一个神话世界,那一地金黄的叶片给人一种纯美的感觉,使人的心境宁静而舒畅。看见情侣们在铺满黄叶的林间空地上接吻,看见年轻的母亲和孩子在铺满黄叶的小径上嬉戏,就像在看一部艺术影片。这样的小事,没有艺术眼光的人是想不到去做的。在我们国内的许多城市,不是一到落叶时分,就为了所谓卫生而把落叶扫掉和烧掉?正因为居民们有这种艺术眼光,你在这儿写了好作品,不用发愁人们识别不出来,知音肯定会有。

这里还有许多让作家休息的好场所。城市的郊区有大片的森林,白天写累了,你可以到森林里去远足;城区里有许多教堂,你心神不宁无法写下去时,可以到教堂里去平静一下自己;晚上不想写时,你可以去市内经常上演世界经典名剧的民族大剧院看戏,那有八百个座位、装饰得富丽堂皇的民族大剧院已有一百年历史,坐在那美妙的包厢里看戏真是一种享受,说不定会激发出新的创作灵感。

如今在罗马尼亚从事文学创作,经济上的收益是不多的。一个写了获奖小说的作家告诉我们,他一本书的收入才有二十五美金。大部分作家的作品要自费出版。但罗马尼亚依然有两千多个作家在写作,雅西这座小城也有上百名作家和诗人。我一开始对这一点有些不理解:既然写作不挣钱,干吗不去做更挣钱的活?在参观了雅西这座城市之后我懂得了,这是一座最适于作家生活和写作的地力,不论哪个作家、诗人住在这里,他都不可能停下笔来。

雅西,我喜欢你!

又见"美丽"

如果把"美丽"比作一个姑娘,那么我刚在北京和她分别,便又在罗马尼亚与她相见了。

罗马尼亚是一个美丽的国家。

她美丽是因为自然界的天赐风韵在这儿很少受损。在罗马尼亚,到处都有大片的树林和森林。在我们由首都东去滨海城市康斯坦萨的路上,几次从车窗外看见森林的倩影,那在秋色里正在变黄的树叶金子一样直铺向遥远的天边,让人看了真是心旷神怡。我当时想,这位于公路边的森林,要在中国,怕是早在1958年就被砍去大炼钢铁了;或者,会被人们砍去烧锅做饭和打制家具了。绿地,在这儿更是到处都有,不论是在城市的街头,还是在农民的庭院,只要有空地,就总有绿草在葳蕤着。就是在喀尔巴阡山的深处,绿草也一直受到很好的保护,所有的山坡都披着绿色的毯子,几乎看不见一点裸露的土地。车在山谷里行进,入眼的不是绿树就是青草,那真像是一个未被触动的原初的世界。再就是到处都有清澈的水,不论是宽阔的多瑙河还是首都市内的登博维察河,水都清澈得可爱,而在我们亚洲的很多河里,已经很难见到清水了。当你在青草绿树中穿行时,耳畔又响着清水的流动声,你当然会有美感产生。

她美丽是因为她的建筑物极具艺术品位。人对自然界的最大改变,是把无数的建筑物添加到她的身上,这种添加,在有些地方,会使自然界更有风韵;在有的地方,则会使自然界变得丑陋无比。在罗马尼亚,这种添加属于前者。在这个国家的几乎所有城市,其建筑物都异常美丽。在布加勒斯特的老城区,差不多每栋楼都是一件艺术品,其外部造型、墙上雕塑和门窗样式,都各具特色、极有个性,看得出设计者都有一种绝不和别人雷同的决心。站在街头放眼望去,那巴洛克式和拜占庭风格的建筑与哥特式教堂杂陈并立的景象,那一栋栋形态各异的楼房所造成的那种美感,让人像见了一群身着盛装站在T型台上的服装模特一样怦然心动。我们曾走进过属于罗马尼亚作家协会的两栋楼房,楼内的装饰和壁画所造成的那种辉煌感和美感,是那样的让我们吃惊和意外。我们走进雅西民族剧院参观时,那匠心设计的灯饰和巨幅壁画及穹顶画,曾让我疑心是走进了童话世界。还有那些形态各异的教堂,还有新纳亚宏伟的皇宫,都让我们领略了欧式建筑的无尽魅力。

她美丽还因为她有着旖旎的田园风光。罗马尼亚的乡间田野,用一望无际来形容最为恰当,往往驱车走几十公里见不到一个村庄,大片的田野静静地躺在蓝天白云之下。尚未收完的大豆、玉米、甜菜和刚种上的麦子,用苍黄和青绿给秋田以装点。一些农人星散在田野里劳作,远远看去,犹如大幅油画上的一个墨点。田野里少有田埂和水渠,也有大量未开垦的土地,给人的感觉是这里的土地正在轮流歇息,以便更长久地给人类提供吃的东西。终于可以看见村庄了,最先出现在眼中的是乡村教堂的尖顶,接着是多角多窗漆成白色的民居,再后来是草垛,是栅栏,是庭院,是打在路边的水井,是在阳光下忙碌着什么的农妇,是在路边玩耍的孩童,一切都显得那样静谧和美好,坐在汽车上从村庄驶过,就像在看一幅米勒的画。

她美丽更因为她有漂亮的儿女。罗马尼亚的年轻小伙和姑娘们,都长得异常漂亮。小伙子大都高大健壮,姑娘们则丰满靓丽。这儿男女的身材普遍偏高,尤其是姑娘们,一个个都是双腿颀长,仅就身高来说,她们都达到了做服装模特的标准。据说,世界上衡量女性美的一个重要标准是大腿骨的长短,而经测定,罗马尼亚年轻女性的大腿骨是全世界最长的。站在街头看去,到处都是金发碧眼或黑发碧眼、身材颀长、腰身丰满的姑娘,你不能不在心里感叹,这个国家真美!我们曾探询过这个国家的男女何以都长得如此漂亮,有人告诉说,这是因为他们是达契亚人和罗马人的后裔,异族通婚带来了美的基因。

上帝把人造出来投放到这个美丽的地球上,渐渐养成了人追逐美丽的天性,只有美的事物和美的地方,才能吸引人的注意。罗马尼亚以她的美丽,吸引来了我们这些游人,相信她的美还会引来世上更多的人来一睹她的芳容。

祝愿罗马尼亚在未来的日子里青春勃发,变得更加美丽!

也盼望我们生活着的地球能返老还童,再度青春,更加美丽!

天下湖多性不同

  这世界上的湖可是真多。

  词典上解释说,湖是被陆地围着的大片积水。诗人们说,湖是上帝撒下的珍珠。普通百姓们说,湖是神造的水盆。

  不管湖是什么,反正这世界因有了湖而变得更加美丽,人们因住在湖畔而得了许多便宜。我虽无缘住在湖畔,可却天南地北地去看了许多湖,每每站在湖畔,我都会感到心旷神怡。也就在这观湖看湖的过程中,我发现湖有性别和性格。

  我的故乡邓州汲滩地面上的安众湖,一看就像一个脾性温顺娴静的少女。这个水面不大的湖,即使在大风呼啸的时候,也没有大波大浪,从不向人露出恶颜恶色的面孔,更不会凶凶地去吞噬生命。据说,即使有人跳湖自尽,只要不是那种特别想死的人,她都不会接纳。一年中的大部分日子,她全是微波漾漾,安静地面对每一个来到她身边的人。我站在安众湖畔是在一个谷熟鱼肥的秋天,那日秋阳灿烂,只有一条打鱼的小船在湖里犁碎水面,把一些银子样的光斑撒向船的两边,那一刻,她看上去极其娇美可人。

开封龙亭前的那个湖一看就觉得他像一个性格刚硬的男人。他的水面虽然也不大,岸边也植着垂柳,却一点也不给人以柔感,他的岸线、他的水色、他的气味、他在风中的响声,都透着一股男性之气。尤其是从湖面上刮过的风,给人一种冷厉干硬的感觉。也许我这种感觉是受了民间传说的影响。还在我很小的时候,我就从大人们嘴里知道,龙亭前的湖被一条甬道一分为二,一边叫杨湖,安放着忠臣杨家将们的魂灵,因此水清;一边叫潘湖,隐藏着奸臣潘仁美的魂灵,故而水浊。我站在湖畔向湖中望去时,不是隐隐看见一个舞刀的男人,就是朦胧看见一个面孔阴冷、手持笏板的男子。

杭州西湖则分明是一个美丽的性格柔和的少妇。你来到她的身边,立刻有一种被吸引被诱惑的感觉。据说,凡在杭州西湖附近定居的男人,绝少再愿迁往他处。一位军人曾对我说过,这西湖和新婚之后的妻子一样,特别撩人缠人,她让你心里非常满足,把你想去别处奋斗的念头一点一点地磨尽;她不哭不闹,就是柔柔地贴在你身上,让你舒服得不再去想别的。你细看西湖,那一池碧水多像是少妇收拾得清清爽爽的身子,那湖上轻飘的荷香多像少妇美妙的体味,那岸边的绿树青草多像少妇裙裾上的花样,那细浪舔岸的响动多像少妇的轻声呢喃。坐在有篷的小船上,边嗑着瓜子边在桨声里看湖水的纹络和水里的山影,你会在心里明白当年的南宋皇帝何以不思北返,直把杭州作汴京,这儿太美了呀,何必再回风大土多的东京城?有朋友说,你要是想彻底放松好好歇息,那你就想办法来西湖身边定居;你要是想继续奋斗想做一番事业,那你最好到西湖身边看看就走,别在这儿长住,否则,你就可能被她缠住,也许会渐渐忘了你的奋斗目标。

青海湖你一见就会感到他是一个粗粝剽悍的壮年男人。他那怪石嶙峋的湖岸、他那无风三尺浪的模样、他在风来时发出的那种巨大吼声、他身上的那股腥藻味道、他把驶进湖里的船掀得忽左忽右的那股力气、他养的那些性情急躁的鱼,都不能不让观者把他看作一个剽悍的男人。我是在一个夏天的正午站在他的岸边的,高原上的风带着尖厉的响声掠过我的面颊,他也就在这风声里弄出骇人的巨浪,用高大的浪头猛烈地撞击着堤岸,我分明在涛声里听到了他那卖弄力气后所发出的傲然的笑声。据说,胆量小的人,在夜晚是不愿走近他的身边,他发散出的那股力气在夜晚很是吓人,曾发生过他在夜晚掠走岸边戏水人的事情。尤其是女人,到他的身边戏水要特别小心,若是被他看中,那他就有可能想着法子把你掠走。

颐和园的昆明湖则像极了一个贵妇人。你看她身边的那些饰物:金黄色的琉璃瓦、大理石的雕栏、五彩缤纷的漆画、千姿百态的花木。你看她的岸线,全经过了精心的修饰,不是垒砖就是砌石。你看她的景点,全受过仔细的打扮,不是描眉就是搽粉。你看她湖心行走的龙船,船首船尾高翘,一副凌然不可冒犯的模样。游人到她身边,脸上有好奇有轻松有惊异也多少有一点敬畏:这是皇家园林哪!多少次走到昆明湖边,我都觉得她像慈禧那个女人,锦衣缎鞋,珠翠满头,一脸的冷肃,一脸的威严,让人在她面前不敢轻举妄动,不敢行为不检点。

济南的大明湖很像是一个阔公子,一副不愁吃不愁穿的模样。你看,湖水有趵突泉供给更新,不用担心干涸;四周有许多房屋和人家护卫,不用担心大风的侵袭;岸畔有牌坊、有亭阁、有雕梁画栋的祖传屋宇,不用担心无人理会。他一年四季都一脸无所谓地坐在那里,夏天人群拥来看他,他也并不舞风弄浪地显出多么高兴;冬季少人来访,他也很少冰层相叠地表示出不快。不管你是远道来访的客人还是本城的老相识,不管你是女宾还是男客,来到他身边他差不多都是同一副表情神态。

  位于美加接壤处的安大略湖,则是一个不加修饰、奶水丰富的乳母。这个一望无际的大湖,水面清澈无比,平日绝少用洪涛去惊扰岸边的子孙们;当然,她也不容许干旱来困扰她的子孙们。她一年中的大部分时候,都在忙忙碌碌地用自己的奶汁哺育生长在湖畔的美国籍和加拿大籍的孩子们。她很少去打扮自己,大部分湖岸都呈天然状态;她对身边的一草一木都很爱惜;她对每一个走到自己身边的人,都露出慈和的面容。你只要站在她的身边,你的心里就会有一种绝不会在这里挨饿的感觉。

  湖南的洞庭湖则更像是一个饱经风霜的老爷爷。他见识过的东西太多了。他见过楚国的兴衰,听过屈原的悲叹,看过鲁肃的下葬。他还听过农人们因丰收而哼起的动听歌谣,看过人们被大水冲毁家园后的惨状。他不仅目睹过人们持冷兵器所进行的搏杀,也聆听过火枪、炮弹、炸弹这些热兵器的响声。他接受过范仲淹等人的礼赞,也听见过灾民们对他的诅咒。他已经处变不惊,永远对人间保持一副漠然之态了。

  和洞庭湖相比,向以色列供水的加利利湖,很像是个宽容慈祥的老奶奶。在亚洲西部这块缺水的土地上,水是那样的金贵,为了水,曾发生过多少争执和争斗。可不管是谁,只要你走到了她的身边,她都会热情地为你解渴。住在戈兰高地附近的她,可是听到过不少次的枪声,闻见过硝烟的味道,看见过不少的战争场景,但对于争战的双方,她总是不偏不倚。

她也为此流过眼泪,不过她无法劝止他们不打,她能做的是把这看作孩子们愿玩的游戏。对于参战受伤的人,不管你是巴勒斯坦人、叙利亚人还是以色列人,不管你是犹太教徒、基督教徒还是伊斯兰教徒,只要你来到了她的身边,她都会一边叹息一边悉心地给你以照应。

　　我看见过的湖还有很多,他们中的每一个都不仅仅是自然界的一件摆设,你若仔细体察,你都可以和他们悄声对话。

　　自然界的每一种东西其实都有灵性,包括他们——大大小小的湖。

我爱烟台

我在山东生活了二十五年。在这四分之一世纪里,我差不多走遍了齐鲁大地,我喜欢这块出过孔子、孟子的土地。而在山东的诸多城市中,我又特别喜爱烟台。如果把山东的城市比作一群女性,我觉得烟台不是那种靓丽率性的未婚姑娘,也不是那种高腔大嗓的中年母亲,而是一个端庄温婉的少妇,来到她的身边,你有一种踏实安妥会被亲切款待的感觉。

我是在烟台第一次见识海的。生在中原南阳盆地的我,当兵前只要见到一座小型水库,就觉得那水面大得惊人,就会站在岸边高兴得啊啊大叫。20 世纪 70 年代末的一天,在济南军区当干事的我随一个工作组到了烟台,站在烟台山上,我才算第一次看见真正的海。我记得那一刻我被海的阔大和壮美惊得久久无语。一个内地人看海和一个长在海边的人看海,那感觉完全不一样。我记得我当时满是惊骇:是谁造出了如此大的水面？怎么会有这样多的水？这么多的水就一直存在这儿？接下来，我又和工作组的人坐船去驻在大海深处一个小岛上的部队调研。船离岸半晌之后，四周全是碧绿的海水，真可谓天水相连、水天一色，令人心旷神怡，直想张嘴喊叫点什么。也许从那一刻起，我就喜欢上了烟台。人能生活在烟台，那真是上帝的一种垂顾。终日有海的陪伴，人的心胸能不开阔？人的眼界能不高远？人活得能不舒畅？

我喜爱烟台，也因为烟台出的好吃好喝的东西太多。苹果，是烟台闻名全国的特产。济南军区机关过年，总要给每家分一筐到两筐烟台苹果。吃烟台苹果，那真是一种享受，先拿到手里欣赏她红艳艳的面颊，再闻一闻她沁人心扉的清香，然后一口咬下去，让浓浓的甜把你弄得通体舒坦。20世纪70年代，送人一筐烟台苹果，就是一种很重的礼了。直到80年代，我回河南老家探亲，还总要带一些烟台苹果走。张裕葡萄酒，更是烟台的名产，朋友相聚，开一瓶张裕干红，那是很有品位也很让人陶醉的事情。再就是莱阳的梨，又酥又脆，咬进嘴里就化。莱阳属于烟台，吃莱阳梨你就不能不去想烟台这块土地的神奇。烟台的海味也让人嘴馋，我在别处也吃过海参和鲅鱼饺子，可在烟台吃的蝴蝶海参和鲅鱼饺子味道格外鲜美，因为这里是鲁菜的故乡，经正宗的鲁菜大厨后裔们一过手，海味添了新味，让你吃了还想再吃。我当年所在的部队里，一位战友娶了个烟台媳妇，那位嫂子来队探亲，大伙都想吃她做的菜。问她何以有这本领，她笑道：俺们烟台姑娘，出嫁前都必须学会煎炸蒸煮的做菜本领，不然是会招婆家轻看的。

喜爱烟台，还因为烟台有我喜欢和敬重的人。喜欢的人，是我的一个战友，其人姓王，我们先后调来军区机关，因家属当时都未随军，两人一起到食堂吃饭，一起去爬山锻炼，一起在机关那不大的院子里漫步聊天。他心地善良、乐于助人，生活上经常给我帮助。他尤其善讲笑话，极是幽默，很少见他有愁眉苦脸的时候。听他讲笑话，我常常会捧腹大笑，忘掉烦恼。我至今还记得他给我讲的一个笑话——一个很讲究发型的男人进理发店理发，理发师很草率地匆匆地给他理完，他很不满意那发型，就又掏出五分硬币啪地往案上一拍，说：再理五分钱的！那理发师先是一愣，后又拿起推子，在他的脑门上推了一家伙，结果使他的发型更加古怪……是这位战友，让我感觉到烟台人活得多么达观乐天。敬重的人，也姓王，叫王懿荣，当过清末的国子监祭酒，是我国近代伟大的爱国主义者和著名的金石文字专家。1899年，是他首先发现了甲骨文，并确认为商代文字，把中国有文字记载的历史提前了一千多年，为商朝的历史研究提供了第一手资料，为我们河南安阳的殷商考古奠定了基础。1900年，当八国联军入侵北京时，他任京师团练大臣，率军民英勇抵抗，在城破之后，和家人一起殉国。身为文人，我对有如此眼光和骨气的文人前辈怀着深深的敬意。是王懿荣，让我觉得，烟台这个地方不凡，是出有骨气的文化人的地方。

喜爱烟台，也因为烟台倚着胶东名山——昆仑山。昆仑山峰峦叠嶂，坳谷相连，草深林密，是养生修身也是藏兵屯兵排开战阵的好地方。20世纪30年代，烟台人民就在这里打响了胶东抗日第一枪。其时，昆仑山被日军视为恐怖之地——进山的日军不知会从哪棵树下哪个洞中射出子弹。因为昆仑山的军事价值，新中国成立后，我们常有部队驻在山中。20世纪七八十年代的一个秋末时节，我随工作组进山到一支部队去，车在曲折的山路上走了许久许久，才在天黑时分抵达部队驻地,下了车,只见四周全是黑黢黢的山头,山风吹过,万千的树木发出奇异的啸声。那支部队的一位接待人员在夜色中告诉我们,别看这里偏僻,生活有不便之处,却是胶东最宜居的地方。由于山深林密,加上不远处有大海参与空气的调节,这里的空气纯净度和湿度都最宜人,尤其对人的肺部好,肺部不适和支气管有病的人,到这里住一段,常会不治而愈。这里是山东的长寿地区之一,山里的老人,活到八九十岁是很轻松的事情。我听罢在心里感叹,可惜这儿离自己的故乡太远,要不然将来退休之后来此养老那该多好。那次昆仑山之行,我看了王母娘娘的洗脚盆,听了王重阳创建全真道的故事,第一次洗了温泉澡,还吃了昆仑山上的山珍,呼吸了昆仑山中的好空气,回到济南,好长时间还在想着昆仑山。

烟台这地方,你只要去一趟,想不爱上她,都不易。

英雄山

客居济南十五年,去得最多的地方是英雄山,印象最深的也是英雄山。

第一次上英雄山是暮春的一个傍晚。我那时刚刚奉调来到泉城,寓舍就在山的一侧。那天傍晚出得院门,仰头看见耸立于山顶的巨碑和那满山的苍翠,好奇和兴趣便从心底涌来,于是就移步向山上走去。

就在血色夕照里,我第一次看见了那么多的墓碑,第一次被罩进肃穆的氛围,第一次看见纪念碑上那么大的毛泽东的手迹,第一次鸟瞰了巨大的泉城市景,第一次觉得:泉城很美。

此后,我便是这座山的常客了。早晨,我去山上做操;黄昏,我去山下散步。春天,我去山上看花;夏天,我去山上纳凉。我几乎踏过她的每一级石阶,到过她的每一个旮旯。

我和她成了熟人,因为相熟,便知道了她的脾性:她既虔敬地保存着历史纪念着过去,也特别喜欢新奇的事物,愿意看着有违旧规的新事物在自己的怀抱里发生、成长。

当社会上对谈论爱情还讳莫如深的时候,她已经默允甚至鼓励年轻的男女们在她提供的绿荫里搂抱亲吻了。

当社会上对跳舞还视为放荡时,她已经同意青年们在她的脚下摆上录音机,跳起欢快的交谊舞了。

当社会上对养鸟、遛鸟还斥为玩物丧志时,她已经招手让养鸟爱好者们把鸟笼挂在她身边的树上,去听小鸟的鸣唱了。

当建立正规的市场在社会上还是空论的话题时,她已经笑允小吃市场、花卉市场、盆景市场、蔬菜市场在她的身边开放了。

当"经纪人"这三个字在社会上还很陌生时,她已经鼓励那些经纪人在她的周围悄悄穿行了……

济南市、山东省甚至华东地区的不少新事物,最初就是在英雄山的怀抱里孕育成形的。

英雄山,是一座开放的山。

我常常想,那许多在一开始被视为离经叛道的新事物之所以敢先在英雄山下出现,大约是因为他们知道,在这儿可以获得一种仗恃、一种庇护吧。他们可能相信,山上那么多死难的英灵,一定会赞成这些可以使民众幸福的事情,从而给予保护的!

英雄山,是对新事物宽容的母亲。

对这位宽容的母亲,我怀着深深的敬意。

我是一个异乡游子,那时,我不知道我还会在英雄山旁生活几年,因为一个人的未来并不全由自己把握。但我当时就想告诉她:英雄山,不管我日后走到哪里,我都会记住你,都会想念你!因为我和你相处了十五年。十五年呵,人生有几个十五年?

南阳乡间行

七月流火时节，我回到了故乡南阳，在邓州、淅川和南召的乡间走了一遭。戴上草帽，在浓烈的阳光里重新踏上我曾经洒下过汗水的田埂，在田垄里让玉米、绿豆的叶子碰着自己的双腿、双臂，鼻子里沁满秋庄稼的青鲜气息，心里涌满了欢喜；重新走进我熟悉的村庄，听到村庄里特有的鸡鸭狗羊们的合唱，望着在暮色里袅袅升起的炊烟，心里有一种异常亲切的归依感；重新握住父老乡亲们起了老茧的手，听他们谈论天气阴晴、儿女亲事、地里收成等诸样家常，一种温馨感油然而生。我惊喜地发现，与我上次归乡相比，无论是田地还是村庄抑或是乡亲们，都有了不少新的变化。

地

田地还是过去的田地,但田地里长的庄稼是精心打理和整治过的庄稼。每一亩地里的庄稼苗,不管是玉米还是绿豆,不管是红薯还是谷子、花生,都能让人看出种植者在管理上的认真。这一点和前几年有了不同。前几年,由于每亩庄稼上缴的税费提留太高,种田人辛苦一年,扣去上缴的和自己的投入,不算所下气力和流下的汗水,所剩的已经很少,个别的人家种一亩地甚至只落个十几元钱。这使他们对田地的感情迅速降低,种庄稼的兴趣一落千丈,干农活儿变得敷衍、潦草起来。个别的更对土地生了愤恨,宁愿撂荒也不下种。今年,由于政府每亩地只收一次税且将税金压得很低,有的县收二十三元九毛五,有的县只收十四元,这让庄稼人重新觉得种地值得,种地的热情重又高涨。三个县里,都没有一块地撂荒。我到家的时候,天正旱着,邓州的农田里玉米苗的叶子都被太阳晒得打了卷,乡亲们就顶着烈日用机器将井里的水抽出来浇到地里,有时一直摸黑浇到半夜,只怕秋庄稼苗被旱坏。那份经心和辛苦让人难忘。

田地里的另一个变化是,种经济作物的田块多了。淅川县有的人家种了辣椒,专门卖给四川、湖南爱吃辣的地方;还有人家种了黄姜,专门向药材公司出售;也有人家种了花椒,专门向调味品生产企业供应。南召不少人家种了辛夷,收了花蕾后卖给香精生产企业。这个县的大冲村,几乎家家户户都在地里育了桂花、女真、辛夷等各样树苗,向外地需要树苗的单位和个人出售。乡亲们怀着由衷的欣喜说,同样面积的土地,今天赚的钱远远超过了过去。

田地的"种植者"和"所有者"不再一致,也是一个新的变化。有的全家外出打工赚钱,家里分到的责任田没有人种,便把田地委托给自己的亲戚或邻居来种,地里的收入由种植者来得,同时由种植者负责缴税;有的人家因办厂或经商,无暇再种地,便把自家的责任田交到愿种的农户手里去种,自己代为缴税,用此法保住土地,留下日后的退路;还有的人家因为镇子开发或高速公路经过,自家的责任田被占并被一次性买断,手上虽有了钱却又找不到其他投资继续赚钱的门路,没有田地却又只会种地,他们便替一些劳力少的人家种,所得由双方分成。田地的"种植者"不一定就是田地的"主人",这种现象和谐地存在着,让人惊奇。

村

村子的变化最为显著。村子里变化最大的是房子。邓州构林镇的几乎每个村里,都有人家盖起了楼房。楼房多是两层,有客厅、卧室、厨房、仓房和凉台、晒台等,虽然装修得不如城市,但人住在里边,其舒服程度和住城市里的楼房没有太大的差别。盖不起楼房的人家,也多把自己的旧房翻修过,盖成平顶的或坡顶的,比过去漂亮多了。院子的门楼是乡间人家都很看重的建筑,大多数人家的门楼如今都翻修得高大气派,有的还贴上了红色的大理石或花岗岩石片。个别的人家还修建有停拖拉机的房子,和城市人家的车库有点近似。南召的大冲还由村委会拿钱,在村中的一块高地上修建了供村人休闲娱乐的凉亭和石凳。你走进大冲的休闲场地,会以为走进了城市某个社区的休闲处。

村路的变化也让人惊喜。我小时候,不论是镇与村之间还是一个村子内的户与户之间,其连通的道路都是土路,一下雨和雪,路就泥泞得难以行走,别说走机动车与平板车,就是步行,也挺烦人,男人们多要打赤脚,女人们就需要穿泥屐。如今,邓州地面的所有乡镇与各村委所在的村子,都有沥青路相连。南召一些自然村内的道路,也用水泥进行了硬化:个别的村子,不仅村内的主干道硬化过,主干道与各户相通的小路也铺上了水泥、石子。这样,村人外出,可以不受雨雪影响,能脚不沾泥便利地由村道到乡道到县道再到省道和国道。

村子的绿化面积也大大增加,变得更美了。由于宅前屋后的树木归各家所有,所以每家人都热心种树。不仅种榆树、桐树、柳树、构树、杨树等用材树,也种桃树、杏树、木瓜、枣树等果树,使得家家的屋子都掩映在绿树丛中。还有的人家在门前、院中种上了指甲花和牡丹、月季等,使得花香满院。由于树多,就引来了鸟;由于有花,就引来了蝶。你走进村子,听见鸟在啼鸣,看到蝶在翻飞,那心情立马就好起来了。

人

乡间的所有变化,归根结底来源于人。到乡间,你若只看衣饰,乡亲们变化并不大,男的多是一条裤衩一件背心,女的则是一条长裤一件短衫,可你只要仔细观察,就会发现与过去相比,他们关注的事情有了变化。过去,人们最关注的是怎样提高每亩地的产量。如今,人们的市场意识变浓了,知道倘是种的东西不对市场的路子,产量高也不一定就能赚来钱。大家不再漠视市场闷着头种田,而是更加关注农产品的市场行情。在淅川乡间与乡亲们聊天,他们最爱问你眼下哪些农产品热销,哪些地方有专门的辣椒、花椒等农产品交易市场,地里产啥东西最能卖钱……人们对市场的变化比过去任何时候都更加关心。

人们种地的方法也有变化。过去,农人种地都是凭自己的经验和老辈子传下来的法子;如今,大都懂得用科学的办法使用农业机械来种地。不论是种啥庄稼,每家人都懂得去市场上买新推广的优质良种来下种;都不再抡着锄头去锄地,而是去买来除草剂除掉杂草;都不再摇着水车去浇地,而用小型抽水机来帮忙;都不再挥着镰刀去割麦,而是去雇来收割机收割麦子。几年前,邓州的乡下还基本上是户户养牛,用牛来犁地种麦拉东西;如今,差不多的人家都买了手扶拖拉机,送肥收种省力多了。

人们的法律观念变强了。过去,人们只知道人犯了法是要受惩处的,对法律充满畏惧,不知道法还有保护自己的功用。如今,乡下人也懂得用法律手段来维护自己的利益,对法律有了一种亲近感了。乡亲们遇事不再靠争吵甚至动拳头来解决问题,而是用法律来讨回公道。我回家时,恰好村里有十几户人家绿豆地里的绿豆苗出现了枯死现象,原因是买了不合格的除草剂。这十几户人家保存好证据,找来证人,然后又把那个卖除草剂的人叫来,让他实地察看恶果,之后告诉他,如果他不赔付,就要把他告到法院去。那人见人证、物证俱在,打官司肯定要输,只好答应分期赔偿。

人的流动量也更大了。如今,人们不再死守家园,而是一有机会就到广东、郑州、北京和沿海城市去打工挣钱,短则一两月,长则一年,个别的甚至一去几年,只是每过一段日子往家里寄些钱。过去我回到老家,人们问起我的工资数目,我答出后,他们总要羡慕地咂嘴称奇:那样高?!这次又遇人问我的工资数目,我答出后,听的人都反应平静,个别的还撇撇嘴说:不高嘛,陆家的大小子在深圳打工,月工资五千多哩。真的?倒是我有些惊奇了。出去打工的有小伙子,也有大姑娘、小媳妇,还有中年男女。据说农闲时,一些村里除了老人和孩子,已很难见到中青年男女了。我这次在一个村边,看见一个正哭得伤心的女孩,问她为啥这样伤心,她抽噎着说:爹和娘出远门打工了,奶奶病了,爷爷去街上抓药了,留下我一个人,不知该怎样给奶奶做饭……

人们使用的交通和通信工具也大变样了。过去,乡下人上街进城走亲戚,多是骑自行车;如今,很多人骑的是自己的摩托车,要不就坐自家的小四轮拖拉机,方便、快捷。摩托车和小四轮拖拉机在乡间很普及,稍有些钱的人家总要买一个。过去,乡间人传信息,主要靠人们带口信与便条;如今,邓州、淅川和南召三地的乡村,安座机的人家很多,个别的年轻人腰上也别了手机,有事打个电话就成。南召有一个村子,腰里别手机的就有七八个人。

乡间的变化让我这个游子心里感到十分欣慰。我知道,与沿海的乡村相比,南阳还有不小的差距,可我相信,有今天的基础,它会变得更富、更好、更美。

中原看长城

早就在老龙头、八达岭和嘉峪关等处登上过明长城,那巍峨雄姿已深印在心上。原以为看长城就是看这条蜿蜒西去的长城,不想近日回到老家南阳邓州,友人说州城西部的杏山上也有一条长城,我便一愣:中原也有长城?遂立刻生了去弄明白的兴趣。

那是一个阳光晃眼的上午,我在几位友人的陪伴下,驱车来到杏山脚下,沿一条小道向山上爬去。到了半山腰,友人向远处一指,叫:看!我注目望去,果然,一条褐色的石砌城墙在阳光下逶迤着伸向远山,极目处仍绵延不绝。真是一条长城!我惊喜地叫,加快了向山顶攀登的步伐。

有人说这是楚长城,也有人说这是宋长城,还有人说这是清末民初的土匪们修的寨城。友人边走边向我介绍。

楚时的都城在丹阳,离这儿很近,楚人在此地修长城就把他们的都城隔在了外边,能说得通? 我提出了我的疑问。

楚人因为害怕强秦的入侵,将他们的首都一再南迁,我们这儿的丹阳只是他们最早的首都。这长城很可能是楚人迁都后为了抗秦而修的。

这样解释有些道理。我点头。为何又说是宋代修的?

因为史书记载,南宋时这儿是抗金前线,据说岳飞也领兵在这儿与金兵打过仗。南宋军民在这儿修一条抵御金兵的长城也有可能。

也说得通。我又点头。为何又说是土匪的寨城?

因为据方志记载,清末民初这儿的土匪很多,而这长城上砌的石头又是就地取材,很难分出年代,且城的长度也不是绵延千里,大股土匪似也可为。

朋友的话越加让我对这长城着迷,越加让我急于走到它的身边。

不知出了几身大汗后,我终于来到了它的脚下。我在气喘吁吁中凝视它的身姿,尽管它的上部已全倒塌,但从它留下的基座仍可揣想出它当年的雄姿:其宽,可以跑马车;其高,不仅可御步兵、马队,还可御马拉的兵车。它通身全用不规则的石块砌成,结实而厚重,不但冷兵器时代的刀枪箭镞难以穿透,就是用今天的小口径火炮也难以轰倒。我登上这倾废的城墙,极目向两端望去,只见在每一个转弯处,都另有一条城墙呈弧形与其相接并再次伸向远处,这肯定是为了防备万一某处城墙失守,仍有可御敌的地方。在城墙的内侧,还保留有大量的房屋墙基,能看出那些房屋有大有小、有宽有窄,且都有道路相连,很显然,它们是当年屯兵用的。看到这工程的宏大程度与设计的精巧实用,我几乎立刻否定了它是土匪寨城的说法,如此规模的工程应该属于国家行为,它绝不会是一帮土匪所能完成的。

在我和友人们登上的这个山顶,城墙后边有一片很大的开阔地,这片开阔地被石片整齐地区隔成一道一道,极似人或马的跑道。我猜想,那很可能是当年的练兵场。当没有敌人来犯的时候,守卫城墙的兵丁们大概就在这里练习刀术和骑马奔杀。凝望着那遭风雨剥蚀的"跑道",我仿佛听到了远古兵丁们操练杀敌本领时的呐喊声。

我仔细地观察那些从城墙上倒下来的石头,尽管岁月在它们身上造成了印痕,可凭我这双外行人的眼睛,实在看不出它们是哪个朝代被从山体上取下来的。如果是楚国的长城,距今应该是两千余年;倘是宋代的长城,也有八九百年了。可石头到底是坚硬的东西,它竟依然可以对我们今人隐瞒自己的年龄。看着那些沉默无声的石头,我在心里认定,这些石头有些姓楚有些姓宋,这长城既是楚长城也是宋长城。很可能是楚时初修,以应对强秦的入侵;到南宋时,抗金的南宋军队退到这里,看见这废弃的长城可以利用,便又加以重修,使其成为御金的屏障。也正是因此,民间才说不清它究竟是楚长城还是宋长城。

杏山离我家所在的村子不远,只有几十公里的距离。在这么近的地方竟也有长城,而且把我的村子护卫在内,这令我意外而兴奋,同时也让我意识到,战争曾经离我家族的先辈很近,说不定,当年我家的先人就参加过这长城的修建;说不定,他们先是作为楚国后是作为宋国的国民,也参加了楚军和南宋的军队,投身了发生在这长城上的激战。是不是也出过带伤拼杀的好汉?

可惜,史书是不记地位卑微之人所做的事的。

站在这条废弃的长城上,我再一次明白,面对强敌,力弱的一方必须有御敌的战场准备,这准备必须是实实在在的,不然,你就会吃亏。

　　下了长城向山脚走时,我耳畔仿佛仍响着箭镞的呼啸、刀剑的撞击、战马的嘶鸣和将士们的喊叫声。我边走边想,先人们用这残破的长城告诉我们这些后人,在他们那个时代,他们做了他们该做的事情。

　　现在是我们后人来做我们该做的事情了!

当年野营在山东

20世纪60年代中期至70年代末,是我们这一代人的青少年时代。在那个时代,我们读语录,做忠字操,看大字报,穿带补丁的衣服,肚子经常饿着。我们根本没有穿过西服,没有出过国,没有吃过汉堡包,没有跳过交谊舞,没有坐过桑塔纳,更别说奔驰和凯迪拉克,没有听过贝多芬的曲子,没有见过洗碗机和吸尘器,没有喝过矿泉水。

值得在今天向青年人一吹的事情实在不多。

不过细想一想,那年头值得引以为豪的事情也不是一件没有,比如说,我曾参加过野营拉练。

凡在那个年代从军的人,没有参加过野营拉练的恐怕很少。那年头,由于对世界发生大战的判断出了问题,所以对部队野营拉练的事情抓得很紧,几乎每年冬天,各部队都会走出营区,浩浩荡荡地踏上去山区或去预设战场野营拉练的路。

其时，我已到一支野战军的一个炮兵团服役，自然要多次经历这类野营拉练的事情。

一个炮兵团走出营区开始野营拉练，其行军长度可达许多公里，看上去极是威风壮观。倘是在山区"之"字形的路上行军，那时候你要站在高处向下一看，真有一种铁流滚滚向前的感觉，一股豪气会油然而生。

拉练中什么事情都可能发生。我记得有一年去沂蒙山区拉练，我们连的车队上了山区公路不久，连长突然接到尾车上报话员的报告：六号车翻了。连长听罢脸刷地白了，急令他所坐的首车停下，跳下车飞快地向车队后边跑去。我因为当时担任连队文书，也急忙跟在连长身后跑着。我们跑到六号车前时都吸了口冷气，原来那辆车已翻了个底朝天，把人和车上的东西都扣在了下边。快救人！连长喊了一声。各车上下来的人便七手八脚地上前掀车。我知道这辆车上坐的是炊事班的五个人，车上装满了锅、碗、瓢、盆和米、面、煤、油，我双腿有些发软，这是我第一次亲见翻车事故，我估计车里的人多已死伤。这可怎么办？车没怎么损坏，从驾驶室里爬出来的两个司机也没伤着，可已被吓得呜呜地哭了起来。大家先把车掀过来，然后七手八脚地去那些煤、面粉和食物堆里扒人。那真是一场奇迹，五个人被扒出来后，除了身上沾满面粉和煤灰之外，竟无一人受伤。原本脸色铁青、怒气冲冲的连长，这时竟也忍不住笑了，上前照每个人的屁股上拍一掌道：还不快去把脸洗了?！那几个兵跑到路边的水沟里胡乱地洗了把脸，又重新上车。车队启行时，五个人为了显示自己的正常，一齐唱起了"我们的队伍向太阳……"。

有一年夏天，我们去海滩上拉练顺带实弹射击。我当时在测地排当班长，上级要我们排必须在三天之内将整个海滩上的炮兵控制网建立起来。任务很紧急,我们马不停蹄地开始作业,白天在大海滩上背着经纬仪和标杆奔来跑去,晚上在马灯下拿着对数表算来算去。连续干了两夜三天,人人都疲劳至极,以致大家最后排队返回时,竟边走边打瞌睡。那是我第一次知道,人在困极时是可以边睡边走的。我至今还记得那天的情状,我把一只手搭在前边的人的肩上,边机械地移动着双脚,边贪婪地睡着,那种睡法可真是奇特,睡得也真香呀。事后有人说,我们班的人还有边走边睡边打呼噜的。

  野营拉练时,经常要住在农村老乡家里,老乡们对军人的到来一般都很热情。一群生龙活虎的小伙子住在很热情的农人家里,尤其是住在那些有漂亮女儿的人家,有时就免不了要生出些故事来。记得那年我们在胶东野营拉练,在一个小镇里住了几天。这儿是老区,老百姓对部队特别好,那些如花似玉的姑娘不断地给军人们送来鞋垫、花生和红枣,当然还送来妩媚的笑靥和魅人的笑声。团里领导未卜先知,再三提醒战士们严守不谈恋爱的禁令。没想到临走时,还是有一位房东找到团里领导,坚持要让一位班长和他女儿完了婚再走。团里领导自然要询问原因,那房东说,他女儿已被那位班长那个了,既然那个了,就干脆结婚吧,反正他也觉得那位班长会是一个好女婿,他女儿已决心非班长不嫁了。团里领导当然很震怒,那年头这种事被视为十恶不赦,团里当即对那个班长进行了传讯并作出了严厉的处分决定,令他提前复员回家。房东和他的女儿没想到事情会这样发展,可怜那位想做新娘的姑娘,眼睁睁看着自己相中的情郎被押上车送回了军营。据说,后来的结局还算不错,那位班长复员回到原籍之后,姑娘又千里迢迢地找了去,两个人最终完了婚。

  不管今天对那个年头做的事情作怎样的评价,反正野营拉练对当年的我们进行了摔打,让我们吃了苦、尝了累、历了险、经了难,也为我们这些年轻人接触和认识中国的底层社会提供了一个机会。

人生中有这段经历,不能算亏吧?

记住往日的战争

　　新世纪的第一个秋末冬初,我有幸和一帮作家朋友踏上了俄罗斯的国土。在这个森林遍布、幅员辽阔的美丽国家旅行,我有一个发现,那就是俄罗斯人对自己国土上过去发生过的战争记得很清楚。与俄罗斯的普通文化人聊天,他们对13世纪蒙古拔都与俄罗斯各大公之间的战争、16世纪伊凡雷帝死后俄罗斯各大公之间的战争、17世纪彼得大帝征服瑞典的战争、18世纪凯萨琳二世对黑海沿岸发动的战争、19世纪拿破仑入侵俄国的战争、20世纪在俄罗斯国土上发生的战争,大都能说得清楚。我们不论是在莫斯科城、卡鲁加州还是在圣彼得堡市游览,总不断有人告诉我们,哪处地方曾经做过战场,哪条路是拿破仑1812年退却的道路,哪个高地上在20世纪40年代曾经挖过堑壕,成为抗击德国法西斯军队入侵的阵地……他们对往日战争的这种清楚记忆让我惊奇——在这个和平与发展成为主潮的时代,他们为何还对播撒苦痛的往日战争念念不忘?

　　随着我们旅行时间的延长,我渐渐明白,俄罗斯人这种对往日战争的兴趣,不是无端发生的,而是国家有意强化战争记忆的结果。在俄罗斯,国家在强化公民对往日战争的记忆方面,采用的办法很多,主要的有四种:其一,是建设一些永久性的专为纪念战争的建筑物。比如在莫斯科,建起了纪念抗击拿破仑侵略战争胜利的凯旋门;建起了雄伟壮观的反法西斯战争胜利纪念馆;在为反法西斯战争中作过重要贡献的元帅朱可夫的家乡,建立了朱可夫纪念馆。人们只要一走进这些纪念性建筑,就会重温往日的战争场面,从而加深关于战争的记忆。我们在莫斯科参观反法西斯战争纪念馆时,看到大批的中小学生也在里边参观,那些平日爱说爱笑爱闹的孩子,面对那些沾了血迹的战争遗物,一个个都变得肃穆庄重起来。我亲眼看到两位女孩,望着那一本本厚厚的记录着阵亡将士名字的名册,眼中泪水盈盈欲滴。我想,仅仅有这一次参观,往日的战争便在她们的脑子里留下了印痕。其二,是为战争中的英雄树立雕像。在俄罗斯的很多地方,都能看见或骑马挎剑或纵马挥刀或持枪雄立的男女雕像,这些被雕了像的人,都是在历史上历次战争中涌现出的英雄。英雄们的雕像雄立在那里,就会不断提醒那些从他或她身边走过的人:请记住往日的战争!我们这些异国旅游者在那些雕像前留影时,常见一些俄罗斯人也在雕像前驻足凝望,个别人还会在雕像前默默献上一束小花。很显然,人们在缅怀这些英雄的同时,自然也会记下导致这些英雄出现的战争。其三,是鼓励画家们描画往日战争的场面并将这些画作进行展览。在俄罗斯的许多博物馆、展览馆包括当年沙皇的冬宫和夏宫里,都悬挂着许多描画往日战争场面的油画作品，其中有些巨幅油画所描画的战争场面极其宏大和逼真，使人站在画前犹如真的走进了战场。我至今还记得站在那幅描画苏军攻克柏林的大型油画前所受到的震撼，两军厮杀的那种残酷场面令人震怵、惊骇无比，那幅画你只要看一眼，恐怕终生都难忘记。其四，就是鼓励作家们去往日的战争中寻找创作灵感，创作战争题材的文学作品。近年来，俄罗斯文学作品的出版异常艰难，但还是有几部反映当年抗击德国法西斯军队入侵和反思当年苏军对阿富汗作战的长篇小说，在出版部门的支持下获得出版，这些作品的出版自然也会唤起和加深人们对那两场战争的记忆。

　　正是这些措施的施行，才使俄罗斯人的战争记忆变得异常清晰。而清晰的战争记忆，对一个国家和民族来说，好处是显而易见的。它可以凝聚人心，使一国的民众团结得更紧。共同的战争经历和遭遇过的战争苦难，也是一种黏合剂，它会使一个国家里的各民族之间忘掉彼此间的一些小的不快，相互间变得宽容和友好。俄罗斯是一个多民族的国家，在苏联解体、民族主义思潮汹涌之时，国家仍能保持着统一和稳定，人们对往日战争的清晰记忆肯定也起了作用。它还可以使人们更珍惜眼下过着的和平生活。在第二次世界大战中，圣彼得堡曾被德军围困三年时间，几乎所有的东西全被吃光，全城上百万的人被活活饿死，半个土豆在当时都可以救活一条人命。这种刻骨铭心的记忆当然会使人们更加珍惜今天有面包、黄油和果酱的和平日子。它也能使人们对可能发生的战争保持高度警惕。我们与普通的俄罗斯人交谈，都能感受到他们对北约东扩和车臣动乱的忧虑、对日本要求归还北方四岛这一事件的关注。他们把这些都看作是可能引发战争的因素，在话语中保持着一份警惕。在和平中生活的国民能对战争保持着警惕，这和他们对往日战争的记忆不可能没有关系。

战争这种野兽活动的一个规律，就是每每在人间肆虐一段日子之后，便隐了身子敛起踪迹，为下一次的作恶积聚力气。在它隐身的这段日子，许多人会渐渐忘了它的存在，以为平安会在人间永驻，以至于当它力气聚饱之后再一次向人间扑来时，又会无所措其手足，重新受其伤害。俄罗斯强化国民对往日战争的记忆从而对未来的战争保持警惕，不能不说是一种高明的做法。当波音747客机在傍晚载着我飞离莫斯科时，我默望着被风雪遮掩的俄罗斯大地在心里想，由于俄罗斯人民对往日战争的清醒记忆，由于他们对未来的战争保有高度的警惕，类似当年法西斯德国对苏联发动突然袭击的事情就很难再发生了。

反复见识过战争的俄罗斯，终于学会了怎样对付这种野兽！

"水底墓"猜想

——我游周庄

走进有九百年历史的江南名镇周庄,入眼都是美丽的小桥流水、美丽的明清民居、美丽的土产水鲜、美丽的丝弦宣卷,这美当然让我陶醉。不过最让我感兴趣的倒是流传在这里的一则传说:明代初年的周庄富翁沈万三死后葬在水底。

按照旧时阴宅的选择惯例,水,是要远避的。这其中的道理不说自明,谁想让自己的阴宅浸在水里?那不潮湿阴冷吗?

可沈万三偏偏这样做了,按照传说,他让后人把他的灵柩葬在萍红藻绿、芦荻茂密的周庄镇北的银子浜底。墓穴坚固,墓上的水面波光粼粼。

如果这传说是真的,那沈万三这样做,是出于什么样的考虑?

是害怕盗墓贼们日后光顾墓穴打扰自己?这倒有可能。

沈万三当年富甲一方，后来虽然败落，但瘦死的骆驼比马大，其墓穴里的陪葬品肯定要比一般人多，他的墓穴当然会在盗墓贼们的关注之中，这一点以沈万三的聪明，不会料不到。也许正是因此，他才想要死后葬在水底。墓在水底，确切位置不好找，找到了也不好盗。借水来保护自己，这倒是一个高招。不过我还是有点怀疑，沈万三那样精明的人，怎会想不出别的防盗墓的办法，而要用这种常人都会觉着痛苦的法子？毕竟是把自己葬在冰冷的水底哪！

会不会是另有考虑，比如说借此向世人表明，我这一生并无谋反之心，而是活得像水一样清白？当年明太祖朱元璋定都南京后，要修筑城墙，作为江南首富的沈万三，为表示自己的忠心，爽快地应承了修筑京城城墙的三分之———从洪武门到水西门的全部费用，这惊人之举反倒引起了人们包括皇帝朱元璋对他的用心的猜疑。当他随后又拿出一笔巨款要犒赏军队时，朱元璋勃然大怒，军队是你犒赏得了的吗？遂以图谋不轨下令杀头，后来大约有人为他求情，方改旨为流放云南。一片忠心反得此回报，他一定伤心至极，至死都觉得冤枉。可能就是因此，他在死前想出了这个表明心迹的主意：把遗体葬在水底，用坟顶上清凌凌的水向世人昭示自己的清白。

沈万三这一生，应该说尝遍了酸甜苦辣。初时靠躬稼起家，积累财富肯定经历了一个艰难的过程，吃苦受累当是难免。后来经商做海外贸易，赚了大钱，成国中巨富，自然是宽厦大屋、娇妻美妾、山珍海味，日子过得甜甜蜜蜜。再后来被流放云南，从社会的顶层一直跌落到最底层，从被尊重的位置掉在被看管的位置上，看到的冷眼、听到的冷语、碰到的冷脸、受到的冷遇、感受到的冷酷，一定不会少了，这些肯定会使他对人和人世的看法发生巨大的转变。沮丧、失望、愤懑、苦痛、忧闷这时大约都会从心里生出来。在这种心境下,渐渐就会觉得人世无常,觉得人生不过是一个痛苦的过程,失去在人世活下去的兴趣。鉴于此,我猜,沈万三决定把自己埋在水下,也可能是想要表达一种决绝的心情:让水将我和人世永远隔开,连我的灵魂也永不再回到这人世上来!这是一个绝望而无助的灵魂对当时那个他无力改变的世界所能发出的最大抗议?

这些猜想哪一条离真相近些?

只有请沈万三来回答了。

可上帝不会再允许沈万三出场了,他只允许人们根据各种各样的文字记载和口头传说,去作出自己的判断。

大约就是因此,对于故去的人和过去的事,世上才有了各种各样的说法和评价。

离开周庄之后我还常想,周庄的旅游部门是应该把传说中的沈万三的水底墓作为一个景点的,从而让更多的人面对那一片粼粼清水,去想一些关于人生和人世的问题。

周庄,用她的水乡之美吸引人们来游览。

水底墓,用他的传说之美诱使人们去思考。

冯先生读书处

　　1971年的国庆节,是我入伍后的第一个国庆节。其时,我由团里抽调到师作训科绘兵要地志图,师部在山东泰安的泰山脚下。节日放假,别人在附近都有朋友探望,我便和一个战友到营区后边的山坡上散步聊天。我俩走走停停,不经意间走到了一栋年久失修因而显得破败的房子前。我正犹豫着要不要进去,那位战友说,走,进去看看,听说这是冯玉祥先生当年读书的地方。我一听,立刻来了兴趣说,好,进去。
　　这是一座已被人遗忘的空空荡荡的屋子,墙上用粉笔涂抹些乱七八糟的字迹,墙角结满了蛛网,地上有鼠和虫在动。我站在屋子的中央,想象着当年屋里的情景:藤椅、书桌、茶几、笔筒、镇尺、砚台,靠墙可能摆放着一张木床,墙角可能放有个衣架,衣架上挂着冯先生的军衣和便装。考虑到他是一个军人,墙上还可能挂着大幅军用地图,地图上标示着他的老部队所在的位置。床头可能还放着他心爱的手枪。我在想象中把房间布置好后,便看见冯先生默然在书桌前坐下,缓缓地去翻书页,之后,就沉入阅读中了。那书是《孙子兵法》《六韬》还是《资治通鉴》?冯先生是我尊敬的有正义感、有骨气、有平民意识的军人,他读的书应该和军事、和治国有些联系。

我不忍打搅他的阅读,悄步退出了屋外。

我从一本书上知道,冯先生当年是在很不痛快的心境里来到泰山隐居读书的。他埋首书里,除了想忘掉心中的不快之外,我猜主要还是想去书里寻找让他的民族和国家强盛起来的办法。当时的中国,能被世界上多少国家看得起?

我和那位战友坐在屋外的山坡上歇息,我们一时无话,都抬眼向山下看去,山脚下的泰安城静静地卧在阳光里。那年十九岁的我虽然还没有见过几座城市,但我总觉得山下的泰安城和我想象中的泰安城还有差距,还应该再繁华些;应该有些高楼大厦,应该有几座比岱庙里的房子还好的建筑;市民们每月不应该只吃六两花生油,不应该每年只允许穿一丈多布。我心里想,这里的日子虽比我河南老家的好些,可也还属于穷,什么时候中国的老百姓要都能吃、穿、住不愁,家家都有楼房、粮仓和存款那该多好。只要国人一富,国力势必就强,那时,大约就没有外国敢来欺侮我们中国人了。应该大力去发展农业、工业生产,而不是总在国人内部里争斗,这是不是一条强国之路?冯先生,你当年想没想这些问题?今天你打我,明天我打你;今天你把我搞下台,明天我把你搞下台,没有一个东西来保证国家的长治久安,恐怕不是一条强国的路。我猜,冯先生当年一定也想到了这些问题。

我们起身沿着门前的一条小路继续向前走。小路两旁长满了青草和绿树,我想,当年冯先生在屋里读书读累了的时候,可能也会沿着这条小路散步休息。那时,他在前边缓缓地走着,挎枪的卫兵远远地跟在后头。倘是听见鸟叫,他可能也会停步,饶有兴味地向树丛里看去。他边走边回想着书中的字句,边走边思考着一些问题的答案。这书屋、这小路、这青草、这绿树,组成了一个多么好的读书环境。人,一生中是应该安排一段时间到一个适宜读书的地方好好地读书思考。前人的智慧大都凝结在书中,我们应该在忙碌中挤出时间去看看前人们在书中都留下了什么。冯先生,你在这方面给我做出了榜样。

那天我们往回走时天已晌午,我刚刚进到宿舍,一个参谋匆匆走过来附耳告诉我:林彪一家叛逃了。

我被惊住……

走进广场

　　准确的时日我已记不得了,大概是1977年的秋天,我第一次走进了天安门广场,用别人的相机,留下了两张照片。
　　那次来京的机会极其偶然。其时,我正在一个陆军师的宣传科里当干事,有一天,军里来通知,要我们师里的新闻干事立刻去北京参观一个摄影展览。恰恰那位新闻干事不在,主持工作的一位副主任听说我还一次也没有去过北京,就关照说让我去。我一听,高兴得立刻跳起来叫:好!我当即收拾行装,于当晚在山东泰安登上了北上的列车。
　　常常在梦中见到的北京城,终于出现在我的眼前,那份欣喜是无法言表的。当我坐上市内公共汽车时,我贪婪地注视着车窗外的一切,想把京城里的景致都收进眼中。我先到中国美术馆参观了那个摄影展览,完成了既定任务,然后就急急地跑进了天安门广场。

那是一番惊奇的打量。它的阔大让我惊叹,它是我见过的最大的广场。那一刻我想,这个广场是我们辽阔国土的象征,它就应该这样大。那天,人民大会堂和刚刚建起的毛主席纪念堂都关着大门,中国历史博物馆和中国革命博物馆也都没有开放,我怀着遗憾的心情在广场转了一圈。我当时想,要是这些建筑都大门洞开让老百姓自由参观多好。我后来才意识到,这些紧闭的大门是我们国家当时闭关锁国状况的一个反映。也是后来我才知道,改革开放政策那时已开始在高层酝酿。

我那天在天安门城楼前久久驻足,我想象着旧时的皇帝和大臣们怎样坐着御辇和官轿在城楼下的大门里进出。轿夫们的喘息声、侍卫们的吆喝声、官轿在摇动时的吱呀声,仿佛在空中隐隐传来。当时多么热闹辉煌的东西,如今都消失了。要不了一百年,站在这城楼前的自己就也消失了踪影。人,的确是一个历史的过客。那一刻,二十五岁的我,忽然间强烈地感受到了生命的短促。这巍峨的城楼,已经见识过多少人的生生死死、盛盛衰衰啊!

那天我在广场上漫步,总是不由自主地低头往下看,我猜测着自己脚下的泥土里,是不是渗着前人的血。我知道自从这座都城建成以后,这城楼前曾发生过无数的流血事件。如今,那些事件也都成往事并渐渐被人们忘记,只有脚下的泥土还保存着一些遗迹。我扭头去看广场中央的人民英雄纪念碑,那一刻我觉得它在提醒我们:当你们往前走的时候,别把过去完全忘到脑后。

我那天站在广场上,看着大街上的人流,看着京城人比较体面的穿着,忽然想起了我故乡的农民,什么时候能让我故乡的人们也能衣食无忧那该多好!其时,我的故乡每人每年只能分一百斤左右的麦子,发一丈多布票,吃和穿还都成问题。我当时根本没有想到,仅仅几年之后,我的这个希望就得到满足了。也是很久以后我才知道那个道理:社会总是要推选出一些人来带领人们去解决他们迫切希望解决的问题。

眨眼之间,那一天距今可就二十二年了,二十二年间,我从一个青年小伙变成了一个中年男子,我们的国家也从百废待举走进了全面振兴。那一天,我还不知道现代生活是什么样子,还把120相机视作稀罕物,还为能节省二两粮票沾沾自喜,还为在大街上步行省去了几分钱而高兴;今天,我已经置身于现代化大都市的生活中了。如今回想起那一天,真已是恍如隔世了。

西峡的水

早听说镶嵌于伏牛山主峰南麓的西峡县风景如画,近得机会一游,方知传言果然不假,尤其是那儿的水,令我很难忘记。

西峡虽不在南国水乡,但这儿的水资源之丰富却是北国少有的。不大的县境里竟有大小河流五百余条,年均水资源总量多达十三亿立方米。其中的灌河、淇河、丹水河、丁河、烟镇河、军马河、蛇尾河、峡河常年清流不断。而且多泉,五眼泉、后阳泉、后湖泉、马庄泉等几十处清泉,整日里涌珠溅玉。

因为水多,这儿的百姓们就有了许多关于水的歌谣。有说临水而钓的:"手持一钓竿,静坐灌河岸。河水清且浅,鱼来食饵鲜。钓得三斤半,回家解妻馋。"有说水边看船的:"闲下无事站河边,单看上水来的船。十八大姐船头站,好似昔日女貂蝉。"有说男女水边相恋的:"蒲塘河,流水欢,姑娘洗衣在河边,东张西望干啥子,一件小褂洗半天?等俺情哥来相逢,这个地方最清静,山高风大河水响,说句情话两人听。"也有借说水而抒胸臆的:"路又远,水又深,坐在河边骂媒人,为啥不到俺家来,不给秀花说门亲?是怕身子水上漂,是怕骨头当柴烧?"还有借说水而劝谕人的:"河水本是浪压浪,家花没有野花香。野花虽香不长久,好似水要去远方……"

西峡的水最大的特点是:清。如今,在中原乃至全国,在地面上找水不能说不易,但要找未被污染的清水确乎要费些事了。不是这种污染就是那种污染,河水、湖水看上去不是发黄就是变黑,可西峡的水却都清得让人看了直想捧起送到嘴里。这儿的水之所以清,除了水皆是出于深山之外,还因为西峡人注意水土保持、退耕还林、清除污染源。他们在各个小流域里大量栽种刺槐、龙须草、草木犀、麻桑,这样,大部分的河流两旁青山叠翠,岸畔绿树成荫,滩边水草丰茂,水焉能不清?

人们常说,一个地方的水好不好,看看那地方女人的容貌就知道了,恶水坏人脸,秀水养娇颜。这话看来没错,因为西峡水多水好,滋养得这儿的女孩儿们个个水灵灵、白生生。我们不论是在县城、在工厂、在招待所,还是在深山村,见到的姑娘差不多都是颊润肤白,身材丰盈,真像到了美女园里。同行的朋友们打趣说,以后再找模特、公关小姐,就到西峡来。

西峡的水好,还在于这儿的水中富含有益于人体的矿物质,也因此,这儿的物产也出了名。用这儿的水酿造的酒特别香,特别富于营养。西峡酒厂出的"中国养生酒",被人们称为"救命酒""幸福酒""复元酒""老年宝",远销国内二十五个省市,外销日本、澳大利亚等十几个国家和地区。用这儿的水制出的猕猴桃果汁,喝着口感特别好,可疗治多种疾病,多次被评为省优、部优产品,畅销国内外。用这儿的水浇灌出的稻米,米质细白,闻起来清香扑鼻,吃起来格外筋道,著名的"九月寒"大米,曾被北京人当作珍品采购了去。

西峡人大约也知道自己的水好,故而对水特别珍爱。他们修了六十多座水库、几百个水塘来蓄水,全县蓄水量近一千万立方米。他们还先后修了木寨堰、北峪堰、石龙堰来引水浇田。其中石龙堰横卧灌河出山口,凿石为门,坝长近二百丈,宽六尺,高七尺余,虽无四川都江堰之规模,可形若苍龙伏波,也别有一番气势。

我们游览西峡的几天里,天上几乎日日落雨。雨声时大时小,雨点时疾时徐,山色迷蒙,空气湿润,原本闷热的夏末秋初,变得凉爽无比。老天仿佛要用落雨来叮嘱我们这些游客:别忘记此地多水,水多的地方才美……

暮登鸣沙山

　　一座山全由沙子组成这已算一奇；而这沙山在天气晴朗时还会自鸣，隐隐出现金鼓之声，就更有些奇；加上这沙山的沙有红、黄、绿、白、黑五种颜色，就愈加奇了。我们在西去敦煌的路上听到鸣沙山的这些奇处之后，就迫不及待地想去一睹姿容。

　　我和几个朋友是在到达敦煌的当天黄昏，由城内乘车去鸣沙山的，车出城南行七华里，就到了鸣沙山脚下。下车放眼望去，但见沙山一座接一座地向远天绵延；山体全由细沙组成，山梁锐如刀刃，山坡在夕阳的映照下一片黄光，极是好看。我们匆匆骑上租来的骆驼，向便于攀登的面向月牙泉的一侧山坡走。在月牙泉边，我们留影之后便开始向鸣沙山顶爬去。这沙山的沙子确实有五种颜色，抓一把在手上细看，能清楚地分辨出来。沙山坡度有七八十度，你虽然努力地迈上一大步，但脚落下之后沙子会再把你的脚拉后大半步。沙山松软,脚踏上去,足踝和小腿肚立时陷进沙中。攀登虽然艰难,但我们一个个却兴味无穷。为了拔脚方便、提高速度,我们干脆把鞋子和袜子脱下提在手中,赤裸的脚与那被太阳晒了一天的沙子接触,有一种麻酥酥的舒服感觉。我于是想起在山脚下看到的沙疗所贴的广告,说这热沙可治病,不管别人信不信,我是相信的,只凭这麻酥酥的感觉就可治心上的疑惑病和麻痹症。

爬至半山腰,回首一看,但见身后无一个脚印,所有的印痕又都被流动的沙子掩埋住了。我走过的路竟没有留下印痕!这突然使我的心一动,疑惑起自己过去走过的路上是否都与今天一样,全没有留下一点印痕。这样边思边走,终于在气喘吁吁中登上山顶。站在沙山顶部远眺,除了敦煌城那片绿洲之外,入眼的都是苍黄的沙,身前是沙,身后是沙,身左是沙,身右是沙;沙上无草、无树、无砖、无石,一个纯净的沙的世界,一个原始的自然的世界。在那一刻,我觉得我的心中万烦俱消、心旷神怡。我禁不住腾然倒身,仰躺在沙上,痛快地打了一个滚。同来的几个伙伴也一齐倒下去,或躺或爬或滚,一齐哇哇喊、啊啊叫、呵呵笑。一个五十多岁的朋友干脆亮开喉咙唱起了民歌小调《姑娘三更盼情郎》。在那一刻,每个人都把尘世上的一切禁忌、烦恼抛掉,恢复了人的本来面目。在众人的欢笑中,我在心里对自己说,人,大约是因为从大自然中来,所以只有回到大自然中才能彻底地放松,显出本来的面目来。

不知不觉中,夕阳完全沉没下去,所有沙粒上的红光全被收走,一颗星悠然从不远处的一个沙丘顶部晃出来。大约因为这里是高原且我们又站在山顶的缘故,那星离我们极近、极亮,分明就像一盏放在沙丘上的灯笼。不知是我们来的时间不对还是别的原因,我们一直未听到沙山的自鸣,未听到金鼓之声。可天色已晚,不得不抱憾地在那"灯笼"的映照下,恋恋不舍地下了山。

我带儿子看熊猫

儿子五岁那年,跟他妈妈一起去济南军区看我时,对我提出的第一个要求是:爸,咱能不能去看看真的熊猫?我记得我当时一愣,笑问:为啥想看熊猫?原来他的一个小朋友说可以把熊猫抱在怀里玩,他想去抱抱熊猫。我笑道:你朋友的话未必正确,咱们明天就去验证验证。第二天,我们就带儿子去了济南动物园熊猫馆。

我记得那天在馆里接见我们全家人的,是两只个头中等的熊猫。但就是这样,儿子在看见它们的第一眼还是惊叫了一声:这样大的个子呀?!我告诉他:它们的身个还要长哩,你怎么可能抱得动它?儿子吃惊地打量着那两只熊猫。是呀,你的那位小朋友看来并没见过真正的熊猫,所以以后对别人告诉你的话不要全信,要在验证之后再相信。这当儿,熊猫们开始吃东西,两只爪子攥着竹子,旁若无人地香甜地吃着竹叶。儿子悄声问我:猫不是都爱吃鱼吗？怎么这熊猫爱吃竹子？我答:熊猫虽然长得像猫,但因它有熊的体魄,已经不是猫了,成了另一种珍贵动物,所以它吃的东西和猫不一样,主要以竹叶、竹笋为食……

吃饱了的两只熊猫开始玩耍。它们先是攀上爬下,比试着看谁身子灵巧;之后开始互相按摩身子,你在我身上推一掌,我在你身上挠一下,你摸摸我的脸,我揉揉你的腰,好一副亲密无间的样子……

儿子和其他几个来游园的小朋友一起,站在栅栏外兴味十足地仔细观察着。就在这时,一桩小小的意外发生了:站在儿子旁边的一位小朋友手中拿着的一个小皮球掉进了栅栏里。只见那皮球蹦蹦跳跳地滚到了正在嬉闹玩耍的两只熊猫跟前。

这突然滚到面前的东西吓得两只熊猫一愣,立马停止了嬉戏,一齐瞪着眼去看那个圆圆的皮球。它们大概是第一次看到皮球,不知它是个什么东西。在愣了一阵后,可能是见皮球没有对它们做出伤害的举动,一只熊猫就试探着伸出一只爪子,去碰了碰皮球。那皮球只是稍微动了一下,就又停在了那儿。这一来熊猫的胆子大了起来,只见它伸出两只爪子将皮球抱了起来。皮球在那只熊猫的两爪之间转动着。在一番仔细的审视后,大约是确认没有危险了,它就将皮球递到了另一只熊猫手里。新鲜感使得另一只熊猫也把玩着那皮球。随着球的转动,两只熊猫的眼里都流露出欢喜和新奇。也许是没有拿稳,那皮球忽然之间掉在了地上,皮球在地上的弹跳让两只熊猫先是一惊,继是一喜,跟着便见它们一齐奔过去抢那个皮球,两只熊猫撞在一起,都滚倒在了地上,孩子们笑了起来,熊猫们分明也在笑。接下来,那两只熊猫就一直在玩那只皮球,一会儿让球在地上滚,一会儿抱了球自己滚,一会儿合伙玩,一会儿独自玩,玩得可真是开心。

不料就在这时,那位小朋友想走了,用手指着那个皮球要让他父亲去栅栏里拿过来,他父亲立刻就要向栅栏里翻。其余的围观者看见都说有危险,喧哗声引来了熊猫馆的管理员。那管理员问清情况后,就返身去拿来了一根长竹竿,先用那竹竿将熊猫爪子上的皮球拨到了地上,又慢慢拨到了栅栏边,之后拾起交给了那男孩。在这整个过程中,两只熊猫没有做出任何反抗和争抢的举动。可谁都能看出,当那个男孩拿了皮球走开时,两只熊猫的眼里涌满了对皮球的不舍之情。

我们也该走了,可儿子这时却突然提出,要立刻去买一个皮球。我说,我们现在要紧的是去吃午饭,皮球以后再买不迟。但儿子不依,坚持要在买了皮球之后再干别的。没有办法,我们只好出了动物园找到一家商场,买了一个小皮球。皮球买到手后,儿子坚持要再返回动物园熊猫馆,我这时方明白儿子的心意,也就没有再说什么,领他又进了熊猫馆。这时候,那两只熊猫已躺下歇息,对我们的到来毫不理会。儿子把皮球朝它们扔过去时,它们也只是睁了一下眼睛,随后又自顾自地休息。我对儿子笑道:白买了吧?儿子却说:咱们走吧,它们睡一觉起来后会玩球的……

住过山东

　　1970年冬天,我随一批新兵踏上齐鲁大地,走进山东。那一年,我十八岁。那时的我,嘴上虽然已经有了些胡子,但还都是些茸毛毛;一张脸虽黑,却还没有一丝皱纹;身高一米七八,体重一百四十斤,躺下睡觉一觉到天明。

　　我在那个多雪而寒冷的冬天走进山东时,一点也不知道我将要在那里住上二十五个年头。二十五年呵,四分之一世纪!如果我当时知道命运的这种安排,我可能会大吃一惊。正因为我人生中最好的一段时光是在山东度过的,我对山东充满了感激之情。

　　我是在山东,学会了三角测量,懂得了经纬仪的操作,明白了三角函数知识在军事上的应用,成为了一个合格的测地兵。

　　我是在山东,开始读《论语》《聊斋志异》《老残游记》等书并开始写作,且写出了一些文字,为此后靠摆弄文字度日打下了基础。

我是在山东,读了《孙子兵法》和克劳塞维茨的《战争论》,懂得了些战术、战役理论,学会了军用公文的写作,成为一个能够在纸上谈兵但不一定可以指挥实战的军官。

我是在山东,第一次看到大海的,黄海和渤海那浩渺的水面,让我这个只在水塘戏过水的盆地里的青年大开眼界,让我明白人的心胸应该开阔如海,让我懂得了人心里的那点小烦恼,应该全沉在心海深处,从而使自己活得更加潇洒自在。

我是在山东,第一次尝到登山之趣的。我登上过泰山、崂山和沂蒙山的许多山头,站在那些山头上俯视山下,我才发觉闹嚷嚷的村庄和城镇,在俯视者看来,其实很小;人世上的哭和笑,高处的俯视者并不一定能听到。

我是在山东,才看到了上流社会的生活场景,才知道了这世界上原来有每天喝牛奶、吃蛋糕、住小楼、坐轿车的人,才懂得人世上要生活水平绝对平均是不可能的,才明白也正是因为不平均,才激发了人的奋斗精神,社会才得以前进。我也因此对上流社会生出了几分羡慕之心。

我是在山东,才第一次看见孔子和孟子的画像,认识了这两位先贤和圣哲,在阔大的孔林和孟林里,望着那无数的墓丘和森森的松柏,方真切地体悟到了生命的短暂,才明白一个人要想抵达不朽,单靠物质的富有不行,你必须给后人留下精神财产。物质的东西传承不了几代,精神的东西方能保证你抵达世人渴求的那个不朽之境。

我是在山东结婚的,从此挑起家庭生活的担子;随后又做了父亲,开始体验做父亲的艰难。我们一家三口吃过鱼台的大米、章丘的大葱、乐陵的枣、烟台的苹果、莱阳的梨、泰安的萝卜、肥城的桃,喝过青岛啤酒、即墨老酒、孔府家酒和济南的地下水。我们一家三口受到不少山东朋友的帮助和关怀,山东人的开朗、豪爽和仗义给我留下的印象十分深刻。

我从山东这块土地上得到的东西太多太多,她从没有把我这个游子当外人。她目光慈祥地看着我从青年走向中年,从幼稚走向成熟,她是我可亲可爱的又一个故乡和母亲。

1995年暮春时节的一个晚上,我揣着一纸调令离开了她。当北上的火车在泉城车站启动时,我的心也随之一颤。我双手触摸着额头上和嘴角旁的皱纹,双目凝望着在夜色里闪过的城区和田畴,在心里叫道:山东,再见了,我只要一得到机会,就回来看你!

从那个晚上到今天,又是两年过去。两年间,我常常梦见我在山东走过的那些地方:肥城、泰安、青岛、济南……梦见我生活过的那些部队:炮团、师部、军区……梦见我结识的那些山东籍朋友:刘恒升、从正里、王模、宋新立……

山东,我爱你!山东,我想念你!我庆幸——我住过山东!

边塞传说

（一）

有一年春节前夕，一位川籍少妇千里迢迢从四川来到山东蓬莱，要乘船到渤海深处的一个小岛上，去会她的丈夫——驻守在那个小岛上的内长山要塞区的一位连长。可是不巧得很，海上起了大风，所有的船只都停航了，少妇只能在电话里和丈夫互诉思念之情。

少妇耐心地等了六天，在第七天终于坐上了一艘部队的交通艇向深海进发。海上的风只是稍小一些，并没有停，大海依旧波翻浪涌。交通艇驶近小岛的时候，因风浪太大，也因为岛上的码头太小，几次靠岸都未能成功。交通艇长因怕强行靠岸造成艇毁人亡的惨剧，下令返回。那少妇只能在艇上朝站在岸上的丈夫挥手。少妇回到蓬莱又住了六天,风依然未停。她是山村的一个小学教师,原本是利用半个月的寒假来看望丈夫的,如今假期眼看将要过完,还未能摸一摸丈夫的手,心上的焦急无法言说。这件事让一位首长知道了,首长说:明天让交通艇出海,专门送她去岛上,我也去。第二天交通艇专门载着这位少妇出海,无奈艇近小岛时依然不能靠岸,巨大的浪头分明想把交通艇撞碎在小码头上。十几次停靠的努力失败之后,那位首长走到少妇跟前满怀歉意地说:对不起,你真的不能上岸了。少妇自然也看出了强行靠岸的危险,她微微一笑,拿过船上的扩音话筒对站在岸上的丈夫喊道:别难过,我永远都是你的……她的话音刚落,小岛上一下子飞起了几百只海鸥,那些海鸥先是围着交通艇盘旋,渐渐在天空排成一个恰似心的形状……

(二)

有一个寒冷的冬天,东北大兴安岭的森林里落了一场大雪。雪住天晴之后,一对靠打猎为生的父女正在自己的林中小屋里吃饭,一只小狍子忽然出现在门口。狍子肉是一种美味,父女俩见状急忙去抓猎枪,但狍子灵巧地逃走了。父女俩于是提枪去追。那狍子逃得极不寻常,每当父女俩就要看不见它时,它就停下来;待他们举枪要射击时,它又跑开了。小狍子最后在一棵大树下停住,待父女俩追到却倏地一下没了影子。父女两个在树下惊奇地寻觅,却意外地发现一个倒在雪地上的军人。军人身上背着电话机和电话线,显然是在雪中迷了路的电话兵。那军人已经冻僵,老猎人按照祖传的治冻伤的法子,用雪搓着军人的身子,想把他救活,无奈搓了半天也不见效果。老猎人最后叹口气说:他不行了,咱们只好把他放在这里,去边防站叫人来把他抬回去埋了。女儿不忍离去,对父亲说:你到前边等我一会儿,我再试试看能不能把他救活。父亲惊疑道:你还能有啥办法？女儿执拗地挥手让父亲离开,父亲没法,只得走开。待父亲走后,女儿决然地解开自己的皮衣和内衣,又脱下那军人身上的外衣,一下子把他抱进自己的怀里。父亲在远处看见,大惊失色地奔过来对女儿叫:他会把你也冻死的！但女儿没说话,只是紧紧地抱着那个冰冷的身子。不知过了多久,就在那姑娘觉得自己快要坚持不住的时候,冻僵的军人轻轻地嘘了一口气,心脏也随之跳动起来。他活过来了！女儿流着眼泪对父亲说。父亲这时也急忙解开外衣,把那个被女儿暖热的身子又搂到了自己怀里。

两年之后,猎户的女儿便成了那位军人的妻子。

留影泰安

照片上的我刚刚十八岁。

那是1971年。

这年的夏末秋初,当兵不到一年的我,奉命到师司令部作训科绘制兵要地志图。当我由团驻地山东省肥城县坐火车抵达师部所在地——泰山脚下的泰安城时,我站在泰安火车站的天桥上,照下了这张照片。

那时多么年轻。

那时的我对生活想得十分单纯,就是想把这次的任务完成好,想得到作训科负责兵要地志图绘制的参谋的赏识,而后把自己提升为排长,也穿上有四个兜的军官制服。

那时的我以为人生十分漫长,以为后边的日子还有无数个,什么事都可以从容来办,根本不去想人生还有终点,干什么都不紧不慢、不慌不忙。

那时的我对人不存戒心,大家都是战友和兄弟,你的东西我可以用,我的东西你也可以用,根本不知道别人还会给你使绊子,不知道自己有一天还会被推进陷阱里。

那时的我胃口好饭量大睡得香,一顿饭可以吃三个二两重的馒头外加两碗大米稀饭,可以一顿吃用九两干面包出的水饺,可以一觉睡十五个小时。

那时的我活得懵懵懂懂快快活活。

转眼间二十六年过去。

一晃就是中年了。面孔再不是当年那个样了,有皱纹了,粗糙了,没笑容了。

如今要想的事情可是真多:孩子的学习成绩,房子能不能再宽敞一点,父母的身体,能不能再写一部好作品……一脑子的问题。

如今知道人生的长度其实很容易丈量,而且自己已差不多走了一多半。要做的事情还有很多,可上帝交给自己支配的光阴已经没有多少了。

如今明白天下好人虽多,但也有心怀叵测的家伙,并不是每个人都可以成为朋友,对一些人必须保持警惕。

如今明白没有人可以躲开烦恼和苦痛,人所能做的,只是努力减轻它的重量。

照片上的那个小伙儿和今天的我虽然拥有同一个名字,但已经不是同一个人了。

对此改变,时间该负责任。

我多想回到二十六年前的那个年龄,再享受一回青春的快乐。

可上帝不允许。

凝望雕像

当大团的乌云携着冰冷的风雨朝我们乘坐的汽车扑来，稀薄的氧气使得我的呼吸更加困难时，我意识到车子已近唐古拉山口，前边就是我渴望看到的西藏的土地——藏北草原了。

这是1996年的7月，西行中的我正坐在一辆大巴车里。

车子吃力地拨开风雨，在曲折盘旋的青藏公路上艰难地前进着，风声雨雾里，一座巨大的军人雕像渐渐出现在我的眼里。

我的精神一振。

那是一个没有持枪的战士，在风雨中目不转睛地盯着面前的青藏公路，盯着朝他驶近的汽车和汽车上的我们，盯着连绵的群山和群山远处的天空。

车在雕像前停下，我下车对他凝望。

他那粗粝的面孔上,浮现着一种柔和的温情,似乎在向每一个走过青藏线最高点的路人,表示着亲切的问候。他那奇大的双眸里,有一丝淡淡的笑容,极像是在鼓励面前的行人:不用担心,你一定会抵达你的目的地!他那紧抿着的双唇间闪现出一缕坚毅,仿佛是在向行人们担保:只要我站在这里,什么危险都不可能发生。我突然间明白,一座好的雕像,虽然固定的只是人一瞬间的神态,但却可以让看见他的人生出无数的遐想来,这就像一本好书,会让人产生很多美好的联想。

我注意到他的胳膊上被过往的藏族同胞披上了黄色的经幡,看来,这个战斗在青藏线上的通信员、汽车兵、管线兵的代表,在藏族同胞眼里已经是平安的象征,他那花岗岩的躯体,已经变得柔软可触,成为可以为人们提供保护的"神灵"了。

沉重的石质的雕像,可以转换成一种精神的东西。

我忽然意识到,人类学会雕塑并不是无缘无故,人类是用这种方法,来提供观察自己的范本,来寄托自己寻求保护的愿望,来记录自己当下的生存境况,来表达自己想要抒发的感情。

雕像是人完成的,但反过来又可以对人自身产生影响。

那一刻,我对这个军人雕像的作者生出了一种深深的敬意。

会雕塑的人多么幸运!

当重又上车和雕像挥别时,我忽然想到,作家其实也是一种雕像制作者,只不过作家雕像时不用雕刀而用笔。作家用笔雕出的雕像虽不能立在路边、庙宇里、殿堂中、广场上,但都可以活在人们的心里。活在人们心里的雕像不是也好?不是可以保存得更加长久?贾宝玉和宋江这些由作家完成的雕像,不是已经在人们心里保存许多个年月了?

既然作家可以雕像,那生活在世纪交替时代的我辈作家,面对中国人民在改革开放旗帜下建设祖国的伟大实践,面对世界人民在和平发展口号下建设新生活的努力,面对整个人类改善自己生存环境的共同行动,当然应该挥起笔来,去雕塑出崭新的文学形象,以使文学的人物画廊更加五彩缤纷。

去雕塑出一个少女,使她比简·爱、比苔丝、比林黛玉更让人们喜欢。

去雕塑出一个少妇,使她的命运比包法利夫人、比安娜·卡列尼娜、比爱米丽、比窦娥更能拨动人们的心弦。

去雕塑出一个男子汉,使他比加缪笔下的莫尔索、比肖洛霍夫笔下的葛利高里、比加西亚·马尔克斯笔下的霍塞·阿卡迪奥·布恩地亚、比罗贯中笔下的曹操更让人们惊叹。

去雕塑出一个老人,使他比海明威笔下那个打鱼的桑·拉阿果老汉、比雨果笔下的冉·阿让、比巴尔扎克笔下的高老头更让人们的心弦受到震撼。

许多年后,当人们看到我们这一代作家完成的崭新雕像时,他们一定会惊呼:哦,那是一个多么辉煌而伟大的年代!

汽车继续向西藏的腹地进发,唐古拉山口的那座雕像离我也越来越远,但在那一刻关于雕像的思索,却一直保存在我的记忆里。直到今天,只要一闭上眼睛,我还能在记忆里找到那尊雕像,找到当时涌起的那个愿望:完成一座文学雕像,以不辜负这个热闹的时代!

摇曳的橄榄树

我们在以色列的国土上旅行,当一片又一片的橄榄树林透过车窗扑进眼帘时,我有些惊奇:在这块干旱缺水的土地上,橄榄树何以会生长得如此蓬勃茂盛?这问题的答案后来获得于一个阳光灿烂的上午——在那个天空纯净湛蓝的上午,我们会见了以色列著名诗人那旦·尤纳丹先生。

诗人的房舍位于达亚胡德镇,我们到达时老诗人迎到了门前。望着他那溢满笑容的双颊,我以为他今天会有兴致向我们介绍他那些广为传颂的诗篇和对诗的未来的洞见,但走进他那摆满工艺品的宽大客厅,关于诗的话题却说得很少,他谈得更多的,是阿以和平。我起初以为这是交谈话题的临时性改变,便一边品尝他夫人做的小甜饼和奶油冰淇淋,一边翻阅他赠送给我们的诗作,不想他的声音竟渐渐变得低沉和忧郁起来……奥斯陆协议签订前,阿以始终处在战争状态中。

战争不应该再继续下去,战争给双方都造成了灾难,我的儿子里欧就牺牲在西奈半岛作战中……

我们几位中国作家听到这儿,神情都为之一变,一下子收起了脸上的笑容。

我这才明白,他今天为什么要谈阿以和平,才明白诗人刚才赠送给我们的诗作中,那首《致爱儿里欧》原来不是来自虚构,而是一个父亲对远去另一世界的爱子的泣血安慰和叮咛:

> 因为神要我们/假如像一棵树,向北方倒下/就倒下来,让它的手伸入大地/最后,北风/会在他的枝上栖息/夜里,北风/会偷偷送到他的梦中/假如像一棵树,向南方倒下/也一样,风会在他身上栖息/会把他的头发,吹入大地/把泥土,吹进他的发梢/无论倒在哪里,南风/会让夜晚的小鸟/使他的灵魂,永远复苏……

诗人面容沉郁地继续说道:我曾会见过巴勒斯坦作家协会主席,他说他的儿子被以色列人打死了,我说我的儿子也在西奈半岛上被阿拉伯人打死了,我们都失去了儿子。那次,我随他去了他儿子的坟墓,我们两个在坟前站了许久。后来他到以色列访问时,也去了我儿子的坟地。我们对战争都很厌恶……

在老诗人的沉痛讲述中,我想起了前两天开车送我们去加利利地区访问的导游曼努尔·诺门,想起了已届中年的曼努尔·诺门在戈兰高地和基内雷特湖畔告诉我们的话:我曾经在戈兰高地打过仗;我的父亲也打过;我的儿子现在军队中,自然也打过仗。不知道以后我的孙子是不是还要打仗……他的话音里也满含着对战争的无奈和对和平的向往。

看来,在以色列,战争与和平是人们不可能绕开的话题。

那旦·尤纳丹的讲述后来被他的妻子伊丽·卡梅尔接过去。她说:我们这个家庭里被战争夺去的亲人不止一个,我的前夫——一个飞行员,也是在战场上牺牲的。他牺牲的时候,我正在怀孕,当时我的心都碎了……

战争的残酷面目在这个家庭里展露得如此彻底!

我们将要告辞时,伊丽·卡梅尔领我们去了她丈夫的书房。在那间不大的书房里,她指给我们看两张照片,一张是那旦·尤纳丹的儿子的遗照——照片上的小伙子分明还是一个面带稚气的孩子;一张是伊丽·卡梅尔前夫的遗照——一个年轻英俊的空军军官。照片上的两双眼睛直直地望着我们,似乎在向我们询问:为什么要有战争?我的心像被坠上了铅块,我不知该怎样安慰伊丽·卡梅尔,只是深深地叹了口气。在这一瞬间,我记起了在拉宾墓前看到的情景:成群结队的年轻人恭敬地把饱含祭奠之意的小石子摆放在拉宾墓碑上。那举动既是在对一位为和平而死的英雄进行悼念,也是在为和平的到来进行无声的呼唤。安息吧,两位被战争夺去生命的年轻人,有全体犹太人的努力,永久的和平离犹太民族不会太远了。

就在告别了那旦·尤纳丹夫妇之后,我觉得我明白了那个问题的答案——在以色列的国土上之所以到处可以见到橄榄树林,除了植物择地而栖的缘由外,还因为橄榄树是一种和平的象征,它在此茂盛而密集地生长的目的,是要用自己那在风中摇曳的枝叶向世人表明:这块土地需要和平!

摇曳吧,橄榄树!用你们的摇动也向世界表明:整个人类都需要和平!

格拉丹冬的雪光

　　几年前那个多雨的秋天,我由焦枝铁路乘火车南去湘西。车过长江上的枝江大桥时,身边的几个旅伴望着车窗外的江水,随口说到了长江的长度和源头,说到了格拉丹冬山。这当儿,邻座的一个老人插进来问:你们晓得格拉丹冬的雪光吗?我们都一愣。那老人就解释说:他过去在川西听一个喇嘛说过,格拉丹冬的顶峰,能不定时地发出一种类似闪电样的雪光,那雪光炫目耀眼,几百里外都可以看到,谁要是看见一回那种雪光,谁就会增寿十年!他的话令我备感新奇又半信半疑,世上还有这样神奇的雪光?也就是从这时起,我产生了去一睹格拉丹冬雪光的渴望。我开始翻找关于格拉丹冬山的资料。我从书上知道,格拉丹冬是男性神,格拉丹冬山是男神的圣地,它的状如金字塔一样的主峰常年在云遮雾罩之中,很少向世人一现尊容。这些情况使我有点相信了那个关于雪光的传说:这位雄踞高原的男神,既然可以轻易地创造出一条举世闻名的大江,也一定另有尚未公开的神力。

今年7月,我终于得到了一个西去青藏高原的机会,临行前我就想,我这回要争取看一次格拉丹冬的雪光。

还在青海西宁市,我就开始向几个常跑青藏公路的青藏兵站部的官兵打听,问他们有谁看见过这种雪光,他们都摇头说没有。我想他们也许不知道这种雪光可以使人长寿,平时没有特别留意。

抵达格尔木,方知道青藏兵站部几十年来,已有几百名干部战士因为高原缺氧患了各种疾病,英年早逝了,其中不少是二三十岁的小伙子。这使我的心沉重起来,我暗想:要是格拉丹冬神山开恩,让我们的干部战士每人看见几次他的神奇雪光,那该多好!

我们由格尔木乘大巴车沿青藏公路继续西行。我预先已经打听清楚,青藏线上离格拉丹冬山最近的兵站是沱沱河兵站,那儿离格拉丹冬山只有一百来公里。既然那雪光几百里之外都可以看见,那么沱沱河兵站就是我有可能看见格拉丹冬雪光的地方。也恰巧,我们按计划要在沱沱河兵站住上一宿,这使我异常兴奋。

车轮在我的期盼中飞快地旋转。

沱沱河兵站那漂亮的身影终于在我们的视线里出现。车一在沱沱河大桥桥头停下,我就下车朝上游望去,我知道格拉丹冬山应该在那个方向,但是遗憾,那个方向除了云团还是云团,并没有奇异炫目的雪光闪现。我望了许久,除了沱沱河水在远处现出隐隐的白光之外,没有别的,长江的父亲拒绝让我看见他的威武容颜,更拒绝让我此刻一睹他的神奇雪光。

我把希望寄托在第二天早上。

晚饭后,在沱沱河的波涛声里,兵站的站长史中林来看我们。我问他看没看见过这种雪光,他摇头说没有,他说他也不知道有这种雪光。十五岁的藏族姑娘达娃羊玛和十四岁的藏族姑娘扎西巴姆来给我们送酥油茶时,我问她俩见没见过这种雪光,她们也一齐摇头说没有。这使我对这种雪光是否存在产生了怀疑:也许那只是一种神话传说?

第二天我们起得很早,起床时天正落着小雨,沱沱河上游还笼在沉沉的夜色里。那个方向自然没有我期待的闪光,我带着满腹遗憾登上汽车。车启行时我在心里想:但愿那雪光不是神话,而是真可以让人增寿的神奇的东西;但愿格拉丹冬男神能够开恩,让我们忙碌在青藏线上的官兵都能看到几回他的神奇雪光,那样,我的战斗在高原的战友们就再也不必害怕高原病的威胁,能够平安地生活在这一地域,人人都活到一个很高的年纪。

格拉丹冬神山,你是不是听到了我的祈祷,你是不是应该表示同意?!

体验缺氧

去年我生活中的一件大事,是去了一趟青藏高原。

在高原上我看到了许多自然和人文景观:从蓝天上倾倒下来的白色阳光、成群的野驴和狼、连绵的雪山和冰川、美丽的青海湖和日月山、壮观的布达拉宫和大昭寺。不过其中最大的收获是:体验了缺氧。

还没有起程的时候,就有朋友警告我:高原缺氧,到了那里要小心。我没把这话放在心里,缺氧真有那么厉害?

由西宁西去格尔木时,列车在两千多米的海拔高度上飞驰,我并无特别不适的感觉,心里就更有点忘乎所以,以为高原并没有什么了不起。车到格尔木,患了感冒的我尽管服有帮助睡眠的药,可晚上入睡仍非常慢,脑子十分兴奋。我以为是自己的神经衰弱病在作怪,便没太留意。

继续乘汽车沿青藏公路西行,车过昆仑山口抵达五道梁时,觉得胸口有些憋,心口疼痛,上兵站楼上休息时,气喘变急,嘴不自觉地张了开来。此时方知缺氧原来不可等闲视之。

晚上宿在沱沱河兵站。这里海拔已有四千多米。我一下车就觉得两腿发软,说话气不够用,头开始疼,身上不停地出汗。晚饭勉强吃了一点,毫无胃口。饭后到房间打开氧气瓶吸了一阵,觉得好受不少,可一不吸就又觉着头疼,各种不好受的感觉重新涌来。上床睡觉的时间早到了,却毫无睡意。好不容易合上眼睛,又即刻醒了。好像通往睡眠深处的路上有一道关卡,关卡上站着一个警察,我只要刚一接触那道关卡,警察立马就举手拦住了。整整一夜,我都在睡眠的浅滩上扑腾,兵站外的一切都听得清清楚楚,沱沱河的河水始终在耳边回响,身体和大脑都没有得到休息。后来,浅度睡眠也离我而去,我只有睁大两眼望着屋顶,忍着剧烈的头疼盼望天亮。可天迟迟不亮,夜晚在使劲地延长自己的寿命。没法,和我一样没有睡好的朋友们决定提前起程。当我们的汽车驶出兵站时,曙色还在遥远的地方徘徊。此时我才明白,我在格尔木时入睡很慢,其实已是轻度的缺氧反应了。

唐古拉山口是青藏线上海拔最高的地方,有五千三百多米,这里的氧气只有内地的一半。车在山口的塑像前停下,我们下车拍照时,我一步踏下去只觉头一晕,两耳内起了一阵飞机起飞时的那种轰鸣,我急忙停住喘息了一阵。在这里走路得像孕妇一样,慢悠悠地抬脚又慢悠悠地落步,稍快一点心脏就悬在喉咙那儿回不了原位。

到了安多兵站,海拔降到四千来米,心想这下好了。早晨起床后兴高采烈地去看景致,可没走几步心脏就狂跳不止,那样子分明要冲出胸腔,而且想吐,慌得我急忙蹲下去歇息一阵。

我们在内地疏于注意、少于理会、一向不怎么看重的氧气，原来有如此大的威力，它在高原竟可以随时让你陷于狼狈乃至危险的境地。

这一趟青藏线之行，让我把缺氧的滋味细细品尝了一遍。

这一遍品尝，让我知道了，驻守在高原的部队是在多么艰难的环境里生活，让我清楚了一个人要在高原部队一干几年、十几年、几十年是怎样一件不容易的事，让我明白了战斗在高原的官兵们应该出现在我们小说家写出的书里边，让我感到了我如果不写写他们我就是欠了一笔债！

这一趟高原之旅，这一番缺氧体验，我此生不会忘怀。

写一部反映高原官兵生活的小说，以无愧于这次高原之行，以无愧于这个时代。

七彩路

丙子年仲夏,我和朋友们由青海西宁西去西藏拉萨,两千多公里的路上,我的双眼一直在七彩颜色里忙碌。

由西宁至青海湖这段路,我一直在忙着观察、审视蓝色——蓝色的天空,蓝色的湖水。这里的湛蓝天空和我们在北京看到的蓝天有点不大一样,这里的湖水和我们在杭州西湖看到的蓝色湖水也大不相同。这里的蓝蓝得彻底和纯粹,是蓝的原始模样,给人的感觉好像这种蓝才是造物主最初造出来的那种蓝。这种蓝给人一种净和美的感觉,站在这种蓝色的天空下和蓝色的湖水旁,人想笑,想胡乱地喊几句什么,想做深呼吸,想张开双臂拥抱住什么,想和情人一块手拉手奔跑跳跃。

列车在柴达木盆地穿行的时候,涌满眼睛的是一种苍黄色。苍黄的沙丘、沙梁、沙堆,还有铁路两边固沙的那些苍黄的麦秸秆。这种颜色让人心里惊奇而压抑;让人感觉到自己的渺小;让人联想到干渴、衰老和绝望;让人不由得思考,如果没有铁路、公路,人在这儿走路,将会怎样地深弓下腰?如果有一天世界都变成这个样子,那将是多么可怕和糟糕!

　　由格尔木再往西走,触目便是苍褐的山了。这里的诸峰都属昆仑山系,大都寸草不生,裸露着苍褐的身躯,好像一群老者,静静地蹲在阳光下晒暖。这种颜色入眼,让人顿生一种沧桑感,让人不由得想起,这些山体在那场地壳大变动之前是沉浸在海底的,那时他们的身上披着海藻,身边绕着游鱼,耳边响着涛声,自在而舒服。倏忽之间,海水退走,他们升上地面,接受阳光的炙烤、野风的侵袭,原先那种柔嫩的水色褪去,变成一身苍褐了。他们一定是蹲在那里回忆,回忆往昔那些美好的日子。

　　过了唐古拉山口,进入藏北草原,青、黑、白三种颜色一齐飞进眼里。青的是草,是牧场。这里的山坡度平缓,相对高度都差不了多少,每座山都披着青翠的衣衫,远远看去,像一些席地而坐、穿青着翠的姑娘在比试美丽。黑的是牦牛,白的是羊群。牦牛群大的有上百头,羊群多的有几百上千只,这些黑白分明的牛羊在青草地上蠕动,像一幅绝美的水墨图画。

　　随着大巴车的前行,车窗外,青、黑、白三色的画面也在发生变化,一会儿黑色在青翠的底色上相洇成团,一会儿白色像花一样散缀在青翠的底色之上,一会儿黑在眼前青在天边,一会儿青在眼前而白在远处山的棱线上面。我们就像在翻一本厚厚的画卷,一页又一页美不胜收的画图出现在眼前。

　　念青唐古拉山的群峰都戴着白色的雪冠,那些冠冕形态各异,带冰川的像饰有长长的白色流苏,带尖顶的像缀有漂亮的白色璎珞。这种白是白的真色,是毫无瑕疵的纯正白色。

那个白色的世界像是纤尘没有的天国,让人看上去心里极为舒坦。念青唐古拉山也是一座神山,山神的名字叫唐拉雅秀,是世间最重要的一位护法神。我想,他和他的随从们之所以都戴白色冠冕,大约是表明他们全从净界来,不沾尘世半点浊污。望着那些晶莹的白冠,我在心里惊叹大自然高明的化妆本领:那些褐色的光秃的山体若没有这些白冠的装扮,将会失去英俊和威武,从而丧失掉人们的畏惧和敬意。

车近拉萨时,黄色开始在我们的眼前不时闪现。黄色的经幡在路边、青稞田头、房屋顶上和院墙四周翻飞飘荡。我不知道黄色在藏传佛教里有没有被给予其他含义,但我看见这些黄色的经幡时,感受到的是一种高贵和吉祥,是平和与温暖,是一种紧张尽释后的轻松,是一种烦恼和疲劳消失后的欢喜。黄色,你在我们接近圣城时出现在我们眼前,是在对长途跋涉的我们进行安慰,是在为我们这些由远方来的客人进行祝福,还是要向我们预报拉萨将欢迎我们抵达的信息?

拉萨城那些刷着暗红色彩的房屋和寺院出现在眼里的时候,我在想,四千里行程,看饱了七彩美色,此行值得。

滇南战地见闻

1986年春,南部边境战争打得还很热闹时,我随同几位记者前往战地采访,所见所闻甚多,随手记录数则于后,以备将来年老时向儿孙们讲古。是为序。

戒指、拐杖、和平鸽

在战场上采访,随处可见战士们就地取材制作的各种手工艺品:用铜弹壳做成的戒指、拐杖,用炮弹引信盒制作的彩色酒盅,用罐头盒做的镂花笔筒,用老山石雕琢的奔腾骏马,用炮弹壳制作的和平鸽和台灯。这些工艺品大都做得小巧精致,令人看了赏心悦目,使人拿着爱不释手。在这众多的工艺品中,给人印象最深的是三种:戒指、拐杖、和平鸽。

戒指是用高射机枪子弹的铜弹壳做成的,在通常嵌宝石的地方,镂上一个方形或菱形的徽章,或是刻上制作者的名字,或是砸上"老山前线"几个字。战士们戴在手上,黄灿灿的,猛看上去如上流社会的男士们手上的金戒指一样,很是漂亮。拐杖通常是用实心竹弯成,在头上和扶手上各装一个高射机枪弹壳。也有的是全用高机弹壳相接而成,刷上清漆后,闪光耀眼,拄着真如美国将军们的权杖一样威风。和平鸽是用炮弹壳雕刻成的,下边嵌进一节炮弹筒做底座,鸽子形状有单只昂首展翅欲飞的,也有两只相对呢喃的,把它们摆到窗台上,像是真的鸽子飞落到了那里。

战士们在紧张的战斗生活中抽空做这些工艺品,是为了寄托他们内心的复杂感情。一个战士红了脸不好意思地告诉我:"那戒指,有人是准备在凯旋时送给后方的女朋友的,有人是准备送给未婚妻的,也有人是准备送给妻子的。她们在后方挂恋着我们,我们见面时该送她们一件来自老山战地的纪念品。那拐杖,则是打算在回家时送给父母的,儿子从军为国尽忠,膝下尽孝不可能,就用这点东西表示自己的一点孝心。那和平鸽,是准备送给后方的政府和人民的,是想告诉政府和人民,我们没有辜负他们的重托!……"

战士自有战士的情,我没有想到,这一个个被滇南的阳光、风雨、浓雾磨蚀得皮肤粗糙的汉子,胸腔里还盛了那么多温柔的东西。我在想,当那些远在后方的姑娘和少妇们戴上这独特的戒指时,当那些老人拄上这拐杖时,当政府的官员们捧着这和平鸽时,他们会像我一样激动吗?他们不会嫌弃这些土制的既不是金的也不是银的东西吧?

鼠族兴旺

滇南原不是多鼠的地方，但自这里成为战场以后，鼠族竟飞快地兴旺起来。如今，无论进哪一块防区，到哪一片阵地，入哪一个猫耳洞，要想不见成群的老鼠是不可能的，老鼠已多到了打不胜打的地步。鼠不仅数量多，而且个头也都大，个别的老鼠甚至比猫还大，真可以称为"硕鼠"了。

由于鼠多，给我们前线将士的生活带来了不少麻烦。先是睡眠受妨碍。战士们经过一夜或一天的战斗或值勤站岗，疲乏至极地想要入睡，而老鼠们却偏要成群结队地在他们的枕旁、床头甚至被子上跑过，还时不时爆出一阵阵尖叫声，弄得战士们很难入眠。其次是偷吃、污染官兵们的口粮。由后方送往前沿阵地的食品本来就不多，可老鼠们却偏要趁火打劫，只要战士们稍不留神，它们便偷吃起来，个别家伙甚至边嚼边拉边尿，把食品污染得不能再吃。再就是趁战士们熟睡之际，竟胆大包天地袭击他们，咬伤他们的脚趾和耳朵。笔者就曾亲眼看到被老鼠咬伤耳朵感染后而住进医院的战士。

当然，战地鼠族的兴旺，也不是没有一点好处。有时，它们也可以为坚守在猫耳洞里的战士们解除一点寂寞。有些猫耳洞离敌方很近且很小，常是两个战士守在洞里，话不能高声说，又无书可看，无东西可玩，没办法，就只好看老鼠们在一旁嬉戏，偶尔地，也省下一点点罐头食品，拿来逗一逗老鼠，看一看它们争抢食物时的有趣场面。

人类学家们经研究发现，人类的任何一种有目的的行动，都会带来副产品，战地鼠族的兴旺，大约也是这场战争的副产品吧？

老山第一亭

亭子,我见过不少,四角的、六角的、八角的、倚山的、傍海的、滨湖的,都曾经登临过,所以对亭子已颇难再生出什么新奇之感。不过,在战地上见到的"老山第一亭",却让我在亭前着实新奇得瞪大了眼。

那亭子是野战医院的医护人员自己动手建的,构造精巧玲珑。亭为六根柱子支起的六角亭,双层重檐。底层六角各嵌有木刻彩绘的龙,上层六角各嵌一只木刻彩绘的鸟,鸟嘴各衔一个净瓶。两层之间的竖板上,绘有花草、树木、河流、飞机,写有"老山第一亭"六个遒劲草字。亭下置一六边形桌,桌四周放六个瓮形凳。

建亭子所用的材料极为普通。亭柱,是几根细木棍;亭顶,盖的是涂了漆的拆开的塑料编织袋;亭角的龙和鸟,是一个医生用旧木板刻成的;鸟嘴里衔的净瓶,是空了的青霉素注射药瓶;亭下的石桌石凳,则是用涂了白漆的木板钉成。

站在亭中,前看,是一条山溪几回几转;后望,竹、杉满山苍翠一片;右边,一条山路曲折蜿蜒通往前沿;左方,一座座野战帐篷在树林间隐现。倘不是前沿的炮声不时传来,真让人感到是置身于长沙的爱晚亭下、岳麓山间。

我在亭前流连忘返。我想,白衣战士们盖这亭子的目的,除了让伤病员们有一个玩乐、赏景的地方从而静心养伤之外,恐怕还寄托了一种对安宁美丽的和平生活的思念……

人与蛇同居

我是一个怕蛇的人,平素极不愿谈及这东西。但一到战地,与干部战士们闲聊时,他们常要向我讲些有关蛇的故事。

一个战士告诉我,他有一个战友,在帐篷里睡到半夜时,恍惚中觉得腿上一凉,便睁开惺忪的眼,这一睁眼不打紧,吓得他倒吸了一口冷气。原来,一条蛇钻进了他的被窝,正抬着头向他窥视哩,他惊呆在那儿。可那蛇倒并没咬他,盯了他一会儿后,仿佛是表示了宽宥,悄然地又向地上爬去。

一位首长说,他所住的一个板棚里,每到半夜时分,总听到有一种沙沙声。他开始没在意,后来有一晚他听到这声音后开了灯,只见一条碗口粗的蛇正不紧不慢地从他床前的地上爬过,不过,那蛇根本就没向他看一眼,只径直爬出门去。他猜,他床前的地上,大约是那蛇平日既定的爬行路线。

某部六连二排坚守的三个洞穴,原来是蛇窟。一条条红花花的蟒蛇在洞里蹿来蹿去,最大的有两米来长,茶杯口粗。开始战士们害怕被蛇咬,见蛇就打,但打死一条,又来一条;用罐头盒或石块堵蛇洞,这里堵住,又从那里钻出来。战士们没日没夜地战斗,哪还有精力同蛇作战?加上时间一长,大家也就不怕了,就默允了蛇的存在。战士们睡觉时,蟒蛇时常就在他们身边爬来爬去,谁也不在意,顶多用手把它们拨拉开去,就又呼呼睡着了……

这些故事始则令我怵然,继则令我讶然,人蛇素来很难相安的,何以在战场上倒相安无事了?是不是因为战士们守卫的土地,本也是蛇们栖息的故土,它们不愿在战士们那被枪弹划破的肌体上再添新的伤痕?

呜咽的胶林

在战区采访,到处可以看到山坡上有一片片枯死的橡胶林,山风一过,胶树上的枯枝发出一阵阵近乎呜咽的响声。我先是十分奇怪,何以这些胶林都已枯死?是遭了什么虫灾?找到当地的老乡一问,方知这些胶林是活活憋死的。

原来,橡胶树长到该割胶的时候,是要按时割的,不然胶汁积聚过多,会把树活活憋死。这颇似哺乳婴儿的母亲的乳汁,如果乳汁总不让婴儿吮吸,乳汁积得太多,会造成回奶,使乳汁再不分泌。本来农场的工人们是定期进胶林割胶的,可战事一开,处在战区的这些胶林就再无人敢进去割胶了。倘有胆大的工人进了林,一旦双方开打,炮弹落过来,就很可能丢胳膊断腿甚至死掉。于是,工人们只好在炮声中,眼睁睁地看着胶林毁掉。

枯死的胶林,你这植物界的殉难者,不要呜咽,不要哽咽,不要让自己的身躯倒下,要争取挺到那一天,作为人类不需要战争的证人!

缕缕烟中情

大约因为对尼古丁的危害早就知道,所以我对烟是很有一点厌恶的,非但自己不抽烟,且也颇烦别人抽烟。初到战地时,听说战士们对后方送来的慰问品,最喜欢的是烟,而且前线百分之九十以上的人都抽烟,我很是吃惊和反感。但在听了类似下边这些关于烟的故事后,我对于香烟,竟也生了几分喜欢。

一群突击队员即将出征,在誓师大会上,首长、战友和医院、宣传队的姑娘们,含泪为他们点燃一支送行烟。全副武装的突击队员们定定地立在那里,无言地把烟吸完,而后抬手把烟雾赶走,便向前沿冲去,很多人便从此永不返营了。

一批坚守阵地的战士完成了坚守任务,奉命撤下阵地,但一些牺牲了的战友,却永远要留在山头上了。这时战士们就把身上剩下的香烟全掏出来,一支一支点燃,分放在阵地上,含泪说:兄弟们,你们留下吸吧……

一些将士到烈士陵园凭吊,每到一座坟前,总要摆上几支烟,边摆边哽咽着说:吸一支吧,兄弟,这烟是咱家乡产的……

身在生死两界的战友,因这香烟沟通了。

烟,后方的人们吸它,有的是为了过瘾,有的是因为养成了习惯。有谁能想到,在前线,它竟抒发了人们这么多复杂的情感!

铁盒装的"生日蛋糕"

农村娃子出身的我,早先是不曾见过生日蛋糕的。只在当兵进了城市之后,才知世上有这种庆贺生日的东西。开始见到时,自然是感到新奇,但随着在城市生活时间的增长,原来的那份新奇也就消失了。并且,还知道了不少关于生日蛋糕的知识,知道了生日蛋糕最早起源于欧洲的上流社会,晓得了生日蛋糕的成分主要是奶油、鸡蛋、糖、精面粉,懂得了庆贺几岁生日就要插几根蜡烛,等等。

在战地采访时,最初听说战士们为庆贺生日吃生日蛋糕时并未在意,以为这事并未超出我的所知范围,后仔细一了解,又是一愣,方知这儿的"生日蛋糕"是我从未见过的。

这"蛋糕"的成分既无奶油,也无鸡蛋和糖,主要是肉。"蛋糕"的包装,既不是塑料的,也不是硬纸的,而是铁皮的。"蛋糕"上边既无用奶油浇的字,更无用巧克力涂的花。说穿了,不过是一盒午餐肉罐头。战士们把罐头里的午餐肉块原样取出来,在上边插上火柴代替蜡烛。众人在说了一通祝贺的话后,过生日的同志便把插着的那些火柴点着又一一吹灭,而后用刀切开午餐肉块,众人便欢笑着分而吃掉。这奇特的"生日蛋糕",给过生日者带来的欢乐,一点不亚于都市里那些高级生日蛋糕所带来的。

不少战士,就是这样过罢他们的生日,吃罢这种"生日蛋糕",走上前沿,长眠在阵地上了。

在这最后的生日里,有这样的"蛋糕",他们总算也得了点安慰……

话说知府衙门

作为一个南阳人,我一直为南阳拥有几处风格独特的古建筑群而自豪,特别是南阳知府衙门。

南阳历史悠久,早在五千多年前的新石器时代,先民们已在这里定居,业农维生。周朝时因经济发达,成为申伯国之都。春秋战国时,是楚国著名的手工业冶铁中心和商业城市。公元前72年,秦昭王在此设立南阳郡,直至隋,皆有太守治所。元朝至元八年(公元1271年),元世祖开始在南阳设府,立知府"掌一府之政,宣风化,平狱讼,均赋役,以教养百姓",同时在城内西南隅(今民主街西头北侧)建了知府衙门。明洪武三年(公元1370年),同知程本初扩建;正统五年(公元1440年),同知汪重增葺。清康熙二十三年(公元1684年),知府佟应琦再次修葺。府衙自建起至今,已历经七百余年。

（一）

　　南阳府衙全盛时的模样如今只存在于方志的记述和老年人的记忆中了。我是在一个深秋的后晌,听一位白须飘垂的老者讲述他从他爷爷那里听来的府衙当年的盛景:那时的府衙大院很像是一座城中城,站在高处俯瞰,青色的屋脊如水浪一样相接相连,数不胜数;走进院子,重漆彩绘的廊柱、屋檐光芒四射,耀人眼睛;执刀肃立守护的军士们令人望而生畏;巨大的升堂鼓让人顿生怯意;曲折回环的院落通道使人如入迷宫……我查了一下南阳府志,得知当年府衙大院位于中轴线上的建筑物有:照壁、大门、仪门、戒石厅、大堂、寅恭门、二堂（思补堂）、内宅大门（暖阁）、三堂。两侧有:榜房、召父坊、杜母坊、申明厅、明善厅、石狮、承发司、永平库、军厅、粮厅、理刑厅、经历司、照磨所、司狱司、税科司、东官宅、西官宅等。堂后有大花园。整个建筑占地数百亩,楼房厅堂数百间,院落数进,布局多路。府内厅堂轩敞,陈设华丽,戒备森严,环境气氛显得庄严神秘、至高无上。面对纸页发黄的府志,我想象着当年府衙白日里的情景:官轿进进出出,吏属们忙忙碌碌,军士肃立院门,仆役端茶送水,平民百姓在大门外呼喊"冤枉",知府大人令擂鼓升堂……

（二）

　　大约是神的保佑,南阳知府衙门在多次战乱中未遭根本性破坏,主体建筑都完整地保存了下来。执行烧光政策的日军当年攻陷南阳城后,可能预感到末日将至,也未敢纵火焚烧。保存下来的府衙大院，南北长约240米，东西宽约150米，府衙房屋有90余间，占地100多亩。

照壁是观览这个衙署时最先看到的建筑，呈"凹"字形，青灰砖砌成，长26米，宽1.2米，高4.76米。照壁后东侧的召父坊和西侧的杜母坊已经毁掉。眼下照壁前摆满了小商贩们的摊位，还有商贩在照壁前用铁皮、木板搭了两个棚子用来过夜。这个昔日用于"隐"和"蔽"的建筑物，如今每天都响着小贩们的叫卖声。

大门是洞券式建筑，面阔三间，进深一间，长16.6米，宽7.2米，单檐硬山顶。大门上方砌长方框，匾额上的字迹已涂抹不清。木质的两扇大门上，漆已经完全脱落。门墩已坏，右门虽吱呀有声尚能关上，左门已推拉不动。大门两侧的钟楼和鼓楼已毁损。

进了大门，沿中轴线上的甬道前行是仪门。仪门的前坡内檐采用卷棚式结构。据记载，此门平时不启，只逢府治喜庆大典、皇帝临幸、宣读诏旨或举行重大祭祀礼仪时，才鸣礼炮十三响后启开，故仪门又有"塞门"之称。仪门如今损毁严重，木门已不存在，门上的横额"公生明"已无迹可寻。旁边新建了一座现代化居民楼房。

大堂坐落在石质台地上，面阔五间，进深三间，长21.5米，宽9.8米。单檐硬山顶，斗拱疏朗，梁架奇巧，明间宽敞，次间、稍间严备。大堂是当年知府开读诏旨、接见官吏、举行隆重仪式的地方。当年堂中设公案，上置文房四宝；两侧陈列"肃静""回避"牌及锣鼓仪仗等。如今大堂里虽住有几户人家，但基本保存完好。

出了大堂，后门是寅恭门。寅恭门面阔五间，进深三间，长18.4米，宽7.2米，也是单檐硬山顶，前坡内椽结构同仪门。寅,敬也;恭,恭敬之意。寅恭门当为恭敬迎接宾客的大门。寅恭门上的两扇木质大门如今也已不复存在。

进寅恭门继续前行是二堂,又称"思补堂",旧称"后厅"。该堂面阔五间,进深三间,长18.8米,宽12.4米,也系单檐硬山顶。思,考虑;补,补助。思补堂,有深思熟虑,助其不足之意,是地方长官处理一般公务的地方。此堂如今也被隔成许多小间,住有几户市民,但保存也还算完好。

由二堂再前行,即是内宅大门,也叫"暖阁"。内宅大门面阔五间,进深一间,长18.4米,宽3.6米,牌楼式结构。此门因旁边建了一座现代居民楼房而损坏严重,只剩下了中间一小部分。不过仅从这剩下的朱漆剥落的部分看去,也仍然显得别致优雅,可以想象当年一定是十分华丽的。由此门入内,可见当年知府眷属所住的左偏院,现也住满了平民。右侧过去有一个花亭,已废弃。

进内宅大门前行是三堂。三堂面阔五间,进深三间;通面宽18.8米,进深11米;单檐硬山顶;出廊,廊深1.7米;明、次、稍间规整分明。三堂旧称"退厅",是知府大人处理内务的地方。三堂与知府眷属住的房子全有走廊相连。该堂当年的花格木前墙如今被更换成砖墙,安上了玻璃窗;室内被隔成许多小间,住满了市民。我和一位朋友去拍照时,碰到一位中年男子,他说他就是在三堂里出生长大的。

中轴线两侧原府衙的建筑物,尚存的有东公廨、西公廨、承发司、东厢房、西厢房、招稿房、东官宅、西官宅等。但这些房屋如今也都有市民居住,一部分被辟作了幼儿园。

衙署院内的空地上,住户们还见缝插针地新盖了不少高高低低、形状各异的临时性房屋,用作居室和灶屋,十分凌乱。而且逢做饭时各家的烟囱都冒出煤烟,熏染着本已不新鲜的三个大堂屋檐下的花卉彩绘。

当年的知府后花园里,如今也已盖了一栋楼房和大片平房。

昔日庄严漂亮的府衙大院,正一天天衰老朽败,我为写本文重新走进这座院中时,仿佛听到了她痛苦的呻吟和向往修葺的呼唤。

(三)

古建筑是文化的记录,从它们身上既可以看到当时科学进步的状况,也可以发现当时艺术达到的水准。现存的古建筑是研究人类生存境况和人类文化发展历史的宝库,应努力加以保护。中国现存的古建筑中,寺庙祠观较多,宫殿衙署一类已寥寥无几。造成这种局面的原因很多,其中之一是平民百姓们对官衙有一种反感和敌视的情绪,一旦社会动乱,遭攻打和焚毁的常常是这类建筑物。如今,全国除了清代故宫、保定直隶总督衙门、山西霍县清代霍州衙门、河南内乡县清代衙门外,保存较完整的知府一级衙署,仅有南阳府治一处,因此,修整和保护好南阳府衙,就显得特别重要。

保护修整好南阳府衙,对研究古代建筑艺术有很高的价值。府衙的建筑风格和工艺成就,尤其是它完整的木构架体系、多样化的群体布局,以及优越的抗震性能,都值得后人好好研究,对于今天的建筑设计人员仍有重要的启示意义。我曾和一位建筑专家一起去府衙三堂左侧厢房看过廊顶的木架造型,那种很难用语言形容的造型令那位专家连连惊叹:哦,太奇特了!太妙了!整个府衙大院的设计,给人的感觉是庄严和轻松并存,厚重与俏雅交辉。府衙二堂以前的部分,一切建筑都显得庄严、肃穆，给人一种威严感；而一进内宅大门，一看见那木格镂花的牌楼，立刻觉着了一股轻松舒适，仿佛有轻拨慢弹的丝竹之声飘入耳中，似乎有沁人肺腑的香粉之气钻进鼻孔，极像是有玉人环佩叮当、绸衣窸窣地走了过来。大堂、二堂和三堂的檐前都有饰花，这些木刻的花虽已经历了岁月的磨蚀，但仍能显出雕刻者的精湛技艺。整个府衙大院原先并没有下水管道，但据住在大院多年的市民们讲，即使下再大的雨，积水也能很快悄无声息地渗入地下。市民们猜测，说不定当初地下设计有什么渗水装置。

保护修整好南阳府衙，对研究中国古代政治制度也有十分重要的价值。我们可以从军厅、粮厅、理刑厅、税科司等建筑在府衙中的位置，判断出它们各自在当时权力机关中的地位；可以从整个府衙的建筑规模上，判断出当时官署的规制；可以从几重大门的用途上，判断出当时官府中的礼仪规矩和祀典情况；可以从官宅的设置规格、规模上，看出当时知府属员的情况和当时的治理规范……总之，这是一个研究中国古代府一级政权机关的资料库。

再者，对发展旅游事业也十分重要。中国是一个经历了两千年封建社会的国家，封建的政权机构是这种社会的支撑体，所有关心和有兴趣研究中国封建社会历史的人，大都乐意来实地看看这种政权机构所在处究竟是什么模样，而修整保护好南阳府衙，就使建立北京故宫、保定直隶总督衙门、南阳知府衙门、霍县知州衙门、内乡县衙门旅游线变成可能。

(四)

从南阳府衙的现状看，修复是一项耗资巨大的工程。单是从院内迁走几百户居民和幼儿园，搬掉三座现代化的楼房和所有新建的平房，就是一件很棘手的事情，需要花费一笔可观的搬迁费和拆除费。其次是修整现存的门、堂、屋、廊，需要加固、油漆、粉刷、彩绘。再是根据史志记载，把已扒掉、拆毁的房舍在原址按原样复建起来。还有就是按原状把府衙前的官道和府衙内的青石板甬道铺设好。这几桩事情样样都需要钱，而南阳属于经济不发达的内陆地区，每年的财政收入十分有限，要当地政府一下子拿出这么多钱显然不大可能。据悉，南阳府衙修葺委员会正在酝酿成立，政府在有限的财政收入中拨了一笔款子，但这与修葺工程所需要的资金额差距很大，因此很需要海内外的有识之士和联合国的有关部门给予支持和帮助。南阳府衙既是南阳人、河南人、中国人的文化财富，也是全人类的文化财富！

陪　照

这年头"陪风"盛起,陪酒、陪舞、陪泳、陪歌,似乎这么一陪,人间就消除了寂寞与孤独。

笔者没有享受上述诸"陪"的幸运,却有一次被陪照的经历。

那是在海南通什。

我们一行数人由海南三亚驱车回海口时,送行的朋友交代,你们最好由西路走,好到黎族村寨里看看。我们当然依嘱而行。车近通什黎寨,看见有不少穿着黑衣裙的四五岁的黎族小姑娘站在路旁,我们一阵高兴,都说:"要能同这些小姑娘合个影那该多好!"我们先前还以为这些小姑娘未必会答应,不料车一停下,小姑娘们竟主动奔过来问我们照不照相合不合影。我们好意外也好高兴:孩子们竟如此好客!于是立刻打开相机和小姑娘们合起影来。照片拍过之后,当小姑娘们向我们一行伸出手时我们方明白:如此合影是要收钱的!我们都是一怔。接下来发生的事情更令我们吃惊:我们拍任何一张照片时,小姑娘们都要挤进镜头,而且拍完就伸手要钱,一次一元。至此我们方知道,这些女孩站在路边的任务就是陪照。最后,当我们没有零钱,拿出十元的票子让她们回去分时,她们竟然一齐挤上来争抢钞票,险些把钞票撕烂,小些的女孩还被挤得哇哇大哭。我们没有办法,只得跑进邻近的商店里换来零钱,过来给她们平分了,这才算了结了这场争吵。

重新上车北返时,我们都久久没有说话。

照片是在北京冲洗出来的。照片很美:黎家的竹楼,绿色的椰林,我们在黎族女孩们的簇拥下站在阳光里。看着这样的照片,我知道应该面露笑容,可脸上的笑容却不知道藏在了哪里。

我笑不出来。

我耳朵里总响着那些女孩们争抢钞票时的哭叫声。

我在想,也许旅游业的发展需要这些陪照的孩子出现,让她们用这个法子挣钱总比让她们上山打柴挣钱好吧?

我又想,把挣钱的任务放在这么小的孩子们肩上,是不是有些早了?这会不会让她们淡漠了作为人最应该记住的几个字:自尊与自爱?

社会变化越来越快,许多新的职业派生出来,也许我们不该动辄指责,说不定陪照也是一种证据,证明这个世界正在变得愈加精彩?!

肥桃园

桃的产地很多,可出产闻名中外的"肥桃"的地方却只有一个:山东肥城。

肥城的桃也并不都是肥桃,真正肥桃的产地,在肥城西北几十里处的几个桃园里。

有幸得很,我当年所在的连队驻地,就在一个肥桃园的旁边,和园子只有一墙之隔。

那个肥桃园的面积很大,园子里总有几千棵桃树吧。我到连队时正是冬季,那些桃树的叶子都已经落了,只剩下如铁的枝干立在园中。偶有风起,万千枝条在风中舞动,发一种呦呦的响声,真像是有许多人在跑动一般。有时落了雪,所有的枝条都裹了一层银白,看上去仿佛童话世界。常常是雪刚停,果农们就进了桃园,把园子里的落雪铲放到树的根部。那天,我进桃园同几个铲雪的果农攀谈,问他们那样做的缘由,内中一个中年汉子笑道:桃树们眼下正在赶路,口渴得很,不给它们饮水哪行呢?赶路?我一怔。是呀,去相亲哪,不相亲不成婚咋能生桃哩?我一听笑了。再听见那些桃树的枝条在风中呦呦响时,我就真的觉得它们像一群怀春的姑娘在咯咯咯笑着赶去相亲哩。

春天来到了,那满园的肥桃树先是让小小的花蕾跳上枝头,渐渐地花骨朵越展越大,就变成红艳艳的桃花了。桃花盛开的时候,满园繁花如海,馨香之气漫过院墙,灌得满军营都是。有的兵就隔着院墙对正在园里浇水的姑娘们开玩笑:快把你们的香气收回去,不然熏醉了俺们你们要负责的!有那伶牙俐齿的姑娘就嘻嘻笑着回嘴:你们偷闻了俺们的香气,该付钱的……桃花正盛的那几天,不少战士拿了相机去桃园里拍照留影。一天,我和几个战友进园照相时,又碰见了那个中年汉子,我笑问他:桃树们眼下还在赶路吗?他抿嘴乐了,说:她们已经走到地方相好亲了,这会儿正在和情郎亲热哪,瞧她们一个个打扮得多漂亮,怕就要怀上孕了!我又一次被他逗笑了。

桃枝上渐渐出现了小小的果子,随着太阳的一次次露面,那些小桃在一天一个模样地往大处长。终于,收获的季节到了,男女老少开始进园摘果,这是果农们最快活的时候,满园里笑语喧哗。在这大忙的日子里,我们这些当兵的自然该去帮忙,我于是得以实实在在地用手去触摸肥桃了。肥桃可真是桃中之王,它的个头非比寻常,平常的桃不过鸡蛋或鸭蛋大小,十来个或七八个一斤,可肥桃的个头大得惊人,有时一个肥桃就有一斤多重,小的肥桃也是三四个一斤,一般的都是两个一斤。肥桃的肤色也特别好,头红身白,它的头部宛如那些正在园中摘桃的少女们的双腮,润红润红,像抹了胭脂一般;

它的身子则如少妇的肌肤,嫩白丰盈,摸上去有一种滑腻感和弹性。这肥桃的果肉更是独特,果农们让我们尝鲜时我们才知道,刚熟的咬上去又脆又甜,熟透的揭开皮就可以吸,能把又香又甜的果肉全吸进去。摘肥桃也不像摘别的桃那样,摘下放进竹篮里就行,肥桃摘下后要用白纸一裹,轻轻地放进预先定制好的纸箱里,而后运往国外和国内不少遥远的地方。那天我们正摘桃时又碰见了那位中年汉子,他就笑问:我们的桃娃娃长得好吗?好!我们一齐笑答。

摘完果子的桃园静下来了,除了风偶尔摇一下桃树们的叶子之外,她们就那样一动不动。那天,进园散步的我碰见正弯腰给桃树根部松土施肥的那位中年汉子,他边抹汗边指着那些桃树说:你看,她们都像刚生完孩子的女人,正在歇息着恢复体力哪,我得让她们吃点好东西。我这次没有被他逗笑,我那刻望着那些恬静站立的桃树,忽然明白了,这肥桃所以长得格外大、格外好,除了这儿的水好土好之外,怕是与果农们把桃树看作有生命的生灵来照料、对待也有点关系。果农们倘若把桃树当作可以任意折磨的无生命的东西,怕是不会有肥桃的吧?人精心照料桃树,桃树就尽心尽意捧出最好的果实来滋养人。

人和树相依为命。

那一刹,站在桃园里的我,恍然想起在久远的过去,我们人类的先祖——猿人们靠摘食树上的野果充饥的情景。那时,猿人们吃的野果子中,一定也有野桃吧?今日肥桃园里人和树的亲密关系,大概就是历史上那种原始交往的延续……

墓坑与苦坑

（一）

初秋的一个细雨抛洒的后晌,我手牵一只山羊,举一柄旧伞,在故乡那条二尺来宽的小河埂上漫步,目的自然是想重温儿时的生活。停脚时便举目四顾,环列在四周的伏牛山、桐柏山和大洪山都隐遁在云里,只有近处的村庄、沟渠、田畴收进眼中。几声鸡啼狗吠从村里飘来,山羊把青草嚼得有滋有味。我恍然间把儿时放羊的情景从脑中翻出正待细看,却忽有一阵唢呐的呜咽传进耳畔。循声望去,即见一队打白幡、披白布的人从邻村拥一口黑棺走出,向近处的墓地走来。咿咿呀呀的哭声随之入耳,又是一次埋葬!于是抬脚向墓地走去:埋男埋女?不过是为了满足好奇。走近墓地时,送葬的队伍还离得很远,只见两个二十来岁的青年正挥锹掘墓坑。"可以了吧?"一个喘着气说。"恐怕不够大。"另一个抹一把额上的汗。"这土太不好挖,凑合着能埋就行了,才给二十块钱。"先一个伸了个懒腰,说。"也罢。"后一个就拍拍掌,扔下锹把蓑衣披上。一刻后送葬的队伍抵达,一串鞭炮放过,一番仪式做完,棺材开始向坑里放,可放得十分不利索,棺壁碰坑壁,几个提绳放棺的人就都喘大气。这时旁观的我竟忍不住,张口叫一句:"墓坑太小!"

于是哭声骤停,众人一齐愕然看我。

"这是哪个杂种?!"我听到掘墓青年之一的低吼声……

(二)

我们都来自尘土,最早的祖先其实都是那一男一女,这是《圣经》的说法。劳动使猿进化到人,我们的祖先都是同一种动物,这是马克思的见解。不管怎么说,反正我们人类的祖先是一种!既如此,照理说子孙后代们该顺着那条获取幸福的道路相扶向前,但,事实却恰恰相反。我扭头向人类的来路望去,发现竟有那么多男男女女在路中间一个个痛苦的坑里扑腾、哭叫、挣扎,每个坑的四周又都站满了面带关切、冷漠、幸灾乐祸的人。而那些坑竟都是他们的同类所挖,且一个个挖得绝不雷同、各有巧妙,我于是惊叹人类在此方面的本领!我开始佩服上帝造人时的那份心机:该让他们相互制造些苦痛,要不然他们会生活得太好,会忘记向我祷告!于是我就写《旧道》,就想把人类在路上掘那些苦坑的本领和劳绩显示一二。

但愿上帝不会怪罪!

凉州城漫步

少时读诗,读到岑参那首《凉州馆中与诸判官夜集》,大约因为开头那四句写得极为顺口,所以记得很清,至今仍能背出:"弯弯月色挂城头,城头月出照凉州。凉州七里十万家,胡人半解弹琵琶。"也就因了这诗,我牢牢记住了边城凉州的名字。去年到河西走廊访问,听说第一站就是凉州,我心里异常高兴。

我们是傍晚时分乘车进凉州城的。住进宾馆后,推窗远眺,只见绵亘千里的祁连山高耸入云,云雾之间雪巅如花。雪线之下,峰梁如刀刃,色似眉黛,给人一种远在天边、深奥莫测的感觉。匆匆洗漱之后,我便走上街头,去观赏古城街景。这边城凉州自秦汉以来就是非常繁华的城市,尤其是东晋十六国的前凉、后凉、南凉、北凉在此建都后,便愈显热闹。到了唐代,因国势强盛,中亚交往频繁,凉州的发展更快。贞观初年,玄奘西行至凉州时曾感叹:"凉州为河西都会,襟带西番,葱左诸国商旅往来,无有停绝。"诗人元稹特意描写过凉州的繁华市景:"吾闻昔日西凉州,人烟扑地桑柘稠……狮子摇光毛彩竖,胡腾醉舞筋骨柔。大宛来献赤汗马,赞普亦奉翠茸裘。"我漫步傍晚时分的凉州街头,但见长街数里,车水马龙,楼房林立,商场、店铺无数;街上人如潮涌,小贩的叫卖声、现代音响设备播出的舞曲声、少数民族艺人们的琴声,交织着涌入耳朵,真是一派歌乐升平的繁荣景象。我想,凉州在历史上虽然红火、热闹过,但其实并未发展到鼎盛期,它的鼎盛期在今天,在20世纪的末期。

沿街信步走着,我来到了市中心的文化广场,于是便看到了耸立在拱形高台之上的凉州城徽——铜奔马。苍茫暮色中,只见奔马三足腾空,仅有一足踏在一只飞燕上。趁着暮空中的流云,我恍惚觉得那铜马就要凌空飞走。早在来凉州之前,我就听说了这铜奔马在凉州近郊的汉墓出土,今得目睹这放大的雕品,方知这青铜雕塑确是杰作。它不仅神态生动,造型优美,而且合乎力学原理,让奔马足踏飞燕,既显示了奔马飞驰的神速,也表现了它勇往直前的态势和气概,此构思实是不凡。由这奔马,我想到了《旅游指南》上介绍的凉州"文庙"里那块闻名全国的西夏碑、凉州钟鼓楼上那座镌有精密图案的唐代大云钟,于是明白,这座丝绸之路上的重镇,也是我们中华民族古老文化的保存地之一。

在越来越浓的暮色中,我离开文化广场回宾馆。走至街边一处阅报栏,看到报上有一行黑字大标题:《桥坡新貌》。驻足细看那文字,方知文章介绍的是凉州城郊桥坡村成立了农工商股份有限公司,公司董事长陈沛领导群众办起了腐竹加工厂、石灰厂、砖厂、纸浆厂……村民人均月收入达到五百元以上……看来,凉州人并没有陶醉在自己辉煌的过去里,他们还在努力创造更辉煌的未来。若干代之后,后人们再来凉州游览,除了为凉州古老的历史和丰富的文化遗存感到骄傲之外,肯定还会为20世纪末期凉州人创造的业绩感到自豪……

探访荆紫关

由豫西南名城南阳乘车西行半日,即可达中国战争史上赫有声威的古战场荆紫关。睹雄关风姿,乃本人夙愿。在一个云淡风和的仲春上午,我到底站到了它的面前。我在关楼环视四周时,禁不住在心中暗暗惊讶:大自然造此地形,莫不就是想要人类在此玩玩战争游戏,以娱他老人家的心境?但见盛产紫荆的群山如兵士一样分列两边,中间仅容北出陕西南进鄂北的汉水缓缓流过。东岸有一山路与豫西南腹地相通,荆紫关街就沿汉水东岸而建,若将关街控于手中,实际上就控制了从豫入鄂进陕的通道,如此地形,兵家焉能不争?也难怪它要在中国的战争史上占一席位子了。

离了关楼,在关街上漫步时,遇一黑红脸膛的长须老人,那老者健谈,见我和随行的人先问:你们当兵的到这里是不是又要画地形?我晓得的,只要一画地形就要打仗,在俺荆紫关上打的仗可是太多了！你们看过史书的该会记得,中国有文字记载的第一场战争,就是在俺荆紫关上打的,是哪个跟哪个打咱记不清了,反正两方都是中原人,说是那时叫奴隶社会,打仗的双方用的是石器;后来是刘邦在这里同项羽的兵打,他要从这里入陕西进长安,用的是铁矛铜戟;再后来是反清复明的军队和清兵打;再是从大别山过来的红军同国民党的军队打;再是日本兵和咱中国人打。这荆紫关地下的死人可是多了,这地上的土,差不多都被血浸过……在得知我们不是画地形而是来游玩以后,老人哈哈笑了:好,好,我人老好瞎想,既不是来画地形,你们就玩吧,玩吧!

我们沿着明代风格的关街边走边看。据史书载,这关街早年因为汉水上的船运繁忙而热闹非常,过去,每日都是马帮成百匹地进,大船成百只地靠,一到夜晚,街上灯笼高挂,丝竹齐鸣,饭铺、酒楼、娼馆极是红火。倘不是历史上它两次因战争遭兵焚,真不知它的规模会有多大！我们在街两旁的店铺、货摊前穿行时,无意中看见一年轻小伙的摊位上,摆着一柄生了重重绿锈的断剑和两个锈蚀得几乎失了模样的矛尖,趋前一问方知,这是小伙子从镇外的一处建筑工地上捡拾来的。镇上常有人在挖土时从厚土层下发现这些古代兵器。我们告诉他这属文物,有保存价值时,他直率而嘲弄地笑问,诸位买不买？给五百块钱全归你们了！本人不管什么保存不保存,只管弄点钱！我默望着那锈迹斑斑的出土兵器,耳畔犹响一阵杀声。我暗暗思忖:它们是哪朝哪代哪位将领哪位兵士用过的武器？当年这些武器的持有者们是死在一场什么性质的战争中？他们手攥武器倒地时是一番什么心境？会不会想到若干年后他们的武器会在这街上出售？

将近荆紫关的北关门时,我们在一个茶馆前停了步,只见茶馆的门楣上贴着红联:"桂花煮酒月中香,雪水烹茶天上味。"老板是一个二十出头的既漂亮又开朗的少妇,她在极热情地给我们让了座送了茶后,含着笑问:"你们当兵的来俺关上做啥?"我开玩笑地答:"打仗!"她撇嘴一笑:"骗人!俺荆紫关现在是商场,不是战场!"我继续把玩笑开下去:"你们这儿过去可是常打仗!""那是老皇历了!"少妇媚人地笑着,"在俺这里打的最后一仗都过去几十年了!"我又笑问:"你怎么敢肯定那就是荆紫关上的'最后一仗'?""当然!"她的柳叶眉一挑,"你看!"我顺着她目光所示的地方看去,原来那是一张贴在墙上的报纸,报纸上有关于美苏销毁中程导弹的消息,有对中国裁军一百万的评论,嗬,这是个关心大事的女人!我原本想向她说明,那些是迈向和平的重要步骤,但距离最后消灭战争还有挺远的路程,但转瞬我又抑制住自己,干吗要去动摇她那个"最后一仗"的信念,让她去生些担忧呢?

荆紫关这个地方,其实更适宜做一个商贸市场。河南的、湖北的、陕西的商品,都摆在这里交易,多么方便!

戈壁上的海市

自从读高小时识得了"海市蜃楼"这四个字,懂得了它的含义之后,就一直盼着能亲眼看看海市奇景,然生在豫西南乡下,这愿望自然不能满足。后来当兵,虽去过渤海、黄海多次,到过海市常现的山东蓬莱阁几回,住过常现蜃楼的长山岛、大钦岛,却都未能如愿。后听说看这玩意需要运气、灵气,便于失望之余泄了气。料以己之乡下农人之后的低贱身份,怕是无缘目睹那奇景了。万没料到,此次去河西走廊访问,在戈壁滩上会遂了心愿。

那是一个午后,我们乘坐的大巴车出桥弯古城遗址,继续向西朝敦煌开去,沥青路蜿蜒在不见人影的浩瀚戈壁上,朋友们和我均没了向车窗外看的兴致,便都微闭双目在车座上打起盹来。朦胧中,忽然听到做导游的先生叫:"诸位请往右边窗外看!"我急忙睁眼看去,只见一个极大的湖泊呈现在右车窗外不远的地方,水波荡漾的湖中心,有一个长满绿树的小岛,岛上的绿树丛中,隐现着亭台楼阁。"嗬,好美的地方!"我赞叹了一声。"师傅,能不能把车开到湖边去,让我们洗洗再走?"身边的一个朋友朝司机叫道。"呵呵呵。"司机笑了,"那不是湖泊,那是海市蜃楼!""是吗?"车上所有的人都一惊。"不信!不信!明明是湖水嘛!看,那湖里还有船呢!"大伙七嘴八舌地喊着,一起要求司机停车,要下去看看。司机无奈,只得微笑着把车停下来说:"上次我送日本一个参观团去敦煌经这里时,日本朋友也不信那是海市蜃楼,非要我把车开去看看不可,结果车开去后那里仍是一滩碎石。"司机诚挚的话让大家信服,于是不再向那"湖"边跑,只站在车旁细细地望。"看,那船上有人!"留在车上的一个朋友指着湖中叫道。"瞧!岸边有个村子!"我也大声喊出自己的发现。有夫妻俩在湖岸种田!有白房子!有山!有树的倒影!每个人都不断地有着新发现。一片虚幻的海市蜃楼,竟可以给人带来那么多的快乐,带来那么多的发现!在那一刻,我忽然间想到,倘若我的作品也能像那海市蜃楼一样,使读者不断地从中发现新东西,得到新欢乐,那该多好!但我知道,一个人看到一次海市蜃楼不容易,要想造出一片海市蜃楼就更不易了。

　　当旅游车重又启动西行时,我望着那片渐渐消失了的海市蜃楼,在心里默默地说:再见了!我已经记住了你的模样,也许若干年后,我会试着用笔造出另一个你来……

唐僧墓前

初到西安求学时就听人说,唐僧墓在城南兴教寺内。然而住了一年,也一直没去看上一眼。这其中的原因是,幼时翻《火焰山》画册,少时看《三打白骨精》电影,大时读《西游记》小说,每每看到赤胆忠心的孙行者被唐僧用紧箍咒治得要死不活时,心里就对唐僧生出一点抱怨、厌恶乃至愤恨。有这份不恭在心里,自然就没有去看其墓的兴致。

一个云淡天高的秋日,因我们军校学员外出实习途经兴教寺,这才顺便在那儿待了一阵子。同学们一下车便拥向寺内北跨院的唐僧墓前,独有我在正院里闲步。我宁肯去同刚刚"遁入空门"的小和尚闲聊,宁肯去花圃看平平常常的花木,也不愿去那"愚僧"墓前。直到最后,在"既然来了,权且看他一眼"的想法支配下,才姗姗然走进了北跨院。

一入北跨院门,唐三藏那高高的砖塔结构的墓冢就映入了眼帘。这墓冢位置选得倒好:前方,是谷黄薯青的千亩平畴;背后,是草深树茂的万米长崩;南边,巍峨的终南山群峰东西横列;北边,八百里秦川一望无际。我惊异地发现墓穴四周集了这么多的人!我先看到几位农村老太太在对墓行跪拜礼,这几位老太太刚离开,又有几个金发碧眼的外国人趋前行鞠躬礼。我听见旅行社的陪同人员在向寺院的住持轻声介绍:那位是史密斯教授,这位是华特博士……接着又有几位港澳同胞趋前,双掌合于胸前对墓致礼。接下去是连续不断的跪拜的人:日本工人、中国画家、香港影星……我没料到,我一向不恭的玄奘,竟能获得这么多人的尊敬!

吃惊带来了沉思。看来不能把《西游记》上的玄奘和历史上真正的玄奘画等号。我不是也亲眼看过玄奘整理、珍藏在大雁塔上的那些卷帙浩繁的经书吗?不是也知道这位出家人在去印度取经的路上所尝的种种苦难吗?不是也读到过史书上记载的他对自己的信仰和事业所怀的那份执着吗?……

是《西游记》改变了玄奘在我心中的面目,诱发了我对他的不恭和敌意。

看来小说对人的影响还真不可小觑。

我也是写小说的,当小心挥动手中的笔!

桐柏行散记

早就想去看看桐柏。

作为一个南阳籍人,不知南阳的东部屏障是个什么模样;作为一个旅游爱好者,不知桐柏山的姿容,岂不遗憾?

盛夏七月,有了一个机会,终于起程去看桐柏了。

夜宿银洞坡

我们到达桐柏城时已是中午,县上的人说,桐柏山的一大特点是地下资源丰富,这里有金、银、铜、铁、碱、石油、大理石等多种矿藏,你们要看桐柏,就先看看我们的金矿,看看我们桐柏人如何向地下要宝!

我们说:"好!"于是午后不久就驱车出城。

车便在苍翠碧绿的桐柏诸峰间绕。

这里的山峰虽然历史上也曾遭过劫掠,植被受过大破坏,但爱美的桐柏人已经再次为她们一一披上了绿衣,尽管这绿衣单薄,却使她们给人的感觉照样妩媚。

望着车前闪过的坡、谷、峰、坳,看着路旁纠结缠绕的密树深草,我仿佛又看到持枪拿刀的前辈革命者在那里奔跑腾跃,听到连天的枪声和喊叫。这里,的确是一个天然的屯兵、打游击的地方。

我们到达金矿时已是傍晚,落日好像也偏爱这个地方,余晖长久地留在"银洞坡金矿"五个字上,真是金光闪闪。金矿的对面是郁郁苍苍的歪头山,中间横着一条小河,我们首先惊叹这矿周围的环境真美。

矿长向我们介绍了金矿建立、发展的历史和现状。这个魁梧的本地大汉是金矿的第一代创业者,他和同伴们当年来到银洞坡时,这里还处于蛮荒状态。他们就靠自己的双手,在这山窝窝里建起了一个现代化的金矿开采企业,每年向国家捧出一块又一块的金锭,创利税一千多万元。由于天色已晚,参观矿区和车间要到第二天,我们就请矿长先领我们在夜色中游览这座深山矿城。只见办公区、宿舍区、学校、集贸市场、露天舞场和远处矿区的灯光层层叠叠,成串连片,有的移动,有的跳跃,明明灭灭,闪闪烁烁,如星空般迷人。这儿有金、银的事虽然古人早知道,且从唐朝时就开始开采,但千百年来,不过是在山上留下几个可怜的洞窟而已,真正让地王爷老实捧出他珍藏的金银财宝是今天的事。县上的领导告诉我们:过去,不仅是由于科学技术的限制,同时也由于怕资源外流的旧观念的限制,开采矿藏的速度很慢,守住矿藏吃稀饭。今后除了县和一些有能力的乡、镇要陆续建立一些铁矿、萤石矿和小金矿等企业外,还要和外地搞合营开采,要有水快流,让地王爷帮助桐柏人尽快地过上小康生活。

临睡前,听着远处隐隐传来的采掘机械的轰鸣,我在心里想,桐柏山为了让栖息在自己怀抱里的子民们有好日子过,早就在地下建立了金、银、铜、石油、碱等诸样宝库,可惜先人因种种的原因没有找到库门上的钥匙。今天的桐柏人找到了,钥匙正在他们手上叮当作响,库门正一扇扇地被轰轰拉开,富裕的日子正在不远处向桐柏人招手。

我望着蹲伏在夜色里的歪头山,暗暗笑道:你甭歪着头讪笑,总有一天,藏在你和你那些兄弟姐妹身上的所有宝库的大门,都会被桐柏人打开!

走访朱庄乡

朱庄乡是一个所辖村庄大都位于深山的地道山乡。我们到时最先见到的是乡人大主任王先生。今年五十六岁的王先生,是一个老山区干部,十八岁那年由唐河来到朱庄工作,至今三十八个年头过去了。两鬓已经沾雪的王先生对这个乡的山山岭岭、家家户户、河流道路都清清楚楚,他告诉我们,朱庄乡人眼下正响应县上的号召,除了向地下掘宝之外,还要向荒山要钱,就是要向山的表面讨钱。这讨法是每人在山上种一亩经济林,主要是种板栗。板栗三年就可以形成产量。一棵板栗树一年可产板栗二十斤左右,一亩地种八十棵是正常的,这样一年的亩产就是一千六百斤,现在市场上的板栗供不应求,每斤在两元钱以上,按两元的单价算,一亩板栗一年就是三千两百元。一人一亩,如果一个家庭有五口人,这一年下来不就是一万多元吗?

我们又惊又喜:如此算来,不过是几年之后,这里的山民每人每年的收入,和县上干部一年的工资收入,不也差不了多少啦?

能不能落实,会不会成空,自然是我们要问的问题。这个乡年轻的乡长笑答:我们对此是下定了决心的,我们的口号是任尔东南西北风,咬定青山不放松。我们乡干部分包到村,逐村逐户抓落实。去年我们吃住在山上,大干了一月,全乡已建成经济林八千多亩,今后两年,每年都还要上山吃住建林,不达目标,决不罢手。在经济林建成见效之后,我们还要争取逐步建起板栗罐头厂、板栗粉厂、板栗酒厂,搞板栗的深加工。目前,为了提高经济林的亩产量,我们还同河南农大建立联系,请了三位教授来乡里搞板栗高产试验。乡里专辟出三千亩作为他们的试验基地。

听着乡长的回答,望着近处山坡上在风中摇曳的绿色板栗树苗,我在心里感叹,桐柏人建经济林真是一个精明的举措,可一举两得,一得经济利益,二得水土保持山表绿化。那些还裸露着土石的远山近坡,倏忽之间在我眼前已变成了栗林参天的绿色大海。但见肤白衣红的山村姑娘,正挎篮在那绿海里出没,一串串银铃般的歌声,分明已由栗林里传了出来:

　　妹在山上收板栗,
　　郎在矿里开机器,
　　收罢今年这一季,
　　便可盖楼作嫁衣……

此情此景,明日的桐柏山定会有的!

游览水帘寺

　　桐柏也是个旅游资源十分丰富的地方，其中的水帘洞和水帘寺更是著名的景点。我很早就读过古人描绘水帘洞的诗句："半山垂下水晶帘，疑是银河落九天。今古无人能卷得，月钩空挂碧云边。"但真正看到它还是第一次。当我们在水帘寺拜过释迦牟尼佛祖，拾阶走进水帘洞，看到百尺瀑布飞溅而下，恰似珍珠玉帘垂挂洞口时，真为大自然的神奇制作本领惊叹不已。站在水帘洞口，望着正修葺着的已呈金碧辉煌之态的水帘寺院，想着县上领导告诉我们的要在洞顶修一水库以保证飞瀑流量的话，听着陪同我们的张先生历数桐柏桃花洞、淮源、太白顶等景观，我在心中想着，桐柏在不久的将来，会凭着她得天独厚的旅游资源，引来更多的海内外游人。旅游业的兴旺，常是经济起飞的前奏，但愿明日的桐柏会在旅游业的带动下，更快地完成经济起飞。

　　从水帘洞出来，我们一行人便去拜见仰佩已久的印恭法师。印恭法师是一派禅宗的传人，佛学知识渊博，在禅林中享有盛名。据说佛教界曾先后请他出任河南省佛教协会会长和开封相国寺住持，他都——谢绝。我虽尘世俗人，但对出世修行取得大成的印恭法师，很是敬佩。恭师平日坐禅诵经，一概谢客，我们幸有县文联的孙先生和县地方志办公室的满先生相陪——他俩都是恭师的朋友——叫开了门外落锁的"竹林精舍"院门。满面慈祥的印恭法师把我们让进了禅房，一番问候过罢，恭师由一经书随口说到了善事，说到了放生，说到了"权"字，说"权"即是"权且"，并非长久的意思。我由此想到了尘世中"权"力更替的状况，也确如恭师所说，不禁佩服起大师对世事的洞察和所悟之确。

　　告别法师出得禅房,放目四望,只见近处竹林含翠,稍远处山溪成唱,远方山坡上松柏如海,真是个幽美居处!心中不禁暗想,自己晚年若也能在这儿得一居所,该是多么美妙!只是这里没有影剧院,没有音乐堂,没有篮球场,没有酒吧,没有跳舞厅,能耐得住这份寂寞?

　　到底是俗物一个,首先想到的还是尘世间的享受。

　　桐柏山因水帘寺而名声大增,水帘寺因印恭大师在而声名远扬,愿恭师长住水帘寺……

砖

  我并没有在北京的胡同里住过,不过每次去京城,因为拜访老师和朋友,都要去胡同里走走。这种胡同里的漫步的最大收获,是看到了各种各样的砖头。

  北京的胡同应该说是一个砖的世界,我因为从军后爱好过一段房屋设计,对建筑材料有一种特殊的兴趣,所以特别留意胡同两边墙上的砖头。有一次,我在一座四合院的前墙上看到了几块又长又宽且有绳纹的砖,很觉奇异,请教了一位懂文物的朋友后方知它们是汉砖。朋友还解释说,汉代的北京远不如洛阳、南阳、邯郸繁华,所以这里的砖头很少雕有画像,而用绳纹装饰。

  唐砖是我在一条胡同的一处墙基上发现的。我不知道它们由何处而来,为何就那么几块,它们的形状与汉砖相比差不了多少,也是又宽又长又重。也许开放的盛唐时代的人,为了向外民族显示自己的气度,把砖头也做得又大又壮。

清朝时期的砖头几乎在每一条胡同里都可以看到。清朝的砖与其他朝代相比尺寸最小,重量最轻,且少有雕饰,既无汉砖的宽大,亦无唐砖的厚重。这种变化是一种工艺的进步还是一种气度的丧失我说不清楚,不过看见它们的时候,我总要无端地想起圆明园里的那些碎砖块。

彩色瓷砖是京城胡同里一些个体小店铺前墙上新贴的东西,它给灰色的胡同增添了一种耀眼的色调。每当我看见它们的时候,我的心里就生出一丝畅快和温暖。我不知道北京的好多墙上为什么要刷上一种瓦灰色,那是在表现一种肃穆还是庄严?我觉得胡同里的彩色瓷砖是对这种瓦灰色的反叛,多少反映了20世纪末期胡同居民的新追求。

北京的胡同里收藏着许多老北京的东西,其中也包括砖头。砖头的演变大约与人们的心灵演变史和社会演变史或多或少有联系。到北京的胡同里走走吧,连砖头也会让你生出一点感悟。

大众桥

结识大众桥是在泰安当兵的日子里。

大众桥和我们的军营同在泰山脚下,二者只有咫尺之遥。晨起长跑和黄昏散步时,我都要经过她那石砌的拱形桥身。

这座不大的石桥之所以让我至今不忘,首先是因为她那传奇的出身。我刚到泰安就听到了那个传说:当年,泰安城有一个不法盐商,为赚钱在秤上做了手脚,卖一斤盐只给九两,百姓们渐有发觉,却敢怒不敢言。这事让隐居在泰安读书的冯玉祥先生知道了,冯先生便乔装成平民进那盐店买盐三斤,转身去别处一称,果然少了三两。先生怒极,遂率警卫进那盐店,报了真实身份,要那老板说出卖盐年数和每日卖盐斤数,而后按每斤亏欠百姓一两计算,罚那盐商交出一大笔不义之款。冯先生本拟把这笔罚款退回百姓,无奈不知每家究竟这些年买盐多少,于是就决定用这笔钱在泰山脚下修桥。钱是民众的,修了桥方便民众过河,故桥修好后就名之为"大众桥"。这个传说在多大程度上是真的我不知道,但它加浓了我对大众桥的兴趣。

大众桥令我不忘的另一个原因,是它刚好位于冯玉祥先生的墓前。冯先生那雄伟的倚山而建的陵墓正对着大众桥头。多少个早晨,当我长跑结束站在桥首的草顶凉亭里揩汗时,我都仿佛看见冯先生一身戎装,手按佩剑,率领兵士们嗵嗵嗵走下墓园石阶,走过桥面,翻身上了等在桥那头的战马,而后对着随从叫道:走,进宫去,我们要逼清帝退位,把国家还给人民!……多少个黄昏,当我散步到桥头时,我似乎又看见冯先生布履长衫,手拿线装书一本,缓步踱上桥面,边走边轻声吟哦:我,便是我,平民生,平民长……

我至今不忘大众桥,还因为在这座桥的四周,在那松柏掩映的山坡上,在草青如茵的河岸上,在巨石横陈的河滩里,都留下过冯玉祥先生的脚印。听人说,冯先生当年隐居泰安时,居所就在大众桥上边不远处半山坡上的一座房子里,他在读书、习武之余,常下来四处走走。我不知道他当时隐居的真实原因是什么,但我猜当时他的心情一定很抑郁,那阵子国家如一盘散沙,民众啼饥号寒,平民意识很强的他能快活得起来吗?每当我站在大众桥上向四周望去,我都仿佛看见冯先生那副双眉紧锁、忧国忧民的面容。

大众桥和冯先生紧紧相连。

我因对冯先生的尊敬增加了对大众桥的兴趣,又因为大众桥的存在常常忆起曾叱咤风云的冯将军。

为大众谋过利益的人,都将会活在后人心里。

又见青瓷

——慈溪行漫记

20世纪50年代,在我们河南邓州乡下,很多人家吃饭都用黑碗。我家也是这样,无论是大人们的饭碗还是俺们小孩子的饭碗,一律是黑的。所谓黑碗,就是本地土窑里烧的那种马马虎虎涂了点黑釉的碗。这种碗表面粗糙,手摸上去有凹凸感和颗粒感,刷碗时稍不留心,还有可能划伤手指。但这种黑碗在镇街上的售价便宜,所以农人们多愿意买这种碗。我虽小,却已懂得这碗不好看。有一次看见在县上做官的一家邻居的孩子用白瓷碗吃饭,就向娘要求:我也要用白瓷碗吃饭!娘很不高兴,瞪我一眼道:黑碗吃不饱肚子?我与娘犟嘴:吃饱了也不好受!娘气得朝我扬起了巴掌,虽然那巴掌扬起只是吓唬我,并未真落到我的身上,我还是委屈地哭了。到我家串门的读过《水浒传》和《红楼梦》的鸭嘴叔看见这情景,笑了,说:你小子不想用黑碗吃饭,也没有啥错处,人都喜欢美的东西嘛。这样吧,叔送你一个碗,保准你满意!鸭嘴叔当时就回家给我拿来了一个碗,我接到手里一看,嗬,碗是青色的,里外都很光滑,遗憾的是碗沿上有个豁口,豁口处因无法清洗而有些发黑,不过这已经令我很欢喜了,就抹了一下眼泪鼻涕朝鸭嘴叔鞠了一躬。鸭嘴叔说:这碗叫青瓷碗,是我爷爷奶奶也就是你老爷爷老奶奶传下来的,是青瓷系列用品中的一种。你小子好好用它吃饭吧,争取吃出个身高五尺的大汉来,只是小心别把它打碎了……

因为嘴扁而被称为鸭嘴的这位叔叔,由此给我留下了好印象。

那天,鸭嘴叔还告诉我:青瓷是表面施有青色釉的瓷器,是祖辈子就有的瓷器品种,据说刘秀由咱南阳出去当皇帝之前就有了。还说:这种瓷器不仅咱南阳、洛阳的瓷窑烧制,而且南方的很多地方也烧制。我那时年龄太小,对他这类话兴趣不大,我感兴趣的是我终于也不用黑碗吃饭了。那只碗最后的归处我如今已记不清了,但青瓷这两个字已深深留在了记忆里。

甲午年夏,一趟浙江慈溪之行,让我意外地又见识了青瓷碗,见识了一系列的青瓷用品和艺术品,见识了青瓷烧制技艺的传承者施珍,也让我对记忆中的青瓷重生出了浓浓的兴趣。

那天的慈溪之游,开始于市郊的山。当一座座青绿的山头由车窗外闪过时,当瓷溪的文联方主席用车上的麦克介绍路旁的上林湖时,我都没有太在意,我以为这不过是一趟自然风景的观赏罢了。浙江的青山和秀湖太多了,看久了就会有视觉疲劳,已难引起我的兴致。直到车停下,直到我们走进那个写有"上越陶艺研究所"的小院,我才突然瞪大了眼睛,才浑身一振来了精神:原来这里有我记忆中的青瓷!

走进研究所的展厅,我一眼就看见了青瓷碗。由于记忆在帮我选择,我的目光越过许多展柜里的青瓷艺术品,直接盯住了青瓷碗——那是摆在一张桌子上的几套食具,有菜碟、茶盅、汤匙和饭碗,碗就摆在碟子中间。我仔细地看着青瓷碗,拿它与我记忆中的那只碗作比较。它比我记忆中的那只碗小了些,这是因为中原人吃饭喜欢用大碗,吃一碗是一碗,所以中原的青瓷碗烧制者,就把碗做大了;它比我记忆中的那只碗在色泽上更显青翠,这也对,这是今人在现代条件下烧制的,在釉色的把握上会更好一些;它比我记忆中的那只碗在碗沿和碗底都显出了薄,这也合乎道理,今人做碗胎的技法会更精巧;它比我记忆中的那只碗更完美,它没有豁口,没经历过岁月沧桑的打磨……可能是见我对食具感兴趣,陶艺研究所的主人施珍走过来向我介绍,这是她设计烧制的食具,因为在形状和色泽上都好,在市场上的销量很不错,每年都能卖出许多。我当时捏住一只青瓷碗,真想提出买一套食具带走留作纪念,但作为被邀的客人来参观,此时提出买无异等于索要,便只好不舍地将碗放下了。

看来,当年鸭嘴叔的说法没错,真的是南方和北方都烧制青瓷。

我接下来才去看那些青瓷艺术品。那个跳刀金鱼双耳瓶,瓶肚上布满水波纹,爬在瓶耳上的两条鱼,分明是在戏水,整个作品充满灵动之气。那只聚宝盆,盆身上刻满草纹,给人生气勃勃之感;两侧的兽形镶嵌,像是守护着盆内的宝物,整个作品显得敦厚高贵。那个越窑青花瓶,在传统越窑青花瓷的基础上,采用了现代的绘画手法,那些看似随意涂上的色块,有些似载了渔人的渔舟,有些像戴了斗笠的人,有些如大船和岸线,给人无限的遐想。看着一件件精美的青瓷艺术品,我开始对其创造者产生了兴趣,我仔细打量着站在身边的这位青瓷烧制技艺传承人施珍。应该承认,她是一位美丽的女人,端庄的五官,匀称的体形,传统的衣着,恬淡的笑容,随意的发型,给人一种大方、柔美、富有内涵的感觉。创造出这些美丽青瓷器物的人,好像就应该是这样一个女人,这符合我的想象,也似乎符合一般的艺术创造规律——创造美的人自身也会美。

我在施珍的自我介绍和研究所提供的资料中知道,她出身于陶瓷美术世家,由于老辈人的熏陶,她自幼就对传统艺术感兴趣,十六岁便跟着她的三爷爷施于人教授学习陶瓷艺术。施于人是中国现代陶艺教育理论家,是景德陶瓷学院的创始人,孙女施珍跟着他到景德镇陶瓷学院美术系学陶瓷设计,学到了真东西。施珍后来又作为我国第一个陶瓷美术学院的交换生,到韩国首尔产业大学陶艺科进修,更扩大了眼界。2000年施珍学成回国后,没有像爷爷一样走上陶瓷学院的讲堂,而是毅然来到慈溪上林湖畔,租住在一间简陋的厂房里,开始烧制青瓷了。

这是一个极为大胆可能又是深思熟虑后的选择。

她一定是认清了:当年的上林湖畔所以有那么多的青瓷窑开烧且有些窑的出品被作为贡品,还销往海外多国;当年的慈溪所以被称为唐宋瓷都,是因为这里的水和土十分特别,要恢复青瓷,只有来到这里才行。

她一定是认准了:这种始于商周、成熟于东汉、盛于唐宋、普及于三国两晋的青瓷,有很高的美学价值,是我们先民的宝贵创造,我们后人没有理由任其湮灭以至永远消失。

于是,烧了一千年又停了一千年的上越青瓷窑,在这个美丽的女性手里又点火了。

于是,失传许久的越窑青瓷技艺,在这个雄心勃勃的女人手上,又神奇地复活了。

当我来到上林湖边时,施珍已在这里工作了十四年。十四年,对于一个女人是一个很长的时间段,她大好的青春,就在这段时间里流走了。但这段时间也给了她丰硕的馈赠,给了她成熟,给了她干练,还给了她更多的坚韧。不用细问,就能知道她经历过失败,要不然,她身上不会有那么多的沉稳,额头上也不会出现那份坚毅,她也不会获得那么多的铜奖、银奖和金奖,也不会被评为宁波市的工艺美术大师。

她今天面对我们满脸含笑,可我猜,当她遭遇挫折时,她也许会面对着上林湖水流泪。世上所有的事业成功者,都有痛彻肺腑的时刻。

慈溪得感谢施珍,是她,让衰落已久的越窑青瓷又恢复了青春,慈溪也因青瓷而名声大震。

我得感谢施珍,正是由于她,我才又看见了青瓷碗和那么多的青瓷器物和青瓷艺术品,使自己那久远的关于青瓷的记忆得到了接续。正是由于她,才证实了鸭嘴叔多年前说过的话:北方、南方都烧青瓷。

临别时,我很想对施珍说:别只想着创造供人观赏的器物,还应该创造更多精美的实用青瓷器,比如刻有各种饰物别具特色的餐具、茶具、书具、画具,特别是美丽的饭碗,只有这些实用的东西才能走进千家万户,才能扩大青瓷的影响力,才能使更多的人记住青瓷。

瓷艺就长在实用器物的根基里。

也许,不用我多嘴,施珍都明白,她只是还未来得及。